FANTAS[illegible]

Von Terry Brooks sind im
Goldmann Verlag erschienen:

Das Schwert von Shannara (23828)
Der Sohn von Shannara (23829)
Der Erbe von Shannara (23830)
Die Elfensteine von Shannara (23831)
Der Druide von Shannara (23832)
Die Dämonen von Shannara (23833)
Das Zauberlied von Shannara (23893)
Der König von Shannara (23894)
Die Erlösung von Shannara (23895)

Königreich zu verkaufen (23914)
Das schwarze Einhorn (23935)
Der verschenkte König (24502)

FANTASY-ROMAN

TERRY BROOKS

DER VERSCHENKTE KÖNIG

WIZARD AT LARGE

Aus dem Amerikanischen von
Angelika Weidmann

GOLDMANN VERLAG

Deutsche Erstausgabe

Der Goldmann Verlag
ist ein Unternehmen der Verlagsgruppe Bertelsmann

Made in Germany · 2. Auflage · 7/90

Umschlaggestaltung: Design Team München
Umschlagillustration: Rowena Morill
Satz: IBV Satz- und Datentechnik GmbH, Berlin
Druck: Elsnerdruck, Berlin
Verlagsnummer: 24502
Lektorat: Christoph Göhler/MV
Redaktion: Antje Hohenstein
Herstellung: Peter Papenbrok/Voi
ISBN 3-442-24502-8

Für Alex,
der auch eine Art Zauberer ist…

NEBEL UND DIE ELFENREICHE
MELCHOR
Der Tiefe Schlund
RHYNDSWEHR
GRÜNLAND
Das Herz
SILBERSTERLING
SEEN-LAND
IRRYLYN
NEBEL UND DIE ELFENREICHE

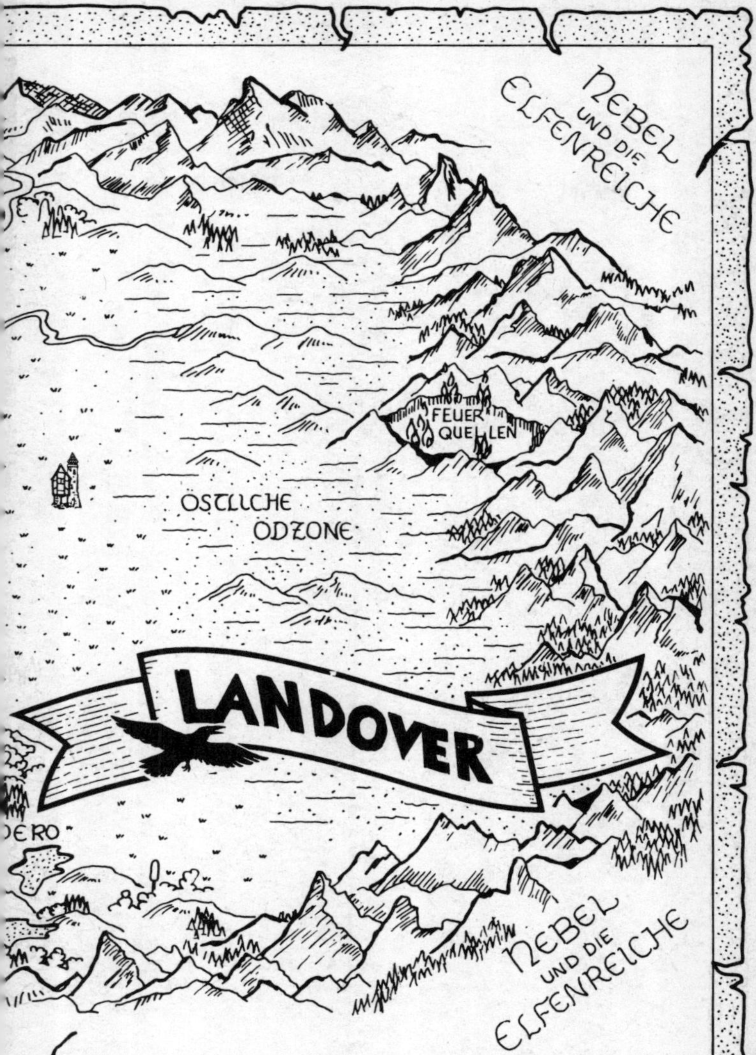
NEBEL
UND DIE
ELFENREICHE
FEUER
QUELLEN
ÖSTLICHE
ODZONE
LANDOVER
NEBEL
UND DIE
ELFENREICHE

Riesen

Ben Holiday seufzte müde und wünschte, er wäre woanders als dort, wo er gerade war. Er wünschte, er wäre irgendwo anders.

Er war gerade im Gartenzimmer von Silber Sterling. Das Gartenzimmer war Ben Holiday eigentlich das liebste von all den vielen Zimmern des Schlosses. Es war hell und luftig. Blumenkästen standen kreuz und quer auf dem Fliesenboden und bildeten farbenfrohe Muster. Sonnenlicht strömte vom Boden bis zur Decke durch die großen Fenster der Südwand, und Pollenstaub tanzte in den breiten Sonnenstrahlen. Die Fenster standen offen, und würzige Düfte wehten herein. Sie gaben den Blick frei auf den Garten selbst, ein Labyrinth aus Blumenbeeten und Büschen, das sich bis hinunter zum See erstreckte, in dem die Inselburg thronte, und die prächtigen Farben verschwammen und verschmolzen miteinander wie auf einer regennassen Leinwand. Die Blumen blühten das ganze Jahr hindurch mit zuverlässiger Regelmäßigkeit. Ein Gartengestalter aus jener Welt, in der sich Ben früher bewegt hatte, hätte wahrscheinlich nicht einmal vor einem Mord zurückgeschreckt, wenn er dafür diese Pracht hätte studieren dürfen – lauter Arten, die nur im Königreich Landover wuchsen und nirgendwo sonst.

In diesem Augenblick hätte Ben allerdings einen Mord nicht gescheut, um dieser Pracht zu entkommen.

»... Mächtige Hoheit ...«

»... Große Hoheit ...«

Das vertraute Gebettel scheuerte an seinen Nerven wie Sandpapier und erinnerte ihn an den Grund seiner Übellaunigkeit. Er rollte einen Moment die Augen himmelwärts. *Bitte!* Sein Blick schoß wild von Blumenkasten zu Blumenkasten, als sei irgendwo zwischen den kleinen Blütenblättchen jener Fluchtweg offen, nach dem er so verzweifelt suchte. Es gab natürlich keinen, und er sank noch tiefer in die Polster seines Stuhls und betrachtete die Ungerechtigkeit der Dinge. Nicht, daß er sich vor seinen Pflichten drücken wollte. Nicht, daß ihm diese Dinge nicht am Herzen lägen. Aber dies hier war seine ganz private *Zufluchtsstätte*, Himmelteufelnochmal! Dieser Raum war doch dazu da, daß er sich zurückziehen konnte!

»... und hat uns alle unsere sauer verdienten Beerenreserven genommen.«

»Und alle unsere Bier-Fäßchen dazu.«

»Und dabei hatten wir uns nur ein paar Hennen ausgeborgt, Hoheit.«

»Die, die verlorengegangen sind, hätten wir doch ersetzt, Hoheit.«

»Wir wollten ganz korrekt sein.«

»Wirklich, das wollten wir.«

»Ihr müßt dafür sorgen, daß uns unser Eigentum zurückgegeben wird...«

»Ja, das müßt Ihr...«

Sie redeten ohne Unterlaß und ließen sich dabei kaum Zeit, Luft zu holen.

Ben musterte Fillip und Sot so, wie ein Gärtner Unkraut in den Blumenbeeten anschaut. Die G'heim Gnome schnatterten ohne Ende unbekümmert weiter, und er dachte über die Schattenseiten des Lebens nach, die erlaubten, daß er von solchen Mißgeschicken wie diesem hier heimgesucht wurde. Die G'heim Gnome waren ein armseliger Haufen – kleine, frettchenähnliche Höhlenbewohner, die so gut wie alles erbettelten, ausliehen oder stahlen, was ihnen in die Finger kam. Sie siedelten periodisch um, und wenn sie sich dann wieder einmal niedergelassen hatten, konnte man sie nicht mehr fortbewegen. Sie galten gemeinhin als Plage. Auf der anderen Seite hatten sie sich Ben gegenüber unbeirrbar loyal gezeigt. Als er das Königreich Landover aus dem Weihnachtskatalog des Kaufhauses *Rosen* erworben hatte – vor nunmehr fast zwei

Jahren –, hatten Fillip und Sot ihm im Namen aller G'heim Gnome als erste ihre Loyalität erklärt. Sie hatten ihm bei allen Bemühungen, seine königliche Autorität zu etablieren, tapfer zur Seite gestanden. Und sie hatten ihm sogar noch geholfen, als der frühere Hofzauberer Meeks nach Landover zurückgekommen war und ihm seine Bewußtheit der Aufgaben und seinen Thron gestohlen hatte. Sie waren geblieben, als Freunde rar und kostbar waren.

Er stieß einen tiefen Seufzer aus. Er war ihnen also etwas schuldig, gewiß – aber so viel nun auch wieder nicht. Sie nutzten seine Freundschaft übertrieben aus. Sie hatten es geschafft, ihm diese neueste Klage vorzutragen und dabei absichtlich sämtliche normalen Kanäle seiner Hofadministration umgangen, die er mit soviel Mühe eingerichtet hatte. Sie hatten sie wie eine glühende Fackel geschwungen, bis sie ihn hier, in seinem allerheiligsten Refugium, aufgespürt hatten. Und das alles wäre auch nur halb so schlimm, wenn sie das nicht wieder und wieder für die allerwinzigste Kleinigkeit täten – manchmal kam es ihm vor, als seien nur fünf Minuten vergangen – aber genauso lästig wurden sie ihm. Sie trauten keinem anderen zu, gerecht und unparteiisch zu sein. Sie wollten, daß ihre »Große Hoheit« und ihre »Mächtige Hoheit« sie anhörte.

Und anhörte, und anhörte...

»...eine gerechte Regelung wäre die Herausgabe aller gestohlenen Gegenstände und Ersatz für alles Beschädigte«, sagte Fillip.

»Eine gerechte Regelung wäre, wenn Ihr anordnetet, daß uns mehrere Dutzend Trolle für eine angemessene Zeit zur Verfügung gestellt würden«, sagte Sot.

»Vielleicht für eine oder zwei Wochen«, sagte Fillip.

»Vielleicht für einen Monat«, sagte Sot.

Es würde die Dinge ungeheuer erleichtern, wenn sie ihre Probleme nicht überwiegend selbst verursachen würden, dachte Ben finster. Es war schwierig, objektiv und teilnahmsvoll zu bleiben, wenn er doch vor den ersten Worten ihrer Klagen schon wußte, daß sie *mindestens* ebenso schuld an dem Dilemma waren wie jeder, den sie jeweils anschuldigten.

Fillip und Sot schnatterten weiter. Ihre verschmierten Gesichter verzerrten sich beim Reden, sie blinzelten gegen das helle Licht, und ihr Fell war struppig und zerzaust. Sie gestikulierten mit den Händen und krümmten und streckten dabei ihre Finger, so daß Dreckkrümel abbröckelten, die vom Graben noch unter den Fingernägeln klebten. Ihre Kleider aus Leder und Sacktuch in undefinierbarer Farbe hingen an ihnen herunter, und nur eine einzelne rote Feder steckte ziemlich unmotiviert im Band ihrer Kappen. Sie waren so etwas wie Strandgut, das irgendwie an die Küsten seines Lebens gespült worden war.

»Vielleicht könnte ein Tribut als Entschädigung dienen«, sagte Fillip gerade.

»Vielleicht ein Geschenk aus Silber oder Gold«, echote Sot.

Ben schüttelte den Kopf. Das reichte jetzt wirklich. Er wollte sie gerade unterbrechen, als das unerwartete Auftauchen von Questor Thews es ihm ersparte. Sein Hofzauberer stürmte plötzlich durch die Tür des Gartenzimmers, als würde er an unsichtbaren Fäden hereingeschleudert. Er wedelte mit den Armen, sein weißer Bart und das lange Haar peitschten durch die Luft, seine grauen, mit bunten Flicken besetzten Gewänder wehten ihm nach, als hätten sie Mühe, mit ihrem Träger Schritt zu halten.

»Ich hab's geschafft! Ich hab's geschafft!« verkündete er. Sein Eulengesicht war vor Erregung über das, was immer er geschafft haben mochte, stark gerötet. Er schien die Gegenwart der G'heim Gnome nicht zu bemerken, die gnädig ihren Vortrag mitten im Satz abbrachen und ihn mit offenen Mäulern anstarrten.

»Und was ist es, das Ihr geschafft habt?« fragte Ben sanft. Er hatte gelernt, seine Begeisterung über Erfolgsmeldungen von Questor Thews im Zaum zu halten, da sie sich oft in trauriger Weise als Falschmeldungen erwiesen hatten. Questor gelang tatsächlich nur etwa die Hälfte dessen, was er zu schaffen meinte.

»Die Magie, Hoheit! Ich habe den Zauber gefunden! Endlich habe ich herausgefunden, wie...« Er hielt inne und gestikulierte bedeutungsvoll. »Nein, bitte warten Sie! Die anderen sollen es auch hören. Alle unsere Freunde sollen dabeisein. Ich habe mir erlaubt, nach ihnen zu schicken. Es sollte nur ein kleiner, kurzer… Es ist so ein glorioses… Ahh, da sind sie ja!«

Weide erschien in der Tür, wunderbar wie immer, schöner als alle Blumen um sie herum, ihre schlanke Gestalt ein Hauch aus Seide und wehenden Spitzen, so glitt sie in den sonnenhellen Raum. Ihr blaßgrünes Gesicht zu Ben gewandt, lächelte sie ihr besonderes, geheimnisvolles Lächeln, das sie nur ihm schenkte. Sie war ein Elfengeschöpf, vergänglich wie Sommerluft. Die knorrigen Gestalten der Kobolde Bunion und Parsnip folgten, ein skeptisches Grinsen in ihren kantigen, weisen Affengesichtern mit den scharfen Zähnen. Auch sie waren Elfengeschöpfe, doch sie wirkten eher, als seien sie einem Alptraum entsprungen. Abernathy erschien als letzter. In der scharlachrot-goldenen Hofschreiber-Uniform schaute er prächtig aus. Er war kein Elfengeschöpf, sondern ein weichhaariger Weizenterrier, der sich offenbar für einen Menschen hielt. Er hielt seinen Hundekörper aufrecht und würdig. Seine seelenvollen Augen blitzten die verhaßten, fleischfressenden G'heim Gnome an.

»Ich sehe keine Veranlassung, mich mit diesen abscheulichen Kreaturen im gleichen Raum aufzuhalten…« setzte er indigniert an, hielt aber plötzlich inne, als er Questor Thews' ansichtig wurde, der mit weit ausgebreiteten Armen auf ihn zukam.

»Mein alter Freund!« rief der Zauberer überschwenglich aus. »Abernathy, ich habe eine höchst erfreuliche Neuigkeit für Euch! Kommt! Kommt!«

Er packte Abernathy am Arm und zerrte ihn in die Mitte des Raumes. Abernathy starrte den Zauberer fassungslos an und befreite sich dann aus seinem Griff.

»Seid Ihr denn von allen guten Geistern verlassen?« schnaubte er und strich sich seine Kleider wieder glatt. Mit gerunzelter Schnauze fuhr er fort: »Und was soll dieser Quatsch von wegen ›Alter Freund‹? Was ist denn in Euch gefahren, Questor Thews?«

»Niemals würdet Ihr es erraten!« Der Zauberer strahlte vor Erregung und rieb sich die Hände, während er allen bedeutete, näher zu kommen. Sie drängten sich um ihn, und er fuhr mit verschwörerisch gesenkter Stimme fort: »Abernathy, wenn Ihr Euch das wünschen könntet, was Ihr in der ganzen Welt am meisten ersehnt, was wäre das?«

Der Hund starrte ihn an. Dann schwenkte sein Blick zu den G'heim Gnomen und wieder zurück. »Wie viele Wünsche habe ich frei?«

Der Zauberer hob seine knochigen Hände und legte sie dem Hund freundlich auf die Schulter. »Abernathy«, hauchte er, »ich habe den Zauber gefunden, der Euch wieder von einem Hund in einen Menschen zurückverwandelt!«

Es herrschte verblüfftes Schweigen. Alle kannten die Geschichte, wie Questor den Menschen Abernathy in einen Hund verwandelt hatte, um ihn vor dem widerlichen Sohn des alten Königs zu schützen, als dieser Ruchlose eine seiner hassenswerten Stimmungen hatte, und dann war er nicht fähig gewesen, ihn wieder zurückzuverwandeln. Seither lebte Abernathy als unvollständiger Hund, dem menschliche Hände und menschliche Sprache geblieben waren, in der Hoffnung, daß eines Tages ein Mittel gefunden würde, ihm seine menschliche Gestalt zurückzugeben. Der untröstliche Questor suchte seither vergebens nach diesem Mittel und erklärte dabei häufig, er könne es finden, wenn er gewisse Zauberbücher hätte, die Meeks bei seiner Abreise aus Landover versteckt hatte. Doch die Bücher wurden zerstört, als sie entdeckt wurden, und seither wurde das Thema kaum noch erwähnt.

Abernathy räusperte sich. »Handelt es sich nur wieder um eine übermäßig großzügige Dosis Eures üblichen Unsinns, Zauberer«, fragte er vorsichtig, »oder könnt Ihr mich tatsächlich zurückverwandeln?«

»Das kann ich!« erklärte Questor und nickte dabei eifrig mit dem Kopf. »Glaube ich.«

Abernathy wich zurück. »Ihr glaubt es?«

»Einen Augenblick!« Ben war schnell aufgesprungen und hatte

sich zwischen sie gestellt, wobei er in seiner Hast, ein Blutvergießen zu verhindern, beinahe kopfüber über einen Blumenkasten voller Gardenien gestolpert wäre. Er holte tief Luft. »Questor.« Er wartete, bis der andere ihm in die Augen schaute. »Ich dachte, diese Art von Zauberei sei außerhalb Eurer Macht. Ich dachte, daß Euch der Verlust der Zauberbücher jeglicher Möglichkeiten beraubt habe, die von Euren Vorgängern gemeisterte Kunst auch nur zu studieren, geschweige denn…«

»Meine Devise heißt ›Versuch macht klug‹, Hoheit!« unterbrach ihn der Zauberer schnell. »Versuch macht klug! Ich habe einfach alles weiterentwickelt, was ich schon wußte, bin jedesmal einen Schritt weitergegangen, lernte jedesmal ein bißchen dazu, bis ich es alles herausfand. Ich habe bis heute gebraucht, um mir den Zauber anzueignen, doch nun beherrsche ich ihn!«

»Ihr glaubt, ihn zu beherrschen«, berichtigte ihn Ben.

»Nun…«

»Wie immer nichts als Zeitverschwendung!« schnaubte Abernathy, drehte sich auf dem Absatz um und wäre hinausstolziert, hätten ihm die G'heim Gnome nicht im Weg gestanden, die sich herangedrängt hatten, um besser zu hören. Abernathy wich zurück. »Tatsache ist, daß Ihr niemals irgend etwas *richtig* hinkriegt!«

»Dummes Zeug!« rief Questor und ließ alle verstummen. Er richtete sich auf. »Zehn lange Monate lang habe ich an diesem Zauber gearbeitet – seit die alten Bücher zusammen mit Meeks vernichtet wurden. Seit jenem Tag!« Seine scharfen Augen fixierten Abernathy. »Ich weiß, wieviel Euch das bedeutet. Ich habe mich ganz und gar der Aufgabe gewidmet, die Magie zu meistern, die dies Problem lösen hilft. Ich habe den Zauber erfolgreich an kleinen Kreaturen ausprobiert. Ich habe in begrenztem Rahmen bewiesen, daß es funktioniert. Es bleibt nur noch, es an Euch zu probieren.«

Niemand sagte etwas. Das einzige Geräusch im Raum war das Brummen einer Hummel, die von Blumenkasten zu Blumenkasten schaukelte. Abernathy schaute Questor Thews schweigend mit finsterer Entschlossenheit an. Unglauben spiegelte sich in seinen Augen, doch glitzerte unverkennbar auch ein Fünkchen Hoffnung darin mit.

»Ich finde, wir sollten Questor die Gelegenheit geben, seine Erläuterungen zu Ende zu führen«, brach Weide endlich das Schweigen. Sie stand ein oder zwei Schritte von den anderen entfernt.

»Ja«, bestätigte Ben. »Erzähl uns den Schluß, Questor.«

Questor war gekränkt. »Schluß? Welchen Schluß? Das ist alles, danke – es sei denn, Ihr erwartet technische Einzelheiten über die Wirkungsweise des Zaubers, die ich Euch nicht geben werde, da Ihr sie ohnehin nicht verstehen könntet. Ich habe ein Mittel entwickelt, um die Verwandlung vom Hund zum Menschen vollständig zu machen, das ist alles! Wenn Ihr wünscht, daß ich den Zauber anwende, dann tue ich es! Wenn nicht, dann werde ich die Angelegenheit aus meinem Bewußtsein streichen!«

»Questor...« beschwichtigte Ben.

»Nein, wirklich, Hoheit! Ich arbeite hart an einem schwierigen, komplexen magischen Vorgang, und was ernte ich dafür? Beleidigungen, Hohn und Vorwürfe! Bin ich nun Hofzauberer oder nicht? Offenbar bestehen darüber Zweifel!«

»Ich habe ja nur gefragt...« versuchte Abernathy.

»Nein, nein, Ihr braucht Euch nicht zu entschuldigen!« Questor Thews schien großen Geschmack an der Märtyrerrolle zu finden. »Überall in der Geschichte sind große Männer mißverstanden worden. Manche starben gar für ihren Glauben.«

»Nun mal halblang!« Ben wurde ärgerlich.

»Ich will damit nicht sagen, daß ich mein eigenes Leben bedroht fühle, versteht Ihr«, fügte Questor hastig hinzu, »ich wollte nur darauf hinweisen. Ähm! Ich kann also nur wiederholen, daß der Vorgang vollständig ist und der Zauber gefunden wurde, den wir verwenden können, sobald Ihr es wünscht. Ihr braucht es nur zu sagen. Ihr kennt alle Tatsachen.« Er hielt plötzlich inne. »Oh, mit einer Ausnahme allerdings.«

Ein allgemeines Stöhnen war zu hören. »Mit einer Ausnahme?« wiederholte Ben.

Questor zupfte sich verlegen am Ohr und räusperte sich. »Nur eine Kleinigkeit, Hoheit. Der Zauber verlangt einen Katalysator bei einer Verwandlung dieser Größenordnung. Ich verfüge über keinen solchen Katalysator.«

»Wußte ich's doch...« murmelte Abernathy vor sich hin.

»Aber es gibt eine Alternative«, fuhr Questor eilig fort, ohne auf sein Geknurr einzugehen. Dann hielt er inne und holte tief Luft. »Wir könnten das Medaillon benutzen.«

Ben starrte ihn entgeistert an. »Das Medaillon? Welches Medaillon?«

»Euer Medaillon, Hoheit.«

»Mein Medaillon?«

»Aber Ihr müßt es ablegen und Abernathy während des Verwandlungsprozesses tragen lassen.«

»Mein Medaillon?«

Questor sah aus, als erwarte er, daß ihn ein Blitzschlag treffen könne. »Nur für einen kleinen Augenblick, versteht Ihr – das wäre alles. Danach bekämt Ihr es sofort wieder zurück.«

»Ich bekäme es zurück. Natürlich.«

Ben wußte nicht, ob er lachen oder weinen sollte. »Questor, wir haben uns gerade wochenlang abgemüht, das verdammte Ding wiederzukriegen, obwohl es in Wirklichkeit gar nicht verschwunden war, und jetzt wollt Ihr, daß ich es wirklich abnehme? Ich dachte immer, ich dürfe es *niemals* ablegen. Habt Ihr selbst mir das nicht selber mehr als nur einmal eingeschärft? Oder?«

»Nun, ja...«

»Und wenn irgend etwas schiefgeht und das Medaillon beschädigt wird oder verlorengeht? Was dann?« Eine tiefe Röte begann Bens Hals hinaufzukriechen. »Und was dann... was, wenn Abernathy es nicht zurückgeben *kann*? Blitz und Donner! Das ist die unausgegorenste Idee, die ich je gehört habe, Questor! Was denkt Ihr Euch eigentlich?«

Alle waren vor dieser Explosion zurückgewichen, und Ben stand mit dem Zauberer allein zwischen den Blumenkästen. Questor blieb standhaft, doch es schien ihm ziemlich unbehaglich zumute zu sein.

»Wenn es eine andere Möglichkeit bei der Sache gäbe, Hoheit...«

»Na, dann findet eine, braut etwas zusammen!« fuhr Ben ihm ins Wort. Er setzte an, seinem Unmut noch ausführlicher Luft zu machen, doch dann hielt er inne und ließ seinen Blick über die anderen wandern. »Was meint ihr anderen dazu? Abernathy? Weide?«

Abernathy gab keine Antwort.

»Ich finde, du mußt ganz genau überdenken, was auf dem Spiel steht, Ben«, murmelte Weide schließlich.

Ben stemmte die Hände in die Hüften und schaute von einem zum andern, dann starrte er wortlos in den Garten hinaus. Er sollte also bedenken, was auf dem Spiel stand, das war's. Nun, was auf dem Spiel stand, war etwas, was ihn zum König von Landover machte und bleiben ließ. Es war das Medaillon, das den Paladin herbeirief, den fahrenden Ritter, der dem König Waffendienst leistete – sein Knappe und Beschützer bei bislang mehr als nur einer Gelegenheit. Und es war das Medaillon, das ihm ermöglichte, zwischen Landover und anderen Welten hin und her zu reisen, einschließlich jener, aus der er gekommen war. Das war es, was auf dem Spiel stand! Ohne das Medaillon schwebte er in ständiger Gefahr, nicht mehr wert zu sein als Hundefutter!

Diesen letzten Vergleich bereute er, kaum daß er ihn zu Ende gedacht hatte. Schließlich stand ebenfalls auf dem Spiel, daß Abernathy für alle Zukunft als Hund herumlaufen mußte.

Düster runzelte er die Stirn. Was als einigermaßen ereignisloser Tag begonnen hatte, war dabei, sich in einen Morast unerfreulicher Möglichkeiten zu verwandeln. Unangenehme Erinnerungen drängten sich ihm auf. Vor zehn Monaten hatte man ihn trickreich dazu gebracht, die Rückkehr des alten Zauberers Meeks nach

Landover zuzulassen, wobei er noch überzeugt gewesen war, daß sein ärgster Feind auf immer ins Exil verbannt sei. Meeks hatte dann seine beachtliche Magie dazu benutzt, Ben in heillose Verwirrung über sich selbst zu stürzen, den Thron zu stehlen und – das wichtigste – ihn davon zu überzeugen, daß er das Medaillon verloren habe. Es hatte Ben fast das Leben gekostet – ganz zu schweigen von Weide –, bis er herausfand, was man mit ihm angestellt hatte und bis er den alten Unruhestifter ein für allemal unschädlich machen konnte. Jetzt war er wieder König, residierte wohlbehalten auf Silber Sterling, hielt die Zügel seines Königreiches fest in der Hand, seine Programme für ein besseres Leben liefen gut an, und nun wollte Questor Thews schon wieder mit der Magie herumspielen!

Verdammt!

Er starrte auf die Blumen. Gardenien, Rosen, Lilien, Hyazinthen, Gänseblümchen und Dutzende anderer Arten und Sorten zusammen mit Polsterpflanzen und blühenden Ranken – dies alles breitete sich vor ihm aus wie ein großer, duftender, daunenweicher Teppich. Hier herrschte solch ein Friede. Er hatte nicht oft die Zeit, sein Gartenzimmer zu genießen. Es war seit Wochen das erste Mal. Warum setzte man ihm so zu?

Weil er der König war natürlich, gab er sich selbst die Antwort. Dumm stellen ging nicht. Das hier war kein Bürojob von neun bis fünf. Für so einen hätte er nämlich auch nicht seinen Beruf als erfolgreicher Strafanwalt in Chicago, Illinois, aufgegeben, um sich um die Stelle als Seine Königliche Hoheit von Landover zu bewerben, einem Königreich mit Magie und Märchengestalten, das sich weder in der Nachbarschaft von Chicago befand noch an irgendeinem Ort, von dem irgendwer je hatte reden hören. Es mußte schon etwas sein, für das er sein Leben so vollkommen umzukrempeln beschlossen hatte, so daß er nicht einmal mehr als die Person wiederzuerkennen war, die er in seiner alten Welt einmal gewesen war. Er hatte das alles ändern wollen. Und deswegen war er hier. Er hatte der Sinnlosigkeit dessen, was er gewesen und geworden war, entfliehen wollen – ein verbitterter, menschenscheuer Witwer, ein enttäuschter Vollzieher eines Berufs, der keine Aufgabe mehr darstellte. Er hatte eine Herausforderung gesucht, die seinem Dasein einen neuen Sinn zu geben vermochte. Das hier hatte er gefunden. Doch diese Herausforderung war allgegenwärtig und weder zeitlich und örtlich begrenzt noch von Wünschen oder Wollen bestimmt. Ihm war die Tatsache bewußt und eigentlich fast immer genehm.

Er seufzte. Manchmal war es halt doch ein bißchen schwierig.

Ihm wurde bewußt, daß die anderen ihn beobachteten und auf seine Entscheidung warteten. Er holte tief Luft, sog die Mischung von Düften, die die Mittagsluft füllten, tief in sich ein und wandte sich ihnen zu. Welche Zweifel auch immer ihn bewegt hatten – jetzt waren sie vergessen. Es war am Ende gar nicht so schwierig, die Entscheidung zu treffen. Manchmal mußte er eben einfach tun, was ihm gefühlsmäßig richtig erschien.

Er lächelte. »Tut mir leid, daß ich so empfindlich reagiert habe«, sagte er. »Questor, wenn Ihr das Medaillon braucht, um den Zauber zu vollziehen, dann sollt Ihr es haben. Ich muß, wie Weide sehr richtig bemerkte, in Betracht ziehen, was auf dem Spiel steht, und es ist jedes Risiko wert, Abernathy in sein wahres Selbst zurückzuverwandeln.« Er schaute seinen Hofschreiber scharf an. »Was haltet Ihr davon, Abernathy? Wollt Ihr Euer Glück versuchen?«

Abernathy schien unentschlossen. »Hm, ich weiß nicht recht, Hoheit.« Er verstummte nachdenklich, schaute an sich hinunter, schüttelte mit dem Kopf, blickte wieder auf. Dann nickte er. »Ja, Hoheit. Ich will's versuchen.«

»Fabelhaft!« rief Questor und kam eilig näher. Die anderen murmelten, fauchten und schnatterten ihre Zustimmung. »Also, das ist eine Angelegenheit von wenigen Augenblicken. Abernathy, Ihr stellt Euch hierher, in die Mitte des Zimmers, und ihr anderen haltet euch hinter mir.« Er wies ihnen ihren Platz zu und hörte nicht auf zu strahlen. »Und nun, Hoheit, seid so freundlich, Abernathy das Medaillon auszuhändigen.«

Ben griff nach dem Medaillon, das ihm um den Hals hing, und zögerte. »Ihr seid Euch Eurer Sache sicher, Questor?«

»Ganz sicher, Hoheit. Alles wird gutgehen.«

Questor hob eilig die Hände und unterstrich seine Worte mit einer beruhigenden Geste. »Nun, nun. Ein einfacher Zauber wird dieses Problem aus der Welt schaffen.« Er gestikulierte, murmelte etwas und nickte dann zufrieden. »Das wär's. Nur zu. Ihr könnt es abnehmen.«

Ben seufzte, nahm das Medaillon ab und reichte es Abernathy. Abernathy legte es sich sorgfältig um seinen struppigen Hals. Es ruhte auf seinem Hemd, Sonnenlicht spiegelte sich in der silberpolierten Oberfläche und zeigte das Relief eines Ritters bei Sonnenaufgang vor einem Schloß – den Paladin, der Silber Sterling verläßt. Ben seufzte noch einmal und trat zurück. Weide trat neben ihn und nahm seine Hand.

»Es wird alles gutgehen«, flüsterte sie.

Questor wuselte wieder um Abernathy herum, rückte ihn erst so, dann so zurecht und hörte nicht auf, zu versichern, es würde alles nur einen Augenblick dauern. Schließlich war er zufrieden und stellte sich genau vor den Schreiber, um dann sehr exakt zwei Schritte nach rechts zu machen. Dort hielt er einen angefeuchteten Zeigefinger in die Luft. »Ah!« erklärte er mysteriös.

Er hob die Arme hoch, bog die Finger und öffnete den Mund. Dann hielt er inne und rümpfte die Nase. Mit einer Hand rieb er sie gereizt. »Die Sonne kitzelt mich«, murmelte er. »Und der Blütenstaub macht's nicht besser.«

Die G'heim Gnome waren wieder herbeigekommen und drängten sich an die grauen Gewänder des Zauberers. Mit ihren Frettchengesichtern starrten sie Abernathy voll ängstlicher Neugierde an.

»Könntet Ihr diese Kreaturen entfernen?« schnappte der Hund. Er knurrte sogar ein bißchen.

Questor schaute hinunter. »Oh. Ja, natürlich. Weg da, geht weg!« Er scheuchte die Gnome fort und nahm seine Position wieder ein. Wieder rümpfte er die Nase und schniefte ein bißchen. »Ich bitte um Ruhe!«

Er stimmte eine lange Beschwörung an. Seltsame Gesten begleiteten seine Worte, und seine Zuschauer runzelten staunend die Stirn. Sie traten fasziniert einen oder zwei Schritte näher: Ben, ein gut erhaltener Vierziger, der dem Fortschreiten des Alterns entschlossen die Stirn bot; Weide, unschuldig wie ein Kind mit dem Körper einer wunderschönen Frau, eine Sylphe, halb Mensch, halb Elfe; die Kobolde Parsnip und Bunion, ersterer stämmig und untersetzt, der zweite staksbeinig und flink, beide mit scharfen, blitzenden Augen und spitzen Zähnen, die ihnen etwas Wildes, Ungezähmtes verliehen; und schließlich die G'heim Gnome Fillip und Sot, pelzige, ungepflegte Höhlenbewohner, die aussahen, als seien sie eben erst aus ihren Erdlöchern aufgetaucht. Schweigend schauten sie zu und warteten. Abernathy, der Mittelpunkt ihrer Aufmerksamkeit, schloß die Augen und machte sich auf das Schlimmste gefaßt.

Questor Thews setzte seine Beschwörung noch immer fort. Er sah aus wie eine Vogelscheuche, die ihren Pflichten in den Feldern entflohen war, und seine Rezitation schien so endlos wie die Klagen der G'heim Gnome.

Ben fiel plötzlich auf, wie absurd das alles war. Da stand er, bis vor kurzem Vertreter eines Berufsstandes, der Wert darauf legte, sich auf Tatsachen und klare Vernunft zu beschränken, ein moderner Mann, ein Mann aus einer Welt, die in den meisten Bereichen von der Technologie regiert wurde, der Welt der Raumfahrt, der Atomkraft, anspruchsvoller Telekommunikation und hundertundeinem weiteren Wunder – da stand er nun in einer Welt, die jeglicher Technologie entbehrte, und erwartete, daß ein Zauber die äußere Erscheinung eines Lebewesens in einer Weise veränderte, die von den Wissenschaften seiner alten Welt nicht einmal erträumt worden wäre. Der Gedanke ließ ihn beinahe lächeln. Es war wirklich zu seltsam.

Plötzlich schwenkte Questor Thews seine Hände nach unten

und wieder in die Höhe, und die Luft füllte sich mit feinem Silberstaub, der glitzerte und schimmerte, als sei er lebendig. Er schwebte einen Augenblick lang wirbelnd um Questors Hände, dann flutete er über Abernathy. Abernathy sah von alledem nichts. Er hielt die Augen noch immer fest geschlossen. Questor murmelte weiter. Die Sprache klang jetzt anders, schärfer, und sie wurde melodischer. Der Silberstaub wirbelte, das Licht im Raum schien heller zu werden, und die Luft wurde plötzlich kalt. Ben spürte, wie sich die G'heim Gnome ängstlich hinter ihn kauerten. Weide drückte seine Hand ein wenig fester.

»Ezaratz!« rief Questor plötzlich aus – oder etwas, das so ähnlich klang – es wurde gleißend hell, ein Lichtstrahl reflektierte sich in Bens Medaillon und alle schlossen geblendet die Augen.

Als sie wieder hinschauten, stand Abernathy da – unverändert.

Nein, halt, dachte Ben. Seine Hände sind weg! Er hat ja sogar Pfoten!

»Oh, oh«, sagte Questor.

Abernathy öffnete blinzelnd die Augen. »Wau!« bellte er. Dann entsetzt »Wau, wau, wau!«

»Questor, Ihr habt ihn jetzt ganz zu einem Hund gemacht!« rief Ben fassungslos aus. »Tut was!«

»Mist!« murmelte der Zauberer. »Einen Moment, einen Moment!« Er gestikulierte, Silberstaub stob auf, und Questor stimmte den Beschwörungs-Singsang wieder an. Abernathy hatte entdeckt, daß er Pfoten hatte, wo seine Hände gewesen waren. Er riß die Augen weit auf, und seine Lefzen begannen zu zucken.

»Erazaratz!« rief Questor. Das Licht blitzte auf, das Medaillon erglänzte, und die Pfoten verschwanden. Abernathy hatte seine Hände wieder. »Abernathy!« versuchte der Zauberer ihn zu beruhigen.

»Zauberer, wenn ich Euch zu fassen kriege...!« schrie der Schreiber. Er hatte eindeutig auch seine Stimme wieder.

»Bleibt stehen!« befahl Questor streng, doch Abernathy bewegte sich schon auf ihn zu und schickte sich an, den Ring aus Silberstaub zu verlassen. Questor sprang eilig hinzu, um ihn aufzuhalten, und wischte dabei über den Staub, der eine Wand zwischen ihnen bildete. Der Staub wich vor ihm zurück, als sei er lebendig, und flog ihm plötzlich ins Gesicht.

»Erazzatza!« nieste Questor.

Eine Lichtquelle öffnete sich plötzlich unter Abernathy, eine milchige Helligkeit, die sich wie mit Tentakeln um die Beine des Hundes zu schlingen schien. Und das Licht begann, Abernathy langsam in die Tiefe zu ziehen.

»Hilfe!« brüllte Abernathy.

»Questor!« schrie Ben.

Er wollte losspringen, doch er stolperte über die G'heim Gnome, die sich irgendwie vor ihn gedrängelt hatten.

»Ich... ich habe ihn... Hoheit!« keuchte Questor schniefend. Seine Hände fuchtelten wild, um die Kontrolle über den Staub zurückzugewinnen.

Abernathys Augen waren noch weiter aufgerissen, wenn das überhaupt möglich war, und er strampelte, um sich aus dem Zugriff des Lichts zu befreien, und schrie um Hilfe. Ben versuchte, von den G'heim Gnomen freizukommen.

»Bleibt... ruhig!« beschwor ihn Questor. »Bleibt... do... doch... ru... ha... ha... HATSCHIII!«

Er nieste so heftig, daß es ihn rücklings gegen Ben und die anderen schleuderte und alle mit zu Boden riß. Der Silberstaub flog durch die Fenster in den sonnenbeschienenen Garten. Abernathy stieß einen letzten Verzweiflungsschrei aus und wurde von dem Licht in die Tiefe gezogen. Das Licht glühte noch einmal auf und erlosch.

Ben rappelte sich auf Hände und Knie und funkelte Questor Thews an. »Gesundheit!« sagte er scharf.

Questor Thews lief dunkelrot an.

Flasche

»Also?« fragte Ben. »Wo ist er? Was ist mit ihm passiert?«

Questor Thews sah nicht aus, als habe er eine Antwort parat, also ließ Ben erst einmal von dem verwirrten Zauberer ab, um Weide auf die Füße zu helfen, dann wandte er sich ihm schnell wieder zu. Noch war er nicht zornig – er stand einfach noch unter dem Schock –, aber jeden Moment konnte sein Zorn losbrechen. Abernathy war verschwunden, als habe er nie existiert – einfach verschwunden. Und mit ihm natürlich Bens Medaillon. Das Medaillon, das das Königreich und sein Leben beschützte. Das Medaillon, von dem Questor ihm zugesichert hatte, daß es absolut nicht in Gefahr geraten werde. Es war einfach verschwunden.

Er entschied sich anders. Er würde nicht zornig werden. Ihm würde schwarz vor Augen werden.

»Questor, wo ist Abernathy?« wiederholte er.

»Also... ich... um die Wahrheit zu sagen, Hoheit, ich... ich bin nicht ganz sicher«, brachte der Zauberer schließlich hervor.

Ben packte ihn beim Kragen. Er würde wohl doch zornig werden. »Erzählt mir bloß das nicht! Sorgt dafür, daß er zurückkommt, verdammt noch mal!«

»Hoheit.« Questor war bleich, aber gefaßt. Er versuchte nicht, auszuweichen. Er reckte sich hoch und holte tief Luft. »Ich bin nicht ganz sicher, was geschehen ist. Ich werde ein bißchen Zeit brauchen, um zu verstehen...«

»Habt Ihr nicht einmal eine Vermutung?« brüllte Ben, ohne ihn ausreden zu lassen.

Das Eulengesicht verzog sich. »Ich kann natürlich vermuten, daß die Magie fehlgeschlagen ist. Ich kann vermuten, daß das Niesen – dafür kann ich nichts, Hoheit, es ist einfach passiert –, daß das Niesen den Zauber irgendwie beeinträchtigt hat und das Ergebnis der

Beschwörung dadurch verändert wurde. Statt Abernathy vom Hund in einen Menschen zu *transformieren*, scheint sie ihn *transportiert* zu haben. Die beiden Wörter klingen ziemlich ähnlich, versteht Ihr, und die Zauberformeln ähneln sich ebenfalls. Die meisten Zauber sind ähnlich, wenn die Wörter ähnlich sind...«

»Spart Euch das!« fauchte Ben. Er wollte aufbrausen, doch dann faßte er sich. Er war kurz davor, die Kontrolle zu verlieren, und benahm sich wie ein Gangster in einem schlechten Film. Er ließ den Zauberer los und kam sich ein bißchen albern vor. »Also, der Zauber hat ihn irgendwohin gebracht, nicht wahr? Wohin, meint Ihr, hat er ihn gebracht? Sagt mir das wenigstens.«

Questor räusperte sich und dachte einen Augenblick nach. »Ich weiß es wirklich nicht«, erklärte er schließlich.

Ben starrte ihn an und wandte sich dann ab. »Es ist nicht zu fassen«, murmelte er. »Es ist einfach nicht zu fassen.«

Er schaute sich um. Weide stand mit ernster Miene neben ihm. Die Kobolde waren dabei, die Scherben eines Blumentopfes aufzulesen, der im Handgemenge umgekippt war. Erde und Pflanzenteile lagen verstreut am Boden. Die G'heim Gnome tuschelten aufgeregt miteinander.

»Wir sollten vielleicht...« setzte Weide an.

In dem Moment blitzte ein helles Licht an der Stelle auf, wo Abernathy verschwunden war, und ein Knall wie von einem Korken war zu hören. Irgend etwas materialisierte sich aus dem Nichts, wirbelte herum und landete auf dem Boden.

Eine Flasche.

Erschreckt sprangen alle einen Schritt zurück. Dann starrten sie die Flasche an, die still liegengeblieben war. Eine bauchige Flasche von der Größe eines Champagner-Magnums. Sie war verkorkt und mit Draht fest verschlossen und mit rotweißen Harlekinen bemalt, die in unterschiedlichsten Posen teuflischer Fröhlichkeit über die gläserne Oberfläche tanzten und irr grinsten.

»Was, in aller Welt, ist denn das?« murmelte Ben und bückte sich, um sie aufzuheben. Wortlos untersuchte er sie, wog sie in der

Hand und versuchte, hineinzuschauen. »Sieht aus, als sei nichts drin«, sagte er, »scheint leer zu sein.«

»Hoheit, ich habe eine Idee!« ließ Questor sich unvermittelt hören. »Diese Flasche und Abernathy sind vielleicht verwechselt worden – transponiert! Transponieren klingt so ähnlich wie transformieren und transportieren, und ich glaube, die Zauber sind einander ziemlich verwandt, so daß es nicht ausgeschlossen wäre!«

Ben runzelte die Stirn. »Abernathy wurde gegen diese Flasche ausgetauscht? Weshalb denn?«

Questor schien antworten zu wollen, doch er hielt inne. »Ich weiß nicht wie«, sagte er nach einer Weile. »Aber ich bin einigermaßen sicher, daß das der Fall ist.«

»Läßt sich dadurch feststellen, wo Abernathy sich jetzt aufhält?« fragte Weide.

Questor schüttelte den Kopf. »Aber es gibt mir einen Anhaltspunkt. Wenn ich die Herkunft der Flasche ausfindig machen kann, vielleicht kann ich dann ...« Er verstummte nachdenklich. »Merkwürdig. Die Flasche kommt mir irgendwie bekannt vor.«

»Habt Ihr sie schon mal irgendwo gesehen?« wollte Ben sofort wissen.

Der Zauberer runzelte die Stirn. »Ich bin mir nicht sicher. Es kommt mir vor, als hätte ich sie vielleicht schon mal irgendwo gesehen, und gleichzeitig scheint mir das ein Irrtum zu sein. Ich verstehe das nicht ganz.«

Wie du so ziemlich alles nicht verstehst, dachte Ben einigermaßen unfreundlich. »Nun, diese Flasche ist mir völlig schnurz«, schnauzte er ihn an, »was mich dagegen interessiert, sind Abernathy und das Medaillon. Laßt uns ein Mittel finden, sie zurückzuholen. Was immer dazu nötig ist, tut es, Questor, und tut es schnell. Für dies Unglück tragt Ihr die Verantwortung.«

»Dessen bin ich mir durchaus bewußt, Hoheit. Ihr braucht mich nicht daran zu erinnern. Es war allerdings nicht meine Schuld, daß Abernathy versuchte, die Einflußsphäre der Beschwörung zu verlassen, so daß mir der Staub ins Gesicht flog, als ich ihn daran hindern wollte, und ich darob niesen mußte. Der Zauber hätte funktioniert, wie ich es vorgesehen hatte, wenn ich nicht…«

Mit einer ungeduldigen Geste wischte Ben die Erklärungen beiseite. »Ihr sollt ihn nur finden, Questor. Ihr sollt ihn nur finden.«

Questor verbeugte sich höflich. »Sehr wohl, Hoheit. Ich begebe mich sofort an die Arbeit!« Er wandte sich um und schickte sich an, den Raum zu verlassen. »Er mag durchaus noch in Landover sein«, murmelte er vor sich hin. »Ich werde hier mit der Suche beginnen. Der Schauinsland dürfte dabei hilfreich sein. Im Augenblick schwebt er vermutlich noch in keiner Gefahr, würde ich annehmen – ungefährdet, selbst wenn wir ihn nicht sofort ausfindig machen. Oh! Nicht, daß es irgendeinen Grund gäbe, warum er nicht in Sicherheit sein sollte, Hoheit«, fügte er hastig hinzu und wandte sich noch einmal zu Ben um. »Nein, nein, wir haben Zeit.« Er machte sich wieder auf den Weg. »Aber das Niesen war nicht meine Schuld, Teufel noch mal! Ich hatte den Zauber ganz unter meiner Kontrolle und… Ach was soll's, die Sache lange zu bejammern. Ich werde einfach anfangen zu suchen…«

Er war schon fast durch die Tür verschwunden, als Ben ihm nachrief: »Wollt Ihr die Flasche haben?«

»Was?« Questor drehte sich um und schüttelte heftig mit dem Kopf. »Vielleicht später. Im Augenblick habe ich keine direkte Verwendung dafür. Seltsam, irgendwie kommt sie mir bekannt vor… ich wünschte, mein Gedächtnis für solche Sachen wäre ein wenig besser. Na ja, es kann keine große Bedeutung haben, wenn ich mich so überhaupt nicht erinnere…«

Während er noch immer vor sich hinmurmelte, verschwand er langsam außer Sicht – der Don Quichote von Landover, der nur Windmühlen fand, als er nach Drachen suchte. Verärgert schaute Ben ihm nach.

Es war schwierig, an etwas anderes zu denken als an den vermißten Abernathy und das verlorene Medaillon, aber bis Questor mit seinem Bericht zurückkäme, konnte er nichts unternehmen. Während Weide in den Garten hinausging, um frische Blumen für den Abendtisch zu pflücken, und die Kobolde sich wieder an ihre Arbeit begaben, versuchte Ben, Haltung zu bewahren und sich auf die jüngste Beschwerde der G'heim Gnome zu konzentrieren.

Merkwürdigerweise schienen die Gnome gar nicht mehr so erpicht darauf zu sein, die Angelegenheit weiterzuverfolgen.

»Na, dann erzählt mir mal, was über die Trolle sonst noch zu sagen ist«, befahl Ben resigniert. Erschöpft ließ er sich auf seinen Stuhl sinken und erwartete das Schlimmste.

»Was für eine hübsche Flasche, Hoheit«, sagte Fillip statt dessen.

»So ein hübsches Ding, Hoheit«, bestätigte Sot.

»Laßt die Flasche aus dem Spiel«, stöhnte Ben, der nicht mehr an die Flasche gedacht hatte, seit Questor den Raum verlassen hatte. Sie stand noch da, wo er sie hingestellt hatte, direkt neben ihm auf dem Boden. Gereizt schaute er sie an. »Ich möchte im Moment lieber auch nicht daran denken.«

»Aber wir haben noch nie so eine Flasche gesehen«, erklärte Fillip hartnäckig.

»Noch nie«, echote Sot.

»Dürfen wir sie berühren, Hoheit?« bat Fillip.

»Ach bitte, dürfen wir?« bettelte Sot.

Ben funkelte sie an. »Ich dachte, wir wären hier, um über die Trolle zu diskutieren. Vorhin schien euch das lebenswichtig zu sein. Ihr habt fast geheult deswegen. Und jetzt ist es euch egal?«

Fillip schaute schnell zu Sot. »O doch, Hoheit, es ist uns außerordentlich wichtig. Die Trolle haben uns sehr, sehr schlecht behandelt.«

»Dann laßt uns das weiter...«

»Aber die Trolle sind im Augenblick fort, und wir können sie auch nicht sofort wiederfinden, während die Flasche in diesem Moment hier ist, gerade vor unserer Nase, so daß wir sie berühren könnten – Hoheit, dürfen wir? Nur einen kleinen Moment?«

»Ja, dürfen wir, Hoheit?« fragte Sot.

Ben hatte Lust, die Flasche zu nehmen und sie ihnen über den Schädel zu schlagen. Aber er nahm sie nur auf und reichte sie ihnen. »Seid aber vorsichtig«, warnte er.

Aber eigentlich brauchte man sich in dieser Hinsicht keine großen Sorgen zu machen. Die Flasche bestand aus dickem Glas und sah aus, als könne sie Mißhandlungen aushalten. Es schien übrigens mehr als einfaches Glas zu sein – beinahe wie eine Art Metall. Das muß an der Bemalung liegen, dachte Ben.

Die G'heim Gnome streichelten und liebkosten die Flasche, als sei es ihr kostbarster Schatz. Sie strichen liebevoll darüber und sie wiegten sie in den Armen wie einen Säugling. Ihre schmierigen kleinen Pranken glitten fast sinnlich darüber. Ben war angewidert. Er schaute in den Garten hinaus nach Weide und hatte Lust, zu ihr hinauszugehen. Nur weg von hier.

»Also, Freunde«, sagte er schließlich, »laßt uns die Geschichte mit den Trollen zu Ende kriegen, ja?«

Fillip und Sot starrten ihn an. Er machte ihnen ein Zeichen, die Flasche zurückzugeben, und widerstrebend reichten sie sie ihm. Ben stellte sie wieder neben sich. Die Gnome zögerten und nahmen dann ihre Klagen über die Trolle wieder auf. Aber sie waren nicht bei der Sache. Ihre Augen schwenkten ständig zurück zu der Flasche, und schließlich ließen sie ihre Querelen mit den Trollen ganz sein.

»Hoheit, können wir die Flasche kriegen?« fragte Fillip.

»Ach, ja, bitte, dürfen wir?« fragte Sot.

Ben staunte. »Wozu denn in aller Welt?«

»Sie ist eine Kostbarkeit«, erklärte Fillip.

»Sie ist ein Schatz«, sagte Sot.

»So wunderschön«, sagte Fillip.

»Ja, wunderschön«, echote Sot.

Ben schloß die Augen vor Müdigkeit, dann rieb er sie und schaute die Gnome wieder an. »Ich würde sie euch schrecklich gerne geben, glaubt mir«, sagte er. »Ich würde schrecklich gerne sagen: ›Hier, nehmt diese Flasche und sorgt dafür, daß ich sie nie wieder zu Gesicht bekomme.‹ Wirklich wahr, das würde ich am liebsten tun. Aber leider geht das nicht. Die Flasche hat irgendwas mit dem zu tun, was Abernathy widerfahren ist, und ich muß erst herausfinden, was.«

Die G'heim Gnome schüttelten feierlich die Köpfe.

»Der Hund konnte uns nie ausstehen«, murmelte Fillip.

»Nie konnte er uns leiden«, murmelte Sot.

»Er knurrte uns an.«

»Er schnappte sogar nach uns.«

»Trotzdem…« beharrte Ben.

»Wir könnten die Flasche für Euch aufbewahren, Hoheit«, fiel Fillip ihm ins Wort.

»Wir würden sehr gut darauf aufpassen, Hoheit«, versicherte Sot.

»Bitte, bitte«, flehten sie.

Sie waren mit ihren begehrlichen Blicken und Gesten so komisch, daß Ben nur verwundert den Kopf schütteln konnte. Sie benahmen sich wie Kinder in einem Spielzeugladen. »Und wenn ein böser Geist in der Flasche steckte?« fragte er unvermittelt, wobei er sich mit finsterer Miene zu ihnen beugte. »Und wenn dieser böse Geist Gnome zum Frühstück verspeiste?« Die Gnome schauten ihn verständnislos an. Offenbar hatten sie noch nie von dergleichen gehört. »Wie auch immer«, seufzte er und setzte sich wieder auf. »Ihr könnt die Flasche nicht haben, und dabei bleibt's!«

»Aber Ihr habt gesagt, Ihr würdet uns die Flasche schrecklich gern geben«, widersprach Fillip.

»Genau das habt Ihr gesagt«, bestätigte Sot.

»Und wir würden sie schrecklich gerne haben.«

»Das würden wir.«

»Warum gebt Ihr sie uns dann nicht, Hoheit?«

»Warum denn nicht?«

»Nur für eine kleine Weile wenigstens?«

»Nur für ein paar Tage?«

Ben wurde wieder zornig. Er packte die Flasche und hielt sie in die Höhe. »Ich wünschte, ich hätte sie nie gesehen, diese verdammte Flasche!« brüllte er. »Ich hasse das verfluchte Ding! Ich wünschte, Abernathy und das Medaillon würden wieder auftauchen! Ich wünschte, alle Wünsche wären Pralinen und ich könnte sie den ganzen Tag vor mich hin naschen! Aber das sind sie nicht, und ich kann es nicht und ihr genausowenig! Also Schluß jetzt mit der Flasche. Ich will nichts mehr darüber hören. Und jetzt zurück zu den Trollen, bevor ich beschließe, daß ich von euch überhaupt nichts mehr hören will und euch wegschicke!«

Er stellte die Flasche unsanft auf den Boden zurück und lehnte sich in seinen Stuhl. Die Gnome warfen einander bedeutungsvolle Blicke zu.

»Er haßt die Flasche«, flüsterte Fillip.

»Er wünschte, sie würde verschwinden«, flüsterte Sot.

»Was habt ihr gesagt?« fragte Ben. Er hatte sie nicht verstehen können.

»Nichts, Großartige Hoheit«, erwiderte Fillip.

»Gar nichts, Mächtige Hoheit«, antwortete Sot.

Eilig nahmen sie ihre Beschwerde über die Trolle wieder auf, die sie auf einmal ziemlich knapp hielten. Und während sie sprachen, ließen sie die Flasche nicht einen Moment aus den Augen.

Der Rest des Tages verging dann doch schneller, als Ben erwartet hatte. Die Gnome beendeten ihren Bericht und machten sich auf den Weg in ihr Quartier. Gäste waren immer eingeladen, über Nacht zu bleiben, und Fillip und Sot nahmen diese Einladung grundsätzlich an, weil sie Parsnips Kochkünste schätzten. Ben hatte nichts dagegen, solange sie keinen Ärger machten. Noch ehe sie durch die Gartenzimmertür verschwunden waren, war Ben auf dem Weg zu Weide. Im letzten Moment fiel ihm die Flasche wieder ein, die noch immer neben seinem Stuhl zwischen den Blumenkästen am Boden stand. Er ging die paar Schritte zurück, nahm sie auf und sah sich nach einem geeigneten Aufbewahrungsort um. Dann entschied er sich für einen Schrank mit verzierten Blumentöpfen und Vasen. Er stellte die Flasche hinein, und sie fügte sich unauffällig in die Sammlung. Dann eilte er hinaus.

Er wanderte ein Weilchen mit Weide durch die Gärten, prüfte den Terminkalender für den folgenden Tag – wie um Himmels willen sollte er zurechtkommen, ohne daß Abernathy ihn an seine Verabredungen erinnerte und ihm half, seine Termine einzuhalten? – steckte den Kopf in die Küche, um zu sehen, was Parsnip zauberte, und dann war es Zeit für einen Lauf.

Laufen war das einzige Training, dem er treu geblieben war. Er bewahrte sich seine Boxer-Routine – aus jenen Tagen als Silbermedaillen-Champion – so gut er konnte, aber ihm fehlte die profimäßige Punching-Ausrüstung des Chicagoer Sportclubs. Daher beschränkte er sich auf das Laufen, ein wenig Seilspringen und Isometrik. Das mußte reichen, um ihn fit zu halten.

Er zog Jogginghose und Tennisschuhe an, überquerte den See auf dem Seegleiter – seinem Privatkahn, der ohne Energieverbrauch auf seinen bloßen Gedanken reagierte – bestieg den Hügel am anderen Ufer und lief über die Hügelkette am Tal entlang. Die ersten Anzeichen eines beginnenden Herbstes lagen in der Luft, und das Grün der Blätter zeigte die ersten Farbveränderungen. Die Tage wurden kürzer, die Nächte kühler. Er lief etwa zwei Stunden und versuchte, die Frustrationen und Enttäuschungen des Tages abzuarbeiten. Als er müde genug war, machte er sich wieder auf den Heimweg.

Die Sonne versank jetzt schnell und hatte schon die bewaldeten Gipfel im Westen erreicht. Er betrachtete die bizarren Umrisse des Schlosses, das sich vor ihm erhob, als er im Seegleiter saß, und ihm wurde wieder einmal klar, wie sehr er dieses Land liebte. Silber Sterling war das Zuhause, das er immer gesucht hatte – selbst zu Zeiten, als er nicht einmal wußte, daß er es suchte. Er erinnerte sich, wie abweisend es ihm beim ersten Mal vorgekommen war, abgenutzt und von dem Belag verfärbt, als das Nachlassen der Magie es krank gemacht hatte. Er erinnerte sich, wie riesig und leer es ihm vorgekommen war. Damals hatte er noch nicht gewußt, daß es lebendig war und fühlte wie er. Er erinnerte sich der Wärme, die er in seinen Mauern in der ersten Nacht empfunden hatte – eine Wärme, die nicht eingebildet, sondern real war. Silber Sterling war ein besonderes Stück Magie, eine Schöpfung aus Stein und Mörtel und Metall, und gleichzeitig so menschlich wie eine Kreatur aus Fleisch und Blut. Sie konnte Wärme geben, Schutz und Nahrung bieten, Trost spenden. Sie war ein wundersamer Zauber.

Bei seiner Rückkehr berichtete Weide, daß Questor kurz erschienen sei, um mitzuteilen, daß er die Gewißheit habe, daß Abernathy sich nicht mehr in Landover aufhalte. Ben nahm diese Nachricht mit stoischer Ruhe entgegen. Er hatte nicht wirklich erwartet, daß die Sache sich einfach lösen lassen würde.

Weide kam zu ihm, als er sein Bad nahm. Mit ihren zarten Händen wusch sie ihn liebevoll und küßte ihn immer wieder. Ihr langes, grünes Haar fiel ihr ins Gesicht wie ein Schleier, der ihr etwas Geheimnisvolles verlieh.

»Du darfst Questor nicht allzu böse sein«, sagte sie, als er sich abtrocknete. »Er tat, was er konnte für Abernathy. Er möchte ihm so furchtbar gern helfen.«

»Das weiß ich«, sagte Ben.

»Er fühlt sich für Abernathys Schicksal verantwortlich, und diese Verantwortung ist eine schreckliche Bürde.« Sie blickte aus dem Schlafzimmerfenster in die hereinbrechende Dunkelheit. »Du kannst besser verstehen als irgendwer, was es heißt, für jemanden verantwortlich zu sein.«

Allerdings. Er hatte das Gewicht von Verantwortung öfter getragen, als er sich erinnern mochte. Manchmal hatte er sie auch auf sich genommen, ohne daß es wirklich an ihm gewesen wäre. Er dachte an Annie, seine Frau, die nun schon fast vier Jahre tot war. Er dachte an seinen alten Anwaltspartner und Freund Miles Bennett. Er dachte an die Völker von Landover, an das schwarze Einhorn, seine Freunde Weide, Abernathy, Bunion, Parsnip und, natürlich, Questor.

»Ich wünschte nur, er könnte die Magie ein kleines bißchen besser beherrschen«, sagte er leise. Dann hielt er abrupt inne und schaute die Sylphe an. »Ich habe höllische Angst ohne das Medaillon, Weide. Ich erinnere mich nur zu gut daran, wie es war, als ich *glaubte*, es verloren zu haben. Ohne das Medaillon fühle ich mich so hilflos.«

Weide trat zu ihm und umarmte ihn. »Du bist niemals hilflos, Ben. Du nicht. Und außerdem wirst du nie allein sein.«

Er drückte sie an sich und wühlte in ihrem Haar. »Ich weiß. Nicht, solange du bei mir bist. Außerdem sollte ich mir keine Sorgen machen. Irgendwas wird geschehen.«

Tatsächlich geschah etwas, doch erst, als das Abendessen schon fast vorüber war, und was dann eintrat, hatten sie wahrhaftig nicht erwartet. Niemand erschien zum Abendessen. Erstaunlicherweise nicht einmal die G'heim Gnome. Auch Questor nicht. Bunion tauchte kurz auf und verschwand wieder, Parsnip blieb in der Küche. Ben und Weide saßen allein an dem riesigen Speisesaaltisch, aßen schweigend und lauschten der Stille.

Sie waren gerade fertig, als Questor hereingestürmt kam. Sein Eulengesicht war so verzweifelt, daß Ben aufsprang.

»Hoheit«, keuchte der Zauberer, »wo ist die Flasche?«

»Die Flasche?« Ben mußte einen Moment nachdenken. »Im Gartenzimmer in einem der Schränke. Was ist denn los?«

Questor war so außer Atem, daß Ben und Weide ihm erst einmal halfen, sich hinzusetzen. Weide reichte ihm ein Glas Wein, das er in einem Zug leertrank. »Ich weiß jetzt, wo ich die Flasche schon einmal gesehen habe, Hoheit!« brachte er schließlich hervor.

»Ihr habt sie also doch schon mal gesehen! Wo denn?« drängte Ben.

»Hier, Hoheit! Genau hier!«

»Und vorhin, als Ihr sie gesehen habt, konntet Ihr Euch nicht daran erinnern?«

»Nein, natürlich nicht! Es ist doch schon mehr als dreißig Jahre her!«

Ben schüttelte den Kopf. »Ich verstehe immer noch nicht, was Ihr meint, Questor.«

Der Zauberer sprang auf die Füße. »Ich werde Euch alles erklären, sobald wir die Flasche fest in der Hand haben! Ich bin erst beruhigt, wenn wir sie haben. Hoheit, diese Flasche ist äußerst gefährlich!«

Bunion und Parsnip waren in der Zwischenzeit dazugekommen, und die ganze Gruppe eilte durch die Schloßkorridore zum Gartenzimmer. Unterwegs drängte Ben, mehr zu erfahren, doch Questor weigerte sich, Einzelheiten zu erläutern. Sie erreichten das Gartenzimmer und drängten sich alle mehr oder weniger gleichzeitig durch die Tür. Der Raum lag im Dunkeln, bis Ben die Wände berührte und es hell wurde.

Er durchquerte das Zimmer und schaute in den Schrank. Die Flasche war fort.

»Was, was zum...?« Er starrte ungläubig auf den leeren Platz, wo er die Flasche hingestellt hatte. Dann ging ihm ein Licht auf. »Fillip und Sot!« Er spie ihre Namen förmlich aus. »Die verfluchten Gnome konnten es doch nicht lassen! Sie müssen hinter der Tür gelauert haben, um zu sehen, wo ich sie hinstelle!«

Die anderen drängten herbei und starrten in den Schrank.

»Die G'heim Gnome haben die Flasche genommen?« fragte Questor ungläubig.

»Bunion, geh sie suchen«, befahl Ben, der schon das Schlimmste fürchtete. »Wenn sie noch hier sind, bring sie sofort her – schnell!«

Der Kobold verschwand auf der Stelle und war kurz darauf zurück. Sein Affengesicht war verzerrt, und er fletschte die Zähne.

»Sie sind fort!« brüllte Ben wutentbrannt.

Questor schien in sich zusammenzufallen. »Hoheit, ich fürchte, ich habe eine sehr schlechte Nachricht für Euch.«

Ben nickte stoisch. Irgendwie war er nicht einmal überrascht.

Graum Wythe

Abernathy wachte erschreckt auf. Er erwachte nicht im wahren Sinne des Wortes, da er ja nicht geschlafen hatte, obwohl er wünschte, es wäre so gewesen. Er kniff die Augen zu und hielt den Atem an wie zum Tauchen. Es war dennoch wie Aufwachen, denn zuerst war Licht da, rundum, und er konnte die Helligkeit sogar mit geschlossenen Augen spüren, und dann war es plötzlich weg.

Er blinzelte und schaute sich um. Halbdunkel und Schatten verhüllten alles. Er brauchte eine Weile, um seine Augen daran zu gewöhnen. Vor seinem Gesicht waren Stäbe. Er blinzelte wieder. Rundum waren Stäbe! Du lieber Himmel, er saß in einem Käfig!

Er versuchte aufzustehen und stellte fest, daß das unmöglich war. Sein Kopf stieß sofort an die Decke. Er bewegte einen Arm – auch das war kaum möglich –, um die Decke zu befühlen, dann die Stäbe... Halt, was war denn das? Er betastete die Stäbe noch mal. Sie bestanden aus einer Art Glas – und es waren in Wirklichkeit nicht Stäbe, sondern irgendein sehr verziertes, kompliziertes Gitterwerk. Und der Käfig war nicht viereckig, sondern achteckig.

Wer hatte wohl schon mal einen achteckigen Käfig gesehen?

Er schaute nach unten. Ein Paar zierlicher Vasen klemmte zwischen seinen Beinen und dem Glasgitter, und sie sahen aus, als würden sie zerspringen, wenn er das nächste Mal Luft holte.

Trotzdem atmete er, in erster Linie vor Staunen. Er steckte nicht in einem Käfig, sondern in einer Art Vitrine oder Schaukasten!

Einen Augenblick lang war er völlig fassungslos und unfähig zu denken. Er starrte aus dem Käfig in das schattige Halbdunkel. Sein Gefängnis befand sich in der Halle eines massiven Gebäudes aus Stein und Balken und war umgeben von Schränken und Regalen, Kästen und Sockeln, in denen alle möglichen Gegenstände und Kunstwerke zur Schau gestellt waren. Das Licht war so schwach, daß er kaum etwas genau ausmachen konnte. Ein paar sehr kleine Fenster hoch oben in der Wand ließen kaum Helligkeit herein. An den Wänden hingen hier und da Gobelins verschiedener Größe und auf dem Steinboden lag offenbar ein handgewebter Teppich.

Abernathy runzelte die Stirn. Wo, in aller Welt, war er? Dieser zerstreute Questor Thews! Vielleicht befand er sich noch immer auf Silber Sterling in irgendeinem halbvergessenen Saal mit alter Kunst, außer daß... Er dachte den Gedanken nicht zu Ende. Aber das war wohl nicht der Fall. Er fühlte das. Sein Stirnrunzeln wurde noch faltiger. Dieser Wirrkopf von Zauberer! Was hatte er diesmal wieder angerichtet?

Am Ende des Saales ging eine Tür auf und schloß sich leise wieder. Abernathy kniff die Augen zusammen und starrte angestrengt ins Halbdunkel. Jemand war hereingekommen, aber er konnte nicht sehen, wer es war. Er hielt den Atem an und lauschte. Wer immer der Ankömmling war, er wußte offenbar noch nichts von seiner Gegenwart. Wer sich da im Saal befand, schlenderte müßig umher, blieb immer wieder stehen, um etwas zu betrachten. Ein Besucher, überlegte Abernathy, der die Kunst anschauen will. Die Schritte näherten sich. Sein Schaukasten stand ziemlich weit von der Wand entfernt, und er konnte nicht genau sehen, was hinter ihm geschah, ohne Kopf und Schultern zu verdrehen. Und wenn er das allzu heftig versuchte, so fürchtete er, würde er etwas in dem Kasten zerbrechen. Er seufzte. Vielleicht sollte er es trotzdem tun. Schließlich konnte er ja nicht bis in alle Ewigkeit hier hocken, oder?

Die Schritte gingen hinter ihm vorbei, verlangsamten sich, kamen herum und blieben vor ihm stehen. Er schaute hinunter. Ein kleines Mädchen sah zu ihm auf. Sie ist noch sehr jung, dachte er, sicher nicht älter als zwölf Jahre, zierlich, mit einem runden Gesicht und kurzgeschnittenem, honigblondem Kraushaar. Sie hatte blaue Augen und Sommersprossen auf der Nase. Offensichtlich versuchte sie herauszufinden, was er war. Er hielt den Atem an, solange er konnte, in der Hoffnung, sie könnte das Interesse verlieren und weitergehen. Aber sie tat es nicht. Er versuchte, bewegungslos zu bleiben. Doch dann blinzelte er trotz seiner Entschlossenheit, und sie wich erstaunt ein bißchen zurück.

»Oh, du bist lebendig!« rief sie aus. »Du bist ein richtiges Hündchen!«

Abernathy seufzte. Die Angelegenheit entwickelte sich ganz genauso, wie er gefürchtet hatte – genau wie dieser ganze Tag.

Das kleine Mädchen war mit weit aufgerissenen Augen wieder herangekommen. »Du armes Ding! In so einen Käfig gesperrt und ohne Wasser und Futter und irgendwas! Armes Hündchen! Wer kann denn so was tun?«

»Ein Idiot, der glaubt, ein Zauberer zu sein«, erklärte Abernathy.

Jetzt riß sie die Augen weit auf. »Du kannst ja sprechen!« flüsterte sie verschwörerisch. »Hündchen, du kannst sprechen!«

Abernathy runzelte die Stirn. »Würde es dir etwas ausmachen, mich nicht ›Hündchen‹ zu nennen?«

»Nein! Ich meine, nein, das würde mir nichts ausmachen.« Sie kam nah an den Käfig. »Wie heißt du, Hündchen? Oh, entschuldige. Wie ist dein Name?«

»Abernathy.«

»Ich heiße Elizabeth. Nicht Beth oder Liz oder Libby oder Liza oder Betty oder sonst irgendwas. Einfach Elizabeth. Ich hasse diese niedlichen Abkürzungen. Mutter und Vater hängen sie dir einfach an, ohne dich nach deiner Meinung zu fragen, und dann bist du bis in alle Ewigkeit damit gestempelt. Es sind keine richtigen Namen, nur Halbnamen. Elizabeth ist ein richtiger Name. Elizabeth war der Name von meiner Großtante.« Sie machte eine Pause. »Wo hast du sprechen gelernt?«

Abernathy schaute finster drein. »Genau wie du, nehme ich an. Ich bin zur Schule gegangen.«

»Wirklich? Da wo du herkommst, lehrt man Hunde sprechen?«

Es fiel Abernathy schwer, Geduld zu wahren. »Natürlich nicht. Damals war ich kein Hund. Ich war ein Mensch.«

Elizabeth war fasziniert. »Wirklich?« Sie zögerte nachdenklich. »O ja, jetzt weiß ich – ein Zauberer hat dir das angetan, nicht wahr? Genau wie in *Die Schöne und das Biest.* Kennst du die Geschichte? Es war einmal ein schöner Prinz, der in ein häßliches Biest verwandelt wurde, und der erst zurückverwandelt werden konnte, wenn er wirklich geliebt wurde.« Sie hielt inne. »Ist es das, was mit dir geschehen ist, Abernathy?«

»Also...«

»War der Zauberer ein böser Zauberer?«

»Also...«

»Warum hat er dich in einen Hund verwandelt? Was für eine Sorte Hund bist du, Abernathy?«

Abernathy leckte sich die Nase. Er hatte Durst. »Meinst du, du könntest vielleicht die Tür von diesem Schaukasten aufmachen und mich rauslassen?« fragte er.

Elizabeth sprang heran. Ihre Locken wippten. »Natürlich.« Sie blieb stehen. »Er ist abgeschlossen, Abernathy. Diese Vitrinen sind alle abgeschlossen. Michel hält sie verschlossen. Er ist schrecklich mißtrauisch.« Sie hielt inne. »Oh, oh. Was ist mit der Flasche passiert, die da drin war? Da war eine weiße Flasche drin, mit tanzenden Clowns bemalt, und die ist weg! Was ist damit passiert? Sitzt du vielleicht drauf, Abernathy? Michel wird außer sich sein! Ist sie vielleicht irgendwo unter dir?«

Abernathy rollte mit den Augen. »Keine Ahnung, Elizabeth. Ich kann nicht sehen, was unter mir ist, weil ich mich nicht wegbewegen kann, um nachzuschauen. Vermutlich werde ich nie wieder sehen, was unter mir ist, wenn ich hier nicht rauskomme!«

»Ich hab' dir doch gesagt, daß die Tür abgeschlossen ist«, erklärte Elizabeth ernsthaft. »Aber ich kann vielleicht den Schlüssel besorgen. Mein Vater ist der Verwalter von Graum Wythe. Er hat für alles einen Schlüssel. Im Augenblick ist er nicht da, aber ich geh' mal in seinem Zimmer nachschauen. Ich bin gleich wieder da!« Sie machte sich auf den Weg. »Keine Sorge, Abernathy. Warte hier auf mich!«

Dann war sie verschwunden, wie eine Katze durch die Tür geschlüpft. Abernathy saß schweigend in der Stille und dachte nach. Was für eine Flasche hatte sie gemeint, wer ist Michel, wo liegt Graum Wythe? Er hatte einmal einen Michel gekannt. Und ein Graum Wythe. Aber das war Jahre her, und diesen Michel und dieses Graum Wythe würde er lieber vergessen...

Ihm lief ein eisiger Schauder über den Rücken, als diese dunklen Erinnerungen wieder Gestalt annahmen. Nein, das ist ausgeschlossen, versuchte er sich zu beruhigen. Nichts als Zufall. Wahrscheinlich hatte er sich verhört. Elizabeth hatte wahrscheinlich ganz was anderes gesagt, und er hatte sie falsch verstanden.

Minuten verstrichen, doch schließlich kam sie zurück. Geräuschlos schlüpfte sie durch die Tür, kam zu seinem Schaukasten, steckte einen langen Schlüssel ins Schloß und drehte ihn um. Die Glas- und Eisengittertür öffnete sich, und Abernathy war frei. Vorsichtig stieg er hinaus.

»Vielen Dank, Elizabeth«, sagte er.

»Gern geschehen, Abernathy«, erwiderte sie. Sie rückte die Vasen zurecht, suchte vergebens nach der fehlenden Flasche und gab es schließlich auf. Dann schloß sie die Tür wieder zu. »Die Flasche ist nicht da«, erklärte sie ernst.

Abernathy richtete sich auf und strich sich die Kleider glatt. »Ich gebe dir mein Wort, daß ich nichts über ihren Verbleib weiß«, sagte er. »Oh, ich glaube dir«, gab sie zurück. »Aber Michel vielleicht nicht. Er ist nicht sehr verständnisvoll mit solchen Sachen. Er erlaubt nicht einmal, daß jemand hier hereinkommt, wenn er ihn nicht dazu eingeladen hat – und dann bleibt er die ganze Zeit bei ihnen. Ich kann reinkommen, weil mein Vater der Verwalter ist. Ich komme gerne her und seh' mir all die hübschen Dinge an. Weißt du, daß da ein Bild an der Rückwand ist, mit Leuten, die sich wirklich bewegen? Und eine Spieluhr, die spielt, was du willst? Ich weiß nicht, was in der Flasche drin war, aber Michel ließ niemanden in ihre Nähe kommen.«

Ein Bild mit Leuten, die sich bewegen, und eine Spieluhr, die auf

Bestellung spielt? *Magie,* dachte Abernathy sofort. »Elizabeth«, unterbrach er sie. »Wo bin ich hier?«

Elizabeth schaute ihn irritiert an. »Na, in Graum Wythe natürlich. Habe ich dir das nicht schon gesagt?«

»Ja, aber… wo liegt Graum Wythe?«

Die blauen Augen blinzelten. »In Woodinville.«

»Und wo liegt Woodinville?«

»Nördlich von Seattle. Im Staat Washington. In den Vereinigten Staaten von Amerika. Sagt dir das nichts, Abernathy? Kennst du diese Namen nicht?«

Abernathy schüttelte den Kopf. »Ich fürchte, das sind keine Orte in meiner Welt. Ich habe keine Ahnung, wo…« Dann hielt er plötzlich inne. Seine Stimme klang höchst besorgt. »Elizabeth, hast du schon mal von einem Ort namens Chicago gehört?«

Elizabeth lächelte. »Natürlich. Chicago liegt in Illinois. Aber das ist weit weg. Bist du aus Chicago, Abernathy?«

Abernathy war außer sich. »Nein, aber Seine Hoheit, ist – war von dort! Was für ein Alptraum! Ich bin nicht mehr in Landover! Ich bin in die Welt Seiner Hoheit versetzt worden! Dieser Idiot von Zauberer!« Er verstummte entsetzt. »Ach du lieber Himmel – und ich habe das Medaillon! Das Medaillon von Seiner Hoheit!«

Verzweifelt fingerte er an der Kette mit dem Medaillon, die er um den Hals trug, und Elizabeth rief: »Abernathy, ist doch schon gut, alles ist okay. Bitte, hab doch keine Angst! Ich werde mich um dich kümmern, wirklich! Ich werde für dich sorgen!« Und gleichzeitig streichelte und tätschelte sie ihn beruhigend.

»Du verstehst das nicht, Elizabeth! Das Medaillon ist der Talisman Seiner Hoheit! Es kann ihn nicht beschützen, solange ich es hier in dieser Welt habe! Er braucht es in Landover! Das hier ist nicht mehr seine We…!« Wieder verstummte er. Noch größeres Entsetzen stand in seinen Augen. »Oh, …seine Welt! Das hier ist seine Welt, seine *alte* Welt! Elizabeth! Du hast gesagt, der Ort hier heißt Graum Wythe – und sein Besitzer heißt Michel. Wie heißt er sonst noch, Elizabeth? Sag mir's, schnell!«

»Aber Abernathy, so beruhige dich doch!« Elizabeth versuchte ihn noch immer zu streicheln. »Er heißt Michel Ard Rhi.«

Abernathy sah aus, als stünde er kurz vor einem Herzanfall. »Michel Ard Rhi!« Er murmelte den Namen nur, als könne er, wenn er zu laut gesagt würde, den Herzanfall tatsächlich herbeiführen. Dann holte er tief Luft. »Elizabeth, du mußt mich verstekken!«

»Aber was ist denn los, Abernathy?«

»Ganz einfach. Michel Ard Rhi ist mein allerschlimmster Feind.«

»Wieso denn das? Was ist denn passiert, um euch zu Feinden zu machen?« Elizabeth hatte unendlich viele Fragen. Ihre blauen Augen funkelten. »Ist er ein Freund von dem Zauberer, der dich in einen Hund verwandelt hat, Abernathy? Ist er ein...«

»Elizabeth!« Abernathy bemühte sich, nicht zuviel Verzweiflung in seiner Stimme mitschwingen zu lassen. »Ich werde dir alles ganz genau erzählen, ich verspreche es dir, aber erst mußt du mich verstecken. Ich darf hier nicht gefunden werden! Nicht mit dem Medaillon um den Hals, nicht mit...«

»Okay, okay«, beschwichtigte ihn das kleine Mädchen eifrig. »Ich habe gesagt, daß ich für dich sorgen werde, und darauf kannst du dich verlassen. Ich halte immer Wort.« Sie überlegte. »Du kannst dich in meinem Zimmer verstecken. Dort wird dich vorerst niemand finden. Niemand kommt da eigentlich hin, außer meinem Vater, und der kommt erst in ein paar Tagen zurück.« Sie unterbrach sich nachdenklich. »Aber wir müssen dich dort erst irgendwie hinbringen. Irgendwer ist immer unterwegs in den Korridoren. Warte mal...«

Sie musterte ihn nachdenklich. Abernathy wünschte, er könnte sich unsichtbar machen oder so was, aber dann klatschte sie aufgeregt in die Hände.

»Ich weiß!« strahlte sie. »Wir spielen Verkleiden!«

Es war eine trübe Episode in Abernathys Leben, aber er nahm alles hin, weil Elizabeth ihm versicherte, es sei notwendig. Er traute Elizabeth instinktiv, wie man einem Kind traut, und er zweifelte nicht daran, daß sie ehrlich willens war, ihm zu helfen. Er wollte so schnell wie möglich ein Versteck finden. Das Allerschlimmste, das ihm in irgendeiner Welt widerfahren konnte, wäre, von Michel Ard Rhi entdeckt zu werden.

Also erlaubte er Elizabeth, ein improvisiertes Halsband mit Leine um seinen Hals zu legen, ließ sich auf alle viere nieder und folgte ihr wie ein richtiger Hund aus dem Saal, obwohl er noch immer seine Seidengewänder mit den Silberschnallen trug. Es war unbequem, unelegant und erniedrigend. Er kam sich wie ein Vollidiot vor, aber er tat es dennoch. Er schnupperte sogar im Vorbeigehen an Sachen, und er wedelte mit dem Stummelschwanz.

»Was immer passiert«, warnte ihn Elizabeth, als sie durch die Tür auf den Korridor traten, »rede nicht.« Der Korridor lag ebenfalls im Halbdunkel, wie der Saal mit den Kunstgegenständen, und Abernathy spürte die kalten Steine an Füßen und Händen. »Wenn uns irgendwer sieht, sag' ich einfach, du wärest mein Hund und wir würden Verkleiden spielen. Ich glaube nicht, daß irgendwer daran zweifeln wird, wenn er die Kleider sieht, die du anhast.«

Charmant, dachte Abernathy gereizt. Und was hast du an meinen Kleidern auszusetzen? Aber er sagte kein Wort.

Sie hatten eine ganze Reihe von Korridoren durchquert, die alle von kleinen Fenstern und Lämpchen nur spärlich beleuchtet waren, und aus Steinen und Balken bestanden. Abernathy hatte inzwischen genug von Graum Wythe gesehen, um zu erkennen, daß es ein Schloß ähnlich Silber Sterling war. Das legte nahe, daß Michel Ard Rhi vielleicht seine Kindheitsträume auslebte, was den Hofschreiber wiederum mit einer gewissen Neugier erfüllte, mehr zu erfahren. Aber im Augenblick wollte er lieber nicht an Michel denken; fast fürchtete er, daß der bloße Gedanke an ihn den Mann erscheinen lassen könnte, und er verdrängte die Angelegenheit aus seinem Bewußtsein.

Elizabeth hatte ihn über einige Entfernung durch die Flure und Hallen von Graum Wythe geführt, ohne daß sie jemandem begegnet wären, als sie um eine Ecke bogen und mit zwei schwarz uniformierten Männern zusammenstießen. Elizabeth blieb stehen. Abernathy versuchte, sich hinter ihren Beinen zu verkriechen, doch sie waren eindeutig viel zu dünn, um ihn zu verstecken.

»Tag, Elizabeth«, grüßten die Männer.

»Guten Tag«, grüßte Elizabeth.

»Ist das dein Hund?« fragte der eine. Sie nickte. »Angezogen und feingemacht, hm? Aber er scheint es nicht besonders zu mögen.«

»Ich wette, er kann's nicht ausstehen«, meinte der andere.

»Was hat er denn auf der Nase? Eine Brille? Wo hast du die denn her, Elizabeth?«

»Ziemlich kostbares Zeug für einen Hund«, kommentierte der andere. Er wollte sich danach bücken, aber Abernathy knurrte, fast ehe er selber merkte, daß er es tat. Der Mann zog schnell seine Hand zurück. »Nicht sehr freundlich, dein Hund, nicht wahr?«

»Er hat nur Angst«, erläuterte Elizabeth. »Er kennt dich noch nicht.«

»Ja, das kann ich verstehen.« Der Mann wandte sich zum Gehen. »Komm, Bert.«

Der andere zögerte. »Weiß dein Vater von dem Hund, Elizabeth?« fragte er. »Ich dachte, er hätte dir Haustiere verboten.«

»Hm, ja, nun – er hat seine Meinung geändert«, sagte Elizabeth. Abernathy schlüpfte hinter ihr hervor und zog an der Leine. »Ich muß jetzt gehen. Tschüß.«

»Tschüß, Elizabeth«, rief der Mann und wandte sich ebenfalls zum Gehen. Dann drehte er sich noch mal um. »He, was für eine Rasse ist dein Hund eigentlich?«

»Weiß nicht!« rief Elizabeth. »Ein Mischling.«

Abernathy mußte sich schwer zusammenreißen, ihr nicht an die Kehle zu springen.

»Ich bin übrigens kein Mischling«, ließ er sie sofort wissen, als er gefahrlos sprechen konnte. »Ich bin ein weichhaariger Weizenterrier. Mein Stammbaum ist vermutlich edler als der deine.«

Elizabeth wurde rot. »Verzeihung, Abernathy«, sagte sie leise und schlug den Blick zu Boden.

»Nun, nun, ist ja gut«, tröstete er sie und versuchte, seine Unfreundlichkeit wiedergutzumachen. »Ich wollte dich nur wissen lassen, daß ich einen Stammbaum habe, trotz meines Zustandes.«

Sie saßen in ihrem Zimmer auf der Bettkante, und er fühlte sich vorübergehend in Sicherheit. Ihr Zimmer war hell und sonnig, im Gegensatz zu dem, was er bisher von dem Schloß gesehen hatte. Die Wände waren tapeziert, am Boden lag ein Teppich, die Möbel waren zierlich und auf ein Mädchen zugeschnitten, und überall lagen Plüschtiere und Puppen umher. Neben einem kleinen Schreibtisch stand ein Bücherregal, und Bilder von Teddybären und Stofftieren schmückten hier und da die Wände. Ein Plakat von jemandem oder etwas mit Namen Bon Jovi prangte auf der Innenseite der Tür.

»Erzähl mir von dir und Michel«, bat Elizabeth und schaute ihn wieder an.

Abernathy wurde ein wenig steif. »Michel Ard Rhi ist mit ein Grund, warum ich ein Hund geworden bin«, antwortete er. Er dachte einen Moment nach. »Elizabeth, ich weiß ehrlich nicht, ob ich dir das erzählen sollte oder nicht.«

»Warum denn, Abernathy?«

»Weil... also..., weil es dir schwerfallen dürfte, alles zu glauben.«

Elizabeth nickte. »Wie das, was du mir von dem Zauberer erzählt hast, der dich vom Menschen zum Hund verzaubert hat? Wie, daß du aus einer anderen Welt stammst?« Sie schüttelte den Kopf und schaute sehr ernst drein. »Ich kann solche Sachen glauben, Abernathy. Ich kann glauben, daß es Dinge gibt, von denen die meisten Leute keine Ahnung haben. Wie Magie. Wie vorgetäuschte Orte, die nicht vorgetäuscht sind. Mein Vater sagt mir immer, daß es lauter Sachen gibt, die die Leute nicht glauben, nur, weil sie sie nicht verstehen.« Sie hielt inne. »Ich werde es niemandem erzählen – außer meiner besten Freundin Nita –, aber ich bin überzeugt, daß es andere Völker gibt, die irgendwo da draußen in anderen Welten leben. Wirklich.«

Abernathy sah sie plötzlich voller Respekt an. »Du hast wirklich recht«, sagte er schließlich. »Das hier, Elizabeth, ist nicht meine Welt. Und auch nicht Michel Ard Rhis Welt. Wir stammen beide aus einer Welt mit Namen Landover, einem Königreich genauer gesagt. Es ist nicht sehr groß, aber sehr, sehr weit weg. Es ist eine Wegkreuzung zu vielen Welten neben der deinen, die alle in die Nebel führen, wo die Elfenvölker leben. Die Nebel sind die Quelle aller Magie. Die Elfen leben ausschließlich in der Magie, andere Welten oder Völker nicht, oder größtenteils nicht.«

Er verstummte und überlegte, wie er fortfahren sollte. Elizabeth starrte ihn an, nicht ungläubig, sondern voller Staunen. Er schob seine Brille wieder zurecht.

»Was mit mir geschehen ist, liegt mehr als zwanzig Jahre zurück. Michels Vater war damals König von Landover. Es war sein letztes Lebensjahr. Ich war sein Hofschreiber. Michel war ungefähr so alt wie du – aber abgesehen davon hatte er natürlich nichts mit dir gemein.«

»War er bösartig?« wollte Elizabeth wissen.

»Allerdings.«

»Jetzt ist er immer noch nicht besonders nett.«

»Na, dann hat er sich nicht wesentlich verändert, seit er so alt war wie du«, seufzte Abernathy. Schmerzhaft drängten sich ihm die Erinnerungen wieder auf und weigerten sich, wieder zu verschwinden. »Ich spielte mit Michel, als er heranwuchs. Sein Vater bat mich darum, also gehorchte ich. Er war kein sympathisches Kind, und das wurde noch schlimmer, nachdem Meeks ihn unter seine Fittiche genommen hatte. Meeks war der alte Hofzauberer, ein durch und durch böser Mensch. Er freundete sich mit Michel an und lehrte ihn ein paar Zaubertricks. Das gefiel Michel. Er behauptete immer, er könne alles tun, was er wolle. Wenn ich mit ihm spielte, gab er immer vor, er habe ein Schloß namens Graum Wythe, eine stark befestigte Burg, die gegen hundert feindliche Armeen und ein Dutzend Zauberer standhalten würde. Ihm gefiel es, soviel Macht zu besitzen.«

Abernathy schüttelte den Kopf. »Er spielte diese Spiele unablässig, und ich ließ es geschehen. Es war nicht an mir, in Frage zu stellen, was mit dem Jungen geschah – oder was ich glaubte, was mit ihm geschah. Der alte König schien es nicht so klar zu sehen wie ich…« Er zuckte mit den Achseln. »Michel war wirklich ein kleines Monster, muß ich leider sagen.«

»War er auch gemein?« fragte Elizabeth.

»Und wie. Aber er war noch gemeiner mit anderen. Ich genoß einen gewissen Schutz, denn ich war ja Hofschreiber. Andere hatten nicht so ein Glück. Und mit Tieren war Michel ganz besonders grausam. Es schien ihm außerordentliches Vergnügen zu bereiten, sie zu quälen. Vor allem Katzen. Katzen haßte er aus irgendeinem Grund. Immer wieder fand er streunende Katzen, die er über die Burgmauern schleuderte…«

»Das ist ja scheußlich!« rief Elizabeth.

Abernathy nickte. »Das habe ich ihm auch gesagt. Und dann erwischte ich ihn eines Tages dabei, etwas so Unsagbares zu tun, daß ich noch heute nicht darüber sprechen kann. Wie auch immer. Ich war mit meiner Geduld am Ende. Ich packte den Jungen und legte ihn mir übers Knie. Ich versohlte ihn mit einer Rute, bis er schrie! Ich überlegte nicht, was ich tat. Ich tat es einfach. Als ich fertig war, rannte er kreischend aus dem Zimmer und tobte vor Wut über das, was ich getan hatte.«

»Er hatte es aber verdient«, stellte Elizabeth überzeugt fest, obwohl sie nicht wußte, was er angestellt hatte.

»Aber trotzdem war es ein gewaltiger Fehler von mir«, fuhr Abernathy fort. »Ich hätte die Sache besser auf sich beruhen und den König bei seiner Rückkehr informieren sollen. Der König war fort, verstehst du, und Michel war Meeks anvertraut worden. Er rannte auf der Stelle zu Meeks und verlangte, daß ich bestraft werden müsse. Er wollte, daß mir die Hand abgeschlagen würde. Meeks lachte – ich erfuhr das später – und erklärte sich einverstanden. Meeks hatte nie viel für mich übrig, verstehst du? Er war der Meinung, ich würde den alten König gegen ihn aufhetzen. Michel rief seine Garde und ordnete an, daß sie mich suchen sollten. Niemand war da, um mich zu schützen. Ich hätte mit großer Wahrscheinlichkeit meine Hand eingebüßt, wenn sie mich gefunden hätten.«

»Aber sie haben dich nicht gefunden.«

»Nein. Questor Thews fand mich zuerst. Questor war Meeks' Halbbruder, ebenfalls Zauberer, wenn auch weniger begabt. Er war zu Besuch gekommen, weil er hoffte, der alte König würde vielleicht irgendeine Arbeit für ihn haben. Questor und ich waren Freunde. Er mochte seinen Halbbruder und Michel auch nicht sonderlich, und als er hörte, was sie im Schilde führten, warnte er mich. Es blieb keine Zeit, aus der Burg zu entkommen, und in ihrem Inneren gab es keinen Ort, wo ich mich hätte verstecken können. Michel kannte alle Nischen und Winkel. Also erlaubte ich Questor Thews, mich in einen Hund zu verwandeln, so daß ich nicht erwischt würde. So wurde ich glücklicherweise nicht gefunden, aber hinterher war Questor nicht in der Lage, mich wieder zurückzuverwandeln.«

»Dann war es also kein böser Zauberer, der dich in einen Hund verzaubert hat«, fragte Elizabeth.

»Nein, Elizabeth – nur ein mittelmäßiger.«

Elizabeth nickte ernst. Ihr Sommersprossengesicht war in nachdenkliche Falten gelegt. »Und während all der Jahre bist du als Hund herumgelaufen? Entschuldige, äh... als weichhaariger Weizterrier?«

»Weichhaariger *Weizen*terrier. Ja. Mit Ausnahme meiner Finger, meiner Stimme und meiner Gedanken, die noch immer die gleichen sind wie als Mensch.«

Elizabeth lächelte ein trauriges Kinderlächeln. »Ich wünschte, ich könnte dir helfen, Abernathy. Ich meine, dir helfen, dich wieder zurückzuverwandeln.«

Abernathy seufzte. »Das hat schon jemand versucht. Deshalb bin ich hier gelandet, eingequetscht in den Schaukasten. Wieder einmal Questor Thews, muß ich leider sagen. Er ist in seiner Kunst nicht besser als vor dreißig Jahren. Er glaubte nun endlich herausgefunden zu haben, wie er mich zurückverwandeln könnte. Aber unglücklicherweise ging ihm der Zauber daneben, und da bin ich nun und sitze in der Heimatburg meines Todfeindes gefangen.«

Schweigend schauten sie einander eine Weile an. Die Nachmittagssonne schien durch die verhangenen Fenster und wärmte das Zimmer. Die blauvioletten Feldblumen in einer Vase auf der Kommode rochen nach Wiesen und Hügeln. Irgendwo in der Ferne ertönte Gelächter und das Scharren von Kisten oder Containern. Abernathy fühlte sich an zu Hause erinnert.

»Mein Vater hat mir mal erklärt«, sagte Elizabeth, »daß Michel sehr böse zu Tieren sein kann. Deswegen, meinte er, dürfte ich kein Haustier haben – weil ihm etwas zustoßen könnte. Niemand in Graum Wythe hat Haustiere. Man kriegt nie irgendwelche Tiere zu sehen.«

»Das wundert mich nicht«, erwiderte Abernathy verdrießlich.

Sie schaute ihn an. »Michel darf dich hier nicht finden.«

»Nein, nur das nicht!«

»Aber die Wachen werden ihm sagen, daß ich einen Hund habe, das wette ich.« Bei dem Gedanken runzelte sie die Stirn. »Die Wachen sagen ihm alles. Sie sorgen dafür, daß die Burg bewacht wird, wie ein Gefängnis. Nicht einmal mein Vater kann hingehen, wo er will – und dabei ist er der Verwalter von Graum Wythe. Michel ist völlig auf ihn angewiesen. Mein Vater kümmert sich um alles – das heißt, fast alles. Er ist nicht für die Wachen zuständig. Die unterstehen Michel direkt.«

Abernathy nickte schweigend. Er dachte plötzlich wieder an das Medaillon, das unter seinem Hemd verborgen war, und was passieren würde, wenn er damit erwischt würde.

Elizabeth seufzte. »Ich mag Michel nicht besonders – auch wenn er mir eigentlich nie was getan hat. Er ist einfach nicht besonders nett. Er sieht immer so... gruselig aus.«

Abernathy wußte nicht genau, was sie mit »gruselig« meinte, aber er war überzeugt, daß es etwas war, dessen Michel Ard Rhi durchaus fähig wäre. »Ich muß fort von hier, Elizabeth. Du mußt mir helfen.«

»Aber, Abernathy, wo willst du denn hin?« fragte sie.

»Das spielt keine große Rolle, solange es weit genug weg ist von hier«, erklärte er. Er runzelte die Stirn. »Ich begreife noch immer nicht, wieso ich ausgerechnet hier gelandet bin und nicht irgendwo anders. Ausgerechnet hier. Wie konnte das passieren?« Er schüttelte den Kopf.

»Ich glaube, ich sollte dich besser begleiten«, sagte Elizabeth.

»Nein! Nein, das kannst du nicht tun!« widersprach Abernathy heftig. »Nein, nein, Elizabeth. Ich muß allein gehen.«

»Aber du weißt ja nicht einmal, wo du hingehen willst!«

»Ich finde mich schon zurecht, glaub mir. Es gibt einen Weg nach Landover zurück, wenn du das Medaillon bei dir hast. Seine Hoheit hat mir mal davon erzählt – von einem Ort aus, der Virginia heißt. Den kann ich finden.«

»Virginia liegt am anderen Ende des Landes!« rief Elizabeth entsetzt aus. »Wie willst du denn dort hinkommen?«

Abernathy starrte sie an. Er hatte natürlich nicht die geringste Vorstellung. »Ich werde schon hinfinden«, sagte er schließlich. »Aber erst muß ich mal hier raus. Willst du mir helfen?«

Elizabeth seufzte. »Natürlich helfe ich dir.« Sie stand auf und ging ans Fenster. »Ich muß mir überlegen, wie ich dich durch eines der Tore schmuggeln kann.« Sie dachte nach. »Für heute ist es zu spät, irgendwas zu unternehmen. Morgen vielleicht. Ich muß zur Schule, aber um vier bin ich wieder zu Hause. Oder ich tue so, als sei ich krank. Dann kann ich zu Hause bleiben. Allzulange kann ich dich hier nicht verstecken.« Sie schaute ihn an. »Ich finde noch immer, daß ich eigentlich mit dir gehen sollte.«

Abernathy nickte. »Ich weiß. Aber das geht nicht, Elizabeth. Du bist zu jung, und das ist viel zu gefährlich.«

Elizabeth runzelte die Stirn und wandte sich wieder zum Fenster. »Mein Vater sagt das auch dauernd, wenn ich ihn frage, ob ich etwas tun darf.«

»Das kann ich mir denken.«

Elizabeth drehte sich wieder um und lächelte ihn an. Er sah sich selbst undeutlich in dem Spiegel hinter ihr, sah sich, wie sie ihn sehen mußte. Ein Hund in rot-weißen Seidenkleidern auf der Kante ihres Bettes, der sie durch eine Brille auf der bepelzten Schnauze mit seelenvollen braunen Augen anschaute. Ihm fiel plötzlich auf, wie albern er ihr vorkommen mußte, und schaute verlegen schnell zur Seite.

Aber ihre nächste Frage überraschte ihn. »Werden wir Freunde bleiben, Abernathy«, fragte sie, »auch wenn du fort bist?«

Er hätte gelächelt, wenn Hunde lächeln könnten. »Ja, Elizabeth, das werden wir.«

»Gut. Ich bin wirklich froh, daß ich es war, die dich gefunden hat, weißt du?«

»Ich auch. Und wie!«

»Ich hoffe noch immer, daß du mich mitkommen läßt.«

»Ich weiß.«

»Warum überlegst du es dir nicht noch mal?«

»Das werde ich.«

»Versprichst du's mir?«

Abernathy seufzte. »Elizabeth?«

»Ja?«

»Ich könnte viel besser nachdenken, wenn ich was zu essen hätte. Und vielleicht auch was zu trinken?«

Sie stürmte aus dem Zimmer. Abernathy schaute ihr nach. Er mochte Elizabeth. Er mußte zugeben, daß es in ihrer Gesellschaft gar nicht so schlimm war, ein Hund zu sein.

Darkling

»Da ist etwas in der Flasche, das lebt«, sagte Questor Thews.

Er saß mit Ben, Weide und den Kobolden im Gartenzimmer. Nächtliche Schatten verhüllten alles unter grauschwarzen Schleiern, und nur eine einzige rauchfreie Lampe verlieh jenem kleinen Kreis farbigen Schimmer, wo die vier Zuhörer schweigend kauerten und warteten, daß der Zauberer weitersprach. Questors Eulengesicht war hager und vergrämt vor Sorge, seine Brauen waren noch tiefer als sonst zusammengezogen, und in seinen Augen stand ein silbriges Glitzern. Er hielt die Hände auf dem Schoß gefaltet wie knorrige Äste, die unentwirrbar miteinander verwachsen waren.

»Man nennt es einen Darkling. Es ist eine Art Dämon.«

Wie das Flaschenteufelchen, dachte Ben, dem sofort die alte Geschichte von Robert Louis Stevenson wieder einfiel. Dann erinnerte er sich, was der Dämon in dieser Geschichte seinen Besitzern angetan hatte, und ein heftiges Unbehagen durchfuhr ihn.

»Der Darkling ähnelt dem Kartengeist der alten Erzählungen«, fuhr Questor fort. Bens Unbehagen ließ ein wenig nach. »Er dient dem Eigentümer der Flasche, erscheint, wenn er gerufen wird, und erfüllt die Befehle seines Herrn. Er verwendet unterschiedliche Formen von Magie, um dies zu vollziehen.« Questor seufzte. »Unglücklicherweise verwendet er nur böse Zauber.«

»Wie böse?« fragte Ben. Das Unbehagen war wieder da.

»Unterschiedlich, Hoheit.« Questor räusperte sich und dachte nach, wobei er leicht hin und her schaukelte. »Ihr müßt die Natur der Magie verstehen, die der Darkling verwendet. Es ist nicht eine Magie, die aus sich selbst heraus besteht. Sie ist abgeleitet.«

»Was heißt das?«

»Das heißt, daß der Darkling seine Kraft von dem Besitzer der

Flasche erhält. Es ist Magie, die sich aus der Charakterstärke desjenigen ernährt, der sie anruft – aber nicht von dem, was gut und freundlich ist an seinem Charakter, sondern von dem, was böse und zerstörerisch ist. Zorn, Egoismus, Gier, Neid, und was immer Ihr nennen wollt, destruktive Gefühle, die bis zu einem gewissen Grade in jedem von uns lauern – aus ihnen bezieht der Darkling die Kraft für seine Magie.«

»Er ernährt sich vom menschlichen Versagen«, flüsterte Weide. »Ich habe von solchen Kreaturen gehört, die vor langer Zeit aus den Nebeln verbannt wurden.«

»Das ist aber noch nicht das Schlimmste«, fuhr Questor müde fort. Sein Mund hatte sich so verzerrt, daß er drohte, die Nase bis in den Bart hinunterzuziehen. »Ich habe schon erwähnt, daß mir die Flasche irgendwie bekannt vorkam. Das ist – oder war vor sehr langer Zeit. Es ist mehr als zwanzig Jahre her, seit ich die Flasche zum letzten Mal gesehen habe. Und heute gelang es mir erst am Abend, mich zu erinnern, wo das war.« Er räusperte sich nervös. »Ich sah sie in den Händen meines Halbbruders. Die Flasche gehörte ihm.«

»Ach du meine Güte«, stöhnte Ben.

»Aber wie konnte sie hierherkommen?« fragte Weide.

Der Zauberer seufzte seinen bislang tiefsten Seufzer. »Um das zu erläutern, muß ich weiter ausholen.«

»Hoffentlich nicht zu weit«, flehte Ben.

»Hoheit, ich werde nicht weiter ausholen, als zur Erklärung der Angelegenheit notwendig ist.« Questor schien von dem Einwurf unangenehm berührt. »Ihr müßt zugeben, daß die Zeit, die jemand für ein bestimmtes Vorhaben für notwendig hält, ganz und gar subjektiv...«

»Bitte, Questor, fangt einfach an!« drängte Ben hilflos.

Questor zögerte, zuckte mit den Schultern, nickte und fing wieder an zu schaukeln. Er saß auf einer Bank ohne Rückenlehne, und jedesmal, wenn er nach hinten schaukelte, schien er in Gefahr zu sein, hintüberzukippen. Er hatte die Knie wie ein Kind unter seinen Gewändern bis vor die Brust gezogen, und sein Eulengesicht schien in weite Ferne zu schauen. Seine Brauen kräuselten sich, sein Mund wurde hart. Er sah plötzlich aus wie jemand, der etwas Unangenehmes gegessen hat.

Endlich war er soweit. »Ihr werdet Euch erinnern, daß mein Halbbruder der Hofzauberer des alten Königs war«, begann er. Alle nickten. Auch die Kobolde. »Ich hatte keine Stellung am Hof, aber ich kam von Zeit zu Zeit zu Besuch. Der alte König gab mir oft kleine Aufträge, die mich in andere Gebiete des Königreiches führten – Aufträge, die meinen Halbbruder nicht sonderlich interessierten. Denn er war inzwischen zum Tutor des jungen Königssohnes ernannt worden, als dieser gerade acht Jahre alt geworden war, und von da an war die Zeit meines Halbbruders ganz und gar damit ausgefüllt, den Jungen zu erziehen. Unglücklicherweise lehrte er den Jungen nur die falschen Dinge. Er sah, daß der alte König schwächer wurde, vorzeitig alterte und von unheilbaren Krankheiten verzehrt wurde. Er wußte, daß der Junge nach dem Tod seines Vaters König werden würde, und er wollte Kontrolle über den Jungen erlangen. Michel hieß er. Michel Ard Rhi.«

Er neigte den Kopf zur Seite. »Michel hatte nie einen besonders starken Charakter gezeigt, nicht einmal, bevor er all seine Zeit mit Meeks verbrachte. Doch nachdem mein Halbbruder ihn in die Finger gekriegt hatte, wurde er in kürzester Zeit zu einem unausstehlichen Kerl. Er war grausam und bösartig. Er war besessen von Meeks' Magie und bettelte darum, wie ein Hungriger um Nahrung bettelt. Meeks benutzte die Magie, um den Jungen zu gewinnen, und am Ende hatte er ihn voll in der Hand.«

»Reizend«, kommentierte Ben. »Aber was hat das mit der Flasche zu tun, Questor?«

»Nun.« Questors Gesichtsausdruck ähnelte jetzt vollständig einem alten Professor. »Unter dem Spielzeug, das Meeks Michel gab, war auch die Flasche. Michel hatte die Erlaubnis, den Darkling herbeizurufen und herumzukommandieren. Der Dämon war außerordentlich gefährlich, versteht Ihr, aber nicht, wenn man seinen Nutzen zu schätzen wußte. Mein Halbbruder war erfahren genug, um den Geist unter Kontrolle zu halten, und Michels Spiele bedeuteten keine echte Bedrohung für ihn. Michel benutzte den Darkling in ziemlich scheußlicher Weise – oft zu entsetzlichen Quälereien mit Tieren. Es war bei einer dieser Gelegenheiten, daß Abernathy die Geduld verlor und ihn verprügelte. Und ich war dann gezwungen, meinen lieben Freund in einen Hund zu verwandeln, damit ihm kein Leid geschehe.

Nicht viel später erkannte der alte König endlich, was mit dem Jungen geschah, und er befahl, daß die ganze Erziehung abgebrochen würde. Meeks wurde daraufhin verboten, in irgendeiner Weise Magie zu vollziehen, wenn der Junge in der Nähe war. Sämtliche magischen Gegenstände des Jungen mußten zerstört werden – insbesondere die Flasche.«

»Was offensichtlich nicht geschehen ist«, unterbrach Ben.

Questor schüttelte den Kopf. »Der alte König war schwach, aber er wurde noch immer vom Paladin beschützt. Meeks wagte es nicht, ihn herauszufordern. Mein Halbbruder begnügte sich damit, den Tod des alten Mannes abzuwarten. Er plante schon seine Zukunft mit dem Jungen, plante schon, Landover zu verlassen und in andere Welten zu gehen. Die Zeit würde ihm alles bringen, glaubte er. Andererseits war er nicht bereit, die Flasche aufzugeben – und schon gar nicht wollte er zulassen, daß sie zerstört würde. Er konnte sie aber auch nicht einfach verstecken; der alte König hätte von dem Betrug erfahren können. Doch selbst wenn er sie verborgen hätte, konnte er die Magie ohnehin nicht aus Landover herausbringen. Die Naturgesetze machten es unmöglich. Was sollte er also tun?«

Questor verstummte, als erwarte er eine Antwort. Als er keine erhielt, beugte er sich vor und flüsterte verschwörerisch: »Er befahl dem Darkling, sich selbst mitsamt der Flasche außerhalb von Landover zu verbergen, wo sie beide versteckt bleiben sollten, bis er sie wieder holen käme. Ausgesprochen raffiniert.«

Ben runzelte ungeduldig die Stirn. »Questor, was hat das denn nun alles mit dem Preis von Äpfeln und Birnen zu tun?« Questor schaute ihn verwirrt an. »Also, was ist mit der Flasche?« fragte Ben scharf.

Questor zog eine Grimasse und hob beschwichtigend die Hände. »Mein Halbbruder versprach sie dem Jungen. Die Flasche war sein liebster Besitz. Mein Halbbruder versicherte dem Jungen, daß die Flasche nicht zerstört würde. Er sagte, daß er sie später wiederholen könnte, nach dem Tod des alten Königs, nachdem sie sich in einem anderen Land niedergelassen und angefangen hätten, Landovers Königtum zu verkaufen. Es war ihr gemeinsames Geheimnis.« Er zuckte mit den Schultern. »Ich hätte den alten König natürlich informiert, wenn ich davon gewußt hätte, aber ich erfuhr es erst, als der alte König gestorben war. Erst dann beschloß Meeks, mir davon zu erzählen.«

»Er hat Euch davon *erzählt*?« Ben war entsetzt.

Questor schaute ihn zutiefst gekränkt an. »Ja, Hoheit. Es bestand kein Grund dagegen. Ich konnte rein gar nichts dagegen tun. Mein Halbbruder war immer ziemlich stolz auf sich, und sein Stolz zwang ihn, seine Befriedigung über seine Leistungen mit jemandem zu teilen. Ich stand immer an erster Stelle, wenn es darum ging, diese zweifelhafte Ehre erwiesen zu bekommen.«

Ben dachte nach. Questor warf ihm einen nervösen Blick zu. »Es tut mir leid, daß ich bis jetzt gebraucht habe, um mich an all das zu erinnern, Hoheit. Mir ist klar, daß ich früher hätte daran denken müssen. Aber es liegt über dreißig Jahre zurück, und ich habe die Flasche einfach nicht gleich wiedererkannt, bis...«

»Einen Moment!« unterbrach ihn Ben. »Was ist mit der Flasche? Was ist aus der Flasche geworden?«

»Was aus der Flasche geworden ist?« wiederholte Questor.

»Ja. Das habe ich gefragt. Was ist daraus geworden?«

Questor sah aus, als würde er sich am liebsten in sich selbst verkriechen. »Mein Halbbruder fand sie wieder und gab sie Michel zurück.«

»Gab sie Michel...« Ben verstummte entsetzt.

»Es bestand ja kein Grund, sie ihm nicht zurückzugeben, versteht Ihr?« versuchte Questor zu erläutern. »Mein Halbbruder hatte dem Jungen ja ein Versprechen gegeben. Es bedeutete kein großes Risiko, dieses Versprechen zu halten. Sie befanden sich in einer anderen Welt, und die Magie der Flasche war durch die Tatsache, daß kaum jemand in dieser Welt an Zauberei glaubte oder sie praktizierte, stark geschwächt. Sie war dort einigermaßen harmlos, und...«

»Einen Augenblick!« unterbrach ihn Ben. »Wir reden von *meiner* Welt, nicht wahr?«

»Eurer alten Welt, ja...«

»Meine Welt! Die Flasche war in meiner Welt! Ihr sagtet...! Das heißt...!« Ben war außer sich. Er holte schnell Luft. »Euer fehlgeschlagener Zauber machte einen Austausch, nicht wahr? Das ist es doch, was Ihr mir gesagt habt, oder? Und wenn der Zauber die Flasche *hierher* gebracht hat, dann muß er Abernathy *dorthin* geschafft haben! Was, zum Teufel, habt Ihr gemacht, Questor? Ihr habt Abernathy in meine Welt geschickt! Schlimmer noch, Ihr habt ihn zu diesem Ekel Michel geschickt, ist das so?«

Questor nickte unglücklich.

»Zusammen mit meinem Medaillon, verdammt noch mal, so daß ich nicht einmal in meine alte Welt zurückkehren kann, um ihm zu helfen!«

Questor machte sich ganz klein. »Ja, Hoheit.«

Ben lehnte sich wortlos zurück, schaute erst zu Weide und dann zu den Kobolden. Niemand sagte etwas. Im Zimmer war es ganz still, die nächtlichen Geräusche blieben nur ein fernes Wispern. Ben fragte sich, warum ausgerechnet ihm immer solche Sachen passieren mußten.

»Wir müssen die Flasche zurückkriegen«, sagte er schließlich. Er schaute Questor an. »Und wir müssen eine Möglichkeit finden, sie wieder gegen Abernathy einzutauschen!«

Das Gesicht des Zauberers verschob sich ständig und glich jetzt einem Knoten. »Ich werde mein Bestes tun, Hoheit.«

Ben schüttelte niedergeschlagen den Kopf. »Was auch immer.« Er erhob sich. »Bis zum Sonnenaufgang können wir nicht viel unternehmen. Es ist zu dunkel, um diese vertrackten Gnome aufzuspüren. Selbst Bunion hätte Schwierigkeiten. So gut wie überhaupt kein Licht – dicht bewölkt, kein einziger Mond. Uns ist das verdammte Glück auch wirklich nicht hold!« Er eilte zum Fenster und wieder zurück. »Wenigstens wissen Fillip und Sot nicht, was sie da haben. Sie halten die Flasche für eine dekorative Kostbarkeit. Vielleicht machen sie sie nicht auf, bevor wir sie finden. Vielleicht sitzen sie nur da und bestaunen sie.«

»Vielleicht«, stimmte Questor zu, aber mit deutlichem Zweifel.

»Und vielleicht auch nicht«, fügte Ben hinzu.

»Es besteht ein Problem.«

»Noch ein Problem, Questor?«

»Ja, Hoheit, leider.« Der Zauberer schluckte. »Der Darkling ist eine höchst unberechenbare Kreatur.«

»Das heißt?«

»Manchmal kommt er auch allein aus der Flasche heraus.«

Nicht einmal zwölf Meilen von jenem Raum entfernt, wo Ben Holiday Questor Thews entsetzt anstarrte, lagen Fillip und Sot aneinandergekuschelt in der alles verhüllenden Finsternis der Nacht. Sie hatten einen verlassenen Dachsbau aufgegraben und sich hineinverkrochen. Ihre zerzausten, pelzigen Gestalten verschwanden Stückchen für Stückchen unter der Erde, bis nur noch ihre spitzen Nasen und glänzenden kleinen Augen zu sehen waren. Sie kauerten in ihrer behelfsmäßigen Behausung und lauschten auf die Geräusche rundum und blieben reglos wie die Blätter an den umstehenden Bäumen in der windstillen, friedlichen Nacht.

»Sollen wir sie noch ein einziges Mal rausholen?« fragte Sot schließlich.

»Ich finde, wir sollten sie versteckt lassen«, erwiderte Fillip.

»Wir brauchen sie doch nur einen ganz kleinen Augenblick herauszuholen«, meinte Sot.

»Das könnte genau ein Augenblick zu lang sein«, beharrte Fillip.

»Aber es ist doch ganz dunkel«, bohrte Sot.

»Manche brauchen kein Licht«, erinnerte ihn Fillip.

Sie schwiegen wieder mit glitzernden Augen und schnüffelnden Nasen. Irgendwo in der Ferne ertönte ein schriller Vogelruf.

»Glaubst du, daß Seine Hoheit sie vermissen wird?« fragte Sot.

»Er hat gesagt, er wünschte, er hätte sie nie gesehen«, antwortete Fillip. »Er hat gesagt, er wünschte, sie würde verschwinden.«

»Aber er könnte sie trotzdem vermissen«, überlegte Sot.

»Er hat noch viele andere Flaschen und Vasen und hübsche Sachen«, tröstete Fillip.

»Ich finde, wir sollten sie noch mal rausholen.«

»Ich finde, wir sollten sie lassen, wo sie ist.«

»Nur die tanzenden Clowns noch mal anschauen.«

»Nur jemand anderem die Gelegenheit bieten, sie zu stehlen.«

Sot kauerte sich gereizt zusammen und wand sich in einer Weise, die seinem Bruder unmißverständlich mitteilte, was er über die Angelegenheit dachte. Fillip ignorierte ihn. Sot wand sich noch ein bißchen, dann seufzte er und starrte wieder in die Nacht hinaus. Er dachte an das schmackhafte Mahl und das warme Bett, die er in der Burg zurückgelassen hatte.

»Wir hätten bis zum Morgen bei Seiner Hoheit bleiben sollen«, sagte er.

»Es war nötig, mit der Flasche sofort aufzubrechen«, widersprach Fillip, der die Reden des anderen inzwischen etwas lästig fand. Er kräuselte die Nase. »Seine Hoheit war von der Gegenwart der Flasche sehr gestört. Es verursachte ihm großen Schmerz, sie auch nur anzuschauen. Sie erinnerte ihn an den Hund. Der Hund war sein Freund – auch wenn ich niemals begreifen kann, wie man Freund mit einem Hund sein kann. Hunde schmecken gut, sonst taugen sie zu gar nichts.«

»Wir hätten ihm sagen müssen, daß wir die Flasche mitnehmen«, meinte Sot.

»Das hätte ihm nur noch mehr Schmerz bereitet«, gab Fillip zurück.

»Er wird böse auf uns sein.«

»Er wird zufrieden sein.«

»Ich finde, wir sollten die Flasche noch mal anschauen.«

»Hörst du endlich auf...«

»Nur um sicher zu sein, daß sie noch immer in Ordnung ist.«

»...immer wieder davon anzufangen?«

»Nur um sicher zu sein.«

Fillip stieß einen tiefen, schnaubenden Seufzer aus, der den Staub am Eingang ihrer Erdhöhle aufwirbelte. Sot nieste. Fillip schaute ihn an und blinzelte. Sot blinzelte zurück.

»Vielleicht einen ganz winzigen Augenblick«, sagte Fillip schließlich.

»Ja, nur einen Augenblick«, stimmte Sot eifrig zu.

Mit ihren runzligen, dreckigen Klauen fingerten sie in einem Haufen von Ästchen und Blättern herum, der das Loch abdeckte, das sie direkt vor ihren Nasen gegraben hatten. Sie wühlten den Haufen beiseite und zogen gemeinsam ein in Lappen gewickeltes Bündel heraus. Eifrig entfernten sie die Fetzen, und die Flasche kam zum Vorschein.

Vorsichtig stellten sie sie vor sich auf den Boden. Die weiße Farbe schimmerte schwach, die roten Harlekine tanzten auf der Oberfläche. Zwei Paar Gnomenaugen glitzerten vor Aufregung.

»Was für ein hübsches Ding«, flüsterte Fillip.

»So ein wunderschöner Schatz«, wisperte Sot.

Sie starrten die Flasche eine Weile an. Der Augenblick, den sie sich genehmigt hatten, verlängerte sich zu mehreren, zu vielen. Sie starrten noch immer fasziniert auf die Flasche.

»Ich frage mich, ob da was drin ist«, murmelte Fillip.

»Das frage ich mich auch.«

Fillip nahm die Flasche in die Hand und schüttelte sie ein bißchen. Die Harlekine schienen noch wilder zu tanzen. »Sie scheint leer zu sein«, erklärte er.

Sot schüttelte sie auch. »Du hast recht«, bestätigte er.

»Aber es läßt sich nicht mit Bestimmtheit sagen, wenn man nicht hineinschaut«, sagte Fillip.

»Ja, schwer zu sagen«, gab Sot ihm recht.

»Wir können uns auch irren«, sagte Fillip.

»Vielleicht irren wir uns«, meinte Sot.

Schweigend schnupperten sie an der Flasche, befühlten sie und studierten sie lange Zeit, drehten sie hin und her, stellten sie auf den Kopf und wieder auf den Fuß und versuchten, mehr über ihren Inhalt herauszufinden. Schließlich begann Sot, sich an dem Korken zu schaffen zu machen. Fillip nahm ihm die Flasche schnell aus der Hand.

»Wir hatten uns geeinigt, sie erst später aufzumachen«, belehrte er ihn.

»Später dauert zu lange«, widersprach Sot.

»Wir hatten uns geeinigt, sie erst aufzumachen, wenn wir zu Hause und in Sicherheit wären.«

»Zu Hause ist weit weg. Und außerdem sind wir hier auch ziemlich in Sicherheit.«

»Wir hatten uns geeinigt.«

»Wir könnten uns neu einigen.«

Fillip merkte, daß seine Entschlossenheit nachließ. Er war ebenso neugierig wie Sot, ob etwas in der kostbaren Flasche war, und wenn, was es sein könnte. Sie könnten es aufmachen – nur ganz kurz – und dann wieder zustöpseln. Sie könnten hineinschauen, nur einen ganz kleinen Blick hineinwerfen…

Aber was wäre, wenn der Inhalt in der Dunkelheit ausgeschüttet würde und für immer verloren wäre?

»Nein«, sagte Fillip mit Bestimmtheit. »Wir hatten uns geeinigt, daß wir die Flasche erst aufmachen, wenn wir wieder zu Hause sind, eher nicht.«

Sot sah ihn prüfend an und seufzte dann ergeben. »Wenn wir wieder zu Hause sind, eher nicht«, wiederholte er niedergeschlagen.

Sie lagen eine Weile da und starrten die Flasche an. Müde blinzelten sie, damit ihnen ihre Umrisse nicht vor den Augen verschwammen. Sie sahen so schlecht, daß es ihnen ziemlich schwerfiel, sie im Auge zu behalten. G'heim Gnome verlassen sich fast ausschließlich auf ihre anderen Sinne, um zu wissen, was um sie herum geschieht. Ihre Augen taugen nicht viel.

Die Flasche stand als schwach schimmerndes Oval in der Schwärze der Nacht. Es entging ihnen völlig, daß der Stöpsel versuchsweise wackelte.

»Ich finde, wir sollten sie wieder verstecken«, sagte Fillip schließlich.

»Ich glaube auch«, seufzte Sot.

Sie faßten nach der Flasche.

»Hsssssst!«

Fillip schaute Sot an. Sot schaute Fillip an. Keiner von beiden hatte etwas gesagt.

»Hsssst!«

Es war die Flasche. Das Zischen kam aus der Flasche. »Hssst! Laßt mich frei, Meister!«

Fillip und Sot erstarrten. Ihre Frettchengesichter verzerrten sich voller Schreck. Die Flasche konnte sprechen!

»Meister, öffnet die Flasche! Laßt mich heraus!«

Fillip und Sot zogen ihre ausgestreckten Hände gleichzeitig zurück und krochen noch tiefer in ihre Höhle, bis nur noch ihre Nasenspitzen zu sehen waren. Hätten sie noch tiefer in die Erde versinken können, hätten sie es sofort getan.

Die Stimme aus der Flasche fing an zu jammern. »Bitte, bitte, Meister, laßt mich heraus! Ich tu' euch doch nichts. Ich bin euer Freund. Ich kann euch Sachen zeigen, Meister. Laßt mich frei. Ich kann euch wunderbare Sachen zeigen!«

»Was für wunderbare Sachen?« wagte Fillip aus seinem Versteck zu fragen; in der Dunkelheit hätte niemand feststellen können, woher die Stimme kam. Sot gab keinen Pieps von sich.

»Sachen glänzender Magie!« flüsterte die Flasche. Lange Zeit herrschte Schweigen. »Ich tue euch nichts«, wiederholte die Flasche.

»Was bist du?« fragte Fillip.

»Wieso kannst du sprechen?« fragte Sot.

»Flaschen können nicht sprechen.«

»Flaschen sprechen *niemals*.«

»Nicht die Flasche spricht mit euch«, sagte die Flasche. »Ich bin's.«

»Wer ist ›ich‹?« fragte Fillip.

»Ja, wer ist ›ich‹?« echote Sot.

Die Flasche zögerte ein bißchen. »Ich habe keinen Namen«, sagte sie schließlich.

Fillip schob sich ein klein wenig aus dem Loch hervor. »Jeder hat einen Namen«, sagte er.

Sot rückte auch ein bißchen hervor. »Ja, jeder«, bestätigte er.

»Ich nicht«, sagte die Flasche traurig. Dann etwas fröhlicher: »Vielleicht könntet *ihr* mir einen Namen geben. Einen Namen, der zu mir paßt. Warum laßt ihr mich nicht heraus, damit ihr mir einen Namen geben könnt?«

Fillip und Sot zögerten, aber ihre Neugierde wurde langsam stärker als ihre Furcht. Ihr wundervoller Schatz war nicht einfach ein hübscher Gegenstand. Er sprach sogar!

»Wenn wir dich rauslassen, wirst du dann brav sein?« fragte Fillip.

»Versprichst du uns, uns nichts zu tun?« fragte Sot.

»Euch etwas tun? Niemals!« Die Flasche klang richtig schokkiert. »Ihr seid die Meister! Ich darf den Meistern der Flasche niemals etwas antun. Ich muß tun, was sie von mir verlangen. Ich muß tun, was man mir befiehlt.«

Fillip und Sot zögerten noch immer. Dann berührte Fillip zaghaft die Flasche. Sie fühlte sich warm an. Sot tat es ihm gleich. Sie schauten einander an und blinzelten.

»Ich kann euch wunderbare Sachen zeigen«, versprach die Flasche. »Ich kann euch glänzende Magie zeigen!«

Fillip schaute Sot an. »Sollen wir die Flasche aufmachen?« flüsterte er.

»Ich weiß nicht«, antwortete Sot.

»Ich kann euch hübsche Sachen geben«, versprach die Flasche. »Ich kann euch kostbare Schätze geben!«

Das Argument war ausreichend für G'heim Gnome. Fillip und Sot griffen gleichzeitig nach der Flasche, packten den Flaschenhals und zogen den Stöpsel heraus. Ein rotes Rauchwölkchen stieg in die Höhe, grünliches Licht glitzerte auf, dann gab es einen Knall, und etwas Kleines, Schwarzes, Haariges kam herausgekrochen. Fillip und Sot zogen ihre Hände erschreckt zurück. Das Ding, das da aus der Flasche kam, sah aus wie eine große Spinne.

»Aahhhh!« seufzte das Ding auf der Flaschenöffnung zufrieden. Es hockte da und schaute auf sie hinunter. Seine roten Augen leuchteten wie Katzenaugen. Es sah jetzt nicht mehr ganz so aus wie eine Spinne. Es hatte vier Beine, die alle gleich aussahen, einen Rattenschwanz, der zuckte und peitschte, einen krummen Rücken mit gesträubtem, schwarzem Borstenhaar, weißliche Hände und Finger wie ein krankes Kind, ein pelziges, eingedelltes Gesicht – als ob man es eingequetscht hätte und es seine eigentliche Form nicht wiederfinden könnte. Spitze Ohren stellten sich auf und lauschten auf die nächtlichen Geräusche. Sein runzliges Maul mit vielen scharfen Zähnen verzerrte sich zu einem grimassenhaften Grinsen.

»Meister!« flötete das Geschöpf. Mit den Fingern eines seiner Beine kratzte es sich, als sei in dem dichten Fell etwas, das es juckte.

»Was bist du?« flüsterte Fillip. Sot starrte es nur entgeistert an.

»Ich bin, was ich bin!« sagte das Wesen. Sein Grinsen wurde noch breiter. »Ein wundersames Kind von Magie und Zauberei! Ein Wesen, weit besser als jene, die mir Leben einhauchten!«

»Ein Dämon!« flüsterte Sot voller Grauen.

Die Kreatur zuckte zusammen. »Ein Darkling, Meister – ein armer Gefangener in diesem schauderhaften Körper, vom ... Zufall darin eingesperrt. Aber gleichzeitig Verwalter dieser Flasche, Meister, Verwalter all ihrer Wunder und Genüsse!«

Fillip und Sot wagten kaum zu atmen.

»Was… was für Wunder hast du in der Flasche?« fragte Fillip schließlich zaghaft, wobei er nicht verhehlen konnte, daß seine Stimme zitterte.

»Aahhhh!« seufzte der Darkling.

»Warum… sind sie da drin?« fragte Sot. »Warum nicht in deiner Tasche?«

»Aahhhh!« machte der Darkling noch mal.

»Warum lebst du in der Flasche?« fragte Fillip.

»Ja, warum?« echote Sot.

Der Spinnenleib bog und wand sich. »Weil… weil ich gebunden bin!« Die Stimme des Darklings war ein aufgeregtes Zischen. »Weil ich es brauche! Möchtet ihr es vielleicht auch? Möchtet ihr es anfühlen? Kleine Meister, würdet ihr das wagen? Würdet ihr euch trauen mitzuerleben, wie es Leben formt und modelliert und bearbeitet?»

Mit jedem Wort drückten Fillip und Sot sich tiefer in ihr Erdloch und wünschten dabei, schließlich ganz unsichtbar zu werden. Sie wünschten, sie hätten die Flasche verschlossen gelassen, wie sie sich eigentlich vorgenommen hatten.

»Ohhhh! Habt ihr etwa Angst?« jammerte der Darkling plötzlich herausfordernd. »Habt ihr Angst vor mir? Oh, ihr braucht keine Angst zu haben. Ihr seid die Meister; ich bin nur euer Diener. Befehlt mir, Meister! Befehlt mir etwas und erlaubt mir, euch zu zeigen, was ich vermag!«

Fillip und Sot starrten ihn wortlos an.

»Ein Wort, Meister!« bat der Darkling. »Befehlt mir!«

Fillip schluckte gegen die Trockenheit in seiner Kehle an. »Zeig uns was Hübsches«, schlug er zaghaft vor.

»Was Strahlendes«, fügte Sot hinzu.

»Aber das ist so eine simple Aufgabe!« schmollte der Darkling. »Na gut. Was Hübsches, Meister, was Strahlendes. Hier!«

Er richtete sich aus seiner hockenden Haltung ein wenig auf und schien ein bißchen an Größe zu gewinnen. Seine Finger flitzten hin und her, und kleine grüne Funken stoben nach allen Seiten. Rundum gingen fliegende Insekten in Flammen auf und verwandelten sich in regenbogenfarbene Lichtfetzen. Die Insekten schossen wild umher, während die Flammen sie verzehrten, und zogen vor dem dunklen Nachthimmel kleine, leuchtende Kometenschweife in komplizierten Mustern vor den verblüfften Gnomen her.

»Ooohhhh!« hauchten Fillip und Sot, gebannt vom Kaleidoskop der Farben, und nur leicht angewidert vom Erscheinen der ersten Insekten.

Der Darkling lächelte schief und lachte fröhlich. »Hier, Meister! Noch mehr Farben für euch!«

Seine knochigen Finger fuchtelten wieder durch die Nacht, und diesmal stoben die grünen Funken höher, explodierten zu einem schillernden Lichterregen und verloschen in farbigem Schimmern. Ein Nachtvogel hatte Feuer gefangen. Er stieß einen kurzen Schrei aus, ehe er verging. Andere folgten ihm und bildeten flammende Regenbogen wundervoller, schrecklicher Farbigkeit vor der Schwärze der Nacht, Sterne, die vom Himmel regneten. Die Gnome schauten zu und ihre Begeisterung wuchs in seltsamer, fordernder Weise beim Anblick der sterbenden Vögel, ihre Trauer über den Verlust verlor sich mehr und mehr in einem fernen, finsteren Ort in ihrem eigenen Inneren.

Als auch die Vögel verbraucht waren, wandte sich der Darkling wieder an Fillip und Sot. Seine Augen glitzerten in rauchigem Rot. Das gleiche Leuchten – ein Hauch davon – reflektierte sich jetzt in den Augen der Gnome.

»Ihr könnt viele solcher Sachen sehen, Meister«, flüsterte der Darkling mit verheißungsvollem Zischeln. »Die Magie der Flasche kann euch alles bescheren, was ihr euch wünscht – alle Genüsse und Wunder, die ihr euch denken könnt, und noch vieles mehr! Möchtet ihr das, Meister? Wollt ihr das?«

»Ja!« stieß Fillip gierig aus.

»Ja!« seufzte Sot.

Der Darkling beugte sich vor. Sein schwarzes Haar sträubte sich ihnen entgegen, ein Wesen perverser Gestalt und schmeichlerischer Bewegungen. »So, gute Meister«, wisperte er. »Warum faßt ihr mich nicht an?«

Fillip und Sot nickten gehorsam. Sie hoben schon die Hände.

Der Darkling schloß befriedigt die Augen.

Verzaubert

Ben Holiday schlief miserabel in jener Nacht, gepeinigt von Träumen von der Flasche und dem Dämon, der darin hauste. Er träumte, daß der Dämon von selbst aus der Flasche gekommen sei – genau wie Questor warnend vorhergesagt hatte –, ein riesiges Monster, das Menschen am Stück verschlingen konnte. Und es verschlang Fillip und Sot und ein halbes Dutzend mehr, und es verfolgte Ben, bis er endlich aufwachte.

Es war ein grauer, regnerischer Tag – kein gutes Vorzeichen. Sie hatten die Suche nach den G'heim Gnomen auf den Morgen verschoben, um bessere Chancen beim Spurenlesen zu haben, und hatten Regen gegen die Dunkelheit eingetauscht. Ben sah aus dem Fenster, während er sich ankleidete. Es goß in Strömen, der Boden war aufgeweicht und glänzte; der Regen mußte wohl schon seit einiger Zeit andauern. Ben seufzte schwer. Es würde schwierig werden, bei diesem Wetter überhaupt irgendeine Spur zu finden.

Doch Bunion, dem die Hauptaufgabe bei der Gnomsuche zukam, schien sich davon nicht stören zu lassen. Ben kam in den Speisesaal, um mit den anderen vor dem Aufbruch zu frühstücken, und fand den Kobold genau über dieses Thema in ein ernstes Gespräch mit Questor Thews verwickelt. Ben gelang es, einem großen Teil des Gesprächs zu folgen, da er bereits einige Zeit mit dem Kobold verbracht und Gelegenheit gehabt hatte, einiges von dieser schwierigen, gutturalen Sprache aufzuschnappen. Bunion ging davon aus, daß er trotz des Regens keine Mühe haben würde. Ben nickte zufrieden und aß mehr zum Frühstück, als er vorgesehen hatte.

Nach dem Essen fand er sich mit Questor und Bunion im Schloßhof ein. Weide war schon dort, überwachte die Auswahl ihrer Pferde und prüfte die Beladung der Lasttiere. Ben war immer aufs neue überrascht, wie gut die Sylphe im Organisieren war und wie sie Verantwortungen übernahm, die ihr nicht wirklich oblagen, nur weil sie sich vergewissern wollte, daß alles ordentlich erledigt wurde. Sie lächelte, sie küßte ihn, und der Regen perlte von ihrer Kapuze über ihre Nase bis zum Kinn. Ben hatte sie eigentlich nicht mitnehmen wollen, weil er sich immer Sorgen um ihre Sicherheit machte, aber sie hatte darauf bestanden. Jetzt war er froh darüber. Er küßte sie auch und umarmte sie zärtlich.

Sie setzten mit den Tieren zum Festland über, und am frühen Vormittag waren sie unterwegs. Ben ritt Jurisdiktion, sein Lieblingspferd, einen Fuchswallach. Questor saß auf seinem alten Grauschimmel mit einer weißen Socke, und Weide hatte einen Fuchs gewählt. Die Kobolde gingen wie immer zu Fuß, da sie wenig für Pferde übrig hatten – und umgekehrt. Ben gefiel das Wortspiel mit den Pferdenamen, daß er, wann immer er zu Pferde war, die Jurisdiktion unter sich hatte. Auch an diesem Morgen sagte er es, aber es klang hohl. Sie waren alle in ihre Regenkleidung gehüllt, hielten den Kopf gegen Regen und Wind gesenkt, duckten sich wegen der morgendlichen Kühle und waren nicht sonderlich zum Scherzen aufgelegt. Sie waren voll damit beschäftigt, ihr Unbehagen zu unterdrücken.

Bunion eilte voraus, die anderen folgten etwas langsamer. Es bedurfte in Bens Augen keiner langen Überlegung, wohin die G'heim Gnome gehen würden. Sie waren leicht zu berechnende Geschöpfe, und mit einem solchen Schatz, für den sie die Flasche hielten, würden sie auf dem direktesten Weg die Sicherheit ihrer Höhlenbehausung ansteuern. Das hieß, daß sie die Wälder von Silber Sterling in nördlicher Richtung verlassen, die Westgrenze von Grünland durchqueren und schließlich in das dahinter liegende Hügelland in ihre Gnomengemeinde flüchten würden. Sie würden voraussichtlich noch nicht weit sein. Sie waren selbst unter besten Bedingungen ziemlich langsam, und sie waren mit ihrer Flasche beschäftigt. Ben war halbwegs überzeugt, daß die kleinen Kerle ihre Tat nicht als Diebstahl betrachteten und daher nicht erwarteten, verfolgt zu werden. Das hieß, sie würden nicht rennen, und Bunion mochte sie – Regen hin oder her – im Laufe des Tages aufspüren.

Also schlängelten sie sich nordwärts, suchten sich den Weg zwischen Pfützen entlang, und warteten geduldig darauf, daß Bunion mit der Nachricht zurückkäme, daß er sie gefunden habe. Bunion würde sie selbstverständlich finden. Nichts vermochte einem Kobold zu entkommen, wenn er sich einmal in den Kopf gesetzt hatte, es zu finden. Kobolde waren Elfengeschöpfe, die sich fast schneller von einem Ort zum anderen bewegen konnten, als das Auge wahrnahm. Sobald Bunion auf die Spur der Gnome stoßen würde, würde er sie auch im Handumdrehen einholen. Bunion hatte den Eindruck gemacht, als sei er sich seiner Sache ganz sicher. Ben hoffte es. Er machte sich Sorgen wegen dieses Dämons.

Einen Darkling hatte Questor ihn genannt. Ben versuchte ihn sich vorzustellen, aber er konnte sich kein genaues Bild davon machen. Questor hatte die Kreatur vor über zwanzig Jahren einmal gesehen, und sein Erinnerungsvermögen war im allgemeinen etwas flau. Manchmal war er groß, manchmal winzig, hatte Questor gesagt. Ben schüttelte den Kopf über die Wirrköpfigkeit des Zauberers. Wirklich von großem Nutzen! Was aber vor allem eine Rolle spielte, war die Magie, mit der der Darkling operierte – Magie, die für jeden, der ihr in die Quere kam, schlecht ausging. Aber vielleicht hatten Fillip und Sot die Flasche noch nicht aufgemacht, den Darkling noch nicht freigelassen. Vielleicht konnten sie ihre Neugierde lange genug zügeln, so daß Bunion sie erwischte, ehe sie ihr unterlagen.

Er seufzte und rückte unbehaglich auf Jurisdiktions Rücken hin und her, als ihm ein plötzlicher Windstoß Regen ins Gesicht peitschte. Vielleicht würde ja auch die Sonne hervorkommen, wenn er nur in die Hände klatschte.

»Ich meine, es könnte sich ein wenig aufklären, Hoheit!« rief plötzlich Questor direkt hinter ihm.

Ben nickte wortlos, ohne es eine Sekunde lang zu glauben. Vermutlich würde es vierzig Tage und vierzig Nächte regnen, und sie sollten sich lieber daran machen, eine Arche zu bauen, statt hinter diesen spitznasigen Gnomen her durch die Gegend zu jagen. Es war jetzt schon fast einen ganzen Tag her, seit sich Abernathy mitsamt seinem Medaillon in Licht aufgelöst hatte, und Ben begann zu verzweifeln. Wie sollte Abernathy sich in seiner Welt zurechtfinden? Und selbst, wenn es ihm irgendwie gelang, Michel Ard Rhi zu entkommen, wo sollte er hingehen? Er kannte niemanden. Er hatte nicht einmal eine minimale Vorstellung von der Geographie von Bens Welt. Und sobald er das Maul aufmachte, um jemanden zu fragen...

Ben verbannte die Fortsetzung dieses Horrordrehbuchs auf der Stelle aus seinem Bewußtsein. Es hatte keinen Sinn, länger bei Abernathy und dem Medaillon zu verweilen. Er mußte seine Energie darauf konzentrieren, die Flasche von Fillip und Sot zurückzuholen. Selbst ohne die Dienste des Paladins war er zuversichtlich, daß ihm das gelingen müßte. Bunion und Parsnip waren den Gnomen mehr als gewachsen, Darkling hin oder her, und Questor Thews dürfte in der Lage sein, seine eigene Zauberkraft gegen die des Dämons ins Spiel zu bringen, falls es nötig würde. Und wenn sie schnell genug waren, würden sie die Flasche zurückbekommen, ehe Fillip und Sot überhaupt begriffen hatten, was geschehen war.

Dennoch wäre es angenehm gewesen, auf den Paladin zurückgreifen zu können, dachte er – so furchteinflößend ihm sein zweites Ich auch war. Ben konnte sich recht gut erinnern, wie er in den fahrenden Ritter transformiert wurde – wie sich die Rüstung um ihn schloß, die Haken und Ösen und Schnallen einrasteten und der Geruch von Gefecht und die Erinnerung an Kampf seine Sinne füllten. Es war gleichzeitig grauenvoll und komisch gewesen. Er atmete die kalte, feuchte Luft und ließ das Bild vor seinem inneren Auge erstehen. Wenn er es zuließ, fürchtete er, daß er süchtig danach werden könnte, der Paladin zu sein, wenn er sich der Erfahrung allzu oft aussetzte.

Er zuckte mit den Schultern, um den Gedanken zu vertreiben. Im Augenblick spielte das wirklich keine Rolle. Ohne Medaillon gab es keine Transformation. Ohne das Medaillon war der Paladin nichts als ein Traum.

Der Morgen wurde Mittag, und sie machten einen kurzen Halt, um im Schutze einer Gruppe von Blutahornbäumen ein kaltes Lunch zu verzehren. Noch immer kein Zeichen von Bunion. Niemand sagte etwas dazu, doch alle waren besorgt. Die Zeit verrann schnell. Nach einer kurzen Rast ritten sie weiter und erreichten das Grünland. Weitläufige, grüne Ebenen erstreckten sich ost- und nordwärts vor ihnen. Der Regen hatte etwas nachgelassen, wie Questor vorhergesagt hatte, und die Luft war ein bißchen wärmer geworden. Das Tageslicht sickerte grau und diesig durch endlose, verknautschte Wolkenschleier.

Kurze Zeit darauf erschien Bunion. Er kam nicht aus Norden, wie sie erwartet hatten, sondern geradewegs aus westlicher Richtung. Er näherte sich ihnen so schnell, daß sie ihn erst wahrnahmen, als er schon fast vor ihnen stand. Sein drahtiger Leib vibrierte und tänzelte in der Nässe. Seine Augen leuchteten, und er grinste wie ein beglücktes Kind, wobei alle seine scharfen, spitzen Zähnchen zum Vorschein kamen. Er hatte Fillip und Sot ausfindig gemacht. Die G'heim Gnome waren nicht auf dem Weg nach Norden. Sie schienen überhaupt nicht auf dem Weg irgendwohin zu sein. Sie befanden sich knapp zwei Meilen entfernt, versunken in den Anblick von Regentropfen, die von den Bäumen fielen und sich in farbige Edelsteine verwandelten.

»Was?« rief Ben ungläubig aus, überzeugt, daß er sich verhört hätte.

Questor sagte hastig etwas zu Bunion, wartete kurz die Antwort des Kobolds ab und wandte sich zu Ben. »Sie haben die Flasche geöffnet und den Darkling freigelassen.«

»Und der Darkling verwandelt Regentropfen in Edelsteine?«

»Ja, Hoheit.« Ganz eindeutig war Questor sehr unbehaglich zumute. »Offenbar bereitet das den Gnomen Vergnügen.«

»Das wundert mich nicht bei diesen frettchengesichtigen Bozos!« schimpfte Ben. Warum war denn nie etwas einfach und simpel? »Aus der Traum, die Flasche ungeöffnet zurückzubekommen. Was nun, Questor? Wird der Darkling uns daran hindern, ihn in die Flasche zurückzustecken?«

Questor wiegte den Kopf zweifelnd hin und her. »Das hängt von Fillip und Sot ab, Hoheit. Wer immer im Besitz der Flasche ist, befehligt den Dämon.«

»Die eigentliche Frage ist also, ob Fillip und Sot sich weigern werden, uns die Flasche zurückzugeben, ja?«

»Die Magie ist eine mächtige Verlockung, Hoheit.«

Ben nickte. »Dann brauchen wir also einen Plan.«

Der Plan, mit dem er dann aufwartete, war ziemlich einfach. Sie würden zu einer Stelle reiten, die gerade außer Sichtweite der Gnome war. Parsnip sollte bei den Pferden bleiben, während die andern zu Fuß weitergehen wollten. Ben, Questor und Weide würden sich von vorne und in aller Offenheit nähern, während Bunion sich von hinten her anschliche. Falls Ben nicht imstande war, die Gnome zu überreden, die Flasche freiwillig herauszurükken, sollte Bunion sie schnappen, ehe die beiden irgend etwas unternehmen konnten, um ihn daran zu hindern.

»Denk daran, Bunion. Wenn ich mir das Kinn streiche, dann ist das dein Signal«, schloß Ben seinen Schlachtplan. »Dann springst du so schnell du kannst herbei und schnappst dir die Flasche!«

Der Kobold grinste wie ein Wolf.

Sie ritten ein kleines Stück westwärts. Parsnip führte die Lasttiere, und Bunion wies ihnen den Weg in die Nähe der Stelle, wo die G'heim Gnome mit ihrem Schatz spielten. Sie machten in einem Kiefernhain hinter einer niedrigen Hügelkuppe halt, wo sie noch immer außer Sicht waren, saßen ab, überließen Parsnip die Pferde, sandten Bunion voraus, damit er in Position gehe, und begannen, den Hügel zu ersteigen. Als sie die Anhöhe erreicht hatten, blieben sie entgeistert stehen.

Fillip und Sot saßen mit gekreuzten Beinen und ausgestreckten

Händen unter einer mächtigen, alten Weide und lachten selig. Die Äste der alten Weide waren regenschwer, und jeder Tropfen, der sich löste, verwandelte sich in einen glitzernden Edelstein. Die Gnome versuchten alle die aufzufangen, die in ihrer Nähe herunterrieselten, doch die meisten fielen außer Reichweite zu Boden und bildeten schimmernde Häufchen. Überall lagen Edelsteine, haufenweise, und glitzerten in allen Regenbogenfarben in dem grauen, verregneten Nachmittagslicht, wie eine zum Leben erwachte Fata Morgana.

Die Flasche stand unbeachtet zwischen den G'heim Gnomen am Boden. Ein häßliches, spinnenähnliches Geschöpf tanzte auf dem Flaschenhals herum und ließ grüne Blitze gegen die Regentropfen zucken. Jeder Funken verwandelte einen weiteren Tropfen in einen Edelstein.

Es war die merkwürdigste Szene, die Ben Holiday je gesehen hatte. Fillip und Sot sahen aus, als seien sie übergeschnappt.

»So! Jetzt reicht's!« rief er scharf.

Die G'heim Gnome erstarrten und duckten sich auf den Boden wie welkende Pflanzen. Der Darkling kauerte mit gleißenden Augen wie eine Katze auf dem Flaschenhals. Ben wartete einen Augenblick, um sicher zu sein, daß er ihre Aufmerksamkeit genoß, dann stieg er den Abhang hinunter. Weide und Questor folgten ihm. Als er den äußeren Vorhang der weit ausladenden Weidenäste erreicht hatte und nicht mehr als zehn Meter von den Gnomen entfernt war, blieb er stehen.

»Was denkt ihr euch denn eigentlich?« fragte er.

Fillip und Sot hatten sichtlich Angst. »Laßt uns in Ruhe!« schrien sie. »Laßt uns!« Die Wörter kullerten alle durcheinander, und Ben konnte nicht unterscheiden, wer was sagte.

»Da gibt es ein kleines Problem, das vorher gelöst werden muß«, sagte er ruhig. »Ihr habt etwas, das mir gehört.«

»Nein, nein«, jammerte Fillip.

»Nein, nichts«, jammerte Sot.

»Und die Flasche?« fragte Ben.

In dem Moment, als er das Wort Flasche aussprach, hatten die Gnome auch schon ihre Hände darauf und schnappten sie. Der Darkling blieb auf dem Flaschenhals hocken, und hing an dem Glas, als habe er Saugnäpfe an seinen Zehen. Ben konnte die Kreatur jetzt deutlich sehen; es war ein häßliches, kleines Biest. Seine roten Augen glitzerten haßerfüllt, und Ben schaute schnell weg.

»Fillip. Sot.« Er bemühte sich, seine Stimme ruhig klingen zu lassen. »Ihr müßt die Flasche zurückgeben. Sie gehört euch nicht. Ihr habt sie unerlaubt weggenommen.«

»Ihr habt gesagt, Ihr wünschtet, Ihr hättet sie nie gesehen!« verteidigte sich Fillip.

»Ihr habt gesagt, Ihr wünschtet, sie würde verschwinden!« fügte Sot hinzu.

»Ihr habt sie weggestellt!«

»Ihr wolltet sie nicht haben!«

»Große Hoheit!«

»Mächtige Hoheit!«

Ben hob eilig die Hände in die Höhe, um sie zum Schweigen zu bringen. »Ihr müßt sie zurückgeben, Freunde. Das ist alles. Macht sie zu, und gebt sie her – sofort.«

Die Gnome zogen die Flasche noch ein Stück näher zu sich heran. Ihre Augen verengten sich und ähnelten plötzlich im Ausdruck dem Darkling. Fillip kräuselte die Oberlippe und zeigte seine Zähne. Sot streichelte über den gekrümmten Rücken des Dämons.

»Die Flasche gehört uns!« fauchte Fillip.

»Das ist unsere Flasche!« zischte Sot.

Es war zwar noch immer Angst in ihren Augen zu sehen, doch Ben hatte den Grund dafür ganz falsch vermutet. Er hatte geglaubt, sie hätten Angst vor ihm. In Wahrheit hatten sie Angst, die Flasche zu verlieren.

»Mist!« murmelte er und schaute Questor an.

Der Zauberer trat vor und reckte seine Vogelscheuchengestalt in die Höhe. »Fillip, Sot: Ihr seid hiermit des Diebstahls von königlichem Eigentum und der Flucht angeklagt, mit der ihr die Rückgabe verhindern wolltet!« Er räusperte sich mit amtlicher Miene. »Gebt das Eigentum augenblicklich zurück – das heißt: die Flasche –, und die Anklage wird fallengelassen. Sonst werdet ihr verhaftet und in den Burgkerker gesperrt.« Er hielt hoffnungsvoll inne. »Das wollt ihr doch nicht, oder?«

Die G'heim Gnome duckten sich. Dann beugten sie sich plötzlich zur Flasche hinunter, und der Darkling flüsterte ihnen etwas zu. Als sie wieder aufschauten, war die Aufsässigkeit in ihren Blikken nicht zu übersehen.

»Ihr lügt uns an!« erklärte Fillip.

»Ihr wollt uns weh tun!« erklärte Sot.

»Ihr wollt die Flasche für Euch allein haben!«

»Ihr wollt nur den Schatz für Euch selbst haben!«

»Ihr wollt uns reinlegen!«

»Ihr spielt ein böses Spiel!«

Sie waren aufgestanden, hielten die Flasche zwischen sich und bewegten sich rückwärts langsam auf den Baumstamm zu. Ben war entsetzt. Er hatte die Gnome noch nie so widerspenstig gesehen. Sie waren sogar bereit, um die Flasche zu kämpfen!

»Was geht hier vor?« flüsterte er.

»Das ist der Dämon, Hoheit!« flüsterte Questor zurück. »Er vergiftet jeden, der ihn berührt!«

Ben bereute längst, daß er sich überhaupt die Mühe gemacht hatte, die Gnome zu überreden, die Flasche freiwillig herauszurücken. Es wäre klüger gewesen, Bunion hinzuschicken, und ihn das verdammte Ding einfach zurückholen zu lassen.

Weide tauchte plötzlich neben ihm auf. »Fillip!« rief sie. »Sot. Bitte tut Seiner Hoheit das nicht an! Erinnert ihr euch, wie er zu euch gestanden hat, als kein anderer dazu bereit war? Erinnert ihr euch, wie er euch geholfen hat?« Ihre Stimme wurde leiser. »Er hat euch immer geholfen, wenn ihr in Schwierigkeiten wart; ihr schuldet ihm eine ganze Menge. Gebt ihm die Flasche zurück. Er braucht die Flasche, um Abernathy wohlbehalten zurückzuholen.

Stellt euch ihm nicht in dieser Weise in den Weg. Lauscht auf das, was in euch ist. Gebt ihm die Flasche zurück.«

Einen kurzen Moment lang glaubte Ben, sie würden es tun. Weide schien den richtigen Ton getroffen zu haben. Sie schauten schuldbewußt und ein bißchen töricht drein, machten ein oder zwei zögernde, schlurfende Schritte vorwärts, murmelten etwas Unverständliches vor sich hin – kurzum, sie schienen wieder sie selbst zu sein. Da sprang der Darkling vom Flaschenhals erst auf Fillips Schulter, dann auf Sots, zischte dabei bösartig und ließ sich wieder auf die Flasche zurückfallen, wo er wild herumtanzte. Fillip und Sot blieben abrupt stehen und begannen dann, wieder zurückzuweichen. Der Ausdruck von Angst und Trotz war in ihre Gesichter zurückgekehrt.

Das reichte Ben. Es war an der Zeit, Bunion zu rufen. Er hob die Hand und rieb sich das Kinn, als würde er die Sache noch mal überdenken.

Bunion kam aus dem Nirgendwo hervorgeschossen, ein dunkler Schatten im diesiggrauen Regen. Fillip und Sot sahen ihn nicht. Er war über ihnen, ehe sie überhaupt begriffen hatten, was vor sich ging. Doch gleichzeitig war der Versuch, die Flasche zurückzuerobern, schon fehlgeschlagen. Für einen Augenblick schien Bunion sie in der Hand zu haben, und im nächsten Moment wurde er von einer unsichtbaren Kraft zurückgeschleudert. Der Darkling hatte die Sache selbst in die Hand genommen. Der Dämon fauchte und zischte wie eine Katze und schleuderte einen grünen Lichtblitz gegen den Kobold. Bunion wurde aufgehoben und rücklings durch die Luft geschleudert, bis er außer Sicht war.

Ben sprang ebenfalls vor, doch er war bei weitem nicht schnell genug. Die G'heim Gnome kreischten eine Warnung, und der Darkling reagierte prompt. Er wirbelte zu Ben herum und fuchtelte mit den Händen. Regentropfen verwandelten sich zu scharfen Messern und blockierten ihm als tödliche Barriere den Weg. Ben konnte nicht hindurchdringen.

Zum Glück brauchte er das auch nicht. Ausnahmsweise beherrschte Questor Thews die Magie auf Anhieb, und die Messer wurden im letzten Moment abgedreht. Ben blinzelte, wich im Reflex zurück, sprang aber sofort wieder vor, als er feststellte, daß er doch nicht zum Nadelkissen geworden war, und schrie Weide und Questor zu, sie sollten losrennen. Der Darkling hatte schon wieder ausgeholt. Diesmal flogen Steine und Erdklumpen vom Boden auf, als habe eine unsichtbare Riesenhand sie hochgeschleudert. Questors Schild hielt jedoch stand, und die drei Freunde wichen hastig zurück. Sie kauerten sich unter dem seltsamen Angriff nieder, der auf sie niederprasselte.

Dann wurden die Steine plötzlich von einem Graupel- und Hagelsturm verdunkelt, der aus dem fallenden Regen niederschlug und mit erschreckender Wucht auf sie einprasselte. Questor stieß einen schrillen Schrei aus und riß seine Hände in die Höhe. Ein greller Blitz verdunkelte alles. Doch der Schutzschild begann nachzugeben, und die ersten Hagelkörner drangen hindurch. Sie trafen sie mit stechendem Schmerz. Ben stolperte und versuchte Weide zu schützen, während sie sich zum Hügelkamm zurückkämpften.

»Duckt Euch, Hoheit!« hörte er Questors wilden Schrei.

Er zerrte Weide an sich und stolperte über den Hügelkamm den jenseitigen Abhang hinunter. Questors Schild zerbrach endgültig. Graupel und Hagel prasselten wie ein gleißender weißer Schwall von überall her auf sie nieder. Ben stürzte zu Boden, riß Weide mit sich, und sie kullerten wild über nackte Erde und Gestrüpp den Hang hinunter.

Plötzlich hörten Graupel und Hagel wie durch ein Wunder unvermittelt auf. Der Regen fiel sanft und stetig wie zuvor, und der graue Tag war still und leer. Ben öffnete die Augen einen Spaltbreit, traf auf Weides Blick, der den seinen suchte, und sah über ihre Schulter hinweg Questor, der sich hölzern aufrappelte und seine Gewänder abklopfte.

Keine Spur von den Gnomen oder dem Dämon.

Ben zitterte. Er war erschreckt und wütend und dankbar, noch am Leben zu sein. Der Darkling hätte sie fast getötet. Impulsiv umarmte er Weide und drückte sie fest an sich.

Sie fanden Bunion zusammengekrümmt in einem Gebüsch ein paar hundert Meter entfernt – verletzt und angeschlagen, aber bei Bewußtsein. Nach den Schlägen, die er abbekommen hatte, hätte er tot sein müssen, aber Kobolde sind ausgesprochen zähe Geschöpfe. Weide behandelte ihn sorgfältig mit den Heilkräften, die das Elfenvolk des Seenlandes einst beherrschte, berührte ihn zart und linderte die schlimmsten Schmerzen. Knapp eine halbe Stunde später war er wieder auf den Beinen, steif und wund, aber mit seinem boshaften Grinsen. Der Kobold zischte Questor ein paar unmißverständliche Worte zu. Er wollte sich diesen Dämon nochmal vorknöpfen.

Aber der Darkling war zusammen mit der Flasche und Fillip und Sot verschwunden, und es gab nicht den geringsten Hinweis, wohin sie sich gewandt haben könnten. Ben und seine Begleiter suchten die Umgebung eine Zeitlang vergeblich nach irgendeiner Spur ab. Sie fanden nichts. Der Dämon hatte offenbar seine Magie benutzt, um ihre Spuren zu verwischen.

»Vielleicht sind sie auch nur weggeflogen, Hoheit«, erklärte Questor feierlich. »Der Darkling hat solche Fähigkeiten.«

»Gibt es denn gar keine Grenzen für dieses Ding?« fragte Ben.

»Die einzigen Grenzen, die ihm auferlegt werden, sind durch den Charakter des Flaschenbesitzers vorgegeben. Je schlechter der Charakter, desto stärker der Dämon.« Questor seufzte. »Fillip und Sot sind nicht wirklich schlecht. Die Kraft, die der Darkling aus ihnen beziehen kann, dürfte sich ziemlich bald erschöpfen.«

»Sie tun mir leid, Ben«, sagte Weide leise. »Ich meine Fillip und Sot.«

Er schaute sie überrascht an, dann nickte er resigniert. »Ich glaube, mir auch. Ich kann mir nicht vorstellen, daß sie auch nur ahnen, was mit ihnen geschah.« Er wandte sich um. »Parsnip, hol bitte die Pferde.«

Der Kobold eilte davon. Ben betrachtete den Himmel und dachte nach. Der Regen hatte nachgelassen, und der Tag neigte sich bereits rasch der Dämmerung zu. Es blieb keine Zeit, vor Einbruch der Nacht irgend etwas Entscheidendes zu unternehmen.

»Was machen wir nun, Hoheit?« fragte Questor. Die anderen drängten sich um ihn.

Ben biß die Zähne zusammen. »Ich werde Euch sagen, was wir tun werden, Questor. Wir warten bis zum Morgen. Dann suchen wir nach Fillip und Sot. Wir jagen sie, bis wir sie finden, und wenn wir sie gefunden haben, nehmen wir ihnen die Flasche wieder weg und sperren diesen Darkling ein für allemal wieder ein!«

Er schaute den grinsenden Bunion an. »Und nächstes Mal werden wir für das kleine Monster gewappnet sein!«

Michel Ard Rhi

Abernathy verbrachte den ersten vollen Tag seines Aufenthalts in Bens Welt in Elizabeths Zimmer, wo er eingeschlossen war und darüber nachdachte, wie problematisch die Lage tatsächlich war, in der er sich befand. Elizabeth hatte überlegt, ob sie sich in der Schule krank melden und zu Hause bleiben sollte, um bei ihm zu bleiben. Sie hatte die Idee jedoch verworfen, weil das die Haushälterin zu einer aufdringlichen Mitleidskampagne eingeladen hätte, bei der Abernathy mit großer Wahrscheinlichkeit entdeckt worden wäre. Zudem hatte sie noch keine Vorstellung davon, wie sie ihn aus Graum Wythe hinausschmuggeln sollte, und brauchte den Tag, um darüber nachzugrübeln.

Also machte sie sich auf den Weg in die Schule, während Abernathy sich in ihrem Zimmer versteckt hielt und alte Zeitungen und Zeitschriften las. Er hatte sie um Lesestoff gebeten, und ehe sie fortging, hatte sie alles, was sie finden konnte, aus dem Büro ihres Vaters angeschleppt. Abernathy war gleichzeitig Hofschreiber und Hofhistoriker in Landover, und er wußte einiges über die Geschichte anderer Welten außer seiner eigenen. Er hatte darauf bestanden, die Geschichte von Bens Welt zu studieren, als Meeks dorthin umzog und anfing, Leute zu rekrutieren, die bereit waren, für Landovers Thron zu bezahlen. Es war ihm einigermaßen erschreckend erschienen. Abernathys Erinnerungen bezogen sich vor allem auf Maschinen und Naturwissenschaften und zahlreiche Kriege. Da er das Medaillon trug, konnte er die Sprache jeder beliebigen Welt, in der er sich gerade befand, auch sprechen und lesen. Es würde also nicht allzu schwierig werden, etwas über Bens Welt in Erfahrung zu bringen, doch es war unabdingbar, wenn er einen Weg in seine eigene zurück finden wollte.

So saß er zwischen Plüschtieren und Puppen mit einem Berg

Kissen im Rücken auf Elizabeths Bett, blätterte in dem Stapel von Zeitschriften und versuchte herauszufinden, wie die Dinge standen. Der größte Teil seiner Lektüre war überflüssig. Es gab eine übermäßig große Anzahl von Geschichten über Kriege und Morde, meist als Ergebnis von Politik und Wirtschaft, oft ohne irgendeinen rationalen Grund. Ein paar Geschichten hatten etwas mit Forschungen der einen oder anderen Art zu tun. Abernathy las ein paar Berichte und gab dann auf, überzeugt, er sei in einer Welt von Gaunern und Dieben gelandet. Ein paar der Zeitschriften boten auch Liebes- und Abenteuergeschichten an, aber die übersprang Abernathy. Am genauesten studierte er die Anzeigen – er hatte schnell herausgefunden, was man darunter verstand –, aus denen er alles Wesentliche erfuhr.

Die Anzeigen vermittelten ihm einen Eindruck, was an Waren und Dienstleistungen zu verkaufen war, und daraus konnte er einige Schlußfolgerungen ziehen. Ihm wurde deutlich, daß niemand zu Pferde oder in einer Kutsche reiste, sondern mit Maschinen fuhr oder gar flog, die von den Wissenschaftlern dieser Welt entwickelt worden waren. Er erfuhr, daß man für das Privileg, diese Maschinen benutzen zu dürfen, mit Geld oder sogenanntem Kredit bezahlen mußte, was er beides nicht hatte. Und schließlich erfuhr er – abgesehen einmal von der Tatsache, daß er ein sprechender Hund war – daß sich niemand nach derselben Mode kleidete wie er oder sonst in gesellschaftlicher, wirtschaftlicher oder kultureller Weise etwas mit ihm gemein hatte. Wenn er die Mauern von Graum Wythe einmal hinter sich gelassen hatte, würde er sich von jedermann so deutlich unterscheiden wie die Nacht vom Tage.

In einer der Zeitschriften fand er eine Karte der Vereinigten Staaten, die er sehr schnell als Bens Heimat identifizierte. Er fand den Staat Washington, wo er sich befand, und den Staat Virginia, zu dem er gelangen mußte. Die Topographie der Landschaft dazwischen war auf der Karte deutlich wiedergegeben. Eine Legende am Rand lieferte ihm Angaben über die Entfernung, die er zurückzulegen hatte. Elizabeth hatte recht – es war ein weiter, sehr weiter

Weg von hier nach dort. Er könnte versuchen, ihn zu Fuß zu machen, aber es schien ihm, als sei er dann für immer unterwegs.

Nach einer Weile legte er Zeitungen und Zeitschriften beiseite, stieg vom Bett und trat an die Gitterfenster, durch die er nach Süden hin die Umgebung betrachten konnte. Das Land im engeren Umkreis der Burg war mit Wein bepflanzt. Dazwischen gab es hier und da Flecken offenen Geländes, ein Flüßchen, das sich durch die Landschaft schlängelte, und hier und da ein vereinzelt stehendes Haus, das war so ziemlich alles. Die Häuser beschäftigten Abernathy. Er hatte in den Zeitschriften Abbildungen solcher Häuser gesehen, doch weder die Bilder dort, noch die Gebäude dort draußen ähnelten in irgendeiner Weise den Häusern in Landover. Graum Wythe wirkte krankhaft fehl am Platze inmitten solcher Konstruktionen, als habe man es einfach genommen und hier hingepflanzt, ob es nun hierher gehörte oder nicht. Abernathy vermutete, daß es bis ins kleinste die stolze Nachbildung von Michel Ard Rhis Traumfestung aus seiner Kindheit war – ein Ort, der ihn offenbar fast sein ganzes Leben beschäftigte. Ein Graben umgab die Burg, Wachhäuschen standen an beiden Enden der Zugbrücke, die darüber führte, eine niedrige Steinmauer umfaßte das Ganze ein wenig weiter außerhalb, gespickt mit Draht und spitzen Stacheln, und schließlich gab es ein gut befestigtes Tor. Abernathy schüttelte den Kopf. Michel hatte sich nicht verändert.

Elizabeth hatte ihm ein Sandwich und ein Gebäck bereitgestellt, das sie Kartoffelchips nannte, und gegen Mittag aß er davon, bevor er sich wieder hinsetzte und weiter in den Zeitschriften las. Er hatte erst wenige Minuten damit zugebracht, als er Schritte näher kommen hörte, und voller Entsetzen sah er, wie die Klinke betätigt wurde und die Tür sich öffnete.

Es blieb ihm keine Zeit, sich zu verstecken. Es blieb keine Zeit, irgend etwas anderes zu tun, als sich zwischen die Zeitungen und Zeitschriften fallen zu lassen und sich tot zu stellen. Genau das machte Abernathy.

Eine Frau betrat das Zimmer. Was sie unter dem Arm trug, sah aus wie Reinigungsmaterial. Abernathy öffnete die Augen einen Spaltbreit. Sie summte vor sich hin. Noch hatte sie nicht entdeckt, daß sich noch jemand im Zimmer befand. Abernathy hatte sich zu einer Kugel zusammengerollt und gab sich große Mühe, eine Einheit mit den Plüschtieren zu bilden. War dies die gefürchtete Haushälterin, von der Elizabeth gesprochen und die sie zu vermeiden versucht hatte, indem sie zur Schule ging, statt krankzuspielen? Wieso hatte Elizabeth ihn nicht gewarnt, daß sie hereinkommen und saubermachen würde? Er gab sich große Mühe, nicht zu atmen. Vielleicht bemerkte sie ihn nicht. Vielleicht ging sie wieder, wenn er nur...

Sie drehte sich um und schaute ihn geradewegs an. Überrascht erstarrte sie und stemmte die Hände in die Hüften. »Na, was haben wir denn da? Was machst du denn hier? Hunde haben doch hier nichts zu suchen! Diese Elizabeth!«

Sie lächelte erst, dann lachte sie – ein privater Scherz, dachte Abernathy. Ihm blieb nichts anderes übrig, als das Spiel mitzuspielen. Er lag da, wackelte so gut er konnte mit seinem Stummelschwanz und tat sein Bestes, sich wie ein normaler Hund zu benehmen.

»So was aber auch! Aber süß bist du! Und angezogen wie ein Püppchen!« Die Reinmachefrau kam direkt auf ihn zu, bückte sich über ihn und drückte ihn an sich, so daß er kaum noch Luft bekam. Sie war ziemlich stämmig, und Abernathy merkte, wie ihm die Luft wegblieb. »Was soll ich denn nur mit dir machen?« fuhr sie fort und musterte ihn nachdenklich. »Ich wette, sonst weiß keiner, daß du hier bist, nicht wahr?«

Abernathy wedelte weiter und versuchte, süß zu sein.

»Was hast du aber auch für ein Durcheinander veranstaltet! Sieh mal, all diese Zeitungen und Zeitschriften!« Die Frau wuselte umher, sammelte und ordnete die Papiere zu einem Stapel. »Und das Sandwich hast du auch gefressen? Wo hast du das denn her? Also wirklich, diese Elizabeth!« Sie lachte wieder.

Abernathy blieb geduldig liegen und schaute sie erwartungsvoll an, als sie wieder zu ihm trat und ihm den Kopf tätschelte. »Geht mich ja nichts an«, murmelte sie und tätschelte ihn noch ein bißchen mehr. »Weißt du was?« flüsterte sie dann verschwörerisch. »Du bleibst hier und verhältst dich ganz still. Ich mach' das Zimmer sauber und verschwinde wieder. Es ist nicht an mir, mir deinetwegen Gedanken zu machen. Das überlasse ich Elizabeth. Okay?«

Abernathy wedelte, was das Zeug hielt, und wünschte, sein Schwanz wäre ein bißchen länger. Die Reinmachefrau steckte eine Kordel in die Wand und fuhr mit einer ziemlich geräuschvollen Maschine eine Zeitlang auf dem Boden und den Teppichen herum, sammelte und ordnete hier und da noch etwas, dann war sie fertig.

Sie kam wieder zu ihm. »Also sei schön brav«, ermahnte sie ihn und zauste ihn an den Ohren. »Laß niemanden merken, daß du hier bist! Und ich verrat's keinem, okay? Komm, gib mir ein Küßchen! Hier, komm!« Sie bückte sich über ihn und hielt ihm die Wange hin. »Komm doch! Nur ein kleines Küßchen!«

Abernathy leckte ihr pflichtgemäß das Gesicht.

»Braves Hundchen!« Sie tätschelte ihm den Kopf. Dann packte sie ihr Reinigungsgerät wieder zusammen und ging zur Tür. »Ade, alter Knabe!« rief sie ihm zu.

Die Tür schloß sich leise, und die Schritte entfernten sich.

Abernathy hätte sich gern den Mund gespült.

Elizabeth tauchte ausgesprochen fröhlich im Laufe des Nachmittags wieder auf. »Hallo, Abernathy!« begrüßte sie ihn, nachdem sie hereingestürmt war und die Tür fest hinter sich zugemacht hatte. »Wie ist es dir ergangen?«

»Es wäre besser gewesen«, erwiderte Abernathy steif, »wenn du daran gedacht hättest, mich zu warnen, daß die Haushälterin saubermachen kommen würde!«

»Ach ja, stimmt ja. Heute ist Montag!« stöhnte Elizabeth und ließ ihre Bücher auf den Schreibtisch plumpsen. »Tut mir leid. Hat sie dich gesehen?«

»Allerdings. Aber sie hielt mich für ein süßes Haushündchen und erklärte, das sei dein Problem, nicht ihres. Ich glaube nicht, daß sie vorhat, irgendwen zu informieren.«

Elizabeth nickte ernst. »Mrs. Allen ist meine Freundin. Wenn sie etwas verspricht, dann hält sie Wort.« Sie runzelte ärgerlich die Stirn. »Nita Coles war auch immer meine Freundin, aber jetzt nicht mehr. Weißt du, warum? Weil sie allen erzählt hat, ich sei in Tommy Samuelson verliebt. Ich weiß nicht, warum sie das gemacht hat. Er ist nicht einmal mein Freund. Ich habe nur irgendwann mal gesagt, ich fände ihn ganz nett. Er ist süß. Egal. Jedenfalls hat sie's Donna Helms erzählt, und Donna erzählt allen alles, und jetzt redet die ganze Schule über mich und Tommy Samuelson, und ich schäme mich zu Tränen! Ich wette, sogar Mr. Mack, mein Lehrer, weiß Bescheid! Ich habe Eva Richards, meiner anderen Freundin, gesagt, wenn Nita nicht sofort alles zurücknimmt...«

»Elizabeth!« unterbrach Abernathy, und es klang fast wie ein Bellen. »Elizabeth«, wiederholte er noch einmal etwas freundlicher. Sie sah ihn mit großen Augen an. »Hast du jetzt eine Idee, wie du mich hier rausbringst?«

»Klar«, sagte sie beiläufig, als sei dies nie ein Problem gewesen. Sie setzte sich neben ihn auf die Bettkante. »Eine wirklich gute Idee, Abernathy.«

»Wie denn, Elizabeth?«

Sie grinste. »Wir werden dich mit der schmutzigen Wäsche hinausbefördern!« Abernathys Ausdruck ließ sie ihr Grinsen schnell unterdrücken. »Wirklich! Es ist ganz einfach! Jeden Dienstag kommt der Lastwagen von der Wäscherei, der die Wäsche abholt. Das ist morgen. Sie laden jedesmal mehrere große Säcke mit Laken und Zeug ein, und du kannst dich in einem Sack verstecken. Die Wachen prüfen den Inhalt nie. Du fährst mit dem Laster raus, und wenn er anhält, um auszuladen, dann springst du einfach ab. Dann bist du auch schon meilenweit fort.« Sie grinste wieder. »Was hältst du davon?«

Abernathy überlegte. »Das könnte vielleicht klappen. Aber was ist beim Aufladen? Werden sie nicht meinen, die Wäsche sei reichlich schwer?«

Elizabeth schüttelte energisch den Kopf. »Ganz und gar nicht. Die Handtücher und so'n Zeug sind immer noch naß, wenn sie sie holen. Sie wiegen Tonnen. Ich habe gehört, wie Mr. Abbott deswegen gemotzt hat. Er ist der Fahrer. Er wird sich nichts dabei denken, wenn er dich aufládt. Er wird meinen, du seist so ein Sack voll mit nassen Handtüchern.«

»Verstehe.« Abernathy schien unentschlossen.

»Glaub mir. Das klappt«, versicherte Elizabeth. »Du mußt nur ganz früh am Morgen in die Wäschekammer schleichen. Ich werde mitkommen. Wenn wir früh genug dran sind, werden wir niemandem begegnen. Ich kann meinen Wecker stellen. Den da«, fügte sie hinzu.

Abernathy betrachtete das Zeitangabegerät voller Zweifel, dann schaute er das kleine Mädchen wieder an und seufzte. »Kannst du mir eine gute Landkarte mitgeben, Elizabeth – damit ich den Weg nach Virginia finde?«

Elizabeth schüttelte ablehnend den Kopf. »Ich habe auch darüber nachgedacht, Abernathy. Du kannst nicht zu Fuß bis nach Virginia gehen. Das ist einfach viel zu weit. Dazwischen liegen ganze Gebirge, und außerdem ist schon fast Winter, und du würdest erfrieren!«

Sie legte ihm die Hand auf den Kopf. »Ich habe ein bißchen Geld gespart, das werde ich dir geben. Ich werde Vater irgendeine Geschichte erzählen, aber das ist nicht so schwierig. Ich gebe dir jedenfalls das Geld. Jetzt hör zu, was du tun mußt: Du wickelst dich in einen Verband ein, so daß niemand sieht, wie du aussiehst. Sie werden meinen, du hättest dich schwer verbrannt oder so was. Dann gehst du zum Flughafen und kaufst dir ein Stand-by-Ticket nach Virginia. Das ist ganz billig – ich zeig' dir, wie man das macht. In ungefähr zwei Stunden bist du dort. Du wirst immer noch ein ganzes Stück laufen müssen, wenn du einmal dort bist, aber bei weitem nicht so weit wie von hier aus – vielleicht hundertfünfzig Kilometer oder so. Und dort wird es noch warm sein, so daß du nicht erfrieren kannst.«

Abernathy wußte nicht, was er sagen sollte. Er schaute sie nur wortlos an. »Elizabeth, ich kann dein Geld nicht annehmen...«

»Pschhhht, pschhht!!« unterbrach sie ihn. »Sag das nicht. Natürlich kannst du. Du mußt. Ich kann nicht ruhig schlafen, wenn ich daran denke, daß du durch die Gegend läufst. Ich muß sicher sein, daß du okay bist. Eigentlich sollte ich mitkommen, aber da man mich nicht gehen lassen wird, mußt du wenigstens mein Geld annehmen.« Sie hielt inne. »Du kannst es mir ja zurückgeben, wenn du willst – irgendwann.«

Abernathy war zutiefst gerührt. »Ich danke dir, Elizabeth.«

Elizabeth beugte sich über ihn und umarmte ihn herzlich. Es fühlte sich viel angenehmer an als die Umarmung von Mrs. Allen.

Abernathy blieb in Elizabeths Zimmer, als sie zum Abendessen hinunterging, und wartete geduldig, daß sie ihm etwas Eßbares mitbringen würde. Er verbrachte die Zeit damit, in einem Heft zu lesen, das TV-Programm hieß, aber er begriff nicht, worum es sich handelte. Er erwartete, daß Elizabeth jeden Augenblick zurückkäme, so wie am Vorabend, doch die Zeit verstrich, und sie war noch immer nicht erschienen. Er begann an der Tür zu horchen und wagte sogar einen hastigen Blick auf den Flur hinaus. Keine Spur von Elizabeth.

Als sie schließlich auftauchte, war sie leichenblaß und sichtbar verzweifelt.

»Abernathy!« flüsterte sie erregt, als sie hastig die Tür hinter sich zumachte. »Du mußt sofort von hier verschwinden! Michel weiß von dir!«

Abernathy wurde es heiß und kalt. »Wie hat er es erfahren?«

Elizabeth schüttelte den Kopf. Tränen rannen ihr über die Wangen. »Ich bin schuld daran, Abernathy«, schluchzte sie. »Ich hab' es ihm gesagt! Ich konnte nicht anders!« »Komm, komm«, tröstete Abernathy, kniete sich vor ihr auf den Boden und legte ihr beruhigend die Pfote auf die Schultern. Nichts wäre ihm lieber gewesen, als so schnell wie möglich aus ihrem Zimmer davonzurennen, doch zunächst mußte er erfahren, womit er zu rechnen hatte. »Nun erzähl mir mal von Anfang an und der Reihe nach, was passiert ist«, bat er und versuchte, ganz ruhig zu klingen.

Elizabeth schluckte die Tränen hinunter und schaute ihn an. »Die Wache hat ihm von dir berichtet, genau, wie ich gefürchtet hatte. Sie kamen direkt nach dem Abendessen herein, um Michel ihren Rapport zu machen, und erwähnten deine Anwesenheit. Es fiel ihnen wieder ein, weil sie mich da stehen sahen, und einer von ihnen fragte mich, ob ich diesen Hund noch hätte. Er berichtete auch, daß du so seltsame Kleider angehabt hättest und daß deine Pfoten nicht ganz aussahen wie richtige Pfoten. Er gab eine genaue Beschreibung von dir. Michel bekam so einen merkwürdigen Gesichtsausdruck und fing an, mir Fragen zu stellen. Er fragte mich, wo ich dich gefunden hätte, und ich... Also... Weißt du, Abernathy, ich konnte ihn nicht anlügen. Ich konnte einfach nicht! Er hat so eine Art, einen anzustarren... irgendwie bösartig, so, als könne er alles durchschauen...«

Sie brach wieder in heftiges Schluchzen aus, doch Abernathy umarmte sie und drückte sie an sich, bis ihre Tränen zu versiegen begannen. »Erzähl weiter«, drängte er.

»Also, ich habe ihm gesagt, ich hätte dich in der Nähe der Sammlung gefunden. Ich habe ihm nicht gesagt, daß du drinnen warst und all das, aber das half nichts. Er ging schnurstracks in die Sammlung, sagte mir, ich solle auf ihn warten, und als er zurückkam, kochte er vor Wut! Er wollte wissen, was mit seiner Flasche passiert sei. Ich sagte, daß ich keine Ahnung hätte. Er wollte wissen, was mit *dir* geschehen sei! Ich sagte, das wisse ich auch nicht. Ich fing an zu weinen und erzählte ihm, daß ich nur Lust gehabt hätte, mit jemandem Verkleiden zu spielen, und daß du, als ich dich fand, in diesen alten Kleidern herumgelaufen seist und ich dich dann nur an die Leine genommen hätte und mit dir spazierengegangen sei, und... Dann wollte er wissen, ob du irgendwas *gesagt* hättest! Er schien zu wissen, daß du sprechen kannst, Abernathy!«

Abernathy hatte das Gefühl, die Wände würden über ihm zusammenfallen. »Schnell, Elizabeth«, drängte er. »Berichte mir den Rest so schnell du kannst!«

Sie holte tief Luft. »Also, wie gesagt, ich konnte ihn nicht wirklich anlügen – nicht ihn. Ich sagte also, ja, du hättest gesprochen. So, als sei ich echt erstaunt, daß er das wußte. Ich sagte, daß ich dich deswegen weggeschickt hätte. Ich hätte Angst vor dir gehabt. Ich hätte dich einfach freigelassen und du seist davongelaufen. Ich sagte, ich hätte dich seither nicht mehr gesehen. Ich sagte, ich hätte niemandem davon erzählt, weil ich Angst gehabt hätte, daß man mich auslacht. Ich hätte auf meinen Vater gewartet, dem ich es Mittwoch, wenn er zurückkommt, erzählen wollte.« Sie legte ihm die Hände auf die Schultern. »Er hat mir geglaubt, denke ich. Er hat mir nur gesagt, ich solle in mein Zimmer gehen und dort auf ihn warten. Und er befahl den Wächtern, eine Suche zu starten. Aber er brüllte sie an wie verrückt, Abernathy! Du mußt von hier verschwinden!«

Abernathy nickte müde. »Wie soll ich das anstellen, Elizabeth?«

Die Hände des kleinen Mädchens drückten ihn. »Genau, wie ich dir gesagt habe – außer, daß du gleich sofort in das Wäschezimmer gehen mußt!«

»Aber, Elizabeth, du hast doch eben selbst gesagt, daß sie nach mir suchen!«

»Nein, Abernathy – hör zu!« Ihr rundes Gesicht beugte sich zu ihm. Sie schaute ihn mit energischer Entschlossenheit an, und die Sommersprossen auf ihrer Nase schienen zu tanzen. »Das Wäschezimmer haben sie schon durchsucht. Dort haben sie angefangen, weil ich gesagt habe, daß ich dich dort freigelassen hätte. Da ist jetzt niemand mehr. Sie suchen überall sonst. Das Wäschezimmer ist am Ende des Flurs rechts, im Erdgeschoß – nicht weit. Wenn du aus dem Fenster steigst... hör zu... wenn du durchs

Fenster steigst und an den Weinranken hinunterkletterst, kannst du um die Ecke kriechen und das Fenster erreichen!«

»Elizabeth, ich kann doch nicht hinunterklettern...«

»Das Fenster ist nicht verriegelt, Abernathy. Ich habe es offengelassen, als ich am Wochenende mit Mrs. Allen Verstecken gespielt habe! Du kannst durchs Fenster schlüpfen und dich in einem der Wäschekörbe verstecken und abwarten. Wenn nicht, dann wartest du im Gebüsch, und ich komme runter, sobald ich kann, und laß dich rein! Ach, Abernathy, es tut mir so schrecklich leid. Es ist alles meine Schuld! Du mußt dich beeilen! Wenn sie dich hier finden, dann wissen sie, daß ich gelogen habe, daß ich dir geholfen habe...«

Auf dem Gang waren Stimmen zu hören, und schnelle Schritte näherten sich.

»Abernathy!« flüsterte Elizabeth ängstlich.

Abernathy war schon dabei, die beiden Flügel des Gitterfensters zu öffnen. Er schaute nach unten. Es war dunkel, doch er konnte ein dichtes Gewirr von Weinranken ausmachen. Sie schienen kräftig genug zu sein, um ihn zu tragen.

Er wandte sich noch einmal Elizabeth zu. »Auf Wiedersehen, Elizabeth«, flüsterte er. »Und vielen Dank, daß du mir geholfen hast.«

»Es ist das fünfte Fenster nach der Ecke!« flüsterte sie zurück. Dann legte sie plötzlich entsetzt die Hände vor den Mund. »Abernathy, ich habe dir das Geld nicht gegeben, für das Flugticket!«

»Laß nur«, erwiderte er, schon dabei, sich vorsichtig aus dem Fenster zu schwingen und sein Gewicht an den Ranken zu testen. Seine ungeübten Finger umklammerten die Haupttriebe. Er brauchte Glück, um sich nicht den Hals zu brechen.

»Nein, du mußt das Geld haben!« beharrte sie beinahe außer sich. »Ich weiß, wie wir das machen! Wir treffen uns morgen mittag um zwölf an der Schule – Franklin-Elementarschule! Dann gebe ich es dir!«

Es klopfte an der Tür. »Elizabeth! Mach bitte auf.«

Abernathy erkannte die Stimme sofort. »Auf Wiedersehen, Elizabeth«, flüsterte er noch einmal.

»Auf Wiedersehen!« flüsterte sie zurück.

Die Gitterfenster schlossen sich leise über ihm, und er blieb im Finstern in den Ranken hängen.

Abernathy hatte den Eindruck, es koste ihn unmöglich viel Zeit, nach unten zu gelangen. Er hatte panische Angst davor, geschnappt zu werden, aber er hatte ebenso große Angst vor dem Abstürzen. Der Kompromiß zwischen diesen beiden ließ ihn im Schneckentempo vorankommen, und er nahm sich die Zeit, jeden Handgriff und jeden Fußhalt sorgfältig zu wählen, während er sich so dicht an der Mauer wie möglich an den Ranken hinunterhangelte. Im Hof unter ihm waren Lichter angegangen, elektrische Lampen – er hatte darüber gelesen –, und die Dunkelheit war nicht mehr ganz so undurchdringlich. Er kam sich vor wie eine Fliege, die auf jenen letzten Schlag wartet, der ihrem nutzlosen Leben ein Ende bereitet.

Doch der Schlag kam nicht, und schließlich spürte er die beruhigende Festigkeit des Bodens unter seinen Füßen. Dort kauerte er sich hin und suchte sofort mit den Augen die Umgebung nach einer Bewegung ab. Alles war still. Eilig schlich er die Mauer entlang und hielt sich so nah er konnte in ihrem schützenden Schatten, außerhalb des Scheins der Lampen. Irgendwo hinter ihm knarrte eine Tür, und er hörte Stimmen. Er hastete voran und erreichte die Mauerecke, hinter der er das versprochene Wäschekammerfenster finden würde. Hier war es dunkler; hinter der Ecke führte die Mauer in den tiefen Schatten einer Nische. Leise schlich er weiter und zählte dabei die Fenster. Das fünfte Fenster, hatte Elizabeth gesagt. Eins, zwei...

Hinter ihm schoß ein Lichtstrahl durch die Dunkelheit, schwenkte über den Hof zur niedrigen Außenmauer und dem Wassergraben und wieder zurück. Eine Taschenlampe, dachte Abernathy. Auch davon hatte er gelesen. Eine Taschenlampe bedeutete, daß jemand dort draußen war und den Boden absuchte. Er rannte jetzt beinahe und zählte drei, vier... fünf!

Er bremste, weil er fast das fünfte Fenster verpaßt hätte, das hinter einem Gebüsch verborgen war. Er schaute es prüfend an. Es war kleiner als die ersten vier – und auch kleiner als die folgenden. War es das richtige Fenster? Oder sollte er dieses nicht mitzählen? Drinnen war Licht. Aber auch hinter dem nächsten Fenster war Licht. Er geriet in Panik, beugte sich näher und horchte. Hatte er Stimmen von dort drinnen gehört? Verzweifelt schaute er sich um. Der Lichtstrahl der Taschenlampe war näher herangekommen. Die Stimmen derer, die sie trugen, ebenfalls.

Unentschlossen schaute er das Fenster an. Es blieb ihm nichts anderes, als es zu riskieren, sagte er sich. Wenn er blieb, wo er war, würde er mit Sicherheit gefunden werden. Er bückte sich und drückte dagegen. Es gab nach. Er sah einen Korb mit Wäsche. Erleichterung durchflutete ihn. Er kniete sich nieder, um hineinzuschlüpfen.

Mehrere Hände reichten herauf, um ihm zu helfen.

»Wir fanden ihn, als er gerade versuchte, durch das Fenster in die Wäschekammer zu schlüpfen«, sagte ein Wächter, einer der drei, die Abernathy gefangen hatten. Sie hielten ihn an den Armen fest. »Gut, daß wir noch mal zurückgegangen sind, sonst hätten wir ihn verpaßt. Wir hatten dort angefangen zu suchen, ohne etwas zu finden. Aber Jeff fiel ein, daß er bemerkt hatte, daß eines der Fenster nicht verschlossen gewesen war, und wir dachten, wir sollten besser noch mal nachschauen. Das taten wir, und dabei haben wir ihn gefunden. Er kam gerade hereingekrochen.«

Sie standen in einem Arbeitszimmer voll von Büchern und Akten, Pulten und Schränken – Abernathy, seine Fänger und Michel Ard Rhi.

Der Wächter, der den Bericht abgegeben hatte, machte eine Pause und musterte Abernathy skeptisch. »Was ist das denn eigentlich für eine Kreatur, Mr. Ard Rhi?«

Michel Ard Rhi ignorierte ihn. Seine ganze Aufmerksamkeit war auf Abernathy gerichtet. Er war ein großer, grobknochiger Mann mit einer Mähne schwarzen Haars und einem schmalen, verkniffenen Gesicht, das den Eindruck vermittelte, er habe gerade etwas Saures gegessen. Er wirkte älter als er war, seine Haut war gelblich und gezeichnet. Der Ausdruck seiner dunklen, unfreundlichen Augen verriet, daß er alles mißbilligte, was ihm ins Blickfeld kam. Er stand steif da, als habe er einen Stock verschluckt, und gab sich den Anschein unantastbarer Überlegenheit.

»Abernathy«, flüsterte er fast tonlos, als sei dies die Antwort auf die Frage des Wächters.

Er nahm sich Zeit, seinen Gefangenen eingehend zu betrachten, dann befahl er den Wächtern: »Wartet draußen!« – ohne sich herabzulassen, sie auch nur anzuschauen.

Die Wächter gingen hinaus und schlossen leise die Tür hinter sich. Michel Ard Rhi ließ Abernathy stehen, wo er war, und setzte sich hinter einen riesigen, polierten Eichentisch, der mit Papierkram überhäuft war. »Abernathy«, wiederholte er, als sei er noch immer nicht ganz überzeugt von dessen Anwesenheit. »Was tust du denn hier?«

Abernathy zitterte nicht mehr. Als die Wächter ihn gefangen hatten, war sein Entsetzen so groß gewesen, daß er kaum stehen konnte. Inzwischen akzeptierte er seine Lage mit der Resignation des Verurteilten, und das gab ihm eine kleine Dosis neuer Kraft. Er bemühte sich, seine Stimme ruhig klingen zu lassen. »Questor Thews hat mich aus Versehen hergeschickt. Er hat etwas mit einem Zauber versucht.«

»Ach!« Das schien Michel zu interessieren. »Was hat der alte Trottel denn diesmal ausprobiert?«

Abernathy ließ kein Gefühl anklingen. »Er hat versucht, mich in einen Menschen zurückzuverwandeln.«

Michel Ard Rhi musterte ihn abschätzig und fing dann an zu lachen. »Erinnerst du dich, wie er dich damals in einen Hund verwandelt hat, Abernathy? Erinnerst du dich, wie er es verpatzt hat?

Mich wundert, daß du ihn überhaupt an dich rangelassen hast.« Er schüttelte verständnislos den Kopf. »Questor Thews hat nie irgend etwas richtig machen können, oder?«

Er äußerte dies als Feststellung, nicht als Frage. Abernathy sagte nichts. Er dachte an das Medaillon Seiner Hoheit, das noch unter seinem Hemd verborgen war. Er dachte daran, daß Michel Ard Rhi unter gar keinen Umständen herausfinden durfte, daß er es trug, was auch immer geschehen würde.

Michel schien in seinen Gedanken zu lesen. »Nun.« Er zog das Wort gedankenschwer in die Länge. »Da bist du mir also von deinem lächerlichen Beschützer frei Haus geliefert worden. Welche Ironie! Aber weißt du was, Abernathy? Da stimmt was nicht! Kein Mensch – und kein Hund – durchquert die Elfennebel ohne das Medaillon. Nicht wahr, Abernathy?«

Er wartete. Abernathy schüttelte vorsichtig mit dem Kopf. »Die Magie...«

»Die Magie?« unterbrach ihn Michel auf der Stelle. »Die Magie des Questor Thews? Du willst mir weismachen, daß die Magie dich von Landover in diese Welt gebracht hat? Wie... unglaubwürdig!« Er dachte nach und lächelte dann unangenehm. »Ich glaube es nicht. Warum beweist du es mir nicht? Warum befriedigst du meine Neugier nicht? Mach dein Hemd auf.«

Abernathy wurde es heiß und kalt. »Ich habe doch gesagt...«

»Dein Hemd. Mach das Hemd auf.«

Abernathy gab auf. Langsam knöpfte er sein Hemd auf. Michel beugte sich vor, als das silberne Medaillon sichtbar wurde. »So, so«, sagte er. Seine Stimme war ein langgezogenes Zischen. »Also doch das Medaillon.«

Er stand auf und kam hinter seinem Schreibtisch hervor, bis er genau vor Abernathy stand. Er lächelte noch immer ohne jede Wärme. »Wo ist meine Flasche?« fragte er leise.

Abernathy blieb standhaft und widerstand dem Drang, zurückzuweichen. »Was für eine Flasche meinst du, Michel?«

»Die Flasche aus meiner Vitrine, Abernathy – wo ist sie hingekommen? Du weißt, wo sie ist, und du wirst es mir sagen. Ich glaube keine Sekunde lang, daß du nur so ganz zufällig in meiner Burg gelandet bist. Ich glaube nicht im geringsten, daß es sich nur um das Ergebnis eines mißratenen Zaubers handelt. Für wie blöd haltet ihr mich? Das Medaillon hat dich aus Landover hierher gebracht. Du kamst nach Graum Wythe, um die Flasche zu stehlen, und das ist dir gelungen. Ich muß nur herausfinden, wo du sie versteckt hast.« Er machte eine nachdenkliche Pause. »Vielleicht in Elizabeths Zimmer. Ist sie dort, Abernathy? Ist Elizabeth deine Komplizin in dieser Angelegenheit?«

Abernathy gab sich Mühe, jegliche Sorge um Elizabeth in seiner Stimme zu vermeiden. »Das kleine Mädchen? Sie ist mir über den Weg gelaufen, und ich mußte eine Weile so tun, als ob ich ihr Hündchen wäre. Wenn du willst, kannst du ruhig ihr Zimmer durchsuchen, Michel.« Er klang so unbeteiligt, wie er nur konnte.

Michel musterte ihn wie ein Raubvogel. Er lehnte sich ein bißchen vor. »Weißt du, was ich mit dir machen werde?«

Abernathy machte sich ein bißchen steif. »Ich bin überzeugt, daß du es mir gleich sagen wirst.«

»Ich werde dich in einen Käfig sperren, so wie ich es mit einem streunenden Tier machen würde. Du wirst Hundefutter bekommen, Wasser und einen Lappen zum Draufschlafen. Und dort wirst du bleiben, Abernathy.« Das Lächeln war jetzt vollständig verschwunden. »Bis du mir verrätst, wo die Flasche ist. Und...« Er machte eine Kunstpause. »Und bis du das Medaillon abnimmst und mir gibst.«

Er beugte sich noch ein Stückchen weiter vor. Sein Atem stieg Abernathy in die Nase. »Ich kenne das Gesetz des Medaillons. Ich kann es dir nicht wegnehmen. Du mußt es mir geben, freiwillig, sonst ist die Magie wirkungslos. Und das wirst du tun, Abernathy. Du wirst mir das Medaillon aus freien Stücken geben. Mich beginnt diese Welt hier zu langweilen. Ich glaube, ich würde ganz gern für eine Weile wieder mal nach Landover gehen. Und ich glaube, es würde mir jetzt sogar *Spaß* machen, König zu sein.«

Er starrte Abernathy in die Augen, suchte nach der darin verborgenen Angst, fand sie und trat befriedigt einen Schritt zurück. »Wenn du mir die Flasche und das Medaillon nicht gibst, Abernathy, wirst du in dem Käfig bleiben, bis du vermoderst.« Er machte eine Pause. »Und das kann eine ganze Weile dauern.«

Abernathy sagte kein Wort. Er stand nur wie gelähmt da.

»Wache!« rief Michel Ard Rhi. Die Männer erschienen auf der Stelle. »Bringt ihn in den Keller und steckt ihn in einen Käfig. Zweimal am Tag bekommt er Hundefutter und Wasser, sonst nichts. Laßt niemanden in seine Nähe kommen.«

Abernathy wurde unsanft gepackt und durch die Tür gezerrt. Hinter ihm hörte er Michels boshaften Singsang: »Du hättest lieber nicht herkommen sollen, Abernathy!«

Abernathy war diesmal geneigt, ihm zuzustimmen.

Kleiner Rechenfehler

Fillip und Sot flüchteten mit der Flasche nordwärts, entschlossen, Seine Hoheit so weit wie möglich hinter sich zu lassen. Es war ihnen überhaupt nur gelungen zu entkommen, weil der Darkling sie vom Ort der Auseinandersetzung an eine Stelle einige Meilen weiter nördlich transportiert hatte, indem er sie in eine Wolke aus Rauch und leuchtend bunten Farben gehüllt und mit jener Leichtigkeit weggefegt hatte, die wahrer Magie möglich ist. Sie hatten keine Ahnung, was aus Seiner Hoheit und seinen Gefährten geworden war, und wollten es auch lieber nicht erfahren. Sie wollten nicht einmal daran denken.

Schließlich dachten sie natürlich doch daran. Während sie weiter nach Norden flüchteten, dachten sie ständig daran, ohne darüber zu sprechen, ohne einander auch nur durch Blicke oder Gesten zuzugeben, daß sie es taten. Sie konnten nicht anders. Sie hatten den unentschuldbarsten, verräterischsten Akt, den man sich nur denken konnte, begangen – sie hatten sich ihrer geliebten Hoheit widersetzt. Schlimmer noch: Sie hatten ihn sogar angegriffen! Natürlich nicht direkt, da es der Darkling gewesen war, der den Angriff ausgeführt hatte, doch das war durch ihre Veranlassung geschehen, was auf dasselbe hinauslief, wie wenn sie eigenhändig zugeschlagen hätten. Sie konnten sich nicht erklären, warum sie so etwas getan hatten. Sie konnten nicht verstehen, wie sie es hatten geschehen lassen. Sie hätten vorher nie im Traum daran gedacht, den Wünschen Seiner Hoheit zuwiderzuhandeln. Ein solches Tun war einfach undenkbar!

Dennoch war es geschehen, und jetzt gab es kein Zurück mehr. Sie flohen, weil sie nicht wußten, was sie sonst tun sollten. Sie wußten, daß Seine Hoheit hinter ihnen herkommen würde. Er würde gewiß furchtbar wütend auf sie sein und sie verfolgen und bestrafen. Ihre einzige Hoffnung lag in der Flucht, und darin, sich irgendwo zu verstecken.

Aber wohin sollten sie rennen? Und wo sollten sie sich verstekken?

Bei Einbruch der Nacht hatten sie das Dilemma noch immer nicht gelöst, und ihre Erschöpfung machte es unmöglich, weiter zu rennen. Sie waren gezwungen, haltzumachen. Sie schlüpften in einen verlassenen Dachsbau, lagen dort in der Dunkelheit und lauschten auf ihre klopfenden Herzen und das Wispern ihres Gewissens. Vor ihnen stand die geöffnete Flasche; der Darkling hockte auf dem Rand und spielte mit ein paar verzweifelten Nachtfaltern, die er gefangen und an langen Spinnfäden angebunden hatte. Mond und Sterne waren hinter einer tief hängenden Wolkenbank verborgen, und die Nachtgeräusche klangen seltsam verwandelt und fern.

Fillip und Sot hielten sich an den Händen und warteten, daß die Angst sie verließe. Sie blieb.

»Ich wünschte, wir wären zu Hause!« jammerte Sot wieder und wieder, und Fillip nickte jedesmal wortlos.

Sie kauerten sich eng aneinander, zu verängstigt, um ans Essen zu denken, obwohl sie Hunger hatten, oder ans Schlafen, obwohl sie müde waren. Sie konnten nichts anderes tun, als da zu kauern und an das Mißgeschick zu denken, das sie befallen hatte. Sie beobachteten den Darkling, der auf der Flasche herumturnte, die Nachtfalter fliegen ließ wie Drachen, sie mal hierhin, mal dorthin wenden ließ, wie ihm gerade der Sinn stand. Sie sahen zu, doch es war nicht mehr das gleiche wie am Vorabend. Sie hielten den Dämon und die Flasche keineswegs mehr für einen so kostbaren Schatz.

»Ich glaube, wir haben etwas ganz Entsetzliches angerichtet«, brachte Fillip schließlich zaghaft flüsternd hervor.

Sot schaute ihn an. »Ich glaube auch.«

»Ich glaube, wir haben einen großen Fehler gemacht«, fuhr Fillip fort.

»Ich glaube auch«, sagte Sot noch einmal.

»Ich glaube, wir hätten die Flasche nie nehmen sollen«, sagte Fillip.

Diesmal nickte Sot nur. Sie schauten zum Darkling hinüber, der aufgehört hatte, mit den Nachtfaltern zu spielen, und der sie aufmerksam anschaute.

»Vielleicht ist es noch nicht zu spät, Seiner Hoheit die Flasche zurückzugeben«, schlug Fillip zaghaft vor.

»Vielleicht«, pflichtete Sot bei.

In der Dunkelheit leuchteten die Augen des Darklings grellrot auf, blinzelten einmal und fixierten dann die beiden Gnome.

»Vielleicht verzeiht uns Seine Hoheit, wenn wir die Flasche zurückgeben«, meinte Fillip.

»Seine Hoheit ist vielleicht sogar dankbar«, sagte Sot.

»Wir könnten ihm erklären, daß uns nicht bewußt war, was wir da taten«, sagte Fillip.

»Wir könnten ihm auch sagen, wie sehr es uns leid tut«, schlug Sot vor.

Beide schnieften ein bißchen und rieben sich Augen und Nase. Der Darkling zeigte auf die Nachtfalter, und sie verwandelten sich in blaue Funken, die aufflackerten und vergingen.

»Ich will nicht, daß Seine Hoheit uns böse ist«, sagte Fillip.

»Ich auch nicht«, bestätigte Sot.

»Er ist unser Freund«, sagte Fillip.

»Ja, unser Freund«, echote Sot.

Der Darkling wirbelte plötzlich um den Flaschenhals herum, schleuderte farbige Lichter in die Finsternis, die Funken sprühten und in gleißende Strahlen explodierten. Seltsame Bilder entstanden und schwanden und formten sich neu. Die G'heim Gnome schauten zu und waren aufs neue fasziniert. Der Dämon lachte und tanzte, und es regnete Edelsteine, wenn die umherfliegenden Nachtfalter sich kristallisierten und zu Boden taumelten.

»Die Flasche ist so hübsch«, sagte Fillip ehrfürchtig.

»Die Magie ist so wundervoll«, seufzte Sot.

»Vielleicht sollten wir die Flasche noch ein ganz kleines bißchen länger behalten«, überlegte Fillip.

»Vielleicht nur einen Tag oder zwei«, fügte Sot hinzu.

»Was kann das schaden?«

»Was schadet's?«

»Vielleicht...«

»Möglicherweise...«

Sie setzten gleichzeitig zum Sprechen an und hielten gleichzeitig inne, sahen einander an, entdeckten das rote Leuchten der Dämonenaugen, das sich in ihren eigenen spiegelte, und wichen davor zurück. Sie hielten sich noch immer an den Händen und drückten noch fester zu. Sie blinzelten benommen und verständnislos.

»Ich habe Angst«, sagte Sot mit tränenerstickter Stimme.

Fillips Stimme klang wie ein verzweifeltes Fauchen. »Ich mag die Flasche nicht mehr«, sagte er. »Ich mag das Gefühl nicht, das sie mir macht.«

Sot nickte wortlos. Der Darkling beobachtete sie. Die Lichter, die Bilder und die Farben waren in der Nacht verschwunden. Der Dämon kauerte sich auf den Flaschenhals.

»Laß es uns in die Flasche zurücktun«, schlug Fillip leise vor.

»Ja«, stimmte Sot eifrig zu.

Der Dämon rollte sich zu einer Kugel zusammen und fing plötzlich an zu spucken.

»Geh weg!« sagte Fillip tapfer und machte gleichzeitig beschwichtigende Gesten mit der Hand.

»Ja! Verschwinde!« echote Sot.

Der Dämon fauchte bedrohlich. »Wo soll ich hingehen, Meister?« fragte er mit einem weinerlichen Unterton.

»Zurück in die Flasche!« erwiderte Fillip.

»Ja, in die Flasche zurück!« befahl Sot.

Der Dämon musterte sie noch einen Moment, dann schlüpfte der seltsam spinnenähnliche Leib durch den Flaschenhals und war verschwunden. Fillip und Sot packten die Flasche gleichzeitig und rammten den Stöpsel mit verzweifelter Hast wieder hinein.

Ihre Hände zitterten.

Nach einer Weile stellten sie die Flasche wieder ab, direkt vor sich, zwischen Laub und Ästchen, genau vor den Eingang ihres Schlupflochs. Sie betrachteten sie schweigend, bis ihre Augen zufielen und der Schlaf sie zu übermannen drohte.

»Morgen geben wir Seiner Hoheit die Flasche zurück«, murmelte Fillip.

»Morgen kriegt Seine Hoheit sie zurück«, gähnte Sot.

Wenige Augenblicke später waren sie fest eingeschlafen, überzeugt, daß alles gut ausgehen würde. Bald darauf atmeten sie tief und regelmäßig und schnarchten sogar.

Doch plötzlich fing die Flasche an, ein dumpfrotes Glühen auszustrahlen.

Sot träumte von buntglitzernden Edelsteinen. Er träumte, daß sie aus regenbogenfarbenen Wolken am endlos blauen Himmel glitzernd wie Tropfen auf ihn herabregneten. Er saß auf einem Hügel zwischen duftenden Kräutern und Wiesenblumen und schaute zu, wie sie sich um ihn herum aufhäuften. Die Sonnenstrahlen wärmten ihn, und er empfand unendlichen Frieden.

Neben ihm stand die Flasche – seine kostbare, wundersame Flasche. Die Flasche und der darin eingeschlossene Darkling waren es, die die Edelsteine regnen ließen.

»Laß mich frei, kleiner Meister!« flehte der Darkling plötzlich mit dünnem, verängstigtem Stimmchen. »Bitte, Meister!«

Sot bewegte sich im Traum. Irgendwie wußte er, daß die Edelsteine noch zahlreicher und noch schöner, als man sich überhaupt ausmalen konnte, auf ihn herniederregnen würden, wenn er nur tat, was der Dämon wünschte. Er wußte, daß dieser ihm, wenn er gehorchte, unermeßliche Kostbarkeiten bescheren würde.

Ganz einfach und gerecht schien ihm das alles.

Im Schlaf, in seinem Traum, faßte er nach der Flasche und zog den Stöpsel heraus...

Es regnete als Fillip und Sot erwachten. Der Himmel war von bleischweren Wolken überzogen. Es regnete dicke, schwere Tropfen, die geräuschvoll aufspritzten, wenn sie auf den Boden klatschten. Schon bildeten sich Pfützen und Rinnsale, und die Tropfen malten graue Sprenkel in silbrige Spiegelflächen. Es dämmerte kaum, und im diesigen Dunst des neuen Tages verwandelte sich alles in undeutliche Bilder wie Geisterschein.

Rauhe, knochige Hände rissen Fillip und Sot aus dem Schlummer und zerrten sie grob auf die Füße. Die G'heim Gnome standen zitternd vor Kälte da und blinzelten verwirrt. Große, dunkle Gestalten umzingelten sie, ein Ring grotesker Schatten ohne klare Umrisse. Fillip und Sot zappelten und wanden sich, um freizukommen, doch die Hände hielten sie fest.

Eine der Gestalten löste sich aus dem Kreis und beugte sich näher, ein Körper mit schweren Gliedmaßen und gekrümmtem Rükken, mit geflochtenem, dunklem Haar und einem Gesicht, das nur verschwommene Züge zeigte, als sei es unter ungegerbtem Leder verborgen.

»Guten Morgen, kleine Gnome«, grüßte der Troll in seiner kehligen Sprache.

Fillip und Sot zuckten zusammen, und um sie herum platzten die Trolle los.

»Könnt ihr nicht sprechen?« fragte ihr Sprecher mit gespieltem Mitleid.

»Laßt uns gehen!« flehten beide Gnome gleichzeitig.

»Aber wir haben euch doch gerade erst gefunden!« sagte der andere mit kummervoller Miene. »Habt ihr es so eilig? Müßt ihr irgendwohin?« Er machte eine vielsagende Pause. »Oder lauft ihr gar vor jemandem weg?«

Fillip und Sot schüttelten heftig die Köpfe.

»Vor jemandem, der das hier sucht?« fragte der Troll.

Er hob seine massige Hand. In der Hand hielt er ihre kostbare Flasche. Sie war wieder entkorkt, und der Darkling tanzte auf dem Rand und klatschte fröhlich in seine Kinderhändchen.

»Das ist unsere Flasche!« schrie Fillip wütend.

»Gebt sie wieder her!« jammerte Sot.

»Euch wiedergeben?« fragte der Troll ungläubig. »Ein so wundervolles Ding? Nein, ich denke gar nicht daran!«

Fillip und Sot traten um sich und kämpften wie gefangene Tiere, aber die Trolle, die sie festhielten, drückten nur ein bißchen kräftiger zu. Der Sprecher war größer als die anderen und offenbar der Anführer. Mit der freien Hand holte er plötzlich aus und schlug ihnen kräftig auf die Köpfe, um sie zum Schweigen zu bringen. Die Wucht seiner Schläge warf sie auf die Knie.

»Ich habe den Eindruck, daß ihr wieder gestohlen habt«, fuhr der Troll nachdenklich fort. »Diebstahl von Sachen, die euch nicht gehören.« Die Gnome schüttelten wieder verneinend die Köpfe, doch der Troll achtete nicht darauf. »Ich meine, diese Flasche kann unmöglich euch gehören. Nach meiner Einschätzung müßte sie jemand anderem gehören, und wer immer das ist, er hat euretwegen ein großes Mißgeschick erlitten.« Seine Miene hellte sich auf. »Doch eines anderen Mißgeschick muß ja nicht zwangsläufig beklagt werden. Was dem einen seine Eule, ist dem anderen seine Nachtigall, wie das alte Sprichwort sagt. Wir können nicht mit Bestimmtheit sagen, wer die Flasche zuvor besessen hat. Darum ist es wohl am besten, wenn sie jetzt mir gehört!«

Die Gnome schauten einander an. Diese Trolle waren ganz gemeine Diebe! Und dann beobachteten sie den Darkling, der auf dem Hals ihrer kostbaren Flasche herumtanzte.

»Laß das nicht zu!« flehte Fillip verzweifelt.

»Mach, daß sie dich uns wiedergeben!« bettelte Sot.

»Tu doch was! Tu doch was!« schrien sie zusammen.

Der Dämon machte Handstände und Saltos und schaute sie mit Schlitzaugen an, die im Dunst rot schimmerten. Ein wenig vielfarbenes Feuer schoß aus den Fingerspitzen seiner Hand. Als er es zu ihnen hinüberblies, glühte ein Schauer aus Funken auf, erstarb und wurde zu Asche, die sie zum Keuchen und Husten und zum Schweigen brachte.

Der Troll, der die Flasche noch immer in der Hand hielt, schaute den Darkling an. »Gehörst du diesen Gnomen, kleiner Kerl?« fragte er höflich.

Der Darkling blieb still stehen. »Nein, Meister. Ich gehöre dem Besitzer der Flasche. Ich gehöre nur dir!«

»Nein, nein!« jammerten Fillip und Sot. »Du gehörst uns!«

Die anderen Trolle lachten fröhlich, und der Klang ihrer Stimmen war so frostig wie der Regen, der auf sie niederfiel.

Der Sprecher beugte sich näher. »Nichts gehört einem G'heim Gnom, ihr Dummköpfe! Für euch hat es niemals was gegeben und wird es nie etwas geben! Ihr habt nie gelernt, euer Eigentum beieinander zu halten! Was glaubt ihr denn, wie wir euch gefunden haben? Wer, glaubt ihr denn, hat uns hergebracht? Nun, ihr Gnome, es war eben jenes Geschöpf, das ihr jetzt um Hilfe anfleht! Es ließ farbenfreudigen Regen aus dem Himmel rieseln! Es *bat* uns darum, es euch wegzunehmen! Es *bat* uns darum, nicht euer Gefangener bleiben zu müssen.«

Die G'heim Gnome starrten schweigend vor sich hin. Ihr letztes Fünkchen Hoffnung war erloschen. Der Darkling – ihr Freund, der Erzeuger von so wundervoller Magie – hatte sie absichtlich verraten. Er hatte sie ihren ärgsten Feinden ausgeliefert.

»Ho, ho!« sagte der Sprecher gähnend. »Wird Zeit, euch loszuwerden.«

Die anderen Trolle murmelten ihre Zustimmung und scharrten ungeduldig mit den Füßen. Das Spiel fing an, sie zu langweilen.

Fillip und Sot begannen erneut zu strampeln.

»Was sollen wir mit euch machen?« überlegte der Sprecher. Er schaute die anderen Trolle an. »Ihnen die Kehlen durchschneiden, die Schädel spicken, Finger und Zehen ausreißen? Lebendig begraben?«

Gröhlend bekundeten die Trolle ihre Zustimmung, und die G'heim Gnome schrumpften zu kleinen, nassen Elendshäufchen zusammen.

Der Anführer der Trolle schüttelte den Kopf. »Nein, ich glaube, wir können noch was Besseres finden!« Er schaute auf den Kobolz schießenden Dämon hinunter. »Kleiner Kerl, was meinst du, was mit diesen beiden Gnomen geschehen sollte?«

Der Darkling tanzte und balancierte auf Finger- und Zehenspitzen, eine bösartige Spinnengestalt, die auf dem Flaschenhals herumhüpfte. »Sie gäben ein recht gutes Futter für die Tiere des Waldes ab«, spottete er.

»Ah!« schrie der Trollanführer auf. Die andern stimmten in einen begeisterten, rauhen Chor ein, und die Morgenstille wurde von dem Gebrüll erfüllt.

Blitzschnell wurden Fillip und Sot auf den Boden geworfen, an Händen und Füßen gebunden und mit einem Seil an den Füßen an einem niedrigen Ast eines nahestehenden Hickorybaumes aufgehängt, so daß ihre Köpfe etwa einen Meter über dem Boden baumelten.

»Nicht so tief, daß ihr in einem Sturzbach ertrinkt, und nicht zu hoch, so daß die Aasfresser euch noch schnappen können«, erläuterte der Sprecher, während die anderen Trolle sich schon nach Norden wandten. »Ade, kleine Gnome. Haltet die Köpfe hoch!«

Die Trolle lachten und schubsten sich spielerisch, als einer nach dem anderen abzog. Der Darkling hockte auf der Schulter des Sprechers und schaute zurück. Seine Augen leuchteten mit blutroter Zufriedenheit.

Wenige Augenblicke später waren Fillip und Sot wieder allein und hingen kopfüber an dem Hickoryast. Sie baumelten sanft in Wind und Regen hin und her und weinten.

Fahrschein »Einfache Fahrt«

Auch Ben Holiday spürte Regen und Wind, als er seinen Tag ungefähr dreißig Kilometer südlich von der Stelle begann, an der die G'heim Gnome an ihren Füßen aufgehängt wurden. Er riß sich aus Weides warmer Nähe los, schlüpfte aus dem Schlafsack und fröstelte in der morgendlichen Frische, als er sich ankleidete. Sie lagerten im Schutze eines Hains riesiger Kiefern, der hinter einer steinigen Klippe aufragte, doch die klamme Feuchtigkeit schien sogar hier einzudringen. Die Kobolde waren schon wach und geschäftig. Bunion machte sich bereit vorauszugehen, um die Spuren der geflüchteten Gnome zu verfolgen. Questor stolperte verschlafen umher und versuchte, mit Hilfe seiner Magie ein Frühstück zu organisieren, produzierte dabei fünf lebendige Hühner, die wild herumflatterten, und eine Kuh, die Parsnips Küchenausrüstung durcheinanderwarf. Nach wenigen Minuten brüllten der Zauberer und der Kobold einander gereizt an, und Ben wünschte sich zurück auf Silber Sterling in die Abgeschiedenheit und Bequemlichkeit seines eigenen Schlafgemachs.

Es machte nicht viel Sinn, sich etwas zu wünschen, das man nicht haben konnte, also aß er ein paar Pflanzenstengel, trank ein wenig Wasser, holte Jurisdiktion, saß auf und ritt los. Die anderen folgten. Bunion ging voraus und verschwand schnell wie ein Geist in den dämmrigen Schatten. Die anderen ritten hintereinander her, Ben vorneweg, gefolgt von Weide und Questor. Parsnip bildete mit den Lasttieren die Nachhut.

Sie ritten schweigend. Es war kalt, düster und regnerisch, und keinem stand wirklich der Sinn nach Gesprächen. Es war so ein Tag, wie man ihn seinen Feinden wünscht oder höchstens dann sich selbst, wenn man weiß, daß man anschließend irgendwo ankommt, wo es ein gemütliches, warmes Feuer im Trockenen gibt.

Es war kein Tag, wie man ihn sich zum Reisen wünscht. Ben trieb Jurisdiktion an und fragte sich, warum die Dinge so laufen mußten. Wenige Minuten nach dem Aufbruch war ihm schon höchst unbehaglich zumute. Die Regenkleidung hielt das Wasser ab, doch die klamme Kälte drang überall durch. In den Stiefeln waren seine Zehenspitzen schon abgestorben, seine Finger staken kalt und steif in den Handschuhen. Was für freundliche Gedanken er zu Beginn auch immer gehabt haben mochte, sie wurden mit der Geschwindigkeit der Pfützen und Rinnsale, die unter den Hufen vorüberglitten, weggespült.

Er fing an, über sein Leben nachzubrüten.

Oh, natürlich, ihm gefiel sein Leben recht gut. Es gefiel ihm, König von Landover zu sein, Hoheit einer Märchenwelt, in der mythische Geschöpfe Wirklichkeit waren und Magie zu den Tatsachen des Alltags gehörte. Er mochte die Herausforderung, die Vielfalt der Anforderungen und das ständige Auf und Ab der Gefühle, die damit einhergingen. Er mochte seine Freunde, selbst ihre lästigen Seiten. Sie waren gut und loyal, und sie waren ehrlich um einander und um ihn besorgt. Er mochte die Welt, in die er sich begeben hatte und die er um keinen Preis wieder gegen die alte austauschen würde, die er bewußt verlassen hatte. Nicht einmal in den allerschlimmsten Augenblicken wollte er zurückkehren.

Was ihn irritierte, war, daß er sich so wenig als das fühlte, was er sein sollte – König.

Jurisdiktion schnaubte und schüttelte ein wenig schwerfällig den Kopf. Wassertropfen wurden Ben ins Gesicht geschleudert. Er wischte sie ab und gab dem Pferd vorwurfsvoll einen Tritt in die Flanken. Jurisdiktion ignorierte das, stapfte weiter und blinzelte gegen den Regen.

Ben seufzte. Er fühlte sich einfach nicht wie ein richtiger König, sagte er düster zu sich selbst. Er hatte das Gefühl, die Rolle nur zu spielen, als vertrete er den richtigen König, der unerwartet abgerufen worden war und der eines Tages zurückkommen und sich als wesentlich fähiger und geeigneter erweisen würde. Nicht, daß er nicht ständig bemüht war, seine Sache gut zu machen; das tat er. Nicht, daß er die Anforderungen nicht sah; das tat er. Es lag eher daran, daß er niemals alles wirklich unter Kontrolle hatte. Es kam ihm vor, als verbringe er seine Zeit damit, sich aus Situationen zu befreien, die er eigentlich von vorneherein hätte vermeiden müssen. Wirklich, man brauchte nur diese neue Katastrophe anzuschauen – Abernathy irgendwo hinbefördert, das Medaillon mit ihm, und jetzt die G'heim Gnome mit der Flasche auf und davon. Was war das für ein König, der dergleichen geschehen ließ? Er konnte die Sache entschuldigen und darauf hinweisen, daß Ereignisse jenseits seiner Kontrolle dafür verantwortlich waren, aber war es nicht ein bißchen lächerlich, die Schuld auf ein Niesen zu schieben?

Er seufzte wieder. Das war es allerdings. Er mußte die Verantwortung übernehmen, wo es nötig war; dafür waren Könige schließlich da. Aber in dem Moment, wo er das tat, überfiel ihn auch dieses nagende Gefühl von Unzulänglichkeit wieder – das Gefühl, daß er die Dinge nicht wirklich in der Hand hatte und auch nie haben würde.

Weide rettete ihn vor weiteren Selbstzweifeln, indem sie neben ihn ritt und ihm ein kleines Lächeln schenkte. »Du wirkst so allein da oben«, sagte sie.

»Allein mit meinen Gedanken.« Er lächelte zurück. »Dieses Wetter deprimiert mich.«

»Das solltest du nicht zulassen«, sagte sie. »Du mußt dich vor dem Unangenehmen wahren, es nicht an dich rankommen lassen, sondern dir zu Diensten machen. Denk doch daran, wie gut sich der Sonnenschein anfühlen wird, wenn der Regen wieder aufgehört hat. Denk daran, wieviel angenehmer die Wärme dir erscheinen wird.«

Er setzte sich im Sattel leicht zurück und streckte sich. »Ich weiß. Ich wünschte nur, ein bißchen Sonne und Wärme kämen ein wenig schneller.«

Sie schaute einen Augenblick in eine andere Richtung, dann

wandte sie sich ihm wieder zu. »Machst du dir Sorgen um die Gnome und die Flasche?«

Er nickte. »Ja. Und um Abernathy, das Medaillon und ein Dutzend anderer Sachen – vor allem aber um die Tatsache, daß ich das Gefühl habe, meine Aufgabe als König nicht recht zu erfüllen. Mir scheint, daß ich es nie richtig hinkriege, Weide. Ich wurschtel' herum, versuche dies und jenes, versuche vor allem aber, Schwierigkeiten zu meistern, in die ich eigentlich erst gar nicht hätte geraten dürfen.«

»Hattest du etwas anderes erwartet?« Ihr Gesicht lag im Schatten ihrer Kapuze.

Er zuckte die Achseln. »Ich weiß nicht mehr, was ich erwartet hatte. Nein, das ist nicht wahr. Ich wußte, was mich erwartete – das heißt, wenigstens nachdem ich hier angekommen war. Da liegt das Problem nicht. Das Problem ist, daß ständig Dinge geschehen, über die ich keine Kontrolle zu haben scheine. Wäre ich ein richtiger König, ein waschechter König, wäre das nicht der Fall, oder? Wäre ich dann nicht in der Lage, Probleme vorherzusehen und ein paar davon zu verhindern? Wäre ich dann nicht erfolgreicher?«

»Ben.« Sie sagte seinen Namen ganz leise. Dann schwieg sie und ritt einfach neben ihm und schaute ihn an. Schließlich fuhr sie fort: »Was meinst du, wie lange Questor Thews schon versucht, die Magie richtig hinzukriegen?«

Er sah sie verblüfft an. »Was willst du damit sagen?«

»Ich will sagen, daß du viel weniger lange König bist als Questor ein Zauberer. Solltest du wirklich so hohe Erwartungen an dich stellen? Die Geschicklichkeit in allem, was wir in unserem Leben unternehmen, man kann sie sich nicht so schnell aneignen. Niemand wird damit geboren. Alles muß immer erst erlernt werden.« Sie beugte sich hinüber und berührte ihn leicht an der Wange. »Und außerdem, hat es in deinem Leben vorher je eine Zeit gegeben, wo nicht Ereignisse, die du weder vorhersehen noch kontrollieren konntest, deine Pläne durchkreuzt hätten? Warum sollte es jetzt anders sein?«

Er kam sich plötzlich albern vor. »Ich glaube, du hast recht. Und ich sollte nicht so grübeln, ich weiß. Aber es kommt mir einfach so vor, als sei ich nicht das, was jedermann von mir erwartet. Ich bin einfach nur… ich.«

Sie lächelte. »Das sind wir doch alle, Ben. Und es hindert niemanden daran, von uns zu erwarten, mehr zu sein.«

Er lächelte zurück. »Man sollte nachsichtiger sein.«

Schweigend ritten sie weiter, und er drängte sein Brüten in den Hintergrund und konzentrierte sich statt dessen darauf, einen Plan zu entwickeln, wie er Fillip und Sot die Flasche abnehmen könnte. Der Morgen verstrich, und es war schon fast Mittag, als Bunion aus dem Dunst auftauchte.

»Er hat die Gnome gefunden, Hoheit«, übersetzte Questor hastig, nachdem er sich kurz mit dem Spurenleser unterhalten hatte. »Es sieht so aus, als seien sie irgendwie in Schwierigkeiten geraten!«

Sie gaben den Pferden die Sporen und ritten in schnellem Galopp durch den Nebel. Regen und Wind peitschten ihnen ins Gesicht, und sie hatten Mühe, den schnellfüßigen Bunion nicht aus den Augen zu verlieren. Sie ritten einen Grat entlang und dann einen grasbewachsenen Abhang hinunter. Kurz darauf brachte Bunion sie zum Stehen und zeigte auf einen alten Hickorybaum.

Dort baumelten, mit dem Kopf nach unten, Fillip und Sot. Die G'heim Gnome schaukelten im Wind wie zwei seltsame Baumfrüchte.

»Was in aller Welt geht hier vor?« fragte Ben.

Er ließ Jurisdiktion langsam und vorsichtig näherkommen. Die anderen folgten. Nach ein paar Dutzend Schritten stieg er ab und schaute sich sichernd um.

»Bunion sagt, sie sind allein«, ließ Questor sich hinter ihm hören. Sein Eulengesicht ragte aus der Regenkapuze heraus. »Flasche und Darkling scheinen verschwunden zu sein.«

»Große Hoheit!« rief Fillip schwach.

»Mächtige Hoheit!« echote Sots Stimmchen.

Sie klangen, als seien sie dem Ende nahe, man hörte nur ein schwaches Gurgeln zwischen Regenwasser und Erschöpfung. Sie waren triefnaß und schlammverklebt und boten den tragikomischsten Anblick, den Ben je gesehen hatte.

»Ich sollte sie dort hängen lassen«, murmelte er vor sich hin und dachte an die fehlende Flasche.

Als hätten sie ihn gehört, winselten sie wie aus einem Munde: »Laßt uns nicht hier, Hoheit! Bitte, holt uns hier runter!«

Ben war angewidert. Verdrießlich schüttelte er den Kopf und wandte sich dann zu Bunion. »Also gut, Bunion, hol sie da runter.«

Der Kobold sprang hin, kletterte auf den Baum und schnitt die Seile durch, an denen die beiden aufgehängt waren. Fillip und Sot fielen mit dem Kopf voran in den Morast. Geschieht ihnen recht, dachte Ben düster.

Weide eilte zu ihnen, rollte sie aus der schlammigen Pfütze und schnitt die Fesseln an ihren Händen und Füßen durch. Freundlich half sie ihnen, sich hinzusetzen und massierte ihnen die Gelenke, damit sie sie wieder bewegen konnten. Die Gnome heulten wie kleine Kinder.

»Es tut uns so leid, Große Hoheit«, wimmerte Fillip.

»Wir haben es nicht böse gemeint, Mächtige Hoheit«, wimmerte Sot.

»Es war die Flasche – sie war so hübsch.«

»Es war das Geschöpf – es konnte so wundersame magische Sachen machen!«

»Aber es hatte unseren Beschluß gehört, daß wir es zurückgeben wollten.«

»Es hat uns im Schlaf dazu gebracht, es zu befreien!«

»Und dann hat es die Trolle hergebracht, Hoheit!«

»Es hat Zauberlichter benutzt, um sie zu führen!«

»Und sie haben uns gefangen!«

»Und uns wie Hunde gefesselt!«

»Und aufgehängt…!«

»Und hängen lassen…!«

Ben hob schnell die Hände in die Höhe. »He! Stopp! Nicht so schnell! Ich verstehe überhaupt nichts! Erzählt einfach nur, was passiert ist – aber eins nach dem anderen, bitte! Sagt mir einfach erst einmal, wo die Flasche jetzt ist.«

Die G'heim Gnome berichteten die ganze Geschichte. Mehrmals flossen reuevolle Tränenströme, aber schließlich brachten sie ihren Bericht bis zum Ende. Ben hörte geduldig zu, warf ein- oder zweimal einen Seitenblick auf Questor und Weide, und fragte sich wohl zum hundersten Mal im Laufe der letzten Tage, warum ihm solche Sachen immer wieder passieren mußten.

Als die Gnome geendet hatten und ein weiteres Mal in Tränen ausgebrochen waren, sagte Questor etwas zu Bunion, der daraufhin für ein Weilchen verschwand und bald zurückkam. Er sprach mit dem Zauberer, der sich dann zu Ben wandte.

»Die Trolle sind offenbar schon seit ein paar Stunden fort, aber es ist unklar, wohin sie gegangen sind. Ihre Spuren scheinen in unterschiedliche Richtungen zu führen.« Questor stockte unbehaglich. »Offensichtlich weiß der Darkling, daß wir ihnen folgen, und verwendet seine Magie, um uns in die Irre zu leiten.«

Ben nickte. Das überrascht mich jetzt nicht mehr, dachte er. Er bat Weide, alles Erforderliche zu tun, um den angeschlagenen Gnomen zu helfen, wieder auf die Beine zu kommen, dann stand er auf und wanderte ein paar Schritte unter den Bäumen entlang, um in den Dunst zu starren und nachzudenken.

Was tun?

Die Welle von Unsicherheit, die ihn schon den ganzen Tag geplagt hatte, überschwemmte ihn wieder. Verdammt! Er kam einfach auf keinen grünen Zweig! Je länger er damit zubrachte, auf der Suche nach der Flasche durch die Landschaft zu schweifen, desto mehr entzog sie sich ihm! Ganz abgesehen von Abernathy und dem Medaillon! Der Gedanke füllte ihn mit Bitterkeit. Gott im Himmel allein wußte, was in der Zwischenzeit damit geschen war in einer Welt, in der Tiere nur als Haustiere einen Platz hatten, und magische Medaillons als Teufelskram verachtet wurden. Wie lange konnten sie durchhalten, ehe ihnen etwas zustieß, für das er sich in alle Ewigkeit verantwortlich fühlen würde?

Er sog die frische Luft ein, um seine Gedanken zu klären, und hob sein Gesicht, damit der Regen es kühle. Es war sinnlos, an sich selbst herumzunörgeln. Es war sinnlos, dazustehen und sich zu wünschen, daß die Dinge anders wären, als sie waren, sich vorzustellen, daß er ein besserer König wäre oder daß er besser wüßte, was zu tun sei oder wie er mit den Dingen umzugehen habe. Verbanne deine Unsicherheiten und Zweifel in ihre Schlafkojen und laß sie dort schmoren, ermahnte er sich. Entscheide einfach nur, was zu tun ist, und tu es!

»Hoheit?« drängte Questor hinter ihm.

»Eine Minute«, bat Ben ihn.

Er hatte schon entschieden, daß er die Dinge falsch anging, daß er die Prioritäten vertauscht hatte. Es war einfach wichtiger, Abernathy und das Medaillon wiederzufinden, als der gestohlenen Flasche nachzujagen. Es würde Zeit brauchen, den Dämon ausfindig zu machen und in die Flasche zurückzuzwingen, und Abernathy hatte nicht soviel Zeit. Zudem würden sie viel Glück oder Magie brauchen, um dem Darkling beizukommen, und Ben hatte nicht das Gefühl, daß er darauf vertrauen konnte. Er brauchte sein Medaillon zurück.

Damit tauchte das Problem auf, wie er Abernathy und das Medaillon zurückbekommen konnte, ohne sie gegen die Flasche eintauschen zu können.

»Questor«, rief er plötzlich und wandte sich wieder den anderen zu, die zusammen unter dem Hickorybaum kauerten. Weide hatte Fillip und Sot wieder auf die Füße gebracht, und sie hatten aufgehört zu weinen. Sie sprach mit leiser, freundlicher Stimme auf sie ein, doch als sie seinen Ruf hörte, sah auch sie zu ihm hinüber.

Questor Thews kam sofort herbeigeeilt. Seine schlaksige Gestalt stemmte sich gegen den Wind, und Regentropfen rannen ihm von der Hakennase. »Hoheit?«

Ben sah ihn abschätzend an. »Verfügt Ihr über genug Magie, um mich hinter Abernathy herzuschicken? Könntet Ihr den gleichen Zauber verwenden, um mich dorthin zu bugsieren, wo er sich jetzt aufhält? Oder brauchen wir dafür das Medaillon? Ist das Medaillon das einzige Mittel?«

»Hoheit...«

»Ist das Medaillon unabdingbar, ja oder nein?«

Questor schüttelte den Kopf. »Nein. Das Medaillon sollte nur mit einem bestimmten Teil der Magie zusammenwirken, um das Tier und den Menschen in Abernathy zu trennen. Das war der schwierige Teil der Beschwörung. Jemanden sonstwo hinzuschikken, ist relativ unkomplizierte Magie.«

Ben zog eine Grimasse. »Bitte, sagt das nicht. Es macht mir immer angst, wenn Ihr behauptet, irgendwas, das mit Magie zu tun hat, sein unkompliziert. Sagt mir nur, ob Ihr mich hinter Abernathy herschicken könnt, ja? Könnt Ihr das? Ohne Niesen, ohne Fehler – mich nur heil dorthinschaffen, wo er sich aufhält, okay?«

Der Zauberer zögerte. »Hoheit, ich glaube nicht, daß das eine gute...«

»Kein Kommentar, Questor«, unterbrach ihn Ben hastig. »Keine Argumente. Beantwortet meine Frage.«

Questor zauste sich den triefenden Bart, zupfte sich am Ohr und seufzte. »Die Antwort ist ja, Hoheit.«

»Gut. Das wollte ich hören.«

»Aber...«

»Aber?«

»Aber ich kann Euch nur hinschaffen. Ich kann Euch nicht wieder zurückholen.« Questor zog hilflos die Schultern hoch. »Das ist alles, was ich in bezug auf diese spezielle Magie gelernt habe. Wenn ich mehr könnte, dann könnte ich ja Abernathy und das Medaillon einfach wieder herzaubern, nicht wahr?«

Das ist allerdings nur zu wahr, dachte Ben düster. Nun ja, man geht hier wie dort Risiken ein... »Hoheit, ich wünschte wirklich, Ihr würdet nicht meinen...«

Ben hob eilig den Finger in die Höhe und stoppte ihn mit einem wortlosen, leisen Zischen. »Erlaubt mir, einen kleinen Augenblick darüber nachzudenken, Questor. Darf ich?«

Er schaute wieder in den Nebel. Wenn er seine Idee wirklich in die Tat umsetzen würde, dann hieß das, daß er nur zurückkommen könnte, wenn er das Medaillon wiedererobert hätte. Er würde in seiner alten Welt bleiben müssen, was auch immer geschah, bis er es ausfindig gemacht hätte. Das alles setzte natürlich voraus, daß Questor diesmal den Zauber richtig hinkriegte und ihn wirklich dorthinschickte, wo er hinwollte, und nicht an einen anderen Ort in eine andere Zeit.

Er schaute den Zauberer wieder an und musterte sein Eulengesicht. Questor Thews, Zauberer. Er würde Questor mit der Wahrnehmung der Belange des Königreiches betrauen müssen. Das war für sich allein genommen schon eine recht beängstigende Vorstellung. Er hatte Questor schon einmal statt seiner handeln lassen, als er gezwungen gewesen war, in seine alte Welt zurückzukehren, doch er war nur für drei Tage fort gewesen. Diesmal bestand eine große Wahrscheinlichkeit, daß er wesentlich länger fortbliebe. Wenn nicht gar für immer.

Auf der anderen Seite: Wem sonst konnte er die Aufgaben und Pflichten des Thrones anvertrauen? Kallendbor oder einem der anderen Herren von Grünland jedenfalls nicht. Auch nicht dem Flußherren und seinen Elfen des Seenlandes. Schon gar nicht Nachtschatten, der Hexe des Tiefen Schlundes. Weide vielleicht? Er überlegte einen Moment. Aber Weide würde sich Questor fügen, sagte er sich. Und außerdem würde Questors Selbstvertrauen einen schweren Schlag erleiden, wenn er in Bens Abwesenheit nicht zum stellvertretenden Regenten designiert würde. Der Hofzauberer sollte eigentlich die zweitmächtigste Position in der monarchischen Hierarchie einnehmen.

Sollte er das? Dies waren natürlich nur Formalien, dachte Ben. Die Wahrheit mochte ganz woanders liegen.

Nun, Questor Thews war ihm ein Freund gewesen, als er keine

anderen gehabt hatte. Questor hatte auf seiner Seite gestanden, als es jedem töricht erschien, dies zu tun. Questor hatte alles getan, um was er ihn gebeten hatte, und noch einiges mehr. Vielleicht war es an der Zeit, ihm seine Loyalität durch ein wenig Vertrauen zu lohnen.

Er legte ihm die Hände auf die schmalen Schultern und drückte sie fest. »Ich habe mich entschlossen, Questor«, sagte er. »Ich möchte, daß Ihr mich zurückbefördert.«

Er schaute dem Zauberer fest in die Augen und wartete. Questor Thews zögerte erneut, dann nickte er. »Ja, Hoheit. Wie Ihr wünscht.«

Ben ging mit ihm zu den anderen zurück und versammelte sie um sich. Fillip und Sot fingen wieder an zu schluchzen, doch er beeilte sich, sie zu beruhigen, indem er ihnen versicherte, es sei ihnen alles verziehen.

Bunion und Parsnip kauerten sich gegen den Baumstamm. Ihre knorrigen Leiber glitzerten feucht. Weide stand ein bißchen abseits und schaute verstört drein. Sie hatte in Bens Augen etwas entdeckt, was ihr nicht gefiel.

»Ich habe Questor gebeten, mich mit Hilfe der Magie hinter Abernathy herzuschicken«, verkündete Ben ohne Umschweife. »Er hat sich dazu bereit erklärt.« Er wich Weides entsetztem Blick aus. »Ich muß tun, was ich kann, um Abernathy zu helfen und um das Medaillon zurückzubekommen. Sobald ich das getan habe, komme ich wieder zu euch zurück.«

»Oh, große Hoheit!« schrie Fillip verzweifelt.

»Mächtige Hoheit!« schluchzte Sot.

»Es tut uns so leid, Hoheit!«

»Schrecklich leid!«

Ben tätschelte ihnen die Köpfe. »Während meiner Abwesenheit wird Questor sich um die Pflichten des Thrones kümmern. Ich möchte, daß ihr ihm alle aus euren besten Kräften beisteht.« Er machte eine Pause und schaute seinen Hofzauberer fest an. »Questor, ich möchte, daß Ihr weiterhin versucht, den Darkling in die

Flasche zurückzubefördern. Das kleine Monster ist zu gefährlich, um frei herumlaufen zu dürfen. Seht, ob Kallendbor oder der Flußherr bereit sind, Euch zu helfen. Aber seid vorsichtig!«

Questor nickte wortlos. Die anderen starrten Ben noch immer schweigend an.

»Ich glaube, das ist alles, was ich zu sagen habe«, schloß er.

Da ging Weide direkt auf ihn zu, und die Entschlossenheit in ihrem Gesicht war nicht zu übersehen. »Ben, ich komme mit!«

»Kommt nicht in Frage!« Ben schüttelte energisch den Kopf. »Das wäre viel zu gefährlich. Ich könnte dort hängenbleiben, Weide. Ich komme vielleicht nie wieder zurück. Wenn du mitkommst, sitzt du vielleicht ebenfalls dort fest.«

»Gerade deshalb muß ich mitkommen, Ben. Ich kann nicht riskieren, daß du für immer von mir getrennt bleibst. Was dir widerfährt, widerfährt auch mir. Wir sind eine Einheit, Ben. Die Blumengirlanden in dem Garten, in dem ich empfangen wurde, haben es vorhergesagt. Sogar die Erdmutter weiß davon.« Sie nahm seine Hand. »Erinnerst du dich an das, was sie dir mit auf den Weg gegeben hat? Erinnerst du dich an ihre Worte?« Sie wartete, bis er zustimmend genickt hatte. Er hatte die Erdmutter ganz vergessen – jenes seltsame Elementarwesen, das ihnen bei der Suche nach dem Einhorn geholfen hatte. Weides Hand drückte fester zu. »Du mußt mein Beschützer sein. Das hat sie gesagt. Aber, Ben, *ich* muß *dich* genauso beschützen. Ich muß, denn wenn ich es nicht tue, hat mein Leben keinen Sinn. Es gibt kein Argument, das mich überzeugen könnte. Ich komme mit.«

Er starrte sie an. Er war in diesem Moment so verliebt in sie, daß er es kaum glauben konnte. Sie war so sehr ein Teil von ihm. Es war geschehen, fast ohne daß er es gemerkt hatte, ein langsames Erstarken der Bande, eine Verbindung von Gefühlen und Gedanken, ein Zusammenschmelzen ihrer beider Leben. Er erkannte dahinter die Wahrheit und staunte, daß so etwas möglich war.

»Weide, ich...«

»Nein, Ben.« Sie legte ihm einen Finger auf die Lippen, und ihr schönes, makelloses Gesicht hob sich ihm entgegen, und sie küßte ihn. »Es ist längst entschieden.«

Ben erwiderte ihren Kuß und umarmte sie. Das entsprach wohl den Tatsachen, dachte er.

Er entschied, daß sie sofort aufbrechen sollten.

Er ließ Questor seine Magie einsetzen, um sie beide mit Jogginganzügen und Tennisschuhen auszustatten. Weide sollte zusätzlich ein Stirnband tragen, um ihr langes Haar zu bändigen, und eine Sonnenbrille, um ihre ungewöhnlichen Augen zu verbergen. Gegen ihre grüne Hautfarbe konnte man nichts machen; er würde nicht das Risiko eingehen wollen, Questor mit Magie daran herumexperimentieren zu lassen. Er würde irgendwas erfinden, falls jemand Fragen stellte. Er ließ sich von dem Zauberer ein paar Geldscheine zaubern, so daß er zahlen konnte, falls er irgendwelche Ausgaben hatte, während er Abernathy suchte. Er hoffte natürlich, daß es keine gäbe. Er hoffte, er würde seinen Hofschreiber mitsamt dem Medaillon auf Anhieb finden. Aber er zweifelte, daß er soviel Glück haben würde. Bislang war ihm das Glück noch nicht sehr hold gewesen, jedenfalls nicht bei dem Versuch, dieses Durcheinander wieder in Ordnung zu bringen.

Questor erzielte großartige Resultate und kleidete sie in richtige Jogginganzüge und Turnschuhe, bis hin zur richtigen Marke. Und er übertraf sich selbst mit dem Geld; es fühlte sich an wie echt. Gut, dachte Ben, daß er ihm bei einer früheren Gelegenheit mal ein paar Beispiele gezeigt hatte. Er warf einen hastigen Blick auf die Geldscheine und schob sie in die Tasche.

»Und, Questor, Ihr solltet auch dafür sorgen, daß Weide die englische Sprache beherrscht, wenn wir dorthinkommen«, fügte er hinzu.

Weide trat neben ihn und legte ihre schlanken Arme um seine Taille und hielt ihn fest. Er wollte sie eigentlich fragen, ob sie wirklich sicher war, daß sie mitkommen wollte, aber er tat es nicht. Eine solche Frage war längst überflüssig.

»Fertig, Questor«, verkündete er. Zweifelnd schaute er in den dämmrigen Dunst, der sie wie ein grauer, nebliger Schleier umgab. Er schaute hinunter zu den Wiesen, den Wäldern und Hügeln. Er wünschte, er könnte das alles in einem besseren Licht sehen, im Sonnenschein, mit strahlenden Farben. Er wollte sich an alles erinnern können. Er fürchtete, er würde es nie wiedersehen.

Questor dirigierte die anderen hinter sich an den Stamm des Hickorybaumes. Die Kobolde grinsten grimmig, die Gnome wimmerten, als würden sie wieder aufgehängt. Questor krempelte sich die Ärmel seines Gewandes hoch und hob die Hände.

»Gebt acht auf euch«, sagte Ben ruhig, und seine Arme umfaßten Weide ein wenig fester.

Der Zauberer nickte. »Viel Glück, Hoheit.«

Er begann seine Beschwörung, die Zauberworte sprudelten wie ein stetiger Strom bedeutungsleerer Satzfetzen hervor. Dann kamen seine Gesten, und Silberstaub und das Licht erschienen. Regen und Dunst schwanden und nahmen die Kobolde und die Gnome mit, dann verschwand auch Questor Thews. Ben und Weide waren allein und hielten einander fest umarmt.

»Ich liebe dich, Ben«, hörte er die Sylphe sagen.

Dann verschwand alles in einem grellen Blitz, und sie schlossen fest die Augen gegen die Helligkeit.

Sie trieben eine Weile dahin, ein langsames Driften, das weder eine bestimmte Richtung noch einen Ruhepunkt hat, jene Art Treiben, das man manchmal erlebt, wenn man vom Schlaf sachte ins Wachsein übergeht. Allmählich wurde das Licht schwächer, und das Treiben hörte auf, und schließlich wurde auch die Welt um sie herum wieder konkret.

Sie fanden sich an einer Straßenecke in einer Stadt wieder. Die Luft war angefüllt mit den Geräuschen von Autos und Leuten. Weide klammerte sich an Ben und vergrub voller Angst ihr Gesicht an seiner Schulter. Ben schaute sich hastig um, auch er war erschreckt von dem plötzlichen Krach.

Himmel noch mal, es war heiß! Es war wie im Hochsommer, nicht Herbst! Aber das war ausgeschlossen...

»Heiliger Bimbam!« stieß er aus.

Er wußte genau, wo sie waren. Es gab überhaupt nicht den geringsten Zweifel.

Sie befanden sich mitten in Las Vegas.

Burgen und Käfige

Questor Thews schaute nachdenklich auf die Stelle, an der Ben Holiday und Weide noch vor wenigen Sekunden gestanden hatten. Dann rieb er sich zufrieden die Hände und meinte: »So, ich denke, sie sind auf dem Weg.«

Bunion und Parsnip traten hinzu, schauten den leeren Platz an und stimmten fauchend zu. Sie zeigten ihre Zähne, und ihre gelben Augen leuchteten wie Glühlampen.

»Große Hoheit«, wimmerte Fillip von irgendwo aus dem Schatten hinter ihnen.

»Mächtige Hoheit«, wimmerte Sot.

»Nun, nun! Seine Hoheit ist gesund und wohlauf!« beruhigte sie Questor und fragte sich kurz, ob er sich wirklich aller Wörter und Gesten richtig erinnert hatte, vor allem für den Teil der Beschwörung, der für den Ort verantwortlich war, an den er sie gesandt hatte. Ja. Er war sicher, das er sich nicht geirrt hatte. In vernünftigem Maße sicher jedenfalls.

»Jetzt muß ich mich auf das konzentrieren, was hier ansteht«, sagte er, vor allem zu sich selbst. »Hmmmm. Laßt mich mal überlegen.«

Er streckte sich in seinen Gewändern, zupfte sich am Bart und schaute in den Dunst hinaus. Es regnete noch immer stark. Die Regentropfen klatschten in die wachsenden Pfützen und Rinnsale, die sich über die ganze Landschaft erstreckten, so weit das Auge reichte. Tief hingen die Wolken am Horizont, und der Tag schien immer düsterer zu werden. Die Nebelschleier, die das Tal seit der Morgendämmerung einhüllten, wurden immer dichter.

Questor runzelte die Stirn. Es wäre eine durchaus vernünftige Entscheidung, jetzt nach Silber Sterling zurückzukehren und die Jagd auf diesen verfluchten Dämon zu vergessen.

Andererseits wartete auf Silber Sterling nichts, das nicht noch ein paar Tage länger warten könnte – und er hatte Seiner Hoheit versprochen, sich anzustrengen, die Flasche wiederzufinden. Auch wenn ihm nicht übermäßig viel daran lag, sich mit dieser Frage aufzuhalten, fühlte er sich doch wenigstens zum Teil dafür verantwortlich, daß die Flasche wieder in Landover war, und er wollte sich, so gut er konnte, Mühe geben, um die Dinge wieder in Ordnung zu bringen. Vor allem, nachdem Seine Hoheit ihm so großes Vertrauen entgegengebracht hatte.

»Ich meine, wir sollten die Jagd noch ein wenig fortsetzen«, erklärte er. »Bunion? Parsnip? Sollen wir noch ein bißchen weiter nach dem Darkling suchen?«

Die Kobolde warfen einander einen Blick zu und fauchten dann ihre Zustimmung.

»Ausgezeichnet!« Questor wandte sich den G'heim Gnomen zu. »Wenn es nach mir gegangen wäre, Fillip und Sot, wäre ich weniger nachsichtig mit euch umgegangen als Seine Hoheit. Doch da er euch verziehen hat, seid ihr frei zu gehen.«

Fillip und Sot hörten gerade lange genug auf zu wimmern und zu schlottern, um ihren Blick über die graue, öde Landschaft schweifen zu lassen und sich dann mit schreckgeweiteten Augen anzuschauen.

»Guter, freundlicher Questor Thews!« sagte Fillip.

»Großer Zauberer!« erklärte Sot.

»Wir bleiben bei Euch!«

»Wir werden Euch helfen!«

»Bitte laßt uns bleiben!?«

»Bitte!?«

Questor Thews sah mit unverhohlenem Mißtrauen auf sie hinunter. Die Gnome baten nur darum, bleiben zu dürfen, weil sie Angst hatten. Sie wollten bei Einbruch der Nacht auf keinen Fall allein sein, solange der Darkling frei war. Er zögerte, dann zuckte er mit den Achseln. Was konnte man von G'heim Gnomen auch anderes erwarten?

»Seht zu, daß ihr aus dem Weg bleibt, wenn wir die Trolle und die Flasche finden«, ermahnte er sie streng.

Die Gnome konnten gar nicht schnell genug zustimmen. Sie purzelten übereinander vor lauter Eifer, um ihm hoch und heilig zu versprechen, daß sie sich daran halten würden. Questor mußte gegen seinen Willen lächeln. Er war ziemlich sicher, daß sie in diesem Falle ausnahmsweise mal die Wahrheit sagten.

Bald darauf kämpften sie sich nordwärts durch den Regen. Bunion ging voraus und suchte nach echten Spuren der Trolle. Questor und die anderen kamen langsam hinterher. Questor ritt seinen alten Grauschimmel, Parsnip und die Gnome folgten zu Fuß, wobei Parsnip Jurisdiktion und Weides Pferd zusammen mit den Lasttieren führte. Der Regen fiel ununterbrochen weiter und vermischte sich mit dem grauen Nebel, der das Land in Streifen von Schatten tauchte. Das Tageslicht schwand, die Nacht rückte näher, und noch immer gab es keine Spur von den Trollen.

Bei Sonnenuntergang kam Bunion zurück, und die Gruppe schlug ihr Nachtlager in einem regendurchweichten Zypressenhain am Ufer eines Flusses auf, dessen wildströmendes Wasser mit monotonem Glucksen vorbeirauschte. Unter den weitausladenden Ästen der Bäume war es einigermaßen trocken, und Questor gelang es, mit Hilfe seiner Zauberkraft ein fröhlich knisterndes Feuer zu entfachen. Parsnip kochte ein köstliches Abendessen, das von allen sehr schnell vertilgt wurde. Dann setzte Questor, voller Überschwang über seine Erfolge, noch einmal Magie ein und zauberte Decken und Kissen herbei. Er hätte hier besser aufhören sollen, aber er beschloß, eine allerletzte Beschwörung zu versuchen, die ihnen einen geschlossenen, geheizten Unterschlupf einschließlich Bad herbeibringen sollte. Der Versuch schlug erbärmlich fehl. Einer der Bäume stürzte auf der Stelle um und erlaubte somit dem Regen, das Feuer zu löschen und die ganze Gesellschaft durchzuweichen. Sie waren gezwungen, ihr Lager tiefer unter die Bäume zu verlegen, wobei sie versuchten, soviel wie möglich von den inzwischen durchweichten Decken und Kissen zu retten.

Questor entschuldigte sich wortreich, doch der Schaden war nun mal passiert und nicht mehr rückgängig zu machen. Es war ausgesprochen peinlich. Während die anderen schliefen, lag Questor Thews wach und dachte über die Wechselfälle eines Zaubererlebens nach. Sich selbst den zuverlässigen Gebrauch von Magie beizubringen, war keine einfache Aufgabe, lamentierte er vor sich hin. Und trotzdem mußte er es tun. Schließlich vertrat er jetzt Seine Königliche Hoheit und war für das Wohlergehen von Landover verantwortlich.

Der neue Tag brachte noch mehr Regen. Die Morgendämmerung war bleigrau, und dichter Nebel wurde von schwerfälligen Winden am Boden entlanggeschoben. Die kleine Gesellschaft frühstückte und machte sich wieder auf den Weg durch die Wiesen des Grünlandes. Bunion durchstreifte noch immer die Umgebung auf der Suche nach einer Spur der Trolle, während ihm die anderen etwas langsamer folgten. Alle waren sie völlig durchgeweicht und fühlten sich unbehaglich. Questor dachte daran, sie mit Hilfe von Magie zu trocknen, doch dann sah er lieber davon ab. Er hatte im Laufe der Nacht den Entschluß gefaßt, Magie nur noch einzusetzen, wenn er sich über die Ergebnisse absolut sicher sein konnte oder in Zeiten von verzweifelter Not. Er würde sich zurückhalten; er würde sich auf genau festgelegtes, begrenztes Zaubern beschränken. So konnte er sein Bestes geben – das hatte er inzwischen weidlich erfahren.

Mittag ging vorbei. Sie waren tief ins Wiesenland vorgedrungen, sehr weit nordöstlich von Silber Sterling, mitten in das Gebiet der Herren von Grünland. Gepflügte Felder zierten die Landschaft in Schachbrettmustern, die Ernten waren zum Großteil schon eingebracht, und der Boden sah schwarz und hart aus. Bauernhäuser und Hütten lagen verstreut, von Gärten und blühenden Blumenhecken aller nur denkbaren Farben und Formen umgeben, wie regenbogenfarbene Tupfer im grauen, regengepeitschten Land.

Questors Augen überwachten die in Nebel gehüllte Landschaft. Nur knapp ein Dutzend Meilen entfernt lag Rhyndswehr, die befestigte Burg von Kallendbor, dem mächtigsten unter den Herren von Grünland. Der Zauberer genehmigte sich einen kleinen, erwartungsvollen Seufzer. Heute nacht, versprach er sich, würden sie unter einem trockenen Dach, in trockenen Betten schlafen, nach einem heißen Bad, das alle Erinnerung abspülen würde.

Es war schon mitten am Nachmittag, als Bunion unvermittelt aus dem Dunst auftauchte. Sein harter, kräftiger Leib glitzerte naß. Er kam fast im Laufschritt herbei, was für ihn sehr ungewöhnlich war, und sprach in großer Hast mit Questor; sein Atem stieß zischend zwischen seinen scharfen Zähnen hindurch, seine Augen waren zusammengekniffen und geheimnisvoll.

Dem Zauberer verschlug es den Atem. Bunion hatte die Trolle gefunden – doch ganz anders, als sie alle es erwartet hatten.

Die Gruppe eilte jetzt in schnellerem Tempo voran. Questor sagte den anderen noch nichts. Er war noch immer wie vor den Kopf gestoßen über das, was Bunion ihm berichtet hatte. Sie überquerten eine Reihe von Feldern und einen kleinen, schnellfließenden Fluß und gelangten in ein Gehölz.

Die Trolle lagen in einem dichten Fichtenwäldchen in einer Lichtung, allesamt tot. Sie lagen in den merkwürdigsten Verrenkungen auf dem regendurchweichten Boden mit durchgeschnittenen Kehlen und zerstochenen Leibern über- und untereinander in einer Orgie des Todes. Die G'heim Gnome warfen einen Blick darauf und verkrochen sich vor Angst wimmernd hinter den Lasttieren. Selbst Parsnip schrak zurück. Questor trat mit Bunion auf die Lichtung, da er schon vorbereitet gewesen war, was sie dort erwartete. Bunion flüsterte ihm zu, was er ihm vorher schon gesagt hatte. Diese Tragödie war nicht durch Dritte verursacht worden. Die Trolle waren offensichtlich übereinander hergefallen und hatten sich gegenseitig umgebracht.

Questor hörte geduldig zu und sagte nichts. Aber er wußte, was geschehen war. Er hatte das Werk des Darklings schon früher einmal gesehen. Die Kälte des Tages traf ihn plötzlich bis auf die Knochen. Er bekam sehr große Angst.

Bunion zeigte in die dunstige Dämmerung. Einer der Trolle war dem Massaker entkommen. Er hatte überlebt und war verwundet in den Wald gestolpert. Und er hatte die Flasche mitgenommen.

»Ach herrje!« murmelte Bunion.

Der verwundete Troll war auf dem direktesten Weg nach Rhyndswehr.

»Abernathy!«

Der Schreiber hob den Kopf von dem Strohlager, auf dem er lag, und lugte in die Dunkelheit, die ihn umgab. »Elizabeth?«

Sie tauchte aus dem Schatten einer Nische in der Wand, schlüpfte durch einen Mauerspalt, der – er hätte es beschwören können – eben dort noch nicht gewesen war. Auf Zehenspitzen kam sie den Gang entlang und drückte ihr Gesicht gegen die Gitterstäbe seines Käfigs. Abernathy, der sich in dem engen Gefängnis nicht aufrichten konnte, kroch auf allen vieren hinüber, um sie zu begrüßen. Er konnte ihr rundes Gesichtchen mit den Sommersprossen auf der Nase so eben wahrnehmen.

»Tut mir leid, daß ich nicht eher kommen konnte«, flüsterte sie, wobei sie sich vorsichtig nach allen Seiten umschaute. »Ich konnte es nicht riskieren. Ich konnte Michel und meinen Vater nicht merken lassen, daß ich mir Sorgen um dich mache, weil sie sonst Verdacht geschöpft hätten. Ich fürchte, Michel ist ohnehin schon mißtrauisch geworden.«

Abernathy nickte. Er war froh, daß sie überhaupt gekommen war. »Wie bist du hier hereingekommen, Elizabeth?«

»Durch einen Geheimgang!« Sie grinste. »Gleich dort drüben!« Sie zeigte hinter sich auf den Mauerspalt, der sich mit einem schmalen Lichtsaum gegen die Finsternis abzeichnete. »Ich habe ihn vor Monaten entdeckt, als ich auf Erkundung aus war. Er führt in der ganzen Südwand nach oben und unten.« Sie zögerte. »Zuerst wußte ich nicht, wie ich zu dir gelangen könnte. Ich wußte nicht einmal, wo du warst. Ich habe es erst heute nachmittag herausgefunden.«

»Heute nachmittag? Es ist also Abend?« fragte Abernathy. Er hatte jegliches Zeitgefühl verloren.

»Ja. Fast schon Schlafenszeit, ich muß mich also beeilen. Hier: Ich habe dir etwas zu essen mitgebracht!«

Jetzt sah er, daß sie eine Tüte bei sich hatte. Sie langte hinein und holte mehrere Sandwiches, rohes Gemüse, frische Früchte, eine Tüte Kartoffelchips und eine kleine Flasche kalter Milch hervor.

»Elizabeth!« keuchte er dankbar.

Sie schob die Sachen einzeln zwischen die Stäbe hindurch, und er verbarg sie unter dem Stroh – bis auf ein Sandwich, das er hungrig zu essen begann. Man hatte ihm seit fast drei Tagen nichts anderes gegeben als abgestandenes Hundefutter und ein bißchen Wasser. So lange war er inzwischen hier eingesperrt. Er war in die Unterwelt von Graum Wythe eingeschlossen und nicht weiter beachtet worden, bis auf die periodischen Visiten eines schweigsamen Gefängniswärters, der entweder erschien, um zu prüfen, ob er noch da sei, oder um ihm seine Nahrungsration zu bringen. Er hatte während der ganzen Zeit kein Tageslicht gesehen. Und Michel Ard Rhi hatte er auch nicht zu Gesicht bekommen.

»Wie geht es dir, Abernathy?« fragte Elizabeth, während er aß. »Bist du in Ordnung? Sie haben dir doch nicht weh getan, oder?«

Kauend schüttelte er mit dem Kopf. Käse und Schinken – sein Lieblingssandwich.

»Ich habe mit meinem Vater ein bißchen über dich geredet«, brachte sie nach einer Weile zaghaft hervor. Dann fügte sie hastig hinzu: »Ich habe ihm aber nichts über uns beide gesagt. Ich sagte ihm nur, daß ich dich gefunden hätte, als du herumgewandert bist, und daß Michel dich offenbar nicht leiden kann und daß ich mir Sorgen um dich mache. Ich sagte ihm, daß ich diese Maßnahmen nicht für richtig halte. Er stimmte mir zu, aber er sagte, daß er da nichts machen könne. Er sagte, ich sei klug genug zu wissen, daß man sich besser nicht mit Streunern einließe und daß ich doch Michel gut genug kenne. Ich sagte, daß man manchmal nicht verhindern könne, sich mit jemandem einzulassen.«

Nachdenklich hockte sie sich hin. »Ich weiß, daß du nichts Anständiges zu Essen kriegst. Einer der Wärter hat es mir gesagt. So was wie ein Freund.« Sie biß sich auf die Lippe. »Warum tut Michel dir das an, Abernathy? Warum ist er so böse? Haßt er dich noch immer so sehr?«

Abernathy hörte auf zu kauen und ließ die Hand mit dem Sandwichrest sinken. Er hätte es nicht runtergekriegt, wenn er nicht so hungrig gewesen wäre. Sein Käfig stank nach Exkrementen und kranken Tieren, und die Wände waren dick mit Schimmelpilz überzogen.

»Das ist ganz einfach – er will was von mir.« Er sagte sich, daß es nichts schaden konnte, wenn er ihr jetzt die Wahrheit sagte. »Er will dieses Medaillon haben, das ich anhabe. Aber er kann es mir nicht gewaltsam abnehmen. Ich muß es ihm geben. Also hat er mich hier unten eingesperrt, bis ich weich werde und es freiwillig rausrücke.« Er wischte sich mit einer Pfote einen Strohhalm von der Schnauze. »Aber das Medaillon gehört ihm nicht. Es gehört nicht einmal mir. Ich habe es nur geliehen bekommen, und ich muß es seinem Eigentümer zurückgeben.«

Er dachte jetzt zum ersten Mal seit längerer Zeit wieder an Seine Hoheit und an die Probleme, denen er in Landover ohne den Schutz des Medaillons ausgeliefert war.

Elizabeth schaute ihn eine Weile an, dann nickte sie langsam. »Ich habe heute Nita Coles von dir erzählt. Wir sind nämlich wieder Freundinnen. Sie hat mir alles erklärt wegen Tommy Samuelson und gesagt, daß es ihr leid tut. Egal. Ich habe ihr von dir erzählt, weil wir einander alles erzählen. Aber wir bewahren es als Geheimnis. Meistens jedenfalls. Und das hier war ein Geheimnis, mit doppelt verschränkten Fingern geschworen, so daß keiner von uns irgendwem etwas sagen darf, sonst hat er sieben Jahre lang kein Glück und kriegt Tad Russel zum Ehemann! Sie meint natürlich, daß es dich nicht geben kann, aber ich habe ihr gesagt, daß es dich gibt und daß du unsere Hilfe brauchst. Sie sagte, daß sie darüber nachdenken würde, und ich sagte dasselbe.«

Sie machte eine Pause. »Wir müssen dich hier rauskriegen, Abernathy!«

Abernathy schob sich das letzte Stück von seinem Butterbrot in den Mund und schüttelte energisch den Kopf. »Nein, Elizabeth! Es ist längst viel zu gefährlich geworden, als daß du noch versuchen dürftest, mir zu helfen. Wenn Michel es merkt...«

»Weiß ich, weiß ich doch«, unterbrach sie ihn. »Aber ich kann auch nicht ständig Essen hier runterschmuggeln. Michel merkt irgendwann, daß du nicht verhungerst und so und daß jemand dich versorgt. Und außerdem: Wie willst du hier rauskommen, wenn ich dir nicht helfe?«

Abernathy seufzte. »Ich werde schon einen Weg finden«, erklärte er hartnäckig.

»Nein, das wirst du nicht«, widersprach Elizabeth ebenso hartnäckig. »Du wirst einfach bis in alle Ewigkeit hier im Käfig hokken!«

Plötzlich war von irgendwo aus dem Flur durch die geschlossene Tür Hundegebell zu hören. Abernathy und Elizabeth drehten sich um und erstarrten zu reglosen Statuen. Das Bellen dauerte nur ein paar Sekunden, dann erstarb es wieder.

»Richtige Hunde«, flüsterte Abernathy nach einer Weile. »Michel hält sie hier unten eingesperrt, die armen Tiere. Ich mag nicht einmal darüber nachdenken, warum. Ich höre sie manchmal aufschreien, rufen. Ich kann ein bißchen von dem verstehen, was sie sagen...«

Geistesabwesend verstummte er. Dann schaute er schnell wieder zu dem Mädchen. »Du mußt dich da raushalten, Elizabeth« drängte er. »Michel Ard Rhi ist äußerst gefährlich. Er würde dir weh tun, wenn er wüßte, was du tust – selbst wenn er es nur vermutet! Ihm wäre es völlig gleich, daß du noch ein kleines Mädchen bist. Er würde dir trotzdem weh tun – und vielleicht auch deinem Vater.«

Bei der Erwähnung einer Gefahr für ihren Vater spiegelte sich tatsächlich Besorgnis in ihrem Blick. Es tat Abernathy leid, dergleichen erwähnen zu müssen, aber er mußte sichergehen, daß sie seinetwegen kein weiteres Risiko mehr einging. Er wußte nur zu gut, zu was Michel Ard Rhi fähig war.

Elizabeth musterte ihn aufmerksam. »Warum versuchst du, mir solche Angst einzujagen, Abernathy?« fragte sie unvermittelt, als könne sie seine Gedanken lesen. »Du versuchst doch, mir angst zu machen, oder?«

Sie sagte es, als sei es eine offensichtliche Tatsache. »Ja, natürlich«, erwiderte er sofort. »Du solltest wirklich Angst haben. Das ist kein harmloses Spiel für Kinder!«

»Nur für Zauberer und Hunde meinst du wohl!« schnaubte sie zornig.

»Elizabeth...«

»Versuch nicht, mir was vorzumachen!« Sie war wirklich gekränkt. »Ich bin kein kleines Kind mehr, Abernathy! Du solltest mich nicht als solches behandeln!«

»Ich wollte nur auf die Tatsachen hinweisen. Ich meine, du...«

»Wie willst du denn ohne meine Hilfe hier rauskommen?« unterbrach sie ihn.

»Es gibt sicher eine Möglichkeit, ohne...«

»Ach, meinst du? Wie denn? Nenn mir eine. Nur eine einzige. Sag mir, wie du hier rauskommen willst. Na los, sag schon!«

Er holte tief Luft. Seine Kraft verließ ihn. »Ich weiß nicht«, gab er erschöpft zu.

Sie nickte befriedigt. »Hast du mich noch lieb, Abernathy?«

»Ja, natürlich habe ich dich lieb, Elizabeth.«

»Würdest du mir helfen, wenn ich Hilfe brauchte, komme, was da wolle?«

»Ja, natürlich!«

Sie lehnte sich gegen die Gitterstäbe des Käfigs, bis ihre Nase nur noch wenige Zentimeter von seiner entfernt war. »Na siehst du. Und genauso geht es mir auch! Und deshalb kann ich dich nicht einfach hier unten lassen!«

Die Hunde fingen wieder an zu bellen, eindringlicher diesmal, und jemand schimpfte, sie sollten still sein. Elizabeth schickte sich an, in die Nische zurückzuschleichen.

»Iß dein Essen auf, Abernathy, damit du bei Kräften bleibst!« flüsterte sie eilig. »Psst! Psssst!« bedeutete sie ihm, als er etwas sagen wollte. »Hab Geduld! Ich werde eine Möglichkeit finden, dich hier rauszuholen!«

Als sie schon halb durch den Mauerspalt geschlüpft war, blieb sie stehen, ein schwacher Schatten im Dämmerlicht. »Mach dir keine Sorgen, Abernathy! Es wird alles gut!«

Dann war sie verschwunden, und der Spalt schloß sich wieder zu undurchdringlicher Finsternis.

Das Gebell am Ende des Korridors wurde von einem schrillen Aufjaulen übertönt und verstummte dann. Abernathy lauschte ein Weilchen, dann holte er das Medaillon unter dem Hemd hervor und betrachtete es eingehend.

Er hatte eine Todesangst um Elizabeth. Er wünschte, er wüßte, was er mit ihr machen könnte. Er wünschte, er könnte sie irgendwie beschützen.

Nach einiger Zeit steckte er das Medaillon wieder unter sein Hemd. Dann holte er sein Essen hervor und verspeiste es.

Scharaden

Ben Holiday kniff fassungslos die Augen gegen die Helligkeit der glühenden Sonne von Nevada zu. Überdimensionierte Hotel- und Casinoschilder säumten die Straße in beiden Richtungen und ragten wie bizarre Druidensteine des zwanzigsten Jahrhunderts gegen den wolkenlosen Wüstenhorizont. Selbst ohne die grellen, flimmernden Lichter, die bei Nacht aufflammen würden, waren die Fassaden pompös und grell: »The Sands«; »Ceasar's Palace«; »The Flamingo«...

»Las Vegas«, flüsterte er atemlos. »Was zum Teufel haben wir in Las Vegas verloren??!«

Fieberhaft dachte er nach. Er war davon ausgegangen, daß er, wenn er von Landover in seine alte Welt transportiert würde, wie sonst aus den Elfennebeln in den Blue Ridge Mountains in Virginia auftauchen würde. Er hatte angenommen – wie er meinte mit gutem Grund –, daß Abernathy am gleichen Ort gelandet sein mußte, als die Magie danebenging. Und jetzt sah es so aus, als habe er sich mit beiden Annahmen geirrt. Die Magie schien so danebengegangen zu sein, daß sie alle beide am anderen Ende des Kontinents gelandet waren!

Es sei denn...

Nur nicht das! Ben traute sich kaum, den Gedanken weiterzuverfolgen. Es sei denn, Questor hatte wieder einmal Mist gebaut und hatte Abernathy an einen Ort und Weide und ihn an einen anderen geschickt!

Ben riß sich zusammen. Seine Gedanken waren nicht klar genug. Der Zauber hatte Abernathy gegen die Flasche mit dem Darkling ausgetauscht. Abernathy mußte also an den Ort gesandt worden sein, wo Michel Ard Rhi die Flasche aufbewahrte – gesetzt den Fall, daß die Flasche noch immer im Besitz von Michel gewesen war. Wie auch immer, Abernathy war vermutlich zu dem Besitzer der Flasche, wer auch immer das war, transportiert worden. Und Ben hatte Questor beauftragt, ihn auch dorthin zu transportieren, wo Abernathy sich aufhielt. Also war Las Vegas vielleicht genau der Ort, wo er hinwollte.

Weide klammerte sich noch immer schutzsuchend an ihn, doch sie hob den Kopf gerade lange genug, um ihm zuflüstern zu können: »Ben, ich mag diesen Krach nicht!«

Selbst am hellen Mittag herrschte dichter Verkehr, die Luft dröhnte von Motorengeräuschen, Hupen, Bremsen, quietschenden Reifen und Geschrei von allen Seiten. Taxis brausten vorbei, und ein landendes Flugzeug flog mit beängstigendem Brummen über ihre Köpfe.

Ben war noch immer etwas verwirrt und sah sich noch einmal um. Passanten und Autofahrer begannen, sich ihretwegen die Hälse zu verrenken. Vielleicht wegen der Trainingsanzüge, dachte er erst, doch dann ging ihm auf, daß das nicht der Anlaß sein konnte. Es war Weide: Ein Mädchen mit smaragdgrünem Haar, das ihr bis auf die Hüften reichte, und einem makellosen, meergrünen Teint. Sogar in Las Vegas war Weide eine außergewöhnliche Erscheinung.

»Komm«, sagte er unvermittelt und ging mit ihr in südlicher Richtung die Straße hinunter. »Las Vegas Boulevard« stand auf dem Straßenschild. Er versuchte, sich an etwas für sie Brauchbares über Las Vegas zu erinnern, aber ihm fiel einfach nichts ein. Er war nur ein- oder zweimal in seinem ganzen Leben in Las Vegas gewesen, jeweils für höchstens einen Tag oder zwei, und außerdem jedesmal aus beruflichen Gründen. Er hatte ein paar Casinos besucht, doch er konnte sich an keinerlei Einzelheiten erinnern.

Sie erreichten die Kreuzung vom Las Vegas Boulevard und der Flamingo Road. »Ceasar's Palace« lag zur Linken, das »Flamingo« zur Rechten. Er drängte Weide durch einen Pulk von Leuten hinüber, die ihnen entgegenkamen.

»Spitze, Schätzchen!« rief einer und pfiff durch die Zähne.

»Kommt wohl aus Smaragd-City!« spottete ein anderer.

Großartig, dachte Ben, das hat mir gerade noch gefehlt.

Er zerrte Weide weiter und ignorierte die Kommentare, die hinter ihnen verklangen. Er mußte sich einen Plan zurechtlegen, dachte er, irritiert über die Wende in den Ereignissen. Sie konnten nicht endlos durch die Stadt wandern. Er warf einen Blick auf die beiden gewaltigen Hotelgebäude, die den Boulevard südlich der Kreuzung überragten. Das »Dunes« und das »Bally's«. Zu groß, dachte er. Zu viele Leute, zuviel Aktivität, zuviel... von allem.

»Wo ist denn der Zirkus, Püppchen?« hörte er jemanden gröhlen.

»Ben«, flüsterte Weide eindringlich und klammerte sich noch fester an ihn.

Questor, Questor, ich kann Euch nur raten, daß Ihr Euch hier nicht vertan habt! Ben ging schneller, schirmte Weide so gut ab, wie er konnte, indem er sie auf die der Fahrbahn abgekehrte Seite schob, und steuerte sie eilig durch das Gedränge von Leuten vor dem Eingang zum »Bally's«. Das »Shangri-La« war ein Stück weiter zu sehen, dann das »Aladdin« und das »Tropicana«. Eins von ihnen mußte er wählen, mahnte er sich ärgerlich. Irgendwo mußten sie die Nacht verbringen – mußten sich irgendwo sammeln und entscheiden, wo sie mit ihrer Suche nach Abernathy beginnen würden. Vielleicht wäre es gescheiter, eines der großen Hotels zu wählen, dort würden sie vielleicht nicht so auffallen und sich eher in der Masse der seltsamen Gestalten verlieren...

Unvermittelt schwenkte er Weide herum und führte sie durch den Eingang zum »Shangri-La«.

Die Lobby war überfüllt. Das dahinterliegende Casino war rammelvoll. Überall waren Leute. Die Geräusche von Würfeln und Karten und Rouletterädern und Spielautomaten bildeten den gleichförmigen, eintönigen Hintergrund zu den aufgeregten Stimmen der Spieler. Ben führte Weide mitten hindurch, ignorierte die neugierigen Blicke, die sie verfolgten, und steuerte direkt auf die Hotelrezeption zu.

»Die Reservierung für…« Er zögerte. »Für Bennett, bitte. Miles Bennett.«

Der Empfangschef hob beiläufig den Kopf, schaute wieder hinunter und sah schnell wieder auf, nachdem er Weide entdeckt hatte. Dann nickte er und sagte: »Ja, Sir, Mr. Bennett.«

Weide war verwirrt über den Namen. »Ben, ich verstehe nicht…«

»Pssst«, warnte er sie leise.

Der Angestellte prüfte seine Reservierungsliste und schaute wieder auf. »Bedaure, Sir, ich habe keine Reservierung für Sie.«

Ben reckte sich auf. »Nicht? Dann sehen Sie doch bitte unter Fisher nach, Miss Caroline Fisher. Eine Suite.«

Ben holte tief Luft, während der Mann wieder nachschaute. Mit dem gleichen Ergebnis natürlich. »Tut mir leid, Mr. Bennett, auch unter Miss Fishers Namen habe ich keine Reservierung.«

Er lächelte Weide entschuldigend an und konnte seinen Blick lange nicht von ihr wenden.

Ben machte sich steif in gespielter Entrüstung. »Aber wir haben doch schon vor Monaten reserviert!« Er war laut genug, um Aufmerksamkeit auf sich zu lenken. Ein paar Leute blieben neugierig stehen. »Wie ist das möglich, daß Sie keine Suite für uns reserviert haben? Sie wurde doch letzte Woche noch mal bestätigt! Morgen früh um fünf fangen die Dreharbeiten an, und wir können keine Zeit vertrödeln!«

»Ja, Sir. Ich verstehe, Sir«, sagte der Mann und verstand nur, daß irgendwas schiefgelaufen war, für das er keine Verantwortung trug.

Ben zog das Bündel Banknoten heraus, das Questor ihm gegeben hatte, und begann geistesabwesend darin zu blättern. »Na ja, unser Gepäck wird jeden Moment vom Flughafen hergebracht werden, und es gibt keinen Grund, weiter über die Angelegenheit zu diskutieren. Bitte sehen Sie mal, was Sie jetzt noch für uns tun können. Ich werde später mit dem Manager reden.«

Der Mann nickte, schaute wieder in seine Liste, prüfte die Buchungen im Computer und meinte dann: »Entschuldigen Sie mich bitte einen Augenblick, Mr. Bennett.«

Er ging hinaus, und Ben und Weide und die kleine Ansammlung von Neugierigen warteten. Er kam sehr bald mit einem anderen Mann zurück. Jemand mit mehr Autorität, hoffte Ben.

Er wurde nicht enttäuscht. »Mr. Bennett, ich bin Winston Allison, der Assistent des Managers. Ich höre, es hat irgendein Mißverständnis bei Ihrer Reservierung gegeben? Es tut mir außerordentlich leid, aber wir haben natürlich trotzdem etwas für Sie und Miss Fisher frei.« Er lächelte Weide zu, wobei offensichtlich war, daß er ihren potentiellen Star-Status abschätzte. »Wünschen Sie nach wie vor eine Suite?«

»Ja, Mr. Allison«, erklärte Ben, »Miss Fisher und ich hätten gern eine Suite.«

»Das geht in Ordnung.« Allison sprach leise mit dem Angestellten, der daraufhin nickte. »Für wie lange brauchen Sie die Suite, Mr. Bennett?« fragte er.

»Höchstens eine Woche.« Ben lächelte. »Unsere Dreharbeiten sehen drei oder vier Tage vor.«

Der Angestellte schrieb etwas und reichte Ben die Anmeldeformulare. Ben füllte sie geschwind aus, wobei er seine Rolle weiterspielte und einen Phantasienamen für ein Filmstudio als Geschäftsadresse angab. Dann reichte er die Formulare zurück. Die Menge hinter ihnen begann sich zu zerstreuen und nach neuen Attraktionen zu suchen.

»Ich hoffe, Sie werden sich bei uns wohl fühlen, Miss Fisher, Mr. Bennett«, sagte Allison, lächelte noch einmal und verschwand wieder dorthin, wo er hergekommen war.

»Der Preis für die Suite beträgt vierhundertfünfzig Dollar pro Nacht, Mr. Bennett«, sagte der Angestellte, nachdem er diensteifrig die Anmeldeformulare gelesen hatte. »Wie wünschen Sie zu zahlen?«

»In bar«, erwiderte Ben lässig und blätterte wieder in dem Banknotenbündel. »Reichen tausend Dollar als Anzahlung?«

Der Angestellte nickte und warf erneut einen Seitenblick auf Weide. Als sie seinem Blick begegnete, lächelte er gewinnend.

Ben fing an, fünfhundert Dollar in Fünfzigern abzuzählen, als ihm einer der Geldscheine plötzlich merkwürdig vorkam. Er hielt inne und holte langsam einen weiteren Schein aus dem Bündel, so als klebten sie zusammen, und schaute ihn sich genauer an.

Das Portrait von Ulysses S. Grant war nicht darauf. Statt dessen sein eigenes.

Er prüfte einen anderen Schein und noch einen. Sein Bild prangte auf jedem von ihnen, schöner als in Wirklichkeit, und es ähnelte in keiner Weise dem von Grant. Das Herz rutschte ihm in die Hosen. Questor hatte wieder einmal Mist gebaut!

Der Angestellte schaute ihn prüfend an. Er hatte gemerkt, daß irgendwas nicht stimmte. Ben zögerte. Und da ihm nichts anderes einfiel, ließ er sich unvermittelt gegen den Tresen sinken. Er umklammerte die Banknoten, und sein Atem ging keuchend.

»Mr. Bennett!« rief der Angestellte und packte ihn, um ihn zu halten.

Weides Hände packten ihn ebenfalls. »Ben!« schrie sie, ehe er sie daran hindern konnte.

»Nein, nein, es ist nichts!« beruhigte er sie beide, in der Hoffnung, daß der Mann nicht bemerkt hatte, daß sie ihn mit einem anderen Namen gerufen hatte. »Ich... ich glaube, ich sollte mich einen Moment hinlegen und das hier später erledigen. Die Sonne war wohl mehr, als ich vertragen konnte.«

»Aber natürlich, Mr. Bennett«, sagte der Empfangschef eilfertig und rief nach einem Hoteldiener. »Sind Sie sicher, daß Sie keinen Arzt brauchen? Wir haben einen Arzt im Haus...«

»Nein, nein, danke. Das geht gleich vorbei... wenn ich mich ein bißchen ausruhe. Ich habe meine Medikamente bei mir. Danke sehr für Ihre Bemühungen.«

Er lächelte schwach, steckte seine Banknoten wieder ein und stieß einen geräuschlosen Seufzer der Erleichterung aus. Weide und der Hoteldiener stützten ihn, als sie die Menge in der Eingangshalle durchquerten. Das ist gerade noch mal gutgegangen, dachte er dankbar.

Er wünschte inständig, daß Abernathy das Glück ebenso hold wäre.

»So, Kinder, jetzt seid mal still! Setzt euch bitte alle hin! Und paßt gut auf!«

Der energische, junge Rektor der Franklin-Elementarschule in Woodinville, Washington, ging in die Mitte der Turnhalle. In der einen Hand hielt er ein Mikrophon, die andere hielt er in die Höhe, um die Aufmerksamkeit der Kinder auf sich zu lenken, und seine Stimme dröhnte durch die Lautsprecheranlage. Die Schüler der sechsten Klasse ließen sich zögernd auf den Zuschauerbänken nieder, ihr Geschrei erstarb langsam und wich einem erwartungsvollen Rascheln. Elizabeth saß in der sechsten Reihe neben Eva Richards. Sie beobachtete, wie der Rektor einen mageren, bärtigen Mann anschaute, der schlaksig neben ihm stand und lächelte. Der Mann bückte sich und kraulte einen kleinen, schwarzen Pudel, der brav zu seinen Füßen saß, hinter dem Ohr.

»Wir haben eine besondere Überraschung für euch heute nachmittag, die manche unter euch schon früher einmal erlebt haben«, verkündete der Rektor und schaute grinsend in die Runde. »Wer von euch mag Hunde?«

Überall schossen Hände in die Höhe. Der Mann mit dem Hund lächelte noch mehr und winkte einer Gruppe von Schülern zu, die eifrig zurückwinkten.

»Also, heute führen wir euch ein paar ganz besondere Hunde vor, die Dinge können, die sogar dem einen oder anderen unter euch noch schwerfallen!« Die Kinder lachten. Elizabeth verzog ihr Gesicht. »Ich möchte, daß ihr ganz genau hinschaut und gut zuhört, was unser Gast zu sagen hat. So, Kinder, bitte begrüßt jetzt Mr. Davis Whitsell und seine *Hunderevue*!«

Pfeifen und Applaus ertönten, als Davis Whitsell hervortrat und das Mikrophon von dem Rektor entgegennahm. Er winkte und tat so, als bemerke er nicht, daß der kleine, schwarze Pudel ihm gefolgt war.

»Einen schönen guten Tag allerseits!« grüßte er. »Welch ein herzlicher Empfang! Ich freue mich, daß ihr gekommen seid – selbst wenn ihr kommen mußtet, weil das eine von diesen Pflichtveranstaltungen ist!« Er zog eine Grimasse und erntete dröhnendes Gelächter. »Aber vielleicht können wir uns trotzdem zusammen ein bißchen amüsieren. Ich bin hergekommen, um euch etwas über Hunde zu erzählen – ja, ihr habt richtig gehört, über Hunde! Und da eure Eltern nicht wollen, daß ihr vor die Hunde geht, bringe ich die Hunde zu euch!«

Er hob die Hände, und das Publikum klatschte Beifall.

»So. Nun hört mal gut zu. Ich muß euch etwas sehr Wichtiges sagen. Ich muß euch sagen…«

Er hielt inne und tat so, als bemerke er erst jetzt, daß der kleine Pudel pflichtgemäß am Hosenbein zupfte. »He! Was soll denn das? Laß los, Sophie! Laß sofort los!«

Der kleine schwarze Pudel ließ von seinem Hosenbein ab, machte Männchen und schaute ihn an.

»Also, was ich gerade sagen wollte: Ich habe euch etwas sehr Wichtiges…«

Sophie zupfte wieder an seiner Hose. Elizabeth lachte zusammen mit den anderen Kindern. Davis Whitsell, wieder vom Thema abgelenkt, schaute nach unten.

»Sophie, was ist denn? Willst du als erste etwas sagen?« Sophie bellte. »Na, warum hast du das denn nicht gleich gesagt? Hast du doch, meinst du? Also, ich glaube nicht, daß die Kinder dich gehört haben. Vielleicht wiederholst du es noch einmal.« Sophie bellte wieder. »Was? Du willst ihnen zeigen, wie klug du bist?« Sophie bellte. »Wie klug *alle* Hunde sind?« Er schaute zu den Zuschauerplätzen hinauf. »Was meint ihr, Kinder? Wollt ihr sehen, wie klug Sophie ist?«

Sie brüllten natürlich, daß sie das wollten. Er zuckte in großer Übertreibung mit den Schultern. »Okay. Dann zeig ihnen mal, was du kannst, Sophie. Kannst du springen?« Sophie sprang. »Kannst du noch höher springen?« Sophie sprang fast so hoch wie seine Schulter. »Oha! Ich wette, du kannst auch einen Salto.« Sophie machte einen Salto. »Was haltet ihr davon, Kinder? Nicht schlecht, oder? Wie wäre es jetzt mit…«

Er ließ Sophie ein Kunststück nach dem anderen vorführen, Sprünge durch Reifen und über Hürden, noch mehr Saltos, Suchen und Wiederfinden und tausendundein erstaunliches Kunststück. Als sie fertig war, brachen die Schüler in tosenden Beifall aus, dann schickte Davis Whitsell Sophie fort und begann über die Notwendigkeit einer angemessenen Tierpflege zu sprechen. Er gab ein paar Statistiken, sprach über die guten Werke des Tierschutzvereins, betonte, wie ein wenig Liebe und Zuneigung das Leben von Tieren beeinflussen könne, und wies darauf hin, daß alle anwesenden Schüler sich für diese Ziele engagieren müßten.

Elizabeth hörte aufmerksam zu.

Dann kam Sophie zurück. Sie erschien am Rand des Spielfeldes mit einem großen Boxer an der Leine. Davis Whitsell gab sich überrascht und verfuhr wieder wie beim ersten Mal, indem er Sophie fragte, was sie mit Bruno dort zu suchen hätte, und so tat, als könne er verstehen, was sie sagte, wenn sie bellte. Er führte auf diese Weise eine Unterhaltung mit ihr, als sei sie ein Mensch.

Elizabeth überlegte.

Dann kam ein ganz neues Repertoire an Kunststücken, an denen Bruno und Sophie beteiligt waren, wo sie auf ihm ritt, sie gemeinsam durch Reifen und über Hürden sprangen, in der Luft herumwirbelten, Fangen spielten und gewagte Geschicklichkeitsübungen zeigten.

Das Programm schloß mit einem neuerlichen Hinweis auf die Verantwortung gegenüber den Tieren und den besten Wünschen für das neue Schuljahr. Whitsell zog sich winkend und unter begeistertem Applaus mit Sophie und Bruno zurück. Der Rektor schüttelte ihm die Hand, dankte ihm und schickte die Schüler in ihre Klassenzimmer zurück.

Elizabeth hatte einen Entschluß gefaßt.

Während die anderen Schüler einer nach dem anderen hinausdrängten, blieb sie zurück. Eva Richards wollte auch noch bleiben, aber Elizabeth sagte ihr, sie solle schon vorausgehen. Davis Whitsell sah den Kindern beim Hinausgehen zu und erwiderte ihr Lächeln. Elizabeth wartete geduldig. Der Rektor dankte Whitsell noch einmal und gab der Hoffnung Ausdruck, ihn im nächsten Jahr wieder begrüßen zu dürfen. Whitsell versprach es.

Dann ging auch der Rektor, und Davis Whitsell war allein.

Elizabeth holte tief Luft und ging auf ihn zu. Als er zu ihr hinunterschaute, fragte sie: »Mr. Whitsell, meinen Sie, Sie könnten vielleicht einem Freund von mir helfen?«

Der bärtige Mann grinste. »Kommt drauf an, würde ich sagen. Wer ist denn dein Freund?«

»Er heißt Abernathy. Er ist ein Hund.«

»Oh, ein Hund. Ja, natürlich. Was hat er denn für ein Problem?«

»Er muß nach Virginia.«

Das Grinsen wurde noch breiter. »Ach, wirklich? Sag mal, und wie heißt du?«

»Elizabeth.«

»Also, hör mal zu, Elizabeth.« Whitsell stützte seine Hände auf die Knie und beugte sich vertraulich nach vorn. »Vielleicht muß er nicht unbedingt nach Virginia. Vielleicht braucht er nur ein bißchen Zeit, um sich an das Leben in Washington zu gewöhnen, verstehst du? Hast du vor, mit ihm zusammen nach Virginia zurückzugehen? Hast du vielleicht vorher dort gewohnt?«

Elizabeth schüttelte energisch mit dem Kopf. »Nein, nein, Mr. Whitsell, Sie verstehen mich nicht. Ich habe Abernathy bis vor ungefähr einer Woche nicht einmal gekannt. Und außerdem ist er auch kein richtiger Hund. Er ist ein Mensch, der in einen Hund verwandelt worden ist. Durch Zauberei.«

Davis Whitsell starrte sie mit offenem Mund an. Sie sprach schnell weiter. »Er kann sprechen, Mr. Whitsell. Er spricht wirklich. Im Augenblick ist er ein Gefangener in...«

»Ho! Stopp mal eben«, unterbrach sie der Mann eilig. Er ging in die Hocke. »Was erzählst du mir da? Daß dieser Hund sprechen kann? Du meinst, richtig sprechen?«

Elizabeth wich einen Schritt zurück. Sie fing an sich zu fragen, ob es nicht ein Fehler gewesen war, sich an diesen Mann zu wenden. »Ja, so wie Sie und ich.«

Der bärtige Mann legte nachdenklich den Kopf zur Seite. »Du hast aber wirklich eine blühende Phantasie, Mädchen.«

Elizabeth kam sich albern vor. »Ich habe das nicht erfunden, Mr. Whitsell. Abernathy kann wirklich sprechen. Und er muß unbedingt nach Virginia und weiß nicht, wie er es anstellen soll. Ich dachte, Sie könnten ihm vielleicht helfen. Ich habe zugehört, wie sie gesagt haben, daß Hunde die richtige Behandlung brauchen und daß wir uns alle verpflichtet fühlen sollten, ihnen zu helfen. Abernathy ist nämlich mein Freund, und ich muß sicher sein, daß sich jemand um ihn kümmert, selbst wenn er kein richtiger Hund ist, und ich dachte…«

Davis Whitsell hob schnell eine Hand, und sie verstummte. Er stand auf und ließ seinen Blick durch die Sporthalle gleiten. Die letzten Schüler drängten durch die Türen hinaus. »Ich muß gehen«, sagte sie leise. »Können Sie Abernathy helfen?«

Er schien darüber nachzudenken. »Hör zu«, sagte er dann, und holte ein verknautschtes Kärtchen mit seinem Namen und seiner Adresse aus der Tasche. »Wenn du mir einen sprechenden Hund bringst – einen der wirklich spricht –, dann werde ich ihm mit Sicherheit helfen. Ich werde ihn hinbringen, wo immer er hin will. Okay?«

Elizabeth strahlte. »Versprechen Sie es?«

Whitsell zuckte mit den Schultern. »Natürlich.«

Elizabeth strahlte noch mehr. »Danke, Mr. Whitsell! Vielen, vielen Dank!« Sie drückte ihre Schulbücher fester vor die Brust und eilte davon.

Kaum hatte sie Mr. Whitsell den Rücken zugewandt, verwarf er die Angelegenheit mit einem Kopfschütteln.

Der Rechtsanwalt Miles Bennett saß in seinem Arbeitszimmer in einem Vorort von Chicago zwischen Stapeln des *Northeast Reporters* und *ALRs* und erwog ernsthaft, sich einen Drink zu genehmigen. Seit Montag letzter Woche arbeitete er nun schon an diesem verdammten Körperschaftsteuergesetz-Fall, und er war einer Lösung dieses vielschichtigen legalen Dilemmas kein Schrittchen nähergekommen, seit er den Fall angenommen hatte. Er hatte Tag und Nacht daran gearbeitet, im Büro und zu Hause, er lebte damit, schlief damit, aß damit, und es machte ihn krank, im wörtlichen wie im übertragenen Sinne. Gestern hatte er sich eine Grippe geholt, eine von jener unerfreulichen Sorte, die von beiden Enden her angreifen. Den ganzen Nachmittag hatte er damit zugebracht, mühsam den Besitz seines Klienten, einen gewaltigen Bürokomplex in Oak Brooks, abzuklappern, und er hatte seine Notizen mit nach Hause genommen, um sie zu entziffern, solange sie ihm noch frisch im Gedächtnis waren.

Als ob man in seiner augenblicklichen Verfassung überhaupt erwarten konnte, daß *irgendwas* in seinem Kopf frisch wäre, dachte er unglücklich.

Er ließ seine massige Gestalt in den ledernen Schreibtischstuhl zurücksacken. Er war ein großer Mann mit üppigem, schwarzem Haar und einem Schnurrbart, der aussah, als sei er nachträglich in ein früher einmal fast engelsgleiches Gesicht gepflanzt worden. Seine meist halbgeschlossenen Augen sahen in einer Mischung von müder Resignation und Spott in eine Welt hinaus, die hart arbeitenden, zuverlässigen Rechtsanwälten wie ihm mit unverhohlenem Mißtrauen begegnete. Aber das störte ihn nicht wirklich. Es war einfach der Preis, den man zu zahlen hatte, wenn man etwas tat, was man wirklich liebte.

Ein ironisches Lächeln huschte über sein Gesicht. Manchmal liebte man es mehr, manchmal weniger.

Das ließ ihn unvermutet an Ben Holiday denken, der früher zu »Holiday und Bennett, Ltd.« gehört hatte, ihrer ehemaligen Rechtsanwaltspraxis, als er noch mit Ben Seite an Seite gegen die

Welt antrat. Sein Lächeln verhärtete sich. Ben Holiday hatte die Juristerei geliebt – und hatte auch damit umzugehen gewußt. Doc Holiday, der Pistolenheld des Gerichtssaales. Er schüttelte den Kopf. Der Himmel wußte, wo Doc sich jetzt herumtrieb, der sicher wieder einmal in irgendeiner Phantasiewelt gegen Drachen kämpfte und Edelfräuleins rettete – in einer Welt, die vermutlich nur in seiner eigenen Vorstellung existierte…

Oder vielleicht doch in der Wirklichkeit? Miles runzelte nachdenklich die Stirn. Er war sich nie ganz sicher gewesen. Vielleicht würde er es nie eindeutig wissen.

Er verscheuchte die abwegigen Gedanken und beugte sich wieder über seinen Gesetzestext und seine Aufzeichnungen. Müde blinzelte er. Seine Notizen fingen an, vor seinen Augen zu verschwimmen. Er mußte das hier möglichst schnell zu Ende bringen und ins Bett gehen.

Das Telefon klingelte. Er schaute hinüber zum Tisch, wo es neben seinem Lesesessel stand. Er ließ es ein zweites Mal klingeln. Marge war zum Bridgespiel gegangen und die Kinder einen Block weiter bei den Wilsons. Er war allein im Haus. Das Telefon klingelte zum dritten Mal.

»Verdammt noch mal«, fluchte er und erhob sich schwerfällig von seinem Schreibtischstuhl. Telefonanrufe waren nie für ihn, immer nur für Marge oder die Kinder; und selbst, wenn einmal einer für ihn war, dann war es immer nur ein Klient, der nicht genug Feingefühl hatte und ihn zu Hause mit Fragen belämmerte, die genausogut bis zum Morgen hätten warten können.

Das Telefon klingelte noch einmal, bevor er den Hörer aufnahm. »Hallo, hier Bennett«, brummte er.

»Miles, hier ist Ben Holiday.«

Miles erstarrte vor Überraschung. »Doc? Bist du's? Ich habe gerade eben an dich gedacht, Teufel noch mal! Wie geht's dir? Wo steckst du?«

»In Las Vegas.«

»Las Vegas?«

»Ich habe versucht, dich im Büro zu erreichen, aber man sagte mir, du kämst heute nicht rein.«

»Ja, ich war den ganzen Tag auf Achse.«

»Hör zu, Miles. Ich muß dich um einen ganz großen Gefallen bitten.« Bens Stimme knisterte in der Leitung. »Du wirst wahrscheinlich alles sausen lassen müssen für den Rest der Woche, aber es ist äußerst wichtig, sonst würde ich dich nicht darum bitten.«

Miles mußte grinsen. Noch immer der alte Doc. »Ja, ja, butter mich nur gut ein, damit du mich anschließend besser braten kannst. Was brauchst du?«

»Geld zunächst mal. Ich wohne mit einer Freundin im ›Shangri-La‹ aber ich hab' kein Geld, um dafür zu zahlen.«

Jetzt lachte Miles laut auf. »Teufel noch mal, Doc, du bist Millionär! Was soll das heißen, du hast kein Geld?«

»Ich habe kein Geld bei mir! Du mußt mir gleich morgen früh ein paar tausend Dollar telegraphisch überweisen. Aber, hör zu, du mußt es an dich selbst schicken, an Miles Bennett. So bin ich hier registriert.«

»Was? Unter *meinem* Namen?«

»Mir fiel im entscheidenden Moment nichts anderes ein, und meinen eigenen Namen wollte ich nicht benutzen. Aber, keine Sorge! Du steckst dadurch nicht in irgendwelchen Problemen.«

»Noch nicht, willst du sagen, oder?«

»Schick es mir bitte direkt ins Hotel – ich meine, auf *deinen* Namen. Geht das?«

»Natürlich. Klar.« Miles schüttelte amüsiert den Kopf und machte es sich im Lesesessel bequem. »Ist das der große Gefallen, um den du mich bitten wolltest? Geld?«

»Zum Teil.« Ben klang gedämpft und weit weg. »Miles, weißt du noch, wie du immer wissen wolltest, was mir passiert ist, seit ich die Praxis verlassen habe? Also, jetzt ist der Augenblick gekommen. Ein Freund von mir, nicht die Freundin, die jetzt bei mir ist, ist in Schwierigkeiten geraten, irgendwo hier in den Vereinigten Staaten, glaube ich jedenfalls. Aber wir müssen es herausfinden. Ich möchte, daß du eine deiner Detekteien beauftragst, alles über einen Mann namens Michel Ard Rhi herauszufinden.« Er buchstabierte den Namen, und Miles schrieb ihn hastig auf. »Ich glaube, daß er in den Vereinigten Staaten lebt, aber auch hier bin ich nicht ganz sicher. Er dürfte ziemlich wohlhabend sein, und wahrscheinlich einigermaßen zurückgezogen leben. Ihm gefällt es allerdings, sein Geld auszugeben. Hast du das alles notiert?«

»Ja, Doc, alles notiert«, erwiderte Miles stirnrunzelnd.

»Okay. So, und hier ist der Rest – und bitte keine Kommentare. Ich möchte, daß du mal schaust, ob es irgendwo Nachrichten – irgendwas: Gerüchte, Klatsch, sonstwas – über einen sprechenden Hund gibt.«

»Was?«

»Einen sprechenden Hund, Miles. Ich weiß, das klingt albern, aber er ist der Freund, den ich suche. Er heißt Abernathy und ist ein weichhaariger Weizenterrier, und er kann sprechen. Hast du dir das aufgeschrieben?«

Miles holte es eilig und kopfschüttelnd nach. »Doc, ich hoffe, du nimmst mich nicht auf den Arm!«

»Ich meine es todernst. Abernathy war ein Mann, der in einen Hund verwandelt worden ist. Ich erklär' dir das später. Besorg dir alles, was du über die beiden Themen erfahren kannst und nimm ein Flugzeug und komm' hierher, so schnell du kannst. Bring alles mit, was die Detektive ausfindig machen können, und sag ihnen, du brauchst es auf der Stelle, ohne Verzug. Anfang der Woche allerspätestens.« Er hielt inne. »Ich weiß, das wird nicht so leicht sein, aber bitte, Miles, tu, was du kannst. Es ist wirklich unheimlich wichtig.«

Miles setzte sich auf dem Sessel zurecht und kicherte in sich hinein. »Das einzige, das gewisse Schwierigkeiten bereiten dürfte, ist, wie ich den Detektiven klarmachen soll, daß sie nach einem sprechenden Hund suchen sollen! Teufel noch mal, Doc!«

»Sammel alle Informationsfetzchen, die irgendwie einen Hund betreffen, der sprechen können soll. Es ist eine ziemlich vage Sache, aber vielleicht haben wir Glück. Kannst du dich freimachen und herfliegen?«

»Klar doch. Es wird mir guttun. Ich brüte über einem Körperschaftsteuer-Fall, und ich bin kurz davor, in einem Ozean von mathematischen Rechenaufgaben zu ertrinken. Du steckst also im ›Shangri-La‹? Und wen hast du bei dir?«

Am anderen Ende der Leitung blieb es einen Moment lang still. »Du würdest es mir nicht glauben, wenn ich es dir sagte, Miles. Komm einfach her und sieh selbst, okay? Und vergiß nicht, das Geld telegraphisch zu überweisen! Wir leben ausschließlich vom Zimmerservice!«

»Keine Sorge, ich vergeß es nicht. He!« Miles zögerte und lauschte auf das Knacken in der Leitung. »Doc? Bist du wirklich okay? Ich meine, ist sonst alles in Ordnung? Bist du wohlauf?«

Auch am anderen Ende entstand zunächst eine Pause. »Mir geht's gut, Miles. Wirklich. Wir werden uns bald unterhalten können, okay? Du kannst mich hier im Hotel erreichen, wenn du mich brauchst. Aber: Denk dran! Du mußt nach dir selber fragen! Gerate mir nicht völlig durcheinander!«

Miles lachte dröhnend. »Wie könnte ich noch mehr durcheinander geraten, als ich jetzt eh schon bin, Doc?«

»Das kann ich mir denken. Paß auf dich auf, Miles. Und danke schön.«

»Bis bald, Doc.«

Die Verbindung wurde unterbrochen. Miles legte den Hörer wieder auf und stand auf. Na, so was, dachte er. Na, *so was* auch!

Fröhlich vor sich hin summend, ging er zum Schrank und holte eine Flasche Glenlivet-Scotch hervor, die Marke, die Ben Holiday am liebsten hatte. Verdammt, wenn er sich jetzt nicht endlich seinen Drink genehmigte!

Flucht

Abernathy lag in seinem finsteren Gefängnis und träumte immer wieder einmal von Landovers Sonnenschein und grünen Wiesen. Er hatte sich in letzter Zeit nicht recht gesund gefühlt, was er auf die Kombination seiner Lage und seiner Nahrung zurückführte – vor allem auf den Mangel an letzterer. Er hatte außerdem den Verdacht, daß unabhängig von diesen erschwerenden Umständen irgend etwas an den Umweltbedingungen dieser Welt eine schwächende Wirkung auf seinen Organismus ausübte, aber es gab keine Möglichkeit, diese Hypothese zu überprüfen. Jedenfalls verbrachte er die meiste Zeit im Halbschlaf und fand einen gewissen Trost in den Träumen von besseren Zeiten und Orten.

Elizabeth war schon seit mehr als zwei Tagen nicht mehr gekommen. Er hatte gemerkt, daß die Wächter häufiger nach ihm schauten, und er nahm an, daß ihr Nichterscheinen wenigstens zum Teil auf die Furcht, entdeckt zu werden, zurückzuführen war. Michel Ard Rhi war einmal aufgetaucht. Aber das war auch schon mindestens zwei Tage her. Er hatte seinen Gefangenen ziemlich kalt gemustert, hatte ihn gefragt, ob er ihm irgendwas zu geben hätte, und war dann ohne ein weiteres Wort wieder gegangen, nachdem Abernathy ihm unmißverständlich erwidert hatte, daß er seine Zeit verschwende.

Sonst war niemand mehr erschienen.

Abernathy bekam es langsam mit der Angst zu tun. Er begann zu glauben, daß man ihn dort einfach sterben lassen würde.

Dieser Gedanke riß ihn aus dem Schlaf und ließ die Träume jäh verblassen, als ihm plötzlich wieder die Realität seiner Lage bewußt wurde. Er befaßte sich eine Weile ernsthaft mit der Aussicht, sterben zu müssen. Es wäre vielleicht nicht ganz so beängstigend, wenn er sich der Tatsache wirklich stellen müßte, sagte er sich. Er wog die Alternativen in bezug auf Michel Ard Rhi und das Medaillon ab. Es gab keine. Das Medaillon konnte er nicht hergeben. Weder sein Gewissen noch sein Pflichtbewußtsein ließen das zu. Ein so starker Zauber durfte nicht in die Hände eines so bösen Menschen gelangen. Da war sogar der Tod vorzuziehen.

Nur, wenn er einmal tot war, was würde dann Michel daran hindern, sich das Medaillon von seinem leblosen Körper zu holen?

Bei dem Gedanken an diese Möglichkeit verzagte er wieder und schloß schnell die Augen, um zurück in seine Träume zu flüchten.

»Hsssst! Abernathy! Wach auf!«

Abernathy öffnete langsam die Augen und erkannte Elizabeth, die vor seinem Käfig stand. Sie gestikulierte ungeduldig. »Komm schon, Abernathy! Wach endlich auf!«

Abernathy richtete sich steif auf, strich sich die verknitterten Kleider glatt, fummelte in seiner Westentasche nach seiner Brille und setzte sie sich auf die Nase. »Ich bin wach, Elizabeth«, behauptete er verschlafen und schob sich die Brille zurecht.

»Gut!« flüsterte sie und machte sich an der Käfigtür zu schaffen. »Weil ich dich jetzt sofort hier raushole!«

Abernathy beobachtete verwirrt, wie das kleine Mädchen nach dem Schlüsselloch tastete, den Schlüssel hineinsteckte, umdrehte und zog. Die Käfigtür öffnete sich. »Na, was sagst du dazu?« murmelte sie befriedigt.

»Elizabeth...«

»Ich habe den Schlüssel vom Schlüsselbrett im Wächterzimmer genommen, dort, wo sie die Zweitschlüssel aufbewahren. Sie werden ihn nicht sofort vermissen! Ich werde ihn wieder hintun, ehe sie überhaupt merken, daß er weg ist. Keine Sorge. Keiner hat mich gesehen.«

»Elizabeth...«

»Komm schon, Abernathy. Worauf wartest du noch?«

Abernathy schien nicht denken zu können. Er starrte mit leerem Blick auf die offene Käfigtür. »Ich finde es unerhört gefährlich, daß du...«

»Willst du nun hier raus oder nicht?« fragte sie ein klein wenig gereizt.

Auf dem Flur hinter der Korridortür fingen die eingesperrten Hunde plötzlich an zu bellen und verzweifelt zu jaulen und zu fiepen. »Das will ich allerdings«, antwortete Abernathy hastig und kroch aus dem Käfig.

Zum ersten Mal seit seiner Gefangennahme stand er wieder aufrecht und fühlte sich augenblicklich besser. Elizabeth verschloß den Käfig wieder. »Hier lang, Abernathy! Beeil dich!«

Er folgte ihr durch den Mauerspalt zu einer dahinterliegenden Treppe. Elizabeth wandte sich um und schob die in der Mauer versteckte Geheimtür wieder zu. Das Gebell der gefangenen Hunde war nun nicht mehr zu hören.

Einen Augenblick standen sie im Finstern, dann schaltete Elizabeth eine Taschenlampe ein. Abernathy war angenehm überrascht, als er feststellte, daß er immer noch genügend Erinnerungsfähigkeit bewahrt hatte, um sich daran zu erinnern, daß er in den Zeitschriften des kleinen Mädchens an jenem ersten Nachmittag etwas über Taschenlampen gelesen hatte. Er war also doch noch nicht ganz so verblödet, wie er gefürchtet hatte.

Elizabeth ging ihm voran die Treppe hinauf, Abernathy folgte ihr hastig. »Wir haben nicht viel Zeit«, sagte sie. »Die Coles sind schon da, um mich zum Konzert des Schulchors abzuholen. Erinnerst du dich an meine Freundin Nita? Ihre Eltern sind das. Sie sind bei meinem Vater, während ich mich fertig mache.« Abernathy sah, daß sie ein gerüschtes weiß-rosa Kleidchen anhatte. »Das ist, was ich im Moment eigentlich tun sollte. Nita ist oben in meinem Zimmer und tut so, als müsse sie mir helfen, und paßt auf. Wenn wir raufkommen, wird sie hinuntergehen und meinem Vater und ihren Eltern sagen, daß ich sofort nachkomme. In der Zeit schmuggle ich dich durch eine Hintertür, die direkt in den Hof führt. Das Auto von den Coles ist dort geparkt, und du kannst dich im Kofferraum verstecken. Der Knopf, um ihn aufzumachen, ist auf dem Armaturenbrett. Perfekt! Die Wächter werden sich hoffentlich nicht die Mühe machen, die Coles zu untersuchen – nicht, wenn mein Vater bei ihnen ist.«

Abernathy erschrak. »Ein Automobil – ist das eines von diesen mechanischen...«

»Psssst! Ja, ja. Ein Automobil! Hör zu, ja?« Elizabeth hatte keine Zeit für lange Erklärungen. »Sobald wir in der Schule angekommen sind, werden wir alle hineingehen, aber ich werde den Coles gleich darauf sagen, daß ich meine Tasche im Auto vergessen habe. Dann komme ich wieder und laß dich raus. Okay?«

Abernathy schüttelte zweifelnd den Kopf. »Und wenn du mich nicht rausholen kannst? Krieg' ich da drin denn Luft? Und wenn...?«

»Abernathy!« fauchte Elizabeth gereizt. »Mach dir keine Sorgen, ja? Ich werde dich rausholen, okay? Und in einem Kofferraum kriegt man soviel Luft, wie man haben will. Paß auf, das ist noch nicht alles. Ich habe jemanden gefunden, der dir helfen kann, nach Virginia zu kommen.«

Sie hatten einen Treppenabsatz und eine Tür erreicht. Elizabeth drehte sich mit leuchtenden Augen zu ihm um. »Er heißt Mr. Whitsell. Er dressiert Hunde. Er besucht die Schulen und spricht über Tierpflege und so. Er hat gesagt, daß er dir helfen würde, wenn ich dich zu ihm brächte. Aber jetzt warte hier.«

Sie machte die Tür auf, drückte ihm die Taschenlampe in die Hand, verschwand durch die Öffnung und schloß die Tür hinter sich wieder. Abernathy stand da und richtete den Strahl der Taschenlampe gegen die Wand. Das ging ihm alles viel zu schnell, aber daran war nichts zu ändern. Wenn sich auch nur die allerwinzigste Gelegenheit bot, Graum Wythe und Michel Ard Rhi zu entkommen, dann mußte er sie ergreifen.

Elizabeth war sofort wieder da, in Mantel, Schal und Handschuhe verpackt. »Zieh das hier an«, forderte sie ihn auf und reichte ihm einen alten Mantel und einen Hut mit Krempe. »Die hab' ich aus dem Schrank, wo sie alten Kram aufbewahren.«

Sie hielt die Taschenlampe, während er sich Mantel und Hut anzog. Der Mantel fühlte sich an wie ein Zelt, und der Hut rutschte ihm immer wieder vom Kopf. Elizabeth schaute ihn an und kicherte. »Du siehst aus wie ein Spion!«

Sie führte ihn durch einen Durchlaß in der Wand in eine Art Schrank voller Schrubber, Besen und Eimer. Dann hielt sie inne, lugte durch die Tür nach draußen und machte ihm Zeichen, ihr zu folgen. Sie schlichen eilig einen Korridor entlang zu einer Hintertreppe, die ins Erdgeschoß führte, und erreichten eine Doppeltür zum Hof.

Abernathy schaute über Elizabeths Schulter hinweg durch die Glasscheibe der Tür. Ein Automobil war nahe der Burgmauer geparkt. Lampen tauchten den Hof in ein warmes, gelbes Licht, aber es war niemand zu sehen.

»Fertig?« fragte sie und schaute zu ihm auf.

»Fertig«, bestätigte er.

Sie öffnete die Doppeltür und huschte zu dem Automobil. Abernathy folgte. Sie hatte die Fahrertür bereits geöffnet und den Kofferraumhebel gezogen, als Abernathy sie erreichte. »Schnell!« flüsterte sie und half ihm, hineinzuklettern. »Keine Angst!« sagte sie, die Hände auf dem Deckel, als er sich in dem engen Kofferraum zusammengerollt hatte. »Ich hol' dich hier raus, sobald wir in der Schule angekommen sind! Hab Geduld!«

Dann schlug sie den Deckel zu, und er war allein.

Abernathy lag nur wenige Minuten in dem Kofferraum versteckt, als er Stimmen näher kommen hörte. Dann wurden die Wagentüren geöffnet und wieder zugeschlagen, und der Motor sprang an. Kurz darauf fing das Automobil an zu rollen, und er wurde hin und her geschleudert, während es in Kurven die Auffahrt hinunterfuhr und dabei immer schneller wurde. Der Kofferraum war mit einem Teppich ausgelegt, aber darunter war nicht viel Polsterung, und Abernathy wurde ziemlich herumgeschleudert. Er versuchte, irgendwie Halt zu finden, aber es gab nichts, woran er sich hätte festhalten können. Ihm blieb nichts anderes übrig, als sich fest gegen die Seitenwände zu stemmen, so daß er die schlimmsten Bewegungen abfangen konnte.

Die Fahrt schien kein Ende nehmen zu wollen. Und um die Situation noch schlimmer zu machen, gab das Automobil einen ziemlich ekelerregenden Gestank ab, der Abernathy sehr schnell auf den Magen schlug und ihm zudem Kopfschmerzen verursachte. Er fing an sich zu fragen, ob er dieses Abenteuer überleben würde.

Schließlich verlangsamte das Automobil sein Tempo und hielt an. Die Türen wurden geöffnet und wieder zugeschlagen, die Stimmen entfernten sich, und es wurde still, mit Ausnahme anderer Türen, die sich öffneten und schlossen, und anderer Stimmen, die sich etwas zuriefen. Abernathy wartete geduldig, versuchte dabei verkrampfte Muskeln zu entspannen und rieb sich die angeschlagenen Gliedmaßen. Er gab sich selbst das feierliche Ehrenwort, daß er, sollte er je wieder heil nach Landover gelangen, niemals und unter gar keinen Umständen auch nur in Gedanken in einem dieser abscheulichen, mechanischen Monster fahren würde.

Ziemlich viel Zeit verstrich. Elizabeth kam nicht. Abernathy lag im Finstern und horchte nach ihr. Er nahm an, das Schlimmste sei geschehen und es sei ihr unmöglich, zurückzukommen, und nun wäre er in alle Ewigkeit hier gefangen. Er wurde schläfrig. Fast war er ganz eingeschlafen, als er plötzlich Schritte hörte.

Die Wagentür wurde aufgerissen, der Kofferraumdeckel sprang auf, und Elizabeth war da. Sie war ganz außer Atem. »Schnell, Abernathy. Ich muß sofort wieder zurück!« Sie half ihm aus seinem Gefängnis. »Entschuldige, daß es so lange gedauert hat, aber mein Vater wollte mich unbedingt begleiten, und ich mußte warten, bis... Bist du wohlauf? Du siehst ganz gebeugt aus! Es tut mir schrecklich leid, wirklich!«

Abernathy schüttelte schnell den Kopf. »Nein, nein, nichts, was dir leid tun müßte. Mir geht's gut, Elizabeth.« Ein paar Nachzügler gingen in einiger Entfernung vorbei, und Abernathy klappte den Mantelkragen hoch und zog sich den Hut tiefer ins Gesicht.

Dann beugte er sich zu ihr hinunter. »Danke, Elizabeth«, sagte er leise. »Danke für alles.«

Sie legte ihm die Arme um den Hals und drückte ihn, dann trat sie schnell zurück. »Mr. Whitsell lebt ein paar Meilen weiter nördlich. Folge dieser Straße dort. Wenn du an eine Kreuzung kommst, wo Forest Park dransteht, dann mußt du nach rechts abbiegen und auf die Hausnummern achten. Er wohnt Nummer 2986. Das ist auf der linken Seite. Ach, Abernathy!«

Sie umarmte ihn noch mal, und er umarmte sie auch. »Keine Sorge, Elizabeth. Ich werd's finden.«

»Ich muß gehen«, sagte sie und schickte sich an, zurückzulaufen. Doch plötzlich kam sie noch einmal zurückgerannt. »Hier, das hätte ich fast vergessen. Nimm es.« Sie drückte ihm einen Umschlag in die Hand.

»Was ist das?«

»Das Geld, das ich dir versprochen habe, für den Flugschein oder was immer. Du kannst es ruhig annehmen«, fügte sie hastig hinzu, als er Anstalten machte, es ihr zurückzugeben. »Du brauchst es vielleicht. Und wenn nicht, gibst du es mir ein andermal zurück, wenn wir uns wiedersehen.«

»Elizabeth...«

»Nein, du behältst es!« beharrte sie und rannte eilig davon. »Auf Wiedersehen, Abernathy! Ich werde dich sehr vermissen!«

Sie rannte auf das Schulgebäude zu und war verschwunden.

»Ich werde dich auch vermissen«, flüsterte Abernathy.

Es war schon fast Mitternacht, als Abernathy, noch immer in Hut und Mantel gekleidet, in die Auffahrt zu Nummer 2986 Forest Park einbog. Er war weiter vorn falsch abgebogen und gezwungen gewesen, den ganzen Weg zurückzugehen. Als er sich dem kleinen Haus mit den Fensterläden und den Blumenkästen näherte, konnte er durch die nur halb geschlossenen Vorhänge der vorderen Fenster einen Mann erkennen, der in seinem Sessel eingenickt war. Die Lampe neben ihm war das einzige Licht im Haus.

Abernathy ging wachsam bis zur Tür und klopfte. Als er keine Antwort erhielt, klopfte er noch einmal.

»Ja, was ist denn?« brummte eine Stimme.

Abernathy wußte nichts zu antworten und wartete schweigend. Nach einer Weile murmelte die Stimme: »Schon gut. Einen kleinen Moment, ich komme gleich.«

Schritte näherten sich. Die Haustür wurde geöffnet, und der Mann aus dem Sessel stand da. Er trug einen Bart, Jeans, ein Hemd, das über einem ärmellosen Unterhemd bis zum Gürtel offenstand, und sah reichlich verschlafen aus. Ein winziger schwarzer Pudel stand neben ihm und schnüffelte neugierig. »Sind Sie Mr. Whitsell?« fragte Abernathy.

Davis Whitsell stand mit offenem Munde da und starrte ihn an. »Äh..., hm, ja«, brachte er schließlich hervor.

Abernathy schaute sich unbehaglich um. »Ich heiße Abernathy. Meinen Sie, daß...«

Der Mann starrte ihn an; dann schien ihm plötzlich ein Licht aufzugehen, und er brachte ein zaghaftes Lächeln zustande. »Das kleine Mädchen von der Franklin-Schule!« rief er aus. »Sie sind derjenige, von dem sie mir erzählt hat! Sie sind derjenige, der irgendwo eingesperrt worden war, stimmt's? Natürlich! Sie sind der sprechende Hund!«

»Ich bin ein Mensch, der in einen Hund verwandelt worden ist«, korrigierte ihn Abernathy ziemlich steif.

»Ja natürlich, das hat sie mir auch gesagt!« Whitsell machte einen oder zwei Schritte rückwärts. »Na, kommen Sie doch rein, treten Sie näher... Abernathy! Sophie, weg da. Kommen Sie, geben Sie mir Ihren Mantel. Den Hut auch, den brauchen Sie hier drinnen nicht. Kommen Sie, setzen Sie sich.«

»Wer ist da, Davis?« hörte man eine Frauenstimme vom Ende des Korridors her rufen.

»Ach, nichts, Alice – nur ein Freund von mir«, gab Whitsell eilig zur Antwort. »Schlaf du nur.« Er beugte sich näher. »Meine Frau Alice«, flüsterte er.

Er nahm Abernathy Mantel und Hut ab und lud ihn ein, sich auf das Wohnzimmersofa zu setzen. Sophie wedelte mit dem Schwanz und jaulte leise, während sie mit peinlicher Begeisterung an seinem Hosenbein schnupperte. Abernathy schob sie weg.

Der Fernseher war eingeschaltet. Whitsell drehte den Ton leise und setzte sich dann Abernathy gegenüber. Eifrig beugte er sich nach vorn. »Also, sagen Sie mir jetzt die Wahrheit. Ich dachte, das kleine Mädchen hätte mich auf den Arm genommen. Ich meinte, sie hätte sich das nur ausgedacht. Aber…« Er verstummte, als müsse er seine Gedanken zusammenklauben. »Sie sind also in einen Hund verwandelt worden, ja? Eine Terrierart, nicht wahr? Äh… Englische Zucht, würde ich meinen. Hm?«

»Weichhaariger Weizenterrier«, erläuterte Abernathy und schaute zweifelnd um sich.

»Ja, das ist es.« Whitsell stand wieder auf. »Sie sehen ziemlich mitgenommen aus, ist Ihnen das klar? Möchten Sie vielleicht was essen? Oder trinken? Äh… ich meine, richtiges Essen. Sie sind schließlich ein Mensch, oder? Kommen Sie mit in die Küche, ich mache Ihnen was.«

Sie verließen das Wohnzimmer und gelangten in die Küche, die auf den Garten hinausschaute. Whitsell suchte im Kühlschrank herum und holte etwas Schinken, Kartoffelsalat und Milch heraus. Er machte ein Sandwich für Abernathy und wiederholte dabei unentwegt, wie außergewöhnlich er sei. Gott im Himmel, ein richtiger sprechender Hund! Er hatte es bestimmt schon ein Dutzend Mal wiederholt. Abernathy war ein wenig beleidigt, aber er ließ es sich nicht anmerken. Schließlich war Whitsell fertig und stellte das Essen auf einen kleinen Klapptisch mit vier Stühlen, ließ Abernathy sich setzen, nahm sich ein Bier und setzte sich ebenfalls.

»Also, dieses kleine Mädchen… wie hieß sie gleich noch?«

»Elizabeth.«

»Ja, Elizabeth sagte, Sie müßten nach Virginia. Stimmt das?«

Abernathy nickte mit vollem Mund. Er hatte einen Bärenhunger.

»Wozu müssen Sie denn nach Virginia?«

Abernathy überlegte, was er antworten solle. »Ich habe Freunde dort«, sagte er schließlich.

»Können wir die nicht einfach anrufen?« fragte der andere. »Ich meine, wenn Sie Hilfe brauchen, rufen Sie sie doch einfach an.«

Abernathy war verwirrt. »Anrufen?«

»Klar. Telefonieren.«

»Oh. Telefonieren.« Jetzt erinnerte er sich, was das war. »Sie haben kein Telefon.«

Davis Whitsell lächelte. »Wirklich?« Er trank von seinem Bier und schaute Abernathy beim Essen zu. Man konnte förmlich spüren, wie der andere nachdachte.

»Na, es dürfte nicht so leicht sein, Sie den ganzen Weg bis nach Virginia zu schaffen«, sagte er nach einer Weile.

Abernathy schaute auf, zögerte und meinte dann: »Ich habe ein bißchen Geld für die Reise.«

Whitsell zuckte mit den Schultern. »Mag sein, aber man kann Sie nicht einfach in ein Flugzeug oder einen Zug stecken. Man würde uns alle möglichen Fragen stellen, wer oder was Sie sind. Ähm... entschuldigen Sie, wenn ich das so sage, aber Sie müssen verstehen, daß die Leute nicht gewöhnt sind, angezogene Hunde zu sehen, die aufrecht gehen und sprechen können wie Sie.«

Er räusperte sich. »Und außerdem sagte das kleine Mädchen, daß Sie irgendwo gefangengehalten wurden. Stimmt das?«

Abernathy nickte. »Elizabeth hat mir geholfen zu entkommen.«

»Dann könnte es ganz schön riskant für mich sein, wenn ich Ihnen helfe. Jemand dürfte ganz schön aus dem Häuschen sein, wenn er merkt, daß Sie abgehauen sind. Das heißt, wir müssen extravorsichtig sein, oder? Sie sind einigermaßen was Besonderes, müssen Sie wissen. Solchen Hunden begegnet man nicht alle Tage. 'Tschuldigung. Menschen wie Sie, meine ich. Wir sollten Sie so schnell wie möglich hier rauskriegen. Das Beste aus der Sache machen, nicht wahr?« Er dachte nach. »Wird gar nicht so leicht werden. Sie müssen ganz genau tun, was ich Ihnen sage.«

Abernathy nickte. »Ich verstehe.« Er trank die Milch zu Ende. »Können Sie mir behilflich sein?«

»Klar! Da können Sie Gift drauf nehmen!« Whitsell rieb sich die Hände. »Aber im Augenblick wäre es am besten, wenn wir ein bißchen Schlaf kriegen. Morgen früh reden wir drüber. Morgen finden wir was. Okay? Wir haben ein Gästezimmer, das Sie benutzen können. Das Bett ist schon gemacht. Alice wird das nicht mögen, die mag einfach nichts, was sie nicht verstehen kann. Aber das mach' ich schon, keine Sorge. Ich kümmere mich um sie. Kommen Sie.«

Er führte Abernathy ins Gästezimmer, zeigte ihm das Bett und das Badezimmer und gab ihm ein paar Handtücher. Und währenddessen dachte er laut nach, sprach über verpaßte Gelegenheiten und Chancen, die man nur einmal im Leben hat. Wenn er nur wüßte, wie man das alles deichseln könnte, sagte er ständig.

Abernathy zog sich aus, stieg ins Bett und streckte sich aus. Was er hörte, störte ihn ein bißchen, aber er war viel zu erschöpft, um sich wirklich Gedanken zu machen. Müde schloß er die Augen. Whitsell schaltete das Licht aus, verließ das Zimmer und machte die Tür zu.

Im Haus war es sehr still. Nur draußen schlugen ein paar Zweige gegen das Fenster wie Krallen.

Abernathy lauschte einen Moment, dann schlief er ein.

Jericho

Kurz vor Einbruch der Nacht erreichten Questor Thews, die G'heim Gnome und die Kobolde Rhyndswehr. Den Himmel bedeckte ein dunstiges Blaugrau mit feinen rosa Streifen, wo die letzten Sonnenstrahlen vor der herannahenden Dunkelheit noch nicht gewichen waren. Nebel hing in Fetzen über dem Grünland und verwandelte das Land in Schatten und verschwommene Bilder. Ein feiner Regen hing wie ein feuchter Schleier noch immer in der Luft. Geräusche klangen fremdartig und unnatürlich durch die Dämmerung, und es war, als habe das Leben jeglichen Inhalt verloren und treibe körperlos dahin.

Bunion führte sie vorsichtig über die Brücke, die die beiden um das hochaufragende Plateau zusammenfließenden Flüsse überspannte und zu Lord Kallendbors Burgfeste führte. Die Stadt zu ihren Füßen bereitete sich auf die Nacht vor, und vielfältige Geräusche drangen an ihr Ohr: eine Mischung aus Geschrei von Menschen und Tieren, klirrendem Eisen, knirschendem Holz. Eine Wolke aus Schweiß und Erschöpfung schwebte über allem. Die kleine Reisegruppe zog die Straße entlang, zwischen Läden und Hütten hindurch. Die Gebäude lagen wie undeutlich lauernde Formen im Dunst, und hier und da drang ein schwacher Kerzenschimmer heraus. Die Straße war vom Regen aufgeweicht und gefurcht, und der Matsch klebte an ihren Schuhen und an den Hufen der Pferde. Köpfe drehten sich in kurz aufflackerndem Interesse nach ihnen um und wandten sich schnell wieder ab.

»Ich habe Hunger!« jammerte Fillip.

»Meine Füße tun mir weh!« jammerte Sot.

Parsnip fauchte eine leise Warnung, und die Gnome verstummten schlagartig.

Dann tauchte Rhyndswehr vor ihnen aus Nebel und Regen auf.

Mauern und Wälle, Türme und Zinnen, die ganze, mächtige Burg nahm langsam vor ihren Augen Gestalt an wie ein geisterhaftes Ungeheuer, das sich dick und breit vor dem Nachthimmel abzeichnet und ihre höchsten Türme verschwanden in mehr als 300 Metern Höhe in den tiefhängenden Wolken. Fahnen hingen schlaff von den Masten, Fackeln schimmerten flackernd, und Dutzende durchnäßter Wächter hielten Wache auf den Mauern. Das äußere Tor gähnte ihnen mit seinen eisenbewehrten, hölzernen Kiefern vor dem heraufgezogenen Fallgatter entgegen, doch die inneren Tore waren verschlossen. Die Burg bot einen abweisenden Anblick, und die kleine Gruppe näherte sich mit gemischten Gefühlen von Erschöpfung und ängstlichem Zagen.

Der Torwächter hieß sie anhalten, fragte nach ihrem Begehren und führte sie dann in den Schutz einer Mauernische, während Lord Kallendbor die Botschaft überbracht wurde. Die Zeit kroch langsam dahin, während sie zitternd und müde in der Nässe und Düsternis warteten. Questor gefiel das nicht: Den Abgesandten des Königs ließ man nicht warten. Als ihre Eskorte schließlich erschien – zwei Miglieder des niederen Adels, die Kallendbor selbst geschickt hatte und die sich beiläufig für die Verzögerung entschuldigten – machte der Zauberer keinen Hehl aus seinem Mißfallen über die Behandlung. Sie seien Vertreter des Königs, erklärte er eisig, keine Bittsteller. Die Eskorte entschuldigte sich lediglich ein zweites Mal – ebensowenig beeindruckt wie zuvor – und machte ihm Zeichen einzutreten.

Sie ließen die Pferde und Lasttiere zurück und umgingen Fallgitter und inneres Tor, indem sie durch eine Reihe von verborgenen Passagen in den Mauern geführt wurden, den Haupthof zur eigentlichen Burg durchquerten und schließlich durch eine Seitentür, die noch dazu erst aufgeschlossen werden mußte, in eine große Halle gelangten, die von einem riesigen Kamin an der Rückwand dominiert wurde. Holzscheite brannten lichterloh, und die Hitze war fast unerträglich. Questor schreckte zurück und kniff die Augen gegen die Helligkeit zusammen.

Lord Kallendbor drehte sich um. Er stand so nah am Feuer, daß Questor meinte, er müsse angesengt werden. Kallendbor war ein großer, muskulöser Mann, dessen Gesicht und Körper aus zahllosen Kämpfen Narben davongetragen hatten. An diesem Abend trug er ein Kettenhemd unter seinen Gewändern, gepanzerte Stiefel und einen Gürtel mit Dolchen. Mit dem leuchtend roten Haar und Bart war er eine eindrucksvolle Gestalt – vor allem vor dem Hintergrund der Flammen des Kaminfeuers.

Er entließ die kleinen Adligen mit einem Kopfnicken. »Willkommen, Questor Thews«, dröhnte er und streckte ihm eine schwielige Hand entgegen.

Questor nahm die Hand und hielt sie. »Der Empfang wäre angemessener gewesen, mein Lord, wenn Ihr uns nicht so lange in der Kälte und Nässe hättet warten lassen!«

Die Kobolde fauchten leise Zustimmung, und die G'heim Gnome verkrochen sich mit tellergroß aufgerissenen Augen hinter Questors Beinen. Kallendbor warf ihnen einen kurzen Blick zu und schaute wieder weg.

»Ich bitte Euch, es zu entschuldigen«, sagte er zu Questor und zog seine Hand zurück. »Die Situation war in letzter Zeit etwas unsicher, und ich muß mich ein wenig in acht nehmen.«

Questor schüttelte die Wassertropfen von seinem Umhang und runzelte die Stirn. »In acht nehmen? Ihr untertreibt ein wenig, mein lieber Lord. Ich sah das Aufgebot Eurer Wachen, die Wächter an jedem Tor, die Fallgitter geschlossen, das innere Tor verrammelt. Ich sehe die Rüstung, die Ihr tragt, selbst in Eurer eigenen Heimstatt. Ihr verhaltet Euch wie im Belagerungszustand.«

Kallendbor rieb sich die Hände und wandte sich wieder dem Feuer zu. »Mag sein, daß das so ist.« Er schien mit den Gedanken woanders zu sein. »Was führt Euch nach Rhyndswehr, Questor Thews? Wieder irgendein Begehren Seiner Hoheit? Was will er denn diesmal? Daß ich mich auf seiner Seite mit Dämonen schlage? Daß ich wieder einem schwarzen Einhorn nachjage? Was will er diesmal? Na, sagt schon.«

Questor zögerte. Irgend etwas in der Art und Weise, wie Kallendbor seine Fragen stellte, schien darauf hinzudeuten, daß er die Antworten schon längst wußte. »Seiner Hoheit ist etwas gestohlen worden«, sagte er schließlich.

»Ach?« Kallendbor hielt seinen Blick in die Glut gerichtet. »Was mag das wohl sein? Eine Flasche vielleicht?«

Es wurde still im Saal. Questor hielt den Atem an.

»Eine Flasche, auf die tanzende Clowns gemalt sind?« fuhr Kallendbor fort.

»Das heißt also, die Flasche befindet sich in Eurem Besitz«, konstatierte Questor ohne weitere Fragen.

Jetzt wandte Kallendbor sich um und grinste so boshaft, wie die Kobolde es nie hinkriegen würden. »Jawohl, Questor Thews. Ich habe sie. Ein Troll gab sie mir – ein armseliger, diebischer Troll. Er hatte sie mir eigentlich verkaufen wollen, dieser Dieb. Er hatte sie ein paar anderen Trollen geklaut, nachdem sie sich untereinander gestritten hatten. Er überlebte den Kampf und tauchte verwundet bei mir auf. Er hätte es nie getan, ich meine, er wäre nie zu mir gekommen, wenn er klar hätte denken können. Wenn er nicht so schwer verletzt gewesen wäre...«

Der große Mann verstummte gedankenverloren. »Er sagte mir, daß Magie in der Flasche stecke, eine kleine Kreatur, ein Dämon. Ein Darkling, sagte er, der dem Besitzer der Flasche alles geben könne, was er haben wolle. Ich habe ihn ausgelacht, Questor Thews. Ihr könnt das verstehen. Ich habe nie großes Vertrauen in Zauberei gesetzt, nur in die Kraft der Waffen. ›Warum willst du so etwas Kostbares verkaufen?‹ fragte ich den Troll. Da sah ich die Angst in seinen Augen und verstand, warum er das tat. Er hatte Angst vor der Flasche – aber er war noch immer gierig genug, daß er etwas im Austausch dafür haben wollte.«

Kallendbor schaute in die Ferne. »Ich glaube, er hielt die Flasche irgendwie für verantwortlich für die Vernichtung seiner Gefährten – er meinte wohl, daß die Kreatur, die darin steckt, es irgendwie verursacht hat.«

Questor sagte nichts und wartete ab. Er war nicht sicher, wohin der andere steuerte, und er wollte es herausfinden.

Kallendbor seufzte. »Also zahlte ich ihm den Preis, den er verlangte, ließ ihm den Kopf abhacken und am Tor aufspießen. Habt Ihr ihn gesehen? Nein? Nun, ich habe ihn dort anbringen lassen, um jedermann, der es nötig hat, daran zu erinnern, daß ich Diebe und Schwindler nicht brauchen kann.«

Fillip und Sot drückten sich zitternd an Questors Waden. Questor bückte sich mehrmals nach ihnen und gab ihnen einen Klaps. Er richtete sich wieder auf, als Kallendbor in die Runde schaute.

»Ihr behauptet, die Flasche gehöre Seiner Hoheit, Questor Thews, doch die Flasche trägt nicht das Zeichen des Thrones.« Kallendbor zuckte mit den Achseln. »Die Flasche kann irgendwem gehören.«

Questor richtete sich empört gerade. »Trotzdem...«

»Trotzdem«, unterbrach ihn der große Mann schnell, »werde ich Euch die Flasche zurückgeben.« Er machte eine Pause. »Wenn ich mit ihr fertig bin.«

Die Flammen im Kamin knisterten laut in der Stille. Questor war zwischen verschiedenen Gefühlen hin- und hergerissen. »Was wollt Ihr damit sagen?«

»Daß ich die Flasche noch brauche, Questor Thews«, erwiderte der andere. »Daß ich vorhabe, der Magie eine Chance zu geben.«

Irgend etwas war in den Augen des großen Mannes, das Questor nicht identifizieren konnte – es war weder Zorn noch Entschlossenheit noch irgendwas, was er früher bereits darin gesehen hätte. »Ihr solltet es Euch noch mal überlegen«, riet er ihm eilig.

»Überlegen? Wozu denn, Questor Thews? Weil Ihr es sagt?«

»Weil die Magie der Flasche zu gefährlich ist!«

Kallendbor lachte. »Magie macht mir keine Angst!«

»Wollt Ihr Seine Hoheit hiermit herausfordern?« Questor wurde jetzt langsam wütend.

Das Gesicht des großen Mannes verhärtete sich. »Seine Hoheit ist nicht hier, Questor Thews. Nur Ihr.«

»Als sein Stellvertreter!«

»Unter meinem Dach!« Kallendbors Wut nahm zu. »Laßt es darauf beruhen!«

Questor nickte langsam. Er erkannte jetzt, was sich in Kallendbors Augen spiegelte. Es war ein fast verzweifeltes Bedürfnis. Wonach bloß, überlegte er. Was wollte er von der Flasche haben?

Er räusperte sich. »Es gibt keinen Grund, daß wir uns streiten, mein Lord«, sagte er beschwichtigend. »Sagt mir – wozu wollt Ihr die Magie verwenden?«

Doch der große Mann schüttelte den Kopf. »Nicht heute abend, Questor Thews. Morgen ist auch noch ein Tag.« Er klatschte in die Hände, und ein paar Diener erschienen. »Ein heißes Bad, ein paar trockene Kleider und eine gute Mahlzeit für unsere Gäste«, wies er sie an. »Und dann ein Bett.«

Questor verbeugte sich widerstrebend, wandte sich zum Gehen und blieb dann noch einmal stehen. »Ich meine aber nach wie vor...«

»Und ich meine«, unterbrach ihn Kallendbor scharf, »daß Ihr Euch jetzt ausruhen solltet, Questor Thews.«

Er stand da, seine Rüstung glitzerte im Schein der Flammen, und sein Blick war verschlossen und hart. Questor sah ein, daß er im Augenblick nicht mehr erreichen konnte. Er mußte den richtigen Zeitpunkt abwarten.

»Wie Ihr meint, mein Lord«, sagte er schließlich. »Ich wünsche Euch eine gute Nacht.«

Er verbeugte sich und verließ den Raum, gefolgt von den Kobolden und den G'heim Gnomen.

Später in der Nacht, als seine Gefährten schliefen und die Burg zur Ruhe gegangen war, ging Questor wieder zurück. Er schlich die leeren Korridore entlang, verbarg sich mit Hilfe kleiner Zaubereien vor den wenigen Wächtern, denen er begegnete, und bewegte sich lautlos wie eine Katze durch die Stille. Seine Pläne waren ziemlich vage, auch ihm selbst noch unklar. Vermutlich mußte er sich wegen Kallendbor und der Flasche beruhigen – daß die Dinge tatsächlich so standen, wie Rhyndswehrs Lord behauptet hatte, und seine Furcht unbegründet war.

Er erreichte die große Halle, ohne gesehen zu werden, ging an ihrem Eingang und den dort postierten Wachen vorbei zu einem angrenzenden Vorraum, öffnete die Tür, schlüpfte hinein und schloß sie hinter sich. Eine Weile stand er im Finstern, bis seine Augen sich angepaßt hatten. Er kannte diese Burg, wie er sämtliche Burgen von Landover kannte. Diese hier, wie die meisten anderen, war ein Labyrinth aus ineinander übergehenden Sälen und Zimmern, manche bekannt, manche geheim. Er hatte vieles erfahren, das er nicht immer hatte erfahren sollen, als er im Dienste des alten Königs Botschaften austrug.

Als er sich einigermaßen an die Dunkelheit gewöhnt hatte, huschte er in eine Ecke des Zimmers, berührte einen hölzernen Pflock in der Wand und drückte vorsichtig gegen das Paneel, das damit gehalten wurde. Das Paneel schwang zur Seite und erlaubte ihm den Ausblick in den Raum, der sich dahinter befand.

Kallendbor saß in einem großen Sessel mit dem Gesicht zum Kamin, und die Flasche mit den gemalten, tanzenden Clowns lag auf seinem Schoß. Sein Gesicht war gerötet und sein Lächeln eine seltsame Grimasse. Der Darkling tanzte durch den Raum, mal hierhin, mal dorthin. Seine Augen leuchteten so hell wie die knisternden Flammen des Kaminfeuers, nur unendlich viel boshafter. Questor konnte nur ganz kurz in diese Augen schauen, bevor ihm höchst unbehaglich zumute wurde, stellte er fest.

Kallendbor rief, und der Darkling krabbelte an seinem Arm hinauf und rieb sich an ihm wie ein Kätzchen. »Meister, großer Meister, welche Kraft ich in Euch spüre!« schnurrte er.

Kallendbor lachte. »Laß mich, Kleiner! Geh spielen!«

Der Darkling hüpfte wieder hinunter, schlidderte über den Steinboden zum offenen Feuer und sprang in die Flammen. Er tanzte darin herum und spielte mit den Flammen, als seien sie kühles Wasser.

»Schwarzes Ding!« zischte Kallendbor. Questor sah ihn mit einigen Schwierigkeiten einen Bierkrug heben und den Inhalt teilweise über seine Brust kleckern. Kallendbor war betrunken.

Questor zog ernsthaft in Betracht, dem Lord von Rhyndswehr die Flasche und ihren abscheulichen Bewohner zu stehlen und diesem Unfug ein für allemal ein Ende zu bereiten. Er riskierte nicht viel dabei. Er brauchte nur abzuwarten, bis der Mann des Spielens müde würde und die Flasche wieder in ihrem Versteck verstaute, um dann den Schatz an sich zu nehmen, die Kobolde und die G'heim Gnome zu holen und zu verschwinden.

Es war ein höchst verlockender Gedanke.

Aber er entschied sich dagegen. Erstens, weil jedem, der die Flasche gestohlen hatte, ein böses Schicksal beschieden war. Und zweitens, weil Questor Thews noch nie ein Dieb gewesen war und kein Verlangen hatte, bei dieser Gelegenheit dazu zu werden. Und drittens hatte Kallendbor schließlich gesagt, daß er die Flasche herausgäbe, wenn er damit fertig sei, und es war nur recht, ihm im Zweifel zu trauen. Bei allen seinen unleugbaren Fehlern – Wort gehalten hatte er immer.

Widerstrebend riß Questor sich los.

Er warf einen letzten Blick in den Saal. Kallendbor war in seinem Sessel zusammengesackt und starrte ins Feuer. In den Flammen tanzte und lachte der Darkling.

Questor schob das Paneel wieder an seinen Platz, schüttelte zweifelnd sein ergrautes Haupt und ging in sein Zimmer zurück.

Mit der Morgendämmerung war auch der Regen vorüber. Der Himmel war reingewaschen von Wolken und Düsternis und trug wieder sein tiefes, grenzenloses Blau. Sonnenschein überflutete das Tal, und selbst die finstersten, katakombenähnlichen Winkel von Rhyndswehr wirkten hell und freundlich.

Beim ersten Tageslicht wurden Questor und seine Gefährten durch ein Klopfen an der Tür wegen einer Botschaft von Kallendbor geweckt. Sie möchten sich ankleiden und mit ihm frühstücken kommen, erklärte der junge Page. Anschließend würden sie ausreiten.

Die G'heim Gnome hatten mehr als genug von Kallendbor und bettelten, daß Questor ihnen erlaube, in ihrem Zimmer zu bleiben, die Vorhänge zuzuziehen und sich in Dunkelheit und Sicherheit zusammenzukuscheln. Questor stimmte achselzuckend zu, innerlich erleichtert, daß er nicht ihr ständiges Jammern erdulden mußte, während er das Problem zu bewältigen hatte, wie er die Flasche von Kallendbor zurückbekäme, ehe dieser allzu großes Unheil damit angerichtet hätte. Er beauftragte Parsnip, auf sie aufzupassen, und ließ ihnen ihr Frühstück aufs Zimmer bringen. Dann eilte er zusammen mit Bunion hinunter zu dem Herrn von Rhyndswehr.

Sie waren allerdings schon fast mit dem Frühstück fertig, als Kallendbor endlich erschien, von Kopf bis Fuß gepanzert und gespickt mit Waffen. In einer behandschuhten Hand trug er einen Beutel, der mit großer Wahrscheinlichkeit die Flasche enthielt. Er begrüßte Questor beiläufig und winkte ihm, mitzukommen.

Sie gingen in den Haupthof hinunter. Mehrere Hundertschaften Ritter in voller Kampfrüstung warteten dort mit ihren Pferden. Kallendbor rief nach seinem eigenen Pferd und sorgte dafür, daß Questors Grauschimmel ebenfalls herbeigebracht wurde. Dann saß er auf und befahl den Rittern, sich zu formieren. Questor mußte sich beeilen, um Schritt zu halten. Die Tore wurden geöffnet, das Fallgitter hob sich quietschend, und sie ritten hinaus.

Questor wurde ganz nach vorne geführt, um Seite an Seite mit Kallendbor zu reiten. Bunion eilte – wie üblich zu Fuß – davon, erpicht, dem Staub und dem Lärm der Reiter zu entkommen. Questor hielt ein- oder zweimal nach ihm Ausschau, doch der Kobold war so unsichtbar wie Luft. Der Zauberer gab es auf, nach ihm zu suchen, und konzentrierte seine Aufmerksamkeit auf Kallendbor, um herauszufinden, was dieser im Schilde führte.

Der Herr von Rhyndswehr schien allerdings nicht die Absicht zu haben, irgendeine Information weiterzugeben. Er ignorierte

Questor völlig, während er seine Männer über gefurchte Straßen entlang aus der Stadt führte. Leute schauten aus Fenstern und Türen der Häuser und Geschäfte, und hier und da waren ein paar halbherzige Rufe und Pfiffe zu hören. Niemand in der Stadt wußte, was Kallendbor vorhatte, oder schien sich auch nur dafür zu interessieren. Sie wollten in Ruhe gelassen werden, und das war das einzige, was ihnen wirklich wichtig war. Kallendbor war nie beliebt gewesen, nur stark. Zwanzig Lords regierten das Grünland, doch Kallendbor war der mächtigste unter ihnen, und sein Volk wußte es. Er war der Herr von Grünland, dem sich alle anderen fügten. Er war derjenige, den keiner herauszufordern wagte.

Bislang jedenfalls.

»Ich bin verraten worden, Questor Thews!« sagte Kallendbor unvermittelt. »Ich wurde in einer Weise hintergangen, die ich nie für möglich gehalten hätte! Betrogen nicht von meinen Feinden, sondern von meinen eigenen Lords! Stosyth, Harradye, Wilse! Lords, denen ich vertraut habe – Lords, die zumindest so eingeschüchtert waren, daß sie nichts taten, was ich nicht guthieß!« Kallendbor war rot angelaufen. »Aber Strehan ist derjenige, der mich am meisten überrascht und enttäuscht, Questor Thews – Strehan, der mir von allen am nächsten stand! Wie ein undankbares Kind, das den Vater in die entgegengestreckte Hand beißt!«

Er spie im Reiten auf den Boden. Das Gefolge in Formation folgte entlang der Windungen der Straße über die Brücke hinaus ins Wiesenland. Lederne Kampfpanzer knirschten, Metallhaken klirrten, Pferde schnaubten und wieherten, Rufe erschallten. Questor versuchte, sich den großen, schlaksigen, derben Strehan als ein Kind vorzustellen, undankbar oder sonst irgendwas, aber das war zuviel für seine Vorstellungskraft.

»Sie haben diesen... Turm gebaut, Questor Thews!« schnaubte Kallendbor wutentbrannt. »Die vier zusammen! Bei den Syr-Fällen an der Grenze meiner Ländereien! Sie behaupten, es sei nichts als ein Außenposten. Sie halten mich offensichtlich für einen Dummkopf! Der Turm ist höher als die Mauern von Rhyndswehr,

Rhyndswehr, und die Befestigungsanlagen werfen ihre Schatten über meine ganze Ostgrenze! Wenn sie wollen, können sie meinetwegen einen Damm bauen und den Fluß stauen und das Wasser festhalten, das meine Felder wässert! Dieser Turm aber beleidigt mich, Zauberer! Er kränkt mich in einer Weise, die ich niemals für möglich gehalten hätte!«

Im Reiten beugte er sich hinüber. »Ich hätte ihn in dem Augenblick, als ich ihn entdeckt habe, sofort zerstört, aber die Armeen dieser vier Hunde bewachen ihn wie eine einzige! Ich habe nicht genug Macht, sie zu besiegen, ohne meine eigene Armee so zu dezimieren, daß ich schwach und verwundbar werde! Ich war also gezwungen, diese... diese Verirrung zu erdulden!«

Er richtete sich wieder auf. Sein Blick war kalt wie Eis. »Aber nun nicht mehr!«

Questor erkannte augenblicklich, was er vorhatte. »Mein Lord, die Magie der Flasche ist viel zu gefährlich...«

»Gefährlich!« schnitt Kallendbor ihm mit einem derben Stoß das Wort ab. »Nichts ist gefährlicher als dieser Turm! Nichts! Er muß zerstört werden! Wenn die Magie mir in dieser Angelegenheit dienen kann, dann riskiere ich jegliche Gefahr, und das mit Freuden!«

Er galoppierte voraus, und Questor blieb mit dem Mund voller Staub und einem Gefühl von Hilflosigkeit gegenüber dem Unvermeidlichen zurück.

Sie ritten während des ganzen Morgens nach Nordosten in Richtung auf den Melchor, bis schließlich, gegen Mittag, die Syr-Fälle in Sicht kamen. Und dort stand der Turm, eine massige Festung aus Steinblöcken am Rande der Klippe, wo die Wasser des Syr in die Tiefe stürzten. Es war in der Tat ein gewaltiges Bauwerk, schwarz und gespickt mit Zinnen und Abwehranlagen. Bewaffnete Wächter stolzierten auf den Brüstungen einher, und Reiter patrouillierten auf den Dämmen. Trompeten und Rufe erschallten, als Kallendbor und seine Ritter gesichtet wurden, und der Turm erwachte zum Leben wie ein plumper Riese.

Der Lord von Rhyndswehr gab das Zeichen zum Anhalten, und die Formation sammelte sich am Flußufer einige hundert Meter unterhalb der Klippe und des Festungsturmes. Kallendbor saß eine Weile da und betrachtete den Turm, dann ließ er einen seiner Ritter kommen.

»Sagt allen im Turm, sie hätten Zeit bis Mittag, um die Festung zu verlassen«, wies er ihn an. »Sagt ihnen, daß der Turm um Mittag zerstört werden wird. Geht jetzt.«

Der Ritter ritt davon, und Kallendbor ließ die Kolonne absitzen. Sie warteten. Questor zog nochmals in Betracht, Kallendbor vor der Gefahr der Flaschenmagie zu warnen, aber er verwarf den Gedanken. Es hatte keinen Sinn, die Angelegenheit weiter zu diskutieren; Kallendbor war fest entschlossen. Es war im Augenblick klüger, Rhyndswehrs Lord nach seinem Kopf handeln zu lassen und die Flasche zurückzubekommen, sobald diese Geschichte hier beendet war. Questor Thews war darüber nicht glücklich, aber es schien keine vernünftige Alternative zu geben.

Er stand neben seinem Grauschimmel, eine gebeugte, große Gestalt in Flickengewändern, den Blick in die Ferne gerichtet. Da mußte er plötzlich an Seine Hoheit und Abernathy denken. Und dieser Gedanke machte ihn noch unglücklicher. Er war bislang keinem von ihnen irgendwie von großem Nutzen gewesen, dachte er niedergeschlagen.

Der Bote kam zurück. Die Männer im Turm dächten nicht daran, ihn zu verlassen. Sie hatten über das Ultimatum nur gelacht. Sie hatten vorgeschlagen, daß Kallendbor statt dessen abzöge. Kallendbor grinste bösartig, mit einer Miene wie ein Wolf, als er den Bericht des Boten anhörte und starrte auf den Turm. Er ließ seinen Blick nicht mehr davon ab, während er wartete, daß es Mittag würde.

Als es soweit war, grunzte Rhyndswehrs Lord befriedigt, saß wieder auf und sagte: »Kommt mit, Questor Thews.«

Zusammen ritten sie ungefähr hundert Meter am Flußufer entlang, dann hielten sie an und saßen ab. Kallendbor stellte sich so, daß die Pferde sein Tun vor den wartenden Männern verbargen. Dann holte er den Beutel aus einer Satteltasche und zog die bunte Flasche heraus.

»Nun wollen wir mal sehen«, flüsterte er leise und schaute seinen Schatz liebevoll an.

Er zog den Stöpsel heraus, und der Darkling kam hervorgekrabbelt. Er kniff die Augen gegen die Sonne zusammen. »Meister!« fauchte er leise und strich mit seinen Händen über Kallendbors behandschuhten Finger. »Was ist Euer Begehren?«

Kallendbor wies auf die Festung. »Zerstöre diesen Turm!« Er hielt inne und warf einen Seitenblick auf Questor. »Falls deine Magie stark genug ist, heißt das!« fügte er dann herausfordernd hinzu.

»Meister, meine Magie ist so stark wie Euer Leben!« Der Dämon spie die Worte mit gekräuselten Lippen aus.

Er krabbelte von der Flasche, hüpfte auf den Boden und über den Fluß, als gebe es da nicht Wasser, sondern einen Spazierweg, bis er direkt unter die Klippe gelangte, auf der die Festung errichtet worden war. Dort blieb er stehen. Er tat zunächst gar nichts, sondern schaute nur nach oben. Dann schien er zu springen und herumzuwirbeln und in einem plötzlich erstrahlenden bunten Lichtschein zu tanzen, und eine riesige Trompete erschien aus dem Nichts. Der Dämon huschte davon, an eine andere Stelle, etwa hundert Meter weiter am Fuß der Klippe, und eine zweite Trompete erschien. Er sprang weiter, und eine dritte tauchte auf.

Dann trat der Dämon zurück und wies mit dem Finger auf den Turm, und die Trompeten begannen zu erschallen – ein tiefes, langgezogenes Heulen wie das Jammern eines starken Windes in einer leeren Schlucht.

»Seht doch!« flüsterte Kallendbor hingerissen.

Das Geheul ließ das ganze Land erbeben, doch vor allem die Klippe, auf der der beleidigende Turm stand. Der Turm zuckte wie ein erschlagenes Tier. Risse zeigten sich in seinen Mauern, und die ersten Steinblöcke begannen sich zu lösen. Kallendbor und Questor machten sich steif. Der Schall der Trompeten schwoll an, und jetzt begannen die Pferde unruhig zu werden und zu wiehern und zu stampfen. Kallendbor mußte beide an den Zügeln fassen und festhalten, damit sie nicht flohen.

»Teufelsbrut!« schrie der Herr von Rhyndswehr laut auf.

Die Trompeten erreichten eine neue Frequenz, und rundum spalteten das Land tiefe Klüfte und Abgründe. Die Klippe zerbarst, und der Turm wurde in eine polternde Steinlawine verwandelt. Drinnen schrien Menschen. Die Mauern brachen, und die gesamte Festung krachte in sich zusammen; die Steinblöcke kullerten in die Ebene und in den Fluß, und von dem beleidigenden Bauwerk gab es nichts mehr.

Jäh verstummten die Trompeten, und ihr jammernder Schall verebbte in Stille.

Es herrschte wieder Ruhe, und das Land war entvölkert und leer bis auf die zu Tode erschreckten Männer aus Rhyndswehr und eine dicke Staub- und Dreckwolke, die über den Ruinen der zerschmetterten Festung lagerte.

Der Darkling schlitterte wieder über den Fluß und sprang mit bösartigem Grinsen auf den Flaschenhals. »Erledigt, Meister!« zischte er. »Wir Ihr befohlen habt!«

Kallendbor glühte vor Erregung. »Ja, Dämon! Was für eine Kraft!«

»Eure Kraft!« schmeichelte der Darkling ihm. »Ganz allein die Eure, Meister!«

Questor Thews mochte den Ausdruck, der in diesem Augenblick über Kallendbors Gesicht huschte, überhaupt nicht. »Kallendbor...« setzte er an.

Doch der große Mann hieß ihn mit einer Geste schweigen. »Zurück in die Flasche, mein Kleiner!«, befahl er.

Der Darkling tauchte gehorsam zurück in die Flasche, und Kallendbor verkorkte sie wieder.

»Denkt an Euer Versprechen«, versuchte es Questor noch einmal und trat auf ihn zu, um nach der Flasche zu greifen.

Doch Kallendbor schnappte hastig danach. »Ja, ja, Questor

Thews!« schnaubte er. »Aber erst, wenn ich damit fertig bin! Erst dann! Im Augenblick brauche ich sie vielleicht noch für was anderes.«

Ohne die Antwort des Zauberers abzuwarten, stieg er auf sein Pferd und ritt eilig davon. Questor Thews stand wie versteinert da. Dann drehte er sich noch einmal um und betrachtete die Stelle, wo vor wenigen Augenblicken noch eine Festung gestanden hatte. Alle diese Männer sind tot, dachte er plötzlich. Und Kallendbor widmet ihnen nicht einmal einen Gedanken.

Sorgenvoll schüttelte er den Kopf und stieg auf seinen verängstigten Grauschimmel.

Er wußte bereits, daß Kallendbor ihm niemals freiwillig die Flasche zurückgeben würde. Er würde sie sich selbst nehmen müssen.

Tief in Gedanken versunken, erreichte er Rhyndswehr, als der Tag sich schon gen Abend neigte, ohne daß er es bemerkt hätte. Gemeinsam mit Parsnip und den Gnomen nahm er sein Abendessen in seinem Zimmer zu sich. Kallendbor ließ es geschehen, ohne darauf zu bestehen, daß er im Speisesaal anwesend sein müsse. Kallendbor erschien seinerseits ebenfalls nicht. Es gab eindeutig wichtigere, dringlichere Aufgaben für den Herrn von Rhyndswehr.

Questor hatte seine Mahlzeit ungefähr zur Hälfte vertilgt, als er gewahr wurde, daß Bunion noch nicht zurückgekehrt war. Er hatte keinen blassen Schimmer, was dem kleinen Kobold widerfahren sein mochte. Seit dem frühen Morgen hatte ihn niemand mehr zu Gesicht bekommen.

Nach dem Essen machte Questor einen Spaziergang, um seine Gedanken zu ordnen, doch er mußte feststellen, daß sie viel zu wirr waren, und er beschloß, in sein Zimmer zurückzukehren und zu schlafen. Er ging zu Bett und fragte sich noch immer, was wohl aus Bunion geworden sein mochte.

Es war schon nach Mitternacht, als die Schlafzimmertür plötzlich aufflog und Kallendbor hereingestürmt kam. »Wo ist sie, Questor Thews?« brüllte er wütend.

Questor hob verschlafen den Kopf von seinem Kissen und versuchte zu begreifen, was vorging. Parsnip hatte sich schon zwischen ihn und den Herrn von Rhyndswehr gestellt und fauchte warnend und mit gefletschten Zähnen. Fackelschein drang aus dem Korridor herein und bewaffnete Männer drängten sich unentschlossen durcheinander.

Kallendbor beugte sich über ihn wie ein wütender Riese. »Du wirst sie mir auf der Stelle zurückgeben, alter Tattergreis!«

Questor erhob sich indigniert. »Ich habe nicht die geringste Ahnung, wovon Ihr…«

»Die Flasche, Questor Thews – wo ist die Flasche?«

»Die Flasche?«

»Sie ist weg, Zauberer!« Kallendbor kochte. »Aus einem rundum verschlossenen und an allen Eingängen bewachten Zimmer gestohlen! Kein normaler Mensch hätte das hingekriegt! Dazu brauchte es jemanden, der ungesehen hinein- und wieder herausgelangen konnte – jemand wie Ihr!«

Bunion! dachte Questor sofort. Ein Kobold konnte Dinge tun, die niemand anderes tun konnte, und er konnte es sogar ungesehen tun! Bunion mußte…

Kallendbor griff nach Questor, und nur der Anblick von Parsnips gefletschten Zähnen hinderte ihn daran, den Zauberer an seinem mageren Genick zu packen. »Gebt sie her, Questor Thews, oder ich lasse Euch…!«

»Ich habe die Flasche nicht, Mylord!« schnaubte Questor und stellte sich dem anderen mutig entgegen. Kallendbor war so riesig wie ein Gebirge.

»Wenn Ihr sie nicht habt, dann wißt Ihr jedenfalls, wo sie ist!« donnerte der Mann, außer sich vor Wut. »Sagt's mir!«

Questor holte tief Luft. »Mein Wort gilt überall, mein Lord«, sagte er ruhig. »Ihr wißt selbst, daß dem so ist. Ich lüge nicht. Die Wahrheit ist genauso, wie ich Euch gesagt habe. Ich habe die Flasche nicht, und ich weiß auch nicht, wo sie ist. Ich habe sie seit heute mittag, als Ihr sie weggesteckt habt, nicht mehr gesehen.« Er räusperte sich. »Ich habe Euch gewarnt, daß die Magie gefährlich sei und…«

»Genug!« Kallendbor drehte sich um und stapfte zur offenen Tür. Als er sie erreicht hatte, wandte er sich erneut um. »Ihr werdet für ein paar Tage als mein Gast hierbleiben, Questor Thews!« erklärte er. »Und ich glaube, Ihr tätet gut daran, zu beten, daß die Flasche in der Zeit wieder zum Vorschein kommt – so oder so!«

Er ging hinaus und schlug die Tür hinter sich zu. Questor hörte, wie der Schlüssel umgedreht wurde und die Wächter sich vor der Tür postierten.

»Wir werden gefangengehalten!« rief er ungläubig aus.

Er durchquerte den Raum, blieb stehen, ging weiter, blieb wieder stehen und dachte zornig darüber nach, was Seine Hoheit tun würde, wenn er erführe, daß seine Stellvertreter gegen ihren Willen von einem Landbaron festgehalten würden, und dann fiel ihm ein, daß seine Hoheit überhaupt nichts tun würde, da Ben Holiday sich nicht einmal mehr in Landover aufhielt und es somit gar nicht erfahren konnte.

Kurzum, Questor erkannte voller Kummer, daß er auf sich selbst gestellt war.

Einige Stunden später war Bunion wieder da. Er kam allerdings nicht durch die Tür – so dumm war er nicht –, sondern durch das Fenster in der Festungsmauer. Er klopfte leise gegen den Fensterladen, bis Questor aus Neugier nachschauen kam und ihn dort auf dem Fenstersims hockend fand. Darunter ging es bis zur Umfassungsmauer mindestens zwanzig Meter steil in die Tiefe.

Der kleine Kobold grinste breit mit glitzernden Zähnen. In einer Hand hielt er das Ende eines geknüpften Seils. Questor schaute hinaus. Irgendwie mußte Bunion die Burgmauer hochgeklettert sein, um zu ihm zu gelangen.

»Du kommst uns retten, nicht wahr?« flüsterte Questor aufgeregt und lächelte zurück. »Das ist recht von dir!«

Es stellte sich heraus, daß Bunion Kallendbors Absichten genauso mißtrauisch beobachtet hatte wie Questor, und er hatte, nachdem er die Zerstörung des Turmes gesehen hatte, beschlossen, aus der Entfernung ein Auge auf die Geschehnisse zu halten. Kobolde konnten das natürlich tun. Wenn sie es wollten, konnten sie sich unsichtbar machen. So war das nun mal mit den echten Elfengeschöpfen. Es dauerte nicht lange, und Bunion erkannte nur zu genau, wie gefährlich die Macht der Darkling-Magie war, und er hielt Kallendbor nicht für stark genug, ihrer Verlockung zu widerstehen. Es war besser, unsichtbar zu bleiben, hatte er beschlossen, bis gewiß war, das Questor und die anderen nicht Opfer von Kallendbors fehlgeleitetem Ehrgeiz würden. Es war ein großes Glück, daß er so gehandelt hatte.

Questor half dem Kobold herein, dann machten sie sich gemeinsam daran, das Ende des geknüpften Seiles an einem Mauerhaken zu befestigen. Die anderen waren ebenfalls aufgewacht, und Questor beeilte sich, die Gnome zum Schweigen zu bringen. Das Letzte, was sie jetzt noch gebrauchen konnten, war das Gejammer von Fillip und Sot. Sie arbeiteten schweigend und flink, und nach wenigen Minuten war das Seil sicher befestigt. Dann stiegen sie einer nach dem anderen aus dem Fenster und ließen sich an dem Seil die Burgmauer entlang hinunter. Für die Kobolde und für die Gnome war es einfach. Nur Questor hatte gewisse Mühe dabei.

Als sie unten angekommen waren, folgten sie Bunion der Mauer entlang zu einer Treppe und liefen dann einen Gang entlang bis zu einer eisernen Tür, die sich nach außen öffnen ließ. Sie schlichen durch die Finsternis, hielten sich im Schatten und durchquerten den hinteren Teil der Stadt, bis sie einen Schuppen erreichten, wo die Pferde und Lasttiere warteten, die Bunion irgendwie hatte wiederfinden können.

Questor bestieg seinen Grauschimmel, setzte Fillip und Sot auf Jurisdiktion, überließ Parsnip die Verantwortung für die Lasttiere und gab Bunion das Zeichen, sie hinauszuführen. Langsam und vorsichtig durchquerten sie die schlafende Stadt, überquerten die Brücke und verschwanden in der Nacht.

»Adieu, Lord Kallendbor, Ihr seid uns wieder los!« rief Questor über die Schulter zurück, als sie schließlich das Wiesenland erreicht hatten.

Er fühlte sich jetzt beträchtlich wohler in seiner Haut. Er hatte sich und seine Freunde aus einer schwierigen Situation befreit, ehe ihnen etwas zustoßen konnte. Säuberlich umging er dabei die Tatsache, daß es Bunion war, der sie gerettet hatte, indem er sich sagte, daß es seine weise Führung war, die das alles möglich gemacht hatte. Jetzt war er frei, seine Pflichten zu erfüllen und die Verantwortung zu tragen, die man ihm anvertraut hatte. Er würde Seiner Hoheit zeigen, daß er sich seines Vertrauens würdig erwiesen hatte!

Es gab nur ein Problem. Bunion, so stellte sich heraus, hatte die Flasche doch nicht. Jemand anderes hatte sie gestohlen – jemand, der wie Bunion ungesehen in einen schwer bewachten Raum eindringen und wieder herauskommen konnte.

Questor Thews verzog nachdenklich sein Eulengesicht.

Wer konnte das bloß sein?

Show Time

Als das Telefon schließlich klingelte, brach sich Ben Holiday fast die Beine, weil er im Eifer über einen Stuhl stolperte.

»Verflucht! Hallo?«

»Doc? Ich bin endlich hier«, hörte er Miles Bennett sagen. »Ich bin in der Hotelhalle.«

Ben stieß einen langgezogenen Seufzer der Erleichterung aus. »Dem Himmel sei Dank!«

»Willst du, daß ich raufkomme?«

»Sofort!«

Er legte den Hörer auf, ließ sich auf die Couch fallen und rieb sich sein Schienbein. Endlich die Rettung! Er wartete seit vier Tagen darauf, daß Miles mit Informationen über Michel Ard Rhi und Abernathy ankäme – vier endlos lange Tage, die er eingesperrt in die luxuriösen Gefilde des »Shangri-La« verbracht hatte. Miles hatte, wie versprochen, Geld überwiesen, so daß sie wenigstens nicht hatten verhungern müssen und auch nicht rausgeschmissen worden waren. Doch sie hatten das Zimmer höchstens für ein oder zwei Stunden am Tag verlassen können – und immer nur spät abends oder sehr früh am Morgen. Weide erregte einfach zuviel Aufsehen.

Und außerdem hatte die Sylphe sich, seit sie aus Landover hier angekommen waren, nicht recht wohl gefühlt.

Er schaute hinüber auf den Balkon, wo sie nackt in der Sonne saß, direkt hinter den Glasschiebetüren des Wohnraumes ihrer Hotelsuite. Dort saß sie täglich, manchmal stundenlang, und starrte in die Wüste hinaus, das Gesicht der Sonne zugewandt und ohne sich zu rühren. Es schien ihr gutzutun, sich so der Sonne auszusetzen, also ließ er sie in Ruhe. Er nahm an, daß es etwas mit ihrer amorphen Physiologie zu tun hatte und daß das Sonnenlicht sowohl dem warmblütigen als auch dem pflanzlichen Teil ihrer Konstitution zugute käme. Dennoch schien sie schwach und unlustig, ihre Färbung war nicht ganz wie sonst, und ihre Energie seltsam entkräftet. Manchmal schien sie völlig die Orientierung verloren zu haben. Er machte sich große Sorgen ihretwegen. Er begann zu glauben, daß irgend etwas, das in der Umwelt seiner Welt zuviel oder zuwenig war, für das Problem verantwortlich zu machen sei. Er wollte diese Geschichte mit Abernathy und dem verlorenen Medaillon so schnell wie möglich regeln und Weide heil nach Landover zurückbringen.

Er stand auf und ging ins Badezimmer, wo er sich ein paar Hände voll kalten Wassers ins Gesicht schwappte. Er hatte während dieser letzten Tage nicht gut geschlafen, war viel zu aufgeregt und zappelig gewesen und hatte ungeduldig darauf gewartet, etwas unternehmen zu können, um dieser tatenlosen Warterei ein Ende zu setzen. Er trocknete sich das Gesicht ab und starrte auf sein Spiegelbild. Er schaute einigermaßen gesund aus, abgesehen von seinen Augen. Seine Augen waren von roten Äderchen durchzogen wie kleine Landkarten. Das kam vom Schlafmangel und davon, daß er zwei oder drei Taschenbuchromane pro Tag gelesen hatte, um nicht völlig durchzudrehen.

Es klopfte an der Tür. Er warf das Handtuch beiseite, durchquerte das Zimmer und schaute durch den Türspion. Es war Miles. Ben schloß auf und öffnete die Tür.

»Hallo, alter Freund«, grüßte Miles und streckte ihm die Hand entgegen.

Ben ergriff sie und schüttelte sie herzlich. Miles hatte sich überhaupt nicht verändert – er war noch immer dieser freundliche Teddybär mit dem runden Kindergesicht, dem zerknautschten Anzug und dem gewinnenden Lächeln. Unter dem Arm trug er eine lederne Aktentasche. »Gut schaust du aus, Miles«, sagte Ben und meinte es ehrlich.

»Und du schaust aus wie ein verfluchter Yuppie«, gab Miles zurück. »In Jogginganzug und Turnschuhen im ›Shangri-La‹ und in

Erwartung der Nacht und der Lichter der Großstadt. Außer, daß du dafür schon zu alt bist. Darf ich reinkommen?«

»Aber natürlich!« Er trat zur Seite und ließ seinen alten Freund eintreten. Ehe er die Tür wieder schloß, schaute er in beiden Richtungen prüfend den Korridor hinunter. »Mach es dir irgendwo bequem, alter Kumpel.«

Miles ging durch den Raum, bewunderte die Einrichtung, pfiff leise beim Anblick der bestens ausgestatteten Getränkebar und blieb plötzlich wie angewurzelt stehen. »Himmel noch mal, Doc!«

Er starrte durch die Glasschiebetüren auf Weide.

»Ach ja!« rief Ben irritiert. Er hatte Weide ganz vergessen.

Er ging ins Schlafzimmer, holte einen Bademantel und ging damit auf den Balkon hinaus. Zärtlich legte er Weide den Bademantel über die Schultern. Sie schaute fragend zu ihm auf. Ihr Blick war distanziert und geisterhaft.

»Miles ist da«, sagte er leise.

Sie nickte und stand auf. Zusammen gingen sie in den Wohnraum zurück, wo Miles noch immer wie versteinert dastand und die Aktentasche vor seiner Brust wie einen Schild umklammerte.

»Miles, ich möchte dir Weide vorstellen«, sagte Ben.

Miles schien wieder zu sich zu kommen. »Oh, ja, erfreut, ...ähm... Sie... äh... Sie kennenzulernen«, stammelte er.

»Weide ist aus Landover, Miles«, erläuterte Ben. »Von da, wo ich jetzt wohne. Sie ist eine Sylphe.«

Miles schaute ihn an. »Eine Sylphe. Eine Mischung aus Waldnymphe und Wasserschrat.«

»Natürlich.« Miles lächelte unsicher. »Sie ist grün, Ben.«

»Das ist nur ihre Farbe.« Ben war es plötzlich unbehaglich zumute. »Nun, wie wäre es, wenn wir uns hinsetzen und einen Blick auf das werfen, was du uns da mitgebracht hast, ja?«

Miles nickte, den Blick noch immer auf Weide geheftet. Die Sylphe lächelte kurz, wandte sich dann ab und ging ins Schlafzimmer.

»Gut, daß ich hier stehe und dieses Gespräch mit dir habe, Ben, und daß ich dieses Mädchen wirklich mit meinen eigenen Augen sehen kann, anstatt am Telefon von ihr zu hören«, sagte Miles leise, »Ich wäre sonst versucht, dich als völlig übergeschnappt abzuschreiben.«

Ben grinste. »Das kann ich dir nicht verübeln.« Er ließ sich aufs Sofa fallen und machte Miles ein Zeichen, er solle sich neben ihn setzen.

»Eine Sylphe also, ja?« Miles schüttelte den Kopf. »Dann stimmte diese ganze Geschichte von dem Land voller Zauberei und Drachen und Märchenwesen schließlich doch. Ja, Ben? Ist das alles wahr?«

Ben seufzte. »Teilweise jedenfalls.«

»Du meine Güte.« Miles ließ sich langsam neben ihn sinken. Er wirkte einigermaßen verstört. »Du nimmst mich doch nicht auf den Arm, oder? Ich meine, das gibt's wirklich alles? Ja, echt, nicht wahr? Ich seh's dir an. Und dieses Mädchen... sie ist, na, sie ist wunderschön, anders, irgendwas, was man sich in einer Märchenwelt erträumt. Verdammt noch mal, Ben!«

Ben nickte. »Wir können später weiter drüber reden, Miles. Jetzt zu den Informationen, um die ich dich gebeten hatte. Hast du was rausgefunden?«

Miles starrte durch die Schlafzimmertür, wo Weide den Bademantel ablegte und unter die Dusche ging. »Ähm, ja«, brachte er schließlich hervor. Er öffnete die Aktentasche und zog einen orangefarbenen Ordner heraus. »Hier ist alles, was die Detektive über diesen Typen Michel Ard Rhi herausfinden konnten. Und, glaub mir, der ist 'ne Type!«

Ben nahm den Ordner und blätterte eilig darin herum. Auf der ersten Seite fand er ein wenig allgemeine Daten. Michel Ard Rhi: Geburtsort, Eltern, Alter, Kindheit unbekannt. Financier, überwiegend in Privatangelegenheiten. Geschätztes Nettovermögen: zweihundertfünfundzwanzig Millionen Dollar. Lebt außerhalb von Woodinville, Washington – Washington? – in einer Burg, die er in England erworben und herübergebracht hat. Unverheiratet. Keine Hobbies, keine Clubs, keine Organisationen.

»Nicht viel da«, seufzte Ben.

»Lies weiter«, forderte Miles ihn auf.

Er tat es. Schon auf der zweiten Seite fing es an, interessanter zu werden. Michel Ard Rhi hielt sich eine Privatarmee. Er hatte mehrere Revolutionen in anderen Ländern finanziell unterstützt. Ihm gehörten Anteile von Großbanken, bedeutenden Waffenkorporationen und sogar von ein paar ausländischen, von den Regierungen subventionierten Industrien. Es wurde angenommen, daß er seine Finger in vielen anderen Angelegenheiten hatte, doch dafür gab es keine konkreten Beweise. Er war wegen mehrerer krimineller Taten angeklagt worden, die vor allem mit dem Verbot von Waffenlieferungen zu tun hatten, doch auch Tierquälerei war erwähnt worden, auch wenn er nie verurteilt wurde. Er reiste viel, immer mit Bodyguards und immer in Privatfahrzeugen.

Ben klappte den Ordner wieder zu. »Washington also. Ich begreife das nicht. Ich war überzeugt, daß wir in Las Vegas...«

»Einen Augenblick, Ben«, unterbrach ihn Miles. »Hier ist noch was, das erst gestern aufgetaucht ist. Ist reichlich abwegig, aber es könnte etwas mit dem Typen dort oben in Washington zu tun haben.«

Er wühlte in der Aktentasche und brachte ein einzelnes maschinenbeschriebenes Blatt Papier zum Vorschein. »Hier. Das haben die Detektive angebracht, nachdem ich ihnen aufgetragen hatte, sie sollten alles bringen, was sie finden könnten, was mit einem sprechenden Hund zu tun hat. Sieht aus, als habe einer von ihnen Kontakte zur Regenbogenpresse. Hör dir das an. Ein Kerl, der in Woodinville, Washington – der gleiche Ort! – lebt, hat dem *Hollywood Eye* für hunderttausend Dollar in bar ein Exklusivinterview mit einem wirklich sprechenden Hund angeboten!«

»Abernathy!« rief Ben.

Miles zuckte mit den Schultern. »Möglich.«

»Haben sie den Namen erwähnt? Von dem Hund?«

»Nein, nur von dem Mann. Davis Whitsell. Er dressiert Hunde und macht Vorführungen. Aber er wohnt eben in Woodinville, dem gleichen Kaff, wo dieser Ard Rhi seine Burg aufgebaut hat. Was meinst du?«

Ben setzte sich auf die Sofakante. »Ich finde, das wäre doch zuviel des Zufalls. Aber wenn nicht, was macht dann Abernathy mit diesem Whitsell statt mit Ard Rhi? Und was machen Weide und ich hier? Hat Questor etwa wieder Mist gebaut mit seiner Magie und uns nach Nevada statt nach Washington geschickt? Verdammt! Ich nehme an, ich sollte auch noch dankbar sein, daß er uns nicht mitten in den Pazifischen Ozean transportiert hat!« Ben dachte jetzt laut, und Miles schaute ihn verständnislos an. Ben mußte lächeln. »Keine Sorge, ich versuche nur, mir irgendwie Klarheit zu schaffen. Du hast Superarbeit geleistet, Miles! Danke.«

Miles zuckte mit den Schultern. »Gern geschehen. Kannst du mir jetzt endlich erzählen, was hier eigentlich Sache ist?«

Ben musterte seinen alten Freund und nickte dann. »Ich werd's versuchen. Du hast es dir redlich verdient. Willst du einen Glenlivet, während wir plaudern?«

Miles trank einen Whisky und noch einen und einen dritten, während Ben versuchte, ihm die Hintergründe der Geschichte mit Abernathy und dem verlorenen Medaillon zu erklären. Das verlangte natürlich ein Minimum an Beschreibung von Landover, und das wiederum führte sie auf ein paar Seitenwege. Ben erzählte Miles nicht alles, vor allem, wo es gefährliche Situationen mit einbezog, weil er wußte, daß Miles sich dann nur Sorgen machen würde. Weide kam aus der Dusche, und Ben bestellte ein Abendessen. Nach einiger Zeit schien Miles sich in Gegenwart der Sylphe ein wenig wohler zu fühlen, und sie in seiner, und sie fingen an, wie normale Menschen miteinander zu reden. Vieles von dem, was Miles berichtete, blieb Weide unverständlich, und vieles von dem, was Weide sagte, machte Miles sprachlos – aber sie kamen immer besser miteinander aus. Der Abend schritt voran, die meisten Fragen waren beantwortet, und die Lichter der Stadt erhellten Casinos und Bars vor dem nächtlichen Himmel.

Schließlich ging Weide zu Bett. Ben goß sich und seinem alten

Freund noch einen Brandy ein und zusammen schauten sie aus dem Fenster.

»Bist du eigentlich irgendwo untergekommen?« fragte Ben nach einer Weile. »Entschuldige, daß ich bislang überhaupt nicht daran gedacht habe, dich danach zu fragen.«

Miles nickte, den Blick in die Ferne gerichtet. »Ein oder zwei Stockwerke tiefer. Beim gemeinen Volk. Ich hab's gleichzeitig mit dem Flugticket gebucht.«

»Das erinnert mich an was!« Ben war aufgesprungen. »Ich muß sofort am Flughafen anrufen und einen Flug für morgen buchen.«

»Washington?«

Ben nickte. »Wo in aller Welt liegt denn Woodinville?« rief er über die Schulter und ging zum Telefon.

»Nördlich von Seattle.« Miles streckte sich. »Reservier gleich für drei.«

Ben hielt inne. »Einen Moment mal. Du kommst aber nicht mit.«

Miles seufzte. »Natürlich komme ich mit. Was glaubst du denn, Doc? Daß ich verschwinde, wenn es anfängt, interessant zu werden? Und außerdem brauchst du mich vielleicht. Du hast die Verbindungen nicht mehr, die du früher mal hattest. Ich aber habe sie noch – ganz abgesehen von Kreditkarten und Geld.«

Ben schüttelte den Kopf. »Ich weiß nicht recht. Es mag ziemlich gefährlich werden, Miles. Wer weiß, was uns bevorsteht mit Michel Ard Rhi. Mir gefällt der Gedanke nicht...«

»Ben!« unterbrach ihn Miles. »Ich komme mit, basta! Ruf endlich an!«

Ben gab auf, reservierte einen Flug für den frühen Morgen und setzte sich wieder aufs Sofa. Miles starrte noch immer in die Nacht hinaus.

»Erinnerst du dich, wie wir als Kinder so taten, als kennten wir viele Geheimnisse? Wie wir diese Phantasiewelten schufen, in denen wir spielten? Ich dachte gerade daran, was du für ein Glück hast, daß du eine gefunden hast, die real ist, Ben. Alle müssen wir mit der Welt leben, wie wir sie vorfinden.« Er schüttelte den Kopf. »Nur du nicht. Du kriegst als Wirklichkeit, was andere nur träumen können.«

Ben sagte nichts. Er dachte, wie verschieden sie die Dinge betrachteten. Es war der Unterschied in ihren Realitäten. Landover war seine Realität; Miles hatte nur diese Welt hier. Er erinnerte sich, wie verzweifelt er sich vor nur knapp zwei Jahren genau das ersehnt hatte, was er jetzt besaß. Er hatte das völlig vergessen gehabt. Es war gut, sich wieder daran zu erinnern.

»Ich hab' wirklich Glück«, sagte er schließlich.

Miles gab keine Antwort.

Sie saßen nebeneinander, tranken Brandy und ließen ihre privaten Träume auf dem Spielplatz ihrer Gedanken Gestalt annehmen.

Der Start für den Flug PSA 726 aus Las Vegas war um 7.58 Uhr, es handelte sich um einen kleinen Jet, der auf dem Weg nach Seattle nur eine Zwischenlandung in Reno machte. Sie erreichten den Flughafen sehr früh und warteten im menschenleeren Gebäude, bis sie einchecken konnten. Sie setzten sich in den hinteren Teil des Flugzeugs, um so wenig wie möglich Aufsehen zu erregen. Ben hatte Weides Haar mit einem Kopftuch hochgebunden, ihr Gesicht mit hautfarbenem Make-up abgedeckt und sie von Kopf bis Fuß in Kleider gehüllt, um ihre Haut zu verbergen, doch sie sah noch immer aus wie eine wandelnde Zirkusnummer. Und was schlimmer war, sie war apathischer denn je. Ihre Kraft schien ganz einfach immer weniger zu werden.

Als sie von Reno aus wieder gestartet waren und Miles kurz eingenickt war, beugte sie sich plötzlich zu Ben und flüsterte: »Ich weiß, was los ist, Ben. Ich muß mich aus dem Boden ernähren. Ich muß die Verwandlung machen. Ich glaube, das ist es, warum ich so schwach bin. Es tut mir wirklich leid.«

Er nickte und drückte sie an sich. Er hatte vergessen, daß sie sich alle zwanzig Tage vom Menschen in einen Baum verwandeln mußte. Vielleicht hatte er es einfach verdrängt, als er in der falschen Hoffnung, es würde vielleicht kein Problem darstellen, eingewilligt hatte, sie auf diese Reise mitzunehmen. Aber offenbar kam der Zwanzig-Tage-Zyklus wieder zu seinem Ende. Sie mußte die Möglichkeit bekommen, sich zu verwandeln.

Aber wie würden die Elemente im Boden dieser Welt auf ihren Organismus wirken?

Er mochte nicht darüber nachdenken. Denn es gab ihm ein tiefes Gefühl von Hilflosigkeit. Sie saßen in dieser Welt einfach fest, bis sie Abernathy und das Medaillon wiedergefunden hatten.

Er holte tief Luft, nahm Weides behandschuhte Hand fest in die seine und lehnte sich im Sitz zurück. Nur noch einen Tag, versprach er im stillen. Heute abend würde er bei Davis Whitsell vorsprechen, und die Suche war vorüber.

Das Telefon klingelte im Wohnzimmer. Davis Whitsell schob seine Schüssel mit Weizenflocken beiseite, erhob sich vom Frühstückstisch und eilte hinaus, um das Gespräch anzunehmen. Abernathy beobachtete ihn durch einen Spalt in der Schlafzimmertür. Sie waren allein im Haus. Alice Whitsell war vor drei Tagen zu ihrer Mutter gefahren. Dressierte Hunde seien eines, hatte sie im Weggehen gesagt, aber *sprechende* Hunde seien etwas anderes. Sie käme wieder, wenn Davis diesen Hund – falls er das wirklich sei – endlich fortgebracht hätte.

Um so besser, hatte Davis behauptet. Es war leichter, sich auf etwas Bestimmtes zu konzentrieren, wenn Alice nicht ständig den Fernseher oder ihr Mundwerk laufen ließ.

Abernathy verstand nicht, was Davis damit sagen wollte. Was er wußte, war, daß er, soweit er es beurteilen konnte, genauso weit wie zuvor davon entfernt war, nach Virginia zu kommen. Trotz der wiederholten Zusicherungen seines Gastgebers, daß alles gut ausgehen werde, fing er langsam an, mißtrauisch zu werden.

Er hörte zu, als Davis den Hörer aufnahm. »Hier Whitsell.« Eine Pause. »Ja, Mr. Stern? Guten Morgen. Ja, natürlich!« Er klang übereifrig. »Keine Sorge, natürlich werde ich dasein!«

Davis legte den Hörer auf, rieb sich kräftig die Hände, warf dann einen prüfenden Blick durch den Flur in Richtung von Abernathys Schlafzimmer, nahm den Hörer wieder auf und wählte. Abernathy stand noch immer hinter der Tür und lauschte.

»Blanche?« fragte Whitsell in die Muschel. Seine Stimme klang eilig und geheimnistuerisch. »Kannst du mir Alice geben? Danke.« Er wartete. »Alice? Hör zu, ich hab' nicht viel Zeit. Ich hab' gerade einen Anruf vom *Hollywood Eye* gekriegt! Ja! Stell dir das vor! Das *Hollywood Eye*! Du hast gemeint, ich tick' nicht richtig, nicht wahr? Hunderttausend Dollar für das Interview, ein paar Fotos und fertig! Wenn das erledigt ist, setze ich den Hund ins Flugzeug, wünsch' ihm Glück und wir kehren zu unserem Alltag zurück – um einiges reicher und um einiges berühmter. Das *Eye* hat Exklusivität, aber die anderen Zeitschriften werden anschließend die Geschichte aufgreifen. Ich werde mehr Arbeit haben, als ich schaffen kann. Wir werden im Geld schwimmen, Mädchen! Schluß mit dem Knausern und Knapsen!« Eine kleine Pause. »Klar, ist wirklich kein Risiko dabei! Hör zu, ich muß gehen. Wir sehen uns in ein paar Tagen, okay?«

Er hängte auf und ging in die Küche zurück. Abernathy beobachtete, wie er das Geschirr spülte und dann auf den Flur trat und zu den Schlafzimmern kam. Abernathy zögerte. Dann schlüpfte er wieder ins Bett und bemühte sich vorzutäuschen, er wache gerade erst auf.

Whitsell steckte den Kopf durch die Tür. »Ich muß schnell fortgehen«, sagte er. »Dieser Mann, von dem ich dir erzählt habe, der das restliche Geld beschaffen soll, damit du nach Virginia kannst, wartet im Motel auf mich. Danach kommen wir wieder her für das Interview. Also sieh zu, daß du dich fertig machst.«

Abernathy blinzelte und setzte sich auf. »Sind Sie sicher, daß das alles wirklich nötig ist, Mr. Whitsell? Mir ist der Gedanke, über mich selbst zu reden und Bilder von mir machen zu lassen, reichlich unangenehm. Ich zweifle, daß Seine Hoheit... ähm, mein Freund, damit einverstanden wäre.«

»Da ist schon wieder dies ›Seine Hoheit‹!« fauchte Whitsell. »Wer ist denn dieser Kerl?« Er schüttelte den Kopf, während Abernathy ihn nur anstarrte. »Hör zu. Wenn wir nicht mit dem Mann reden, der das Geld hat, und ihm nicht erlauben, dich zu photographieren, kriegen wir das Geld nie. Und wenn wir das Geld nicht kriegen, kannst du nicht nach Virginia zurück. Ich hab' dir doch schon erklärt, daß das Geld nicht ausreicht, was Elizabeth dir gegeben hat.«

Abernathy nickte zweifelnd. Er war nicht sicher, ob er ihm noch trauen sollte. »Wie lange dauert es noch, bis ich endlich fort kann?«

Whitsell zuckte mit den Schultern. »Einen Tag. Höchstens zwei. Nur Geduld!«

Abernathy war der Meinung, er habe schon lange genug Geduld gehabt, aber er beschloß, es lieber nicht zu sagen. Statt dessen stand er auf und steuerte das Badezimmer an. »Ich werde fertig sein, wenn Sie zurückkommen«, versprach er.

Whitsell war auch fertig, durchquerte das Wohnzimmer, blieb kurz stehen, um Sophie zärtlich hinter den Ohren zu kraulen, ging dann durch die Seitentür zum Wagenunterstand und stieg in seinen alten Kleinlaster. Abernathy schaute ihm nach. Er wußte, daß er ausgenutzt wurde, aber er konnte nichts dagegen unternehmen. Er kannte niemanden, an den er sich hätte wenden, und keinen Ort, wo er hätte hingehen können. Es blieb ihm nichts anderes übrig, als zu hoffen, daß Whitsell Wort hielt.

Er ging ins Wohnzimmer und schaute aus dem Fenster. Er sah, wie der kleine Lastwagen aus der Ausfahrt kam und auf die Straße einbog.

Aber er bemerkte den schwarzen Kombi nicht, der auf der anderen Straßenseite geparkt war.

Irgendwo am Ende des Flures tickte die alte Standuhr durch die Stille. Abernathy stand vor dem Badezimmerspiegel und musterte sich prüfend. Vier Tage waren vergangen, seit er Michel Ard Rhi und Graum Wythe entkommen war, und Landover schien unendlich weit weg zu sein. Er seufzte, leckte sich die Nase und dachte darüber nach, welche Möglichkeiten ihm offenstanden. Falls diese Sache mit dem Interview und den Photos nicht hinhauen sollte, sagte er sich, müßte er wohl Davis Whitsell adieu sagen und auf eigene Faust losziehen. Was blieb ihm denn sonst? Die Zeit verstrich schnell. Er mußte unbedingt Seiner Hoheit das Medaillon zurückbringen.

Er putzte sich die Zähne, bürstete sein Fell und musterte sich noch mal im Spiegel. Er sah wesentlich besser aus als bei seiner Ankunft, stellte er fest. Essen und Schlafen wie ein normaler Mensch hatten Wunder vollbracht.

Geistesabwesend trocknete er sich die Pfoten ab. Schade, daß Mrs. Whitsell es für nötig gehalten hatte, abzureisen. Er konnte nicht verstehen, warum sie so aufgebracht gewesen war...

Er glaubte, ein Geräusch zu hören, und wollte sich gerade umdrehen.

Im selben Augenblick traf ihn der Strahl des Hundeabwehrsprays direkt ins Gesicht. Er stolperte zurück und würgte. Eine Schnur wurde ihm um die Schnauze gebunden und ein Sack über seinen Kopf gestülpt. Er wurde aufgehoben und hinausgetragen. Er strampelte schwach, doch die Hände, die ihn hielten, waren kräftig und geübt. Er konnte Stimmen hören, hastig und geheimnisvoll, und durch ein winziges Loch im Sack erhaschte er einen Blick auf einen schwarzen Kombi, dessen Hintertür offenstand. Er wurde hineingestoßen, und die Tür wurde zugeschlagen.

Dann rammte jemand etwas Spitzes in seine Kehrseite, und alles wurde schwarz.

Liebeslied

Im Lande des Flußherrn neigte sich der Tag seinem Ende entgegen, und das Elfenvolk von Eldero legte die Arbeit beiseite und entzündete die Lampen entlang der Baumwege und Passagen in Erwartung der hereinbrechenden Nacht. Überall in den gewaltigen alten Bäumen, die ihre Stadt beherbergten, schwebten sie über Zweige und Äste und knorrige Stämme hinauf und hinunter, durch die länger werdenden Schatten und den dichter werdenden Dunst. Schrate, Nymphen, Gnome, Naiaden, Wichtel, Elementargeister aller Arten und Gestalten waren die Bewohner aus den Elfenreichen, die das Tal von Landover umgaben, Geschöpfe, die aus einem anderen Leben ins Exil geflohen oder gestoßen worden waren, weil es ihnen nicht mehr gefiel, obwohl es unsterblich war.

Der Flußherr stand am Rande des Parks, der seiner verborgenen Baumstadt vorgelagert war, und träumte vom verlorenen Paradies. Er war ein großer, schlanker Schrat, gekleidet in waldgrüne Roben, mit silbriger Schuppenhaut. Mit Kiemen, die an seinem Hals leise vibrierten, wenn er atmete, und dichtem schwarzem Haar auf dem Haupt und den Unterarmen. Seine Gesichtszüge waren scharf und schienen aus Holz geschnitzt zu sein, sein Blick war durchdringend und undurchschaubar. Er war nach Landover gekommen, als das Land entstand, und er hatte sein Volk mitgebracht, das kurz nach dieser Entscheidung für immer aus den Nebeln der Elfenreiche verbannt worden war. Er war sterblich geworden – etwas, das seinem alten Leben gefehlt hatte –, und jetzt lebte er in der Abgeschiedenheit des Seenlandes und sorgte dafür, daß sein Boden, seine Gewässer, seine Luft und seine Bewohner aller Lebensformen gesund und sauber blieben. Er war als Heilschrat mit der Fähigkeit begabt, Leben zurückzugeben, wenn es gestohlen worden war. Doch bestimmte Wunden weigern sich zu heilen, und der unwiederbringliche Verlust seiner wahren Heimat war eine Narbe, die er für den Rest seines Lebens behalten würde.

Er schlenderte ein paar Schritte auf die Stadt zu. Die Anwesenheit der Bewacher, die ihm in respektvoller Entfernung folgten, war ihm voll bewußt. Fünf von Landovers acht Monden schimmerten schon in voller Pracht am Nachthimmel – malvenfarben, pfirsichgelb, jadegrün, altrosa und weiß.

»Ein Paradies verloren«, flüsterte er zu sich selbst, als er jetzt wieder einmal an die Träume von den Elfennebeln dachte, die ihn immer wieder heimsuchten. »Doch auch ein Paradies gewonnen.«

Er liebte das Seenland. Es war Herz und Seele seines Volkes, der Exilierten und der Wanderer, die sich mit ihm zusammengetan hatten, um von vorne anzufangen, und für sich und ihre Nachkommen eine Welt mit Anfang und Ende zu entdecken und zu errichten, die ohne das Absolute auskam, – eine Welt, wie sie in den Nebeln der Elfenreiche nicht existieren konnte. Eldero lag in einem Sumpfgebiet verborgen, mitten in einem Labyrinth aus Wäldern und Seen und so gut versteckt, daß niemand ohne die Hilfe seiner Bürger herein- oder hinausgelangen konnte. Wer es dennoch versuchte, verschwand einfach im Moor. Eldero war für seine Bewohner eine Zufluchtsstätte vor dem Wahnsinn jener Talbewohner, die den Wert des Lebens nicht zu schätzen wußten – die Landbarone des Grünlandes, die Trolle und Gnome aus den Bergen, die Monster, die aus den Elfenreichen vertrieben wurden und nach einem Millenium von Krieg noch immer überlebt hatten. Zerstörung und Mißbrauch des Landes waren das Kennzeichen dieser Geschöpfe. Doch hier im Heiligtum des Flußherrn, hier herrschte Friede.

Er beobachtete, wie sich vor ihm ein Tanzzug am Rande des Parks formierte, eine Kolonne von blumengekränzten Kindern in bunten Kleidchen und mit Kerzen in den Händen. Sie sangen und tänzelten die Pfade entlang über die Brückchen, durch die Gärten und zwischen den Hecken hindurch. Ein zufriedenes Lächeln huschte über sein Gesicht, als er ihnen nachschaute.

Es war besser geworden im Seenland, überlegte er, als es vor Ankunft von Ben Holiday gewesen war. Seine Hoheit, König von Landover, hatte viel getan, um die Kluft zwischen den verschiedenen Völkern des Tales zu heilen; er hatte viel geleistet, um die Erhaltung und Pflege des Landes und all seiner Lebensformen zu unterstützen. Holiday nahm – genau wie der Flußherr – zu Recht an, daß alles Leben unentwirrbar miteinander verknüpft sei, und daß alles andere ebenfalls in Gefahr geriete, wenn man ein Band durchtrennte.

Weide war mit Seiner Hoheit gegangen. Weide, seine Tochter, die von sich behauptete, nach Art der Sylphen alter Zeit vom Schicksal auserwählt worden zu sein, wie es in das Gras geflochten worden war, auf dem ihre Eltern lagen, als sie empfangen wurde. Weide glaubte an Ben Holiday. Der Flußherr fand ihr Vertrauen beneidenswert.

Tief sog er die Nachtluft ein. Nicht, daß seine Ansichten in diesen Zeiten bei Seiner Hoheit großes Gewicht gehabt hätten. Holiday war ihm noch immer böse, daß er vor ein paar Monaten versucht hatte, das schwarze Einhorn zu fangen und sich seine Kräfte zunutze zu machen. Holiday hatte nie die Tatsache akzeptieren können, daß Elfenmacht ausschließlich Elfengeschöpfen zustand, weil sie die einzigen waren, die sie zu verwenden verstanden.

Er schüttelte den Kopf. Ben Holiday hatte viel Gutes für Landover getan. Aber er hatte auch noch viel zu lernen.

Eine kleine Unruhe zu seiner Linken ließ ihn aufmerken. Zuschauer der tanzenden Kinderschar waren eilig zur Seite getreten, als ein paar seiner Sumpfwächter aus der Dämmerung der Tieflandnebel herantraten, die eine höchst erschreckende Gestalt zwischen sich schleppten. Die gestählten Veteranen mit ihren versteinert dreinblickenden Schuppengesichtern wahrten eine gewisse Distanz zu dem Geschöpf, das sie aufgetan hatten. Die Bewacher des Flußherrn kamen sofort herbei, um ihn zu decken, doch er winkte sie zurück. Es war nicht dienlich, Furcht zu zeigen. Er blieb standhaft stehen und ließ das Wesen herankommen.

Es war ein Schattenwicht, eine Art Elementargeist, dessen körperliche Gestalt irgendwann im Laufe seiner Existenz wegen einer unaussprechlichen Tat oder eines Verbrechens zerstört worden war, und der dennoch nicht starb. Alles, was von ihm blieb, war sein Geist. Dieses arme Lebewesen war verdammt, eine Existenz des Nichtseins zu führen. Es konnte sich nur im Schatten und in finsteren Winkeln aufhalten, niemals im Licht. Sein Körper war ihm genommen, dadurch hatte er keine wirkliche Gegenwart. Was sein Dasein ausmachte, mußte es sich aus den Trümmern seines Spukens und den Überresten seiner Opfer zusammenflicken. Als ein Sukkubus stahl es anderen das Leben, um seinerseits leben zu können, und beklaute und beraubte die Verlorenen wie ein Aasfresser. Nur noch wenige dieser Horrorgestalten waren im Tal übriggeblieben. Die meisten waren im Laufe der Jahrhunderte untergegangen.

Dieser hier, dachte der Flußherr finster, war ganz besonders widerlich.

Der Schattenwicht trat ihm auf spindeligen, krummen Beinen entgegen, die mal einem Troll gehört haben mochten. Seine Arme waren einmal Gliedmaßen irgendeines Tieres gewesen, der Leib war menschlich, Hände und Füße stammten von einem Gnom, die Finger von einem Menschenkind, und sein Gesicht bestand aus einer Mischung verschiedener anderer Leichenteile.

In der einen Hand trug er einen alten Leinensack.

Er lächelte, und sein Mund schien sich zu einem lautlosen Schrei zu verzerren. »Großer Flußherr«, sagte er mit einer Stimme, die wie das Echo aus hohlen Grüften klang. Dabei verbeugte er sich schief.

»Er kam her, ohne begleitet worden zu sein«, informierte einer der Wächter den Flußherrn spitz.

Der Herr des Seenlandvolkes nickte. »Warum bist du hergekommen?« fragte er den Wicht.

Der Schattenwicht richtete sich wankend auf. Licht schimmerte durch seinen mißgestalteten Leib an den ausgefransten Gelenken hindurch. »Um ein Geschenk zu machen – und um eines zu erbitten.«

»Du hast deinen Weg hergefunden; suche ihn dir wieder hinaus.« Das Gesicht des Flußherrn war hart wie Stein. »Dein Leben soll mein Geschenk an dich sein; dich aus meiner Gegenwart zu entfernen, eine Gabe an mich.«

»Tod wäre eine willkommenere Gabe« wisperte der Schattenwicht, und in seinen Augen spiegelte sich eine ferne Kerzenflamme. Er schaute in die Richtung der noch immer tanzenden Kinder und befeuchtete sich die Lippen mit der Zunge. »Schaut mich an, Großer Flußherr. Welche Kreatur in allen Welten und allen Zeiten ist und war je so albern und armselig wie ich?«

Der Flußherr antwortete nicht und wartete. Der leere Blick des Wichts schweifte wieder herum. »Ich möchte Euch eine Geschichte erzählen und Euch bitten, mir zuzuhören. Nur ein paar ganz kurze Augenblicke, die Euch vielleicht von Interesse sein könnten, Großer Flußherr. Werdet Ihr mich anhören?«

Der Flußherr hätte beinahe abgelehnt. Die Kreatur widerte ihn dermaßen an, daß er schon jetzt seine Anwesenheit kaum mehr ertragen konnte. Dann brachte ihn irgend etwas dazu, nachzugeben. »Sprich«, befahl er müde.

»Seit zwei Jahren lebe ich jetzt in den finsteren Winkeln und dunklen Ecken von Burg Rhyndswehr«, sagte der Schattenwicht so leise, daß nur der Flußherr ihn hören konnte, und rückte gleichzeitig einen Schritt näher. »Ich lebte von den Elenden, die der Lord dieser Burg in sein Verlies hatte werfen lassen, und von jenen armen Geschöpfen, die sich zu weit in die Finsternis vorwagten. Ich beobachtete viel, und ich habe vieles erfahren. Und dann erschien in der vergangenen Nacht ein ruinierter Troll, der dem Herrn von Rhyndswehr einen Schatz zum Kauf anbot, einen Schatz von so außerordentlichen Fähigkeiten, die alles übertrafen, was ich je zu Gesicht bekommen habe! Der Lord von Rhyndswehr nahm den Schatz und ließ den Troll köpfen. Und dann nahm ich meinerseits jenen Schatz von dem Herrn von Rhyndswehr.«

»Kallendbor«, murmelte der Flußherr angeekelt. Er hatte für die Herren des Grünlandes nicht viel übrig, und am wenigsten für Kallendbor.

»Ich stahl ihn aus seiner Schatzkammer, während er schlief, stahl ihn unter den Augen seiner Wächter, die ja schließlich nur Menschen sind. Großer Flußherr, ich stahl ihn und brachte ihn hierher zu Euch – mein Geschenk für ein Gegengeschenk.«

Der Flußherr kämpfte gegen eine Welle von Abscheu, die ihn durchschauderte, als der Schattenwicht hohl lachte. »Und was ist das für ein Geschenk?«

»Das hier!« sagte der Wicht und zog mit seiner welken rosa Hand eine weiße Flasche mit tanzenden, roten Clowns aus dem Sack, den er bei sich trug.

»Nur das nicht!« rief der Flußherr. »Ich kenne dieses Geschenk recht wohl, Schattenwicht – und es ist alles andere als ein Geschenk! Es ist ein Fluch! Es ist die Flasche des Darklings!«

»So nennt er sich selbst«, sagte der andere und rückte noch ein Stückchen näher, so daß der Flußherr seinen Atem auf der Haut spüren konnte. »Es ist wirklich ein Geschenk! Es kann dem Besitzer der Flasche…«

»Irgend etwas geben!« vollendete der Flußherr den Satz und wich trotz seiner Entschlossenheit ein wenig zurück. »Aber die Magie, die es verwendet, ist böser, als Worte beschreiben können!«

»Gut und böse sind mir egal«, sagte der Schattenwicht. »Mich interessiert nur eines. Hört mich an, Flußherr. Ich stahl die Flasche, und ich brachte sie Euch. Was Ihr damit tut, geht mich nichts an. Ihr könnt sie zerstören, wenn Ihr das wünscht. Aber verwendet sie nur einmal, um mir zu helfen!« Seine Stimme war zu einem verzweifelten Zischen geworden. »Ich möchte wieder ich selber sein!«

Der Flußherr war verblüfft. »Du selbst? Was du einst gewesen bist?«

»Genau das! Nichts als das! Schaut mich an! Ich kann mich nicht mehr ertragen, Großer Flußherr! Ich habe eine Ewigkeit zwischen Tod und Leben existiert, als Schatten, als Leichenfledderer, als unbeschreibliches Grauen, weil ich keine andere Wahl hatte! Ich habe Leben jeglicher Form gestohlen, von jeder Art von Geschöpf, das ist oder war! Nie wieder! Ich will mich selbst zurückhaben! Ich möchte mein eigenes Leben wieder haben!«

Der Flußherr runzelte die Stirn. »Und was erwartest du von mir?«

»Das Ihr die Flasche benutzt, um mir zu helfen!«

»Die Flasche? Und warum benutzt du sie dann nicht selbst, Schattenwicht? Hast du nicht eben selbst gesagt, daß die Flasche ihrem Besitzer jeglichen Wunsch erfüllen kann?«

Der Wicht versuchte zu weinen, doch sein ruinierter Leib brachte keine Tränen zustande. »Großer Flußherr, ich – kann – mir – selbst – nichts – geben. Ich kann die Flasche nicht benutzen! Ich habe kein Sein und kann die Magie nicht anrufen! Ich bin... kaum anwesend! Ich bin nichts als ein Schatten! Alle Magie der Welt ist für mich wertlos! Schaut mich an! Ich bin hilflos!«

Der Flußherr starrte den Schattenwicht mit neuem Entsetzen an, als er zum ersten Mal in Wahrheit erkannte, was dieses Leben bedeuten mußte.

»Bitte!« bettelte der Wicht und ließ sich auf die Knie fallen. »Bitte, helft mir!«

Der Flußherr zögerte. Dann nahm er der Kreatur den Beutel aus der Hand. »Ich werde darüber nachdenken«, sagte er und machte den Wächtern ein Zeichen. »Warte hier, während ich das tue, und sieh zu, daß du niemandem aus meinem Volke ein Leid antust, sonst ist die Entscheidung schnell getroffen.«

Er ging ein paar Schritte beiseite, den Beutel locker in der Hand, wandte sich um und schaute zurück. Der Schattenwicht kauerte am Boden wie ein zerbrochenes Ding und beobachtete ihn. Er hatte nicht die Macht, ein solches Wesen zu heilen, dachte er matt. Und falls die Flasche ihm diese Macht gäbe, hätte er dann das Recht, es auch nur zu versuchen?

Er wandte sich hastig ab und ging davon. Er verließ den Park und ging in die Stadt, vorbei an den Tänzern und Spaßmachern, entlang der Pfade und zwischen den Hecken und Gärten hindurch, verloren in der kahlen Landschaft seiner Gedanken. Er kannte die Macht des Darklings. Er kannte sie seit Jahren, wie er die Macht fast aller Zauber kannte. Er erinnerte sich, wozu der verantwortungslose Sohn des alten Königs und sein finsterer Zauberer Meeks sie eingesetzt hatten. Er wußte, wie dieser Zauber bunte Bänder um seinen Eigentümer flocht und sie dann unvermittelt in Ketten verwandelte.

Je größer die Kraft, desto größer die Gefahr, ermahnte er sich.

Und eine Macht wie diese hier konnte beinahe alles vollbringen.

Er hatte schon den Stadtrand erreicht, als ihm erst bewußt wurde, wo er war. Er blieb stehen und sah sich nach seinen Wächtern um, die ihm wie immer in respektvoller Entfernung gefolgt waren, und er schickte sie fort. Er mußte allein sein. Die Wächter zögerten, doch dann zogen sie sich zurück.

Der Flußherr ging allein weiter. Was sollte er tun? Die Flasche gehörte ihm, wenn er beschloß, dem Schattenwicht zu helfen. Es kam ihm gar nicht in den Sinn, daß er die Flasche auch einfach behalten und den Wicht davonjagen könnte; das war nicht seine Art. Entweder würde er die Flasche behalten und dem Wicht helfen, oder er würde die Flasche zurückgeben und die unglückselige Kreatur aus seinem Reich verbannen. Wenn er sich zu letzerem entschlösse, brauchte er nicht weiter darüber nachzudenken. Sollte er ersteres beschließen, mußte er entscheiden, ob er die Magie einsetzen könnte, um dem Wicht zu helfen – und vielleicht gleichzeitig auch sich selber in gewisser Hinsicht –, ohne selbst Opfer dieser Macht zu werden.

Konnte er das?

Konnte das irgend jemand?

In einer Lichtung mit Blaubonnies, die sich sechs Meter über ihm als tiefblaues Seidengeflecht gegen den Nachthimmel abhoben, blieb er stehen. Die Geräusche der Stadt klangen hinter ihm her, schwach nur noch aus der Ferne – Gelächter, Gesang und die Musik der tanzenden Kinder. Die alten Kiefern waren nicht weit, der Hain, wo um Mitternacht die Waldnymphen tanzten, der Ort, wo er Weides Mutter zum ersten Mal begegnet war...

Der Gedanke verklang in einer Welle bitterer Erinnerungen. Wie lange war es her? Wie lange, daß er sie zum letzten Mal gesehen hatte? Er konnte sie sich immer noch deutlich vor Augen führen, auch wenn er nur diese eine Nacht mir ihr verbracht, sie nur ein einziges Mal in seinen Armen gehalten hatte. Sie war die Muse, die noch immer seine Seele folterte, ein wunderbares, namenloses Geschöpf, eine Waldnymphe von solcher Wildheit, daß er niemals hoffen konnte, sie wirklich zu besitzen, nicht einmal für eine zweite Nacht...

Und dann kam ihm der Gedanke. Ein so finsterer Plan, daß es ihn eisigkalt überlief.

»Nein!« flüsterte er voller Entsetzen.

Aber warum eigentlich nicht? Er starrte plötzlich auf den Beutel, der die Zauberflasche enthielt – die Flasche, die ihm jeden Wunsch erfüllen konnte.

Warum nicht?

Die Flasche mußte ausprobiert werden. Er mußte wissen, ob er sie unter Kontrolle halten konnte. Er mußte wissen, ob er dem Schattenwicht helfen konnte oder ob die Magie zu stark war. Was konnte es also schaden, sich selbst ein wenig Lust zu gönnen, nur ein klein wenig, nur dieses eine Mal?

Warum sollte er den Darkling nicht bitten, ihm Weides Mutter zu bringen?

Ihm wurde gleichzeitig heiß und kalt, erhitzt bei der Vorstellung, sie nach so langer Zeit wiederzusehen, eisig kalt, daß er dazu die Magie verwenden würde. Ahh, die Hitze war soviel stärker! Er begehrte die Nymphe, wie er nichts in seinem Leben je begehrt hatte. Ihm kam es vor, als sei das seit Ewigkeiten so gewesen! Nichts fehlte seinem Leben so sehr wie das, was sie ihm bringen konnte...

»Ich muß es versuchen!« flüsterte er plötzlich. »Ich muß!«

Eilig ging er durch den Wald, zwischen den riesigen, schweigenden Bäumen hindurch, wo nur noch die Geräusche der Nacht zu ihm drangen, bis er endlich in dem alten Kiefernhain stand. Die Stille hier war eindringlich, und nur in seiner Erinnerung konnte er das Lachen der Kinder hören und Weides Mutter noch einmal tanzen sehen.

Er würde nicht viel erbitten, sagte er sich. Er würde sie nur bitten, noch einmal für ihn zu tanzen – nur tanzen.

Die Sehnsucht, sie noch einmal hier zu haben, brannte in ihm wie ein Fieber. Er legte den Beutel auf den Boden und nahm die bunt bemalte Flasche heraus. Rote Harlekine glitzerten wie mit Blut gemalt im Mondlicht.

Eilig zog er den Stöpsel heraus.

Der Darkling kam herausgekrochen wie ein widerliches Insekt. »Oh, wie süß sind Eure Träume, Meister!« zischelte er und fing an, wie besessen am Flaschenhals herumzuturnen. »Süße Sehnsüchte, die Erfüllung verdienen!«

»Du kannst meine Gedanken lesen?« fragte der Flußherr und wurde von plötzlichem Unbehagen gepackt.

»Ich kann bis tief in Eure Seele schauen, Meister«, flüsterte das schwarze Geschöpf. »Ich kann die Höhen und Tiefen Eurer Leidenschaft sehen! Erlaubt mir, sie zu befriedigen, Meister! Ich kann Euch geben, wonach Ihr Euch verzehrt!«

Der Flußherr zögerte. Die Kiemen an seinem Hals flatterten fast unkontrollierbar, und sein Atem klang ihm scharf in den Ohren. Es ist falsch, dachte er plötzlich. Die Magie ist zu stark...

Da sprang der Dämon aufrecht auf den Flaschenrand, wedelte mit den Fingern durch die Luft und erzeugte aus dem Nichts eine Vision von Weides Mutter. Sie tanzte als Miniatur in einer silbernen Wolke, und ihr Gesicht war so liebreizend, wie der Flußherr es in Erinnerung bewahrt hatte. Ihr Tanz war ein Zauber, der den Verstand und jegliche Barrieren überwand. Sie wirbelte herum, drehte sich und war verschwunden.

Das Lachen des Darklings war leise und ängstlich. »Möchtet Ihr sie ganz?« fragte er leise. »In Fleisch und Blut?«

Der Flußherr stand gebannt da. »Ja!« hauchte er schließlich. »Bring sie her! Ich will sie tanzen sehen!«

Der Darkling verschwand außer Sicht wie ein nächtlicher Schatten, der das Tageslicht flieht. Der Flußherr stand allein in der Lichtung zwischen den alten Kiefern und starrte hinter ihm her. Er hörte die Musik der tanzenden Kinder wieder, den klaren, bezaubernden Klang ihres Tanzes. Seine silbrige Haut glänzte, und in seinen harten, undurchdringlichen Augen stand plötzlich lebhafte Erwartung.

Sie noch einmal tanzen sehen! Sie ein einziges Mal noch tanzen sehen...

Da war der Darkling schon wieder zurück. Er kam zwischen den alten Kiefern herbeigeglitten und lachte schrill und hektisch. In der Hand hielt er rote Feuerleinen, die nicht zu brennen schienen und die er handhabte wie ein Dompteur.

An das andere Ende der Leinen war Weides Mutter geknüpft.

Sie trat in den Lichtschein wie ein Hund auf Wunsch seines Herrn. Die roten Feuerleinen waren an ihren Hand- und Fußgelenken befestigt, und ihre schlanke Gestalt zitterte, als sei ihr kalt. Sie war hinreißend, so zart und zerbrechlich und soviel lebendiger als die blassen Bilder, die der Flußherr noch immer tief in seinen Erinnerungen barg. Silbriges Haar fiel auf ihre Hüften und schimmerte mit jeder Bewegung ihrer winzigen Gliedmaßen. Ihre Haut war blaßgrün wie die von Weide, und ihr Gesicht kindlich. Sie war in ein weißes Schleiergewand gehüllt, das sie mit einem silbernen Band an der Taille gegürtet trug. Sie stand da und starrte ihn an. In ihren Augen stand blanke Angst.

Der Flußherr sah die Angst nicht. Er sah nur die Schönheit, von der er während all dieser Jahre geträumt hatte und die nun endlich wieder lebendig vor ihm stand. »Laß sie tanzen!« flüsterte er.

Der Darkling zupfte und zerrte an den Leinen, doch die Waldnymphe kauerte sich auf den Boden und vergrub ihr Gesicht in den Händen. Sie stieß einen leisen, angstvollen Schrei aus, fast wie ein Vogel.

»Nein!« rief der Flußherr. »Ich will, daß sie tanzt! Nicht, daß sie schreit, als würde sie geschlagen!«

»Ja, Meister!« erwiderte der Darkling. »Ihr fehlt nichts als ein Liebeslied!«

Der Dämon fauchte wieder und fing an zu singen – wenn man es singen nennen konnte. Seine Stimme klang wie ein rauher, kratzender Jammerschrei, der den Flußherrn zusammenzucken ließ und Weides Mutter wie besessen aufspringen machte. Die Leinen aus rotem Feuer fielen ab, und die Waldnymphe war wieder frei. Doch sie war nicht wirklich frei, denn die Stimme des Dämons bannte sie so unentrinnbar wie eiserne Ketten. Sie packte sie und ließ sie herumwirbeln wie ein Püppchen, zwang sie zu tanzen und seinem Lied zu gehorchen. Sie wirbelte und hüpfte durch die ganze Lichtung, scheinbar leblos und mit Bewegungen, wie eine perfekt gestaltete Puppe. Sie tanzte, doch es war kein schöner Tanz, nur erzwungene Bewegung. Sie tanzte, und während sie tanzte, rannen Tränen über ihr Kindergesicht.

Der Flußherr war entsetzt. »Laß sie frei tanzen!« rief er wütend.

Der Darkling schaute ihn mit blutroten Augen an, fauchte abschätzig und verwandelte dann die Form und den Klang seines Liedes in etwas so Unbeschreibliches, daß der Flußherr darob auf die Knie sank. Weides Mutter tanzte schneller, und die Geschwindigkeit ihrer Tanzschritte verbarg den Mangel an Kontrolle. Sie war nur mehr ein Schemen von Schleier und Silberhaar, der hilflos und rücksichtslos durch die Nacht gewirbelt wurde.

Sie zerstörte sich selbst, erkannte der Flußherr plötzlich! Der Tanz brachte sie um!

Doch sie tanzte weiter, und der Flußherr schaute zu und war unfähig zu handeln. Als ob der Zauber auch ihn im Bann hielte. Er war gefangen in dem Gefühl einer sonderbaren Befriedigung, die in ihm aufwallte und ihm Kraft verlieh. Er erkannte das Grauenhafte dessen, was geschah, doch er konnte sich nicht daraus befreien. Er wollte, daß sie weitertanzte. Doch plötzlich fing er an zu schreien, ohne zu wissen, wie und warum: »Genug! Genug!«

Der Darkling hörte abrupt auf zu singen, und Weides Mutter brach auf dem Waldboden zusammen. Der Flußherr ließ die Flasche fallen, hob sie liebevoll auf und zuckte zurück, als er die Verwüstung in ihrem Gesicht erkannte. Sie entsprach nicht mehr der Vision seiner Erinnerungen; sie war ein geschlagenes Opfer.

Wutschnaubend wandte er sich dem Darkling zu. »Du hattest ein Liebeslied versprochen, Dämon!«

Der Darkling hüpfte zu der am Boden liegenden Flasche und kauerte sich darauf. »Ich habe nur das gesungen, was ich in Eurem Herzen fand, Meister!« flüsterte er.

Der Flußherr erstarrte. Er erkannte, daß dies die Wahrheit war. Es war *sein* Lied gewesen, das der Darkling gesungen hatte, ein Lied aus Egoismus und Rücksichtslosigkeit, ein Lied, das mit wahrer Liebe nichts gemein hatte. Sein unbewegliches Gesicht wollte sich verziehen, als er den Schmerz in sich aufwallen fühlte. Er wandte sich ab, um seine Gefühle zu verbergen.

Weides Mutter bewegte sich in seinen Armen, ihre Augenlider flatterten, und sie öffnete die Augen und augenblicklich stand die Angst wieder in ihnen zu lesen. »Pscht!« sagte er schnell. »Es wird dir kein Leid mehr geschehen. Du darfst wieder gehen.«

Er zögerte, dann drückte er sie aus einem Impuls heraus an sich. »Verzeih mir«, flüsterte er.

Sein Sehnen nach ihr war in diesem Moment so stark, daß er die Worte, die ihr die Freiheit geben konnten, kaum über die Lippen brachte, doch das, was er angerichtet hatte, entsetzte ihn. Er sah, wie ihre Angst sichtbar nachließ und Tränen in ihre Augen traten. Er streichelte sie zärtlich und wartete, das sie wieder zu Kräften kam, dann half er ihr wieder auf die Füße. Einen Moment lang blieb sie dort stehen und schaute erst zu ihm, dann voller Furcht auf die Kreatur, die auf dem Flaschenhals kauerte, und dann schnellte sie herum und flüchtete in den Wald wie ein gejagtes Reh.

Der Flußherr starrte hinter ihr her und sah nur die Bäume und ihre Schatten und fühlte die Leere der Nacht rundum. Diesmal hatte er sie für immer verloren, das wußte er.

Er wandte sich um. »Zurück in die Flasche!« befahl er leise.

Gehorsam krabbelte der Darkling in seine Behausung zurück, und der Flußherr steckte den Stöpsel wieder hinein. Er blieb einen Augenblick dort stehen und starrte die Flasche an. Er merkte, daß er zitterte. Dann steckte er die Flasche in den Beutel zurück und schritt aus der Lichtung durch den Wald zur Stadt zurück. Die Geräusche der Musik und des Tanzes waren wieder deutlicher zu hören je näher er kam, doch das freudige Gefühl, das sie ihm zuvor vermittelt hatten, war völlig verloren.

Er überquerte von Fackeln erhellte Brücken und wanderte geschlungene Pfade hinunter und spürte das Gewicht des Beutels und seines Inhalts, als wäre es die Last seiner Schuld. Schließlich gelangte er wieder in den Park.

Der Schattenwicht kauerte noch an der gleichen Stelle im Gras, seine toten Augen ins Nichts fixiert. Beim Erscheinen des Flußherrn stellte er sich mit sichtbarer Ungeduld auf die Füße. Arme Seele, dachte der Flußherr und fragte sich plötzlich, wieviel von seinem Mitleid wirklich dem Schattenwicht galt.

Er ging zu ihm und blieb einen Moment vor ihm stehen und musterte das Geschöpf. Dann hielt er ihm den Beutel mit der Flasche hin. »Ich kann dir nicht helfen«, sagte er leise. »Ich kann diese Magie nicht beherrschen.«

»Nicht?«

»Sie ist zu gefährlich – für mich und für jeden anderen.«

»Großer Flußherr, bitte...« flehte der Schattenwicht.

»Hör zu«, unterbrach ihn der Flußherr freundlich. »Nimm diesen Beutel und wirf ihn in das tiefste Sumpfloch, das du draußen im Moor finden kannst. Versenke ihn, wo man ihn nie wiederfinden kann. Wenn du das getan hast, komm wieder her, und ich werde tun, was in meinen Kräften steht, um dir mit allen Heilkräften der Seenlandbewohner zu helfen.«

Der Schattenwicht wich ein Stückchen zurück. »Könnt Ihr mich denn zu dem machen, was ich einmal war?« rief er schrill. »Könnt Ihr das mit Euren Mitteln?

Der Flußherr schüttelte den Kopf. »Ich fürchte nein. Nicht ganz. Ich glaube, niemand kann das.«

Der Schattenwicht schrie auf, als sei er gebissen worden, riß ihm den Beutel aus der Hand und floh ohne ein weiteres Wort.

Der Flußherr überlegte kurz, er müsse ihn verfolgen, doch dann besann er sich. So sehr ihm auch das Risiko mißfiel, daß die Flasche in andere, weniger weise Hände fallen könnte, so hatte er dennoch nicht das Recht, sich einzumischen. Schließlich war der Schattenwicht aus freien Stücken zu ihm gekommen; er mußte ihm also auch die Freiheit gewähren, wieder zu gehen. Er konnte ohnehin nirgendwo anders hinlaufen außer wieder zu ihm. Es gab sonst niemanden, der bereit sein könnte, ihm zu helfen. Andere hätten zuviel Angst vor ihm. Er selbst konnte die Magie der Flasche nicht nutzen, also war sie für ihn ohne Wert. Er würde vermutlich über das nachdenken, was er ihm angeboten hatte, und würde die Flasche mitsamt dem Dämon im Sumpf versenken.

Der Gedanke an das, was er in dieser Nacht getan hatte, die Erinnerung an Weides Mutter in jener Lichtung, beschäftigten ihn, und er verdrängte den Schattenwicht aus seinen Gedanken.

Er sollte noch bereuen, daß er nicht besser nachgedacht hatte.

Der Schattenwicht flüchtete während der ganzen Nacht aus den Sumpfwäldern des Seenlandes nordwärts in die bewaldeten Hügel, die Silber Sterling umgaben, bis hin zu der Gebirgswand am Rande des Tales. Er rannte zunächst ohne jedes Ziel, auf der Flucht vor Enttäuschung und Verzweiflung, und dann kam ihm unerwartet ein Ziel in den Sinn, und er rannte mit neuer Hoffnung weiter. Er eilte von einem Ende des Tales zum anderen, nördlich des Seenlandes, südlich des Melchor. Der Schattenwicht war so schnell wie ein Gedanke, so flink wie ein Kobold, und er konnte im Nu irgendwohin gelangen.

Kurz vor Tagesanbruch befand er sich am Rande des Tiefen Schlundes. »Meisterin Nachtschatten wird mir helfen«, flüsterte er in die Finsternis.

Er begann den Abstieg in die Tiefe, huschte durchs Unterholz und über Gestein, und hielt den Beutel mit der kostbaren Flasche fest in der Hand. Licht kroch hinter ihm über den Gebirgskamm, silberne Splitter von Helligkeit, die kräftiger wurden und die Finsternis verdrängten. Der Schattenwicht eilte weiter.

Als er endlich den Talboden erreichte, tief im Gewirr von Bäumen, Gestrüpp, Sumpf und Gras, erwartete Nachtschatten ihn schon. Sie erstand vor ihm aus dem Nichts, ihre große, furchtgebietende Gestalt erhob sich aus den Schatten wie eine Geistererscheinung, ihre schwarzen Gewänder stachen kraß von ihrer weißen Haut ab, und die weiße Strähne in ihrem Rabenhaar schimmerte silbrig.

Ohne Anteilnahme musterte sie den Schattenwicht mit ihren grünen Augen. »Was führt dich zu mir, Schattenwicht?« fragte die Hexe aus dem Tiefen Schlund.

»Ich bringe Euch, erhabene Lady, ein Geschenk für ein Gegengeschenk«, wimmerte der Schattenwicht und ließ sich auf die Knie fallen. »Ich bringe einen Zauber, der...«

»Gib ihn her«, befahl sie leise.

Gehorsam reichte er ihr den Beutel, außerstande, ihr Widerstand zu leisten. Sie nahm ihn und holte die Flasche hervor. »Ja, so was!« zischte sie wie eine Schlange.

Einen Augenblick lang hielt sie die Flasche liebevoll im Arm, dann schaute sie den Schattenwicht wieder an. »Was willst du von mir haben?« fragte sie.

»Gebt mir mein wahres Selbst zurück!« rief der Schattenwicht eifrig. »Laßt mich wieder sein, was ich einst war!«

Über Nachtschattens alterslose, scharf geschnittene Züge huschte ein verschlagenes Lächeln. »Warum erbittest du so ein simples Geschenk, Schattenwicht? Was du einmal warst, waren wir einst alle.« Sie berührte sein Gesicht. »Nichts.«

Mit einem feuerroten Lichtblitz verschwand der Schattenwicht. An der Stelle, wo er eben noch gestanden hatte, hockte eine riesige Libelle. Die Libelle flog brummend und wild in die Höhe und jagte in hektischen Spiralen über ein sumpfiges Moor. Da schnappte etwas Riesiges aus dem Morast nach ihr, und sie war verschwunden.

Nachtschattens Lächeln wurde breiter. »Was für ein törichter Wunsch«, murmelte sie.

Dann hob sie den Blick. Sonnenlicht strömte von Osten her über die Klippen des Tiefen Schlundes. Der neue Tag war angebrochen.

Sie wandte sich um, wiegte die Flasche in den Armen, und machte sich bereit, sie willkommen zu heißen.

Verloren und wiedergefunden

Ben Holiday steuerte den Mietwagen in die Auffahrt zur Hausnummer 2986 im Forest Park, hielt an, stellte den Motor ab und zog die Handbremse. Er warf einen Seitenblick auf Miles, der manchmal aussah wie ein Bär, und dann zu Weide, die ihm durch ihre Maske aus Müdigkeit und Schmerz hindurch zulächelte. Ben lächelte zurück. Es fiel ihm immer schwerer, dies zu tun.

Sie stiegen aus dem Wagen, gingen durch den gepflegten Vorgarten zur Haustür und klopften an. Ben hörte sein Herz heftig schlagen und trat unruhig von einem Fuß auf den anderen.

Die Tür wurde von einem mageren, bärtigen Mann mit tiefliegenden, mißtrauisch dreinschauenden Augen geöffnet. Er hielt eine Bierdose in der Hand. »Ja?« fragte er, den Blick auf Weide geheftet.

»Davis Whitsell?« fragte Ben.

»Ja?« Whitsell klang mißtrauisch und ängstlich zugleich. Er konnte seine Augen nicht von der Sylphe wenden.

»Sind Sie der Mann mit dem sprechenden Hund?«

Whitsell glotzte ununterbrochen auf Weide.

»Derjenige, der beim *Hollywood Eye* angerufen hat?« drängte Ben.

Weide lächelte. Davis Whitsell riß sich endlich von ihrem Anblick los. »Kommen Sie vom *Eye*?« fragte er vorsichtig.

Miles schüttelte den Kopf. »Nicht ganz, Mr. Whitsell. Wir sind...«

»Wir kommen von einer anderen Firma«, unterbrach Ben ihn schnell. Er ließ seinen Blick über die stille Umgebung gleiten. »Meinen Sie, wir können hereinkommen und ein bißchen reden?«

Whitsell zögerte. »Ich glaube nicht...«

»Auf diese Weise könnten Sie Ihr Bier zu Ende trinken«, schlug

Ben vor. »Und Sie könnten der Dame gestatten, sich ein wenig auszuruhen. Es geht ihr nicht allzugut.«

»Ich habe den Hund nicht mehr«, sagte der andere unvermittelt.

Ben schaute seine Gefährten an. Die Ungewißheit und Sorge in ihren Gesichtern war nicht zu verkennen. »Dürfen wir trotzdem eintreten, Mr. Whitsell?« fragte er freundlich.

Ben dachte, er würde ablehnen. Er sah aus, als sei er drauf und dran, ihnen die Tür vor der Nase zuzuschlagen und sie aus seinem Leben zu streichen. Doch dann brachte ihn irgend etwas dazu, sich anders zu entscheiden. Er nickte wortlos und trat zur Seite.

Als sie eingetreten waren, schloß er die Tür und ließ sich in einem reichlich abgenutzten Sessel nieder. Das Haus war still und dunkel, die Fensterläden waren geschlossen, und das Ticken der alten Uhr am Ende des Flures das einzige Geräusch, das zu hören war. Ben und seine Gefährten saßen nebeneinander auf dem Sofa. Whitsell nahm einen tiefen Schluck aus seiner Bierdose und schaute sie an. »Ich habe Ihnen gesagt, daß der Hund fort ist«, wiederholte er.

Ben warf einen schnellen Blick auf Miles. »Wohin ist er gegangen?« fragte er.

Whitsell zuckte mit den Schultern und gab sich große Mühe, unbeteiligt zu wirken. »Ich habe keine Ahnung.«

»Sie wissen es nicht? Wollen Sie damit sagen, er sei einfach so weggegangen?«

»So ungefähr. Aber was würde es ändern?« Whitsell lehnte sich vor. »Wer sind Sie überhaupt? Wen repräsentieren Sie? Den *Inquirer* oder was sonst?«

Ben holte tief Luft. »Ehe ich Ihnen das sage, Mr. Whitsell, möchte ich etwas von Ihnen erfahren. Ich muß wissen, ob wir beide von dem gleichen Hund sprechen. Wir suchen nämlich nach einem ganz besonderen Hund – nach einem Hund, der wirklich sprechen kann. Konnte der Hund wirklich sprechen, Mr. Whitsell? Ich meine, *richtig* sprechen?«

Whitsell sah plötzlich ungeheuer verängstigt aus. »Ich glaube, wir dürfen das nicht fortsetzen«, sagte er unvermittelt. »Ich meine, Sie sollten lieber wieder gehen.«

Keiner rührte sich. Weide beachtete ihn gar nicht mehr. Sie gab einen merkwürdigen, vogelähnlichen Laut von sich – einen Ton, den Ben noch nie gehört hatte. Daraufhin kam ein kleiner, schwarzer Pudel unter dem Sofa hervorgekrochen und sprang aufjaulend auf Weides Schoß, als seien sie schon ein Leben lang Freunde gewesen. Der Hund schnüffelte das Mädchen ab und leckte ihr die Hand, und das Mädchen streichelte ihn liebevoll.

»Sie hat einen furchtbaren Schock hinter sich«, sagte Ben leise, ohne sich speziell an jemanden zu wenden.

Whitsell machte Anstalten aufzustehen, dann ließ er sich wieder in den Stuhl sinken. »Was hab' ich für 'ne Veranlassung, Ihnen irgendwas zu erzählen?« murmelte er. »Woher soll ich wissen, was Sie vorhaben?«

Miles trommelte ungeduldig mit den Fingern auf seinem Knie herum. »Was wir wollen, ist ein bißchen Mitarbeit, Mr. Whitsell.«

Sie starrten einander einen Moment lang an. »Sind Sie von der Polizei?« fragte Whitsell schließlich. »Irgend 'ne Spezialeinheit? Ist es das?« Er schien sich klarzumachen, daß seine Frage albern war, noch ehe er sie zu Ende ausgesprochen hatte. »Dummes Zeug! Die Polizei benutzt doch kein Mädchen mit grünem Haar, Teufel noch mal!«

»Nein, wir sind nicht von der Polizei.« Ben stand auf und ging mehrmals auf und ab. Wieviel sollte er dem Mann sagen? Whitsell hatte seinen Blick wieder auf Weide geheftet und sah mit an, wie sein kleiner Hund sich an das Mädchen kuschelte, das ihn noch immer streichelte.

Ben traf eine Entscheidung. »Hieß der Hund Abernathy?«

Er blieb stehen und schaute Whitsell scharf an. Der Mann blinzelte überrascht. »Ja, das war der Name«, erwiderte er. »Woher wissen Sie das?«

Ben setzte sich wieder hin. »Mein Name ist Ben. Dies hier sind Miles und Weide.« Er zeigte auf seine Gefährten. »Abernathy ist ein Freund von uns, Mr. Whitsell. Daher wissen wir seinen Namen. Er ist unser Freund, und wir sind gekommen, um ihn nach Hause zu holen.«

Während eines langen Schweigens musterten sie sich gegenseitig, dann nickte Davis Whitsell. »Ich glaub's Ihnen«, sagte er. »Ich weiß zwar nicht genau, warum, aber ich glaub's. Ich würde Ihnen schrecklich gern helfen, aber der Hund... aber Abernathy ist weg.«

»Haben Sie ihn verkauft, Mr. Whitsell?« fragte Miles.

»Nein, Gott bewahre!« schnaubte der Mann empört. »Das war nie meine Absicht gewesen! Ich wollte nur ein paar Piepen machen mit dem Interview mit dem *Eye*, und ihn dann auf den Weg nach Virginia schicken, wie er es wünschte. Hätte ihm kein Härchen gekrümmt. Aber das war die Chance, auf die ich mein Leben lang gewartet habe, verstehen Sie? Die Chance, ein bißchen Anerkennung zu kriegen, vielleicht ein bißchen mehr...«

Er hatte sich im Sessel nach vorn gelehnt, doch jetzt verstummte er und ließ sich wieder zurückfallen. »Jetzt spielt es sowieso keine Rolle mehr. Er ist weg. Jemand hat ihn geholt.«

Er nahm noch einen tiefen Schluck, dann stellte er die Bierdose sorgfältig wieder auf den Tisch, genau in den glitzernden Feuchtigkeitsring, den sie dort hinterlassen hatte. »Sind Sie wirklich, was zu sein Sie vorgeben?« fragte er. »Sind Sie wirklich Freunde von Abernathy?«

Ben nickte. »Sie auch?«

»Ja, auch wenn man es vielleicht nicht glauben mag, nach alledem, was passiert ist.«

»Wie wäre es, wenn Sie uns davon berichten würden?«

Whitsell tat es. Er fing von vorne an, erzählte ihnen, wie er in der Franklin-Elementarschule seine Show vorgeführt hatte und wie dieses kleine Mädchen, Elizabeth – so was Dummes, er wußte nicht einmal ihren Nachnamen! –, zu ihm gekommen sei und ihn um Hilfe gebeten habe. Er berichtete, wie dieser Hund Abernathy eines Abends bei ihm vor der Tür erschienen war, ein wirklich sprechender Hund, der aufrecht ging wie ein Mensch, der erklärte, das kleine Mädchen habe ihn geschickt und daß er unbedingt aus irgendeinem Grund wieder nach Virginia gelangen müsse, und daß er nicht telefonieren könne, weil es dort kein Telefon gebe. Whitsell hatte ihm kein Wort geglaubt. Aber er hatte eingewilligt, ihm trotzdem zu helfen, ihn bei sich zu Hause zu verstecken, seine Frau Alice zu ihrer Mutter zu schicken, und dann dieses Interview mit dem *Hollywood Eye* zu organisieren, durch das er genug Geld zusammenkriegen wollte, um den Hund nach Virginia zu schicken und vielleicht auch für sich selbst etwas dabei rauszuschlagen.

»Aber ich bin reingelegt worden«, gab er verbittert zu. »Man hat mich aus dem Haus gelockt. Und als ich zurückkam, war Abernathy weg, und die arme, kleine Sophie war in die Kühltruhe eingesperrt worden und halb erfroren!« Sein Blick glitt zu Weide hinüber. »Deshalb ist sie so verschreckt, Miss. Sie ist ein sehr sensibles Tierchen.« Er sah Ben wieder an. »Ich kann's natürlich nicht beweisen, aber ich bin so sicher, wie ich hier sitze, daß derselbe Typ, der Ihren Freund in den Käfig gesperrt hatte, erfahren hat, was ich vorhatte, und ihn wiedergeholt hat! Das Dumme ist, daß ich nicht einmal weiß, wer das ist. Will's auch lieber nicht wissen, nicht bei so einem wie dem.«

Dann merkte er plötzlich, wie das klang, was er gerade gesagt hatte, und wurde rot. Er schüttelte den Kopf. »Tut mir leid. Aber ich kann natürlich was über ihn rausfinden, in der Schule, erstmal den Namen von dem kleinen Mädchen und wo es wohnt. Sie muß wissen, wie er heißt. Zum Teufel! Wenn Sie wollen, tu' ich es gleich jetzt, Mister, wenn Sie meinen, es könnte dem Hund helfen! Mir ist die ganze Sache furchtbar unangenehm!«

»Danke sehr, aber ich glaube, wir wissen schon, wer der Mann ist«, sagte Ben. »Und ich glaube, wir wissen auch, wo er ist.«

Whitsell zögerte überrascht.

»Wissen Sie sonst noch irgend etwas, das uns helfen könnte?«

Whitsell runzelte die Stirn. »Nein, ich glaube nicht. Meinen Sie, daß Sie was für den Hund – äh – für Abernathy tun können?«

Ben erhob sich, ohne zu antworten, und die beiden anderen taten es ihm gleich. Sophie sprang von Weides Schoß und rieb sich an ihren Beinen. Sie verfing sich im Saum des Kleides und hob ihn ein bißchen in die Höhe, so daß Whitsell einen kurzen Moment lang das lange, seidige, smaragdgrüne Haar an ihren schlanken Fesseln sehen konnte.

»Vielen Dank für Ihre Hilfe, Mr. Whitsell«, sagte Miles gerade.

»Hören Sie, wollen Sie, daß ich mitkomme? Ich kann Ihnen vielleicht nützlich sein«, bot er ihnen zu ihrer Überraschung plötzlich an. »Scheint eine ziemlich riskante Angelegenheit zu sein, aber ich würde gerne meinen Teil dazu...«

»Nein, danke. Ich glaube nicht«, sagte Ben. Sie gingen zur Tür.

Davis Whitsell folgte ihnen. »Ich würde mir an Ihrer Stelle auch um das kleine Mädchen Sorgen machen«, fügte er hinzu. Sophie war wieder neben ihm, und er nahm sie auf den Arm. »Sie ist vielleicht entdeckt worden.«

»Wir werden uns darum kümmern. Keine Sorge.« Ben war in Gedanken schon dabei, den nächsten Schritt zu planen.

Whitsell begleitete sie zur Tür und ließ sie hinaus. Die Spätnachmittagssonne näherte sich schon dem Horizont, und der Dunst wurde silbrig. Schatten von Bäumen und Pfosten tüpfelten und pünktelten die Nachbarhausfassaden. Ein Wagen mit einem Versicherungsschild auf den Türen bog gerade in eine Auffahrt ein, und das Geräusch der Reifen im Kies knirschte durch die Stille.

»Mir tut das alles wirklich leid«, sagte Whitsell. Er zögerte, dann streckte er den beiden Männern die Hand entgegen, als brauche er die Zusicherung, daß sie ihm glaubten. »Sehen Sie, ich weiß überhaupt nicht, wer Sie sind und wo Sie herkommen und um was es hier überhaupt geht. Aber eines weiß ich. Ich wollte nie, daß Abernathy irgendwas zustößt. Sagen Sie ihm das? Und dem kleinen Mädchen auch?«

Ben nickte. »Ich werde es ihnen sagen, Mr. Whitsell.«

Aber als er das sagte, fragte er sich, ob er dazu je die Gelegenheit bekäme.

Im Königreich Landover hatte der Zauberer Questor Thews ziemlich ähnliche Hoffnungen, doch er war keineswegs optimistisch.

Nach ihrer Flucht aus Rhyndwehr waren Questor, die Kobolde Bunion und Parsnip und die G'heim Gnome Fillip und Sot wieder nach Südosten und zurück in die Geborgenheit von Silber Sterling gezogen. Questor und die Kobolde waren heimgekehrt, weil es im Augenblick keine andere Alternative gab, nachdem sie die Spur der vermißten Flasche verloren hatten. Questor hatte noch immer nicht den leisesten Verdacht, wer Kallendbor die Flasche entwendet haben könnte, und ehe er das nicht hatte, wußte er beim besten Willen nicht, wo er mit der Suche weitermachen sollte. Zudem waren die Staatsangelegenheiten nun schon seit Tagen vernachlässigt worden und bedurften in Abwesenheit Seiner Hoheit dringender Aufmerksamkeit.

Die G'heim Gnome waren mitgekommen, weil sie nach ihrem Erlebnis mit den Trollen noch immer viel zu verängstigt waren, um irgend etwas anderes zu tun.

Eine Botschaft von Lord Kallendbor in Form einer Androhung sofortiger Vergeltungsmaßnahmen für den vermeintlichen Diebstahl der Flasche verlangte, daß Questor auf der Stelle zu seiner Burg zurückkehre, doch Questor blieb ungerührt. Es war kaum anzunehmen, daß Kallendbor die Macht Seiner Hoheit herausfordern würde – es sei denn, er würde herausfinden, daß Holiday abwesend war, der Himmel bewahre! –, wie verärgert er auch über den Verlust der Flasche sein mochte. Questor verfaßte eine eindeutige Antwort, worin er noch einmal wiederholte, daß weder er noch seine Gefährten in irgendeiner Form verantwortlich für das Verschwinden der Flasche seien und daß jegliche Feindseligkeit ernste Folgen nach sich ziehe. Er versah das ganze mit dem Siegel Seiner Hoheit und sandte es fort. Was genug war, war genug.

Während der folgenden vierundzwanzig Stunden empfing er eine Delegation anderer Herren von Grünland, um sich ihre Klagen anzuhören, einschließlich jener von Strehan über die Zerstörung der Festung durch Kallendbor, empfahl die Errichtung von

Gerichtshöfen zur Durchsetzung der königlichen Gesetze, prüfte die Bewässerungspläne für die Trockengebiete im östlichen Tal, und hörte Botschafter aus allen Teilen des Landes an. Er tat dies in seiner Funktion als Stellvertreter und Berater Seiner Königlichen Hoheit und versicherte allen, daß der König nach seiner Rückkehr allen ihren Belangen sofortige Aufmerksamkeit widmen würde. Niemand stellte sein Wort in Frage. Alle gingen davon aus, daß Holiday sich noch immer irgendwo in Landover aufhielt, und Questor hatte keinerlei Absichten, sie eines anderen zu belehren. Alles verlief völlig problemlos, und der erste Tag verging ohne irgendwelche Zwischenfälle.

Die ersten Zeichen von Unruhen tauchten am zweiten Tage auf. Berichte über Störungen aus allen Winkeln des Landes liefen ein, eine seltsame Anhäufung von Regentropfen, die sich sehr schnell in einen Wolkenbruch verwandelt hatten. Klippentrolle zettelten plötzlich aus unerfindlichen Gründen Scharmützel nicht nur mit G'heim Gnomen, sondern auch mit Bewohnern der Randzone des Grünlandes an, mit Kobolden und Schraten und sogar untereinander. Das Seenland behauptete, von verpestetem Wasser aus dem Grünland überschwemmt und von einer pflanzenvertilgenden Rattenplage heimgesucht zu werden. Das Grünland klagte, daß es von einer Meute kleiner Drachen belagert würde, die die Ernte und das Vieh und ähnliches zu verbrennen drohten. Elfenvölker und Menschen gingen aufeinander los, als sei das Kämpfen eine neu entdeckte Freizeitbeschäftigung geworden. Kaum hatte Questor einen Bericht zu Ende gelesen, liefen zwei weitere ein.

Der dritte Tag war sogar noch schlimmer. Die Berichte hatten sich über Nacht angehäuft, und als er erwachte, wurde er davon überschwemmt. Jeder schien mit jedem in Fehde zu liegen, und niemand wußte wieso. Feindseligkeit lauerte hinter jeder Ecke. Niemand wußte, was die Ursache war. Die Unzufriedenheit wuchs schnell und laute Forderungen nach Handlung wurden erhoben. Wo war der König? Warum kümmerte er sich nicht persönlich um dieses Durcheinander?

Questor begann Unrat zu wittern. Er hatte schon länger den Verdacht gehegt, daß der Darkling irgendwie hinter dieser plötzlichen Unruhe steckte, und nun schwante ihm, daß der Dämon dem Interesse von jemandem diente, dem einzig daran gelegen war, Ben Holiday zu schaden. Dem Zauberer wurde immer klarer, daß all diesen separaten Zwischenfällen eindeutig die Absicht zugrunde lag, jedermanns Zorn auf Seine Königliche Hoheit zu lenken. Mit Ausnahme von Kallendbor, der die Flasche schon einmal verloren und in so kurzer Zeit wohl kaum hatte wiederfinden können, waren die beiden, die am ehesten auf Rache gegen Holiday sinnen mochten, der Drache Strabo und die Hexe Nachtschatten.

Questor überdachte beide Möglichkeiten.

Strabo würde sich kaum mit Magie abgeben, was Holiday anging; ihm würde einzig in den Sinn kommen, ihn zu zerquetschen.

Nachtschatten war eine andere Sache.

Questor ließ Botschafter und Gesandte in den Empfangsräumen zur Ruhe kommen und stieg währenddessen auf Silber Sterlings höchsten Turm, wo sich der Schauinsland befand. Er trat auf die Plattform, hielt sich mit den Händen an dem polierten Geländer fest und wünschte sich hinaus ins Tal. Burgmauern und Türme verschwanden und Questor Thews flog durch den Raum und ließ sich von Magie tragen. Er steuerte quer durch das Tal direkt zum Tiefen Schlund und in seinen Abgrund. Er befand sich in Sicherheit, denn er konnte wahrnehmen, was dort geschah, ohne wirklich selbst gegenwärtig zu sein. Unverzüglich begann er seine Suche nach der Hexe. Er fand sie nicht. Er verließ den Schlund und durchkreuzte das Tal von einem Ende zum anderen. Er fand sie noch immer nicht.

Er kehrte nach Silber Sterling zurück, durchquerte die verschiedenen Empfangssäle, lieh weiteren Beschwerden sein Ohr, stieg wieder zum Schauinsland hinauf und machte sich erneut auf die Suche. Er wiederholte dies vier Mal an diesem Tag, wurde immer enttäuschter und machte sich immer größere Sorgen, weil die Probleme im Tal immer zahlreicher wurden, der Ruf nach dem Erscheinen Seiner Königlichen Hoheit immer lauter ertönte und seinen eigenen Bemühungen kein Erfolg beschieden war. Er begann sich zu fragen, ob er sich vielleicht geirrt hätte.

Endlich, bei seinem fünften Ausflug, fand er die Hexe. Er entdeckte sie im nördlichsten Winkel des Schlunds, fast schon in den Vorgebirgen des Melchor, von wo sie das ganze Tal ungehindert überblicken konnte.

Sie hielt die verlorene Flasche fest, und der Darkling schmiegte seine kleine, verdrehte, glitzernde, dunkle Gestalt zärtlich an ihre magere, weiße Hand.

Questor kehrte nach Silber Sterling zurück, entließ jedermann für den Rest des Tages und setzte sich hin, um zu überlegen, was jetzt zu tun sei.

Er konnte nicht darüber hinwegsehen, daß diese ganzen Verwicklungen seine Schuld waren. Er war derjenige, der darauf bestanden hatte, die Magie auszuprobieren, die Abernathy wieder in einen Menschen zurückverwandeln sollte. Er war derjenige, der Seine Hoheit überredet hatte, dem Hund sein kostbares Medaillon zu leihen, so daß es als Katalysator wirken konnte. Er war derjenige, der dafür verantwortlich war, daß die Magie danebengegangen war. Diese Einsicht ließ ihn zusammenzucken. Er war derjenige, der den armen Schreiber in Holidays alte Welt gesandt und die Flasche mit dem Darkling dafür in diese hier geholt hatte. Er war es, der die Flasche unbeaufsichtigt gelassen hatte, so daß die G'heim Gnome sie hatten stehlen können, um dann von den Trollen, Kallendbor und schließlich einem Unbekannten gestohlen zu werden, so daß sie sich nun in den Händen von Nachtschatten befand.

Er saß in der Stille seiner Privatgemächer und gestand sich Wahrheiten ein, die er lieber vergessen hätte. Er war im Höchstfall ein mieser Zauberer; er mußte es sich eingestehen. Hin und wieder hatte er die Magie ein bißchen unter Kontrolle – gerade soweit, wie er es gelernt hatte –, aber wesentlich öfter schien sie ihn zu kontrollieren. Er hatte manchmal ein paar Erfolge genießen können, doch er hatte viele Male versagt. Er war ein Anfänger in einer Kunst, die sich seinen eifrigsten Bemühungen, sie zu meistern, widersetzte. Vielleicht taugte er nicht zum Zauberer. Vielleicht mußte er diese Tatsache einfach akzeptieren.

Er rieb sich das Kinn und verzog sein Eulengesicht zu einer angewiderten Grimasse. Niemals! Lieber wäre er eine Kröte!

Er stand auf, lief in seinem unbeleuchteten Zimmer eine Weile auf und ab und setzte sich wieder. Es war sinnlos, sein Dasein zu beklagen. Ein echter Zauberer oder nicht, er mußte wegen Nachtschatten dringend irgend etwas unternehmen. Das Problem war nur, daß er keine Ahnung hatte, was er tun könnte. Er könnte natürlich in den Tiefen Schlund hinuntersteigen und die Hexe auffordern, die Flasche herauszugeben, und ihr mit seiner Zauberkraft drohen. Dummerweise wäre das jedoch mit großer Wahrscheinlichkeit das Ende seiner Existenz. Er war Nachtschatten auf ihrem eigenen Gebiet einfach nicht gewachsen, schon gar nicht, nachdem sie die Flasche mit dem Dämon zur Verfügung hatte. Sie würde ihn einfach zermalmen wie eine Fliege.

Er rief sich das Bild von der Hexe und dem Darkling am Rande des Schlundes noch einmal vor sein geistiges Auge: das schlimmste Übel und sein liebstes Kind, wenn es überhaupt irgendeinen Vergleich dafür gab.

Er rang die Hände und runzelte so sehr die Stirn, daß seine Mundwinkel beinahe unter dem Kinn verschwanden. Der Paladin war der einzige, der es mit der Hexe aufnehmen konnte – doch der Paladin würde nur erscheinen, wenn Seine Hoheit ihn herbeirief, und Seine Hoheit saß in seiner alten Welt fest, bis er Abernathy mitsamt seinem Medaillon wiedergefunden hatte und wieder zurückkommen konnte.

Questor Thews stieß einen tiefen Seufzer aus. Es war alles so schrecklich kompliziert geworden!

»Nun!« stieß er hervor und sprang auf die Füße. »Wir werden es wieder *vereinfachen* müssen!«

Stolze Worte, dachte er finster. Die Dinge vereinfachen hieß,

Holiday, Abernathy und das Medaillon wiederfinden und heil nach Landover zurückbringen, um es mit Nachtschatten und dem Darkling aufnehmen zu können. Seine Zauberkräfte reichten dafür nicht aus. Das hatte er Holiday eingestanden, bevor er ihn hinübergeschickt hatte.

Es gab allerdings noch eine andere Möglichkeit.

Eine höchst unwahrscheinliche Möglichkeit.

Ihn fröstelte plötzlich bei dem Gedanken an das, was er zu tun hatte. Er raffte seine grauen Gewänder mit den bunten Seidenflikken um sich, um ein wenig Wärme zu finden, dann ließ er sie wieder los und zupfte rastlos an seinem Ohrläppchen. Nun, entweder *war* er der Hofzauberer, oder er war es *nicht*! Lieber der Wahrheit jetzt und hier sofort auf den Grund gehen!

»Es bringt überhaupt nichts, noch länger zu warten«, murmelte er zu sich selbst.

Entschlossen ging er hinaus und den Flur entlang auf der Suche nach Bunion. Er würde noch heute nacht aufbrechen.

Gambit

»Ich sage dir, das haut nicht hin«, erklärte Miles starrsinnig. »Ich weiß nicht, wieso ich mich überhaupt von dir zu solchen Sachen verleiten lasse, Ben.«

Ben Holiday beugte sich verdrossen vor. »Das sagst du die ganze Zeit. Warum versuchst du nicht, den Dingen etwas positiver zu begegnen?«

»Ich *bin* positiv! Ich bin *positiv* davon überzeugt, daß das nicht klappt!«

Ben seufzte, lehnte sich wieder zurück und streckte die Beine aus. »Es wird klappen«, sagte er.

Sie jagten in einer schwarzen Limousine über die 522 durch die Landschaft nördlich von Woodinville. Miles saß am Steuer, Ben saß allein auf dem Rücksitz. Miles trug eine Chauffeursmütze, die ihm mindestens eine Nummer zu klein war, was ungünstig war, weil die ganze Inszenierung glaubwürdiger gewesen wäre, wenn der Fahrer so untadelig gekleidet gewesen wäre wie sein Passagier. Aber sie hatten nicht genug Zeit gehabt, für Miles einzukaufen – und selbst wenn die Zeit gereicht hätte, wäre vermutlich keine Chauffeursuniform aufzutreiben gewesen – also begnügten sie sich mit dem, was der eigentliche Fahrer dieses Wagens sonst trug. Ben sah wesentlich besser aus. Für ihn hatten sie einkaufen können. Er trug einen dreiteiligen, dunkelblauen Fünfhundert-Dollar-Anzug mit einer ganz feinen Andeutung von Nadelstreifen, ein blaßblaues Seidenhemd und eine satt malvenfarbene Seidenkrawatte mit blauem und lavendelfarbenem Webmuster. Ein passendes Tüchlein ragte aus der Brusttasche. Ben betrachtete sich immer wieder im Rückspiegel. Ganz der durchschnittliche Millionen-Geschäftsmann, dachte er – mit einer kleinen Prise Schlitzohrigkeit. In seiner Luxuslimousine mit Chauffeur und in diesen feinen

Kleidern wirkte er durch und durch wie der erfolgreiche Unternehmer.

Und das war genau die Assoziation, die er hervorrufen wollte.

»Und wenn er dein Bild schon mal irgendwo gesehen hat?« fragte Miles plötzlich. »Wenn er dich erkennt und weiß, wer du wirklich bist?«

»Dann sitz' ich in der Patsche«, gab Ben zu. »Aber das wird er nicht. Es gibt keinen Grund, warum er mein Bild gesehen haben sollte. Meeks kümmerte sich immer selber um die Verkäufe von Landover. Michel Ard Rhi genügte es, sein Geld zu kassieren und die Dinge laufen zu lassen. Er hatte seine eigenen Angelegenheiten zu überwachen.«

»Wie Waffenschieberei und das Stürzen fremder Regierungen?« Miles schüttelte den Kopf. »Dieser Plan ist verdammt riskant, Ben.«

Ben schaute in die Nacht hinaus. »Stimmt. Aber wir haben keinen anderen.«

Er beobachtete, wie die dunklen Silhouetten der Bäume zu beiden Seiten der Straße vorbeiflitzten und wie erstarrte Riesen verschwanden. Das Land war langweilig und leer, der Himmel bedeckt und undurchdringlich. Es war immerhin gut, überhaupt einen Plan zu haben, sagte er sich. Schade, daß es nicht immer ein guter Plan sein konnte.

Sie hatten Davis Whitsell mit der Erkenntnis verlassen, daß Abernathy sich wieder in den Händen von Michel Ard Rhi befand. Es spielte keine Rolle, daß Whitsell seine Entführer nicht gesehen hatte. Sie waren genauso überzeugt wie der Hundetrainer, daß es Michel Ard Rhi sein mußte, der ihn geholt hatte. Abernathy war irgendwo in Ard Rhis Burgfestung eingesperrt, und es war an ihnen, ihn zu retten – und zwar schnell. Man konnte nur ahnen, was Ard Rhi dem Hund jetzt antun würde. Man konnte auch nur ahnen, was er dem kleinen Mädchen antun würde, wenn er herausfand, was sie getan hatte. Er mochte vielleicht das kleine Mädchen sogar als Waffe gegen den Hund benutzen. Abernathy hatte das

Medaillon noch. Whitsell hatte erwähnt, daß er es gesehen habe. Sie mußten davon ausgehen, daß Ard Rhi von dem Medaillon wußte und daß er versuchen würde, es zu bekommen. Wenn nicht, dann hätte er Abernathy schon längst beseitigt. Er konnte es ihm natürlich nicht mit Gewalt abnehmen, aber er konnte ihn unter so grausamen Druck setzen, daß er es freiwillig herausrückte. Das kleine Mädchen konnte genau die Art von Druck abgeben, die Ard Rhi gerne verwendete.

In dieser Situation hatten sie einfach keine Zeit, einen absolut sicheren Plan auszutüfteln, wie sie es sonst getan hätten. Abernathy und das kleine Mädchen schwebten in akuter Gefahr. Weide wurde in der Umwelt, in die sie sich freiwillig begeben hatte, um an Bens Seite zu bleiben, zunehmend schwächer. Und nur der Himmel wußte, was in Landover los war, wo der Darkling noch immer frei herumsprang und wo Questor zu regieren versuchte. Ben hatte sich für den erstbesten Plan entschieden, der ihm durchführbar schien.

Sie würden sehr, sehr viel Glück brauchen, damit es klappte.

»Vergiß Weide nicht«, sagte er unvermittelt.

»Tu' ich nicht. Aber ich nehme nicht an, daß sie mehr Glück haben sollte als du.« Er warf einen kurzen Blick über seine Schulter. »Der Ort dürfte rundherum beleuchtet sein, Ben.«

Ben nickte. Das Problem machte ihm ebenfalls Sorgen. Wie wirksam würde Weides Magie sein, wenn sie sie brauchte? Und wenn sie gänzlich versagte? Unter normalen Bedingungen hätte er daran keinen Gedanken verschwendet. Er wußte, daß sich die Sylphe wie alle Elfenvölker frei und ungesehen bewegen konnte. Aber das galt für Landover und wenn sie in guter Verfassung war. Weide war aber stark geschwächt durch die ungewohnten Anforderungen an ihren Organismus! Sie brauchte dringend den nährenden Boden und die saubere Luft ihrer eigenen Welt. Sie mußte dringend die Transformation vollziehen. Aber hier in dieser Welt konnte sie das nicht. Auch das hatte sie ihm schon gesagt. Zu viele der Chemikalien im Boden und in der Luft waren Gift für ihren

Organismus. Sie blieb in ihrer gegenwärtigen Gestalt gefangen, bis Ben einen Weg gefunden haben würde, sie wieder nach Landover zu bringen.

Er knirschte mit den Zähnen. Es war zwecklos, sich mit Grübeleien aufzuhalten. Es gab keinen anderen Weg, als das Medaillon zurückzubekommen, um ihr – und ihnen allen – zu helfen.

Er konzentrierte sich wieder auf ihren Plan. Es war relativ einfach gewesen, die Limousine mitsamt dem Fahrer zu leihen und nördlich von Seattle in das kleine Motel in Bothell kommen zu lassen, wo sie ihr Quartier aufgeschlagen hatten. Es war ebenso einfach gewesen, den Fahrer zu bestechen, um mit der Limousine und seiner Uniform für ein paar Stunden wegzufahren, während er im Motelzimmer vor dem Fernseher wartete. Schließlich waren fünfhundert Dollar eine ansehnliche Summe. Und es war nicht schwierig gewesen, die Kleider aufzutreiben, die Ben brauchte.

Michel Ard Rhi zu finden, war sogar noch leichter gewesen. »Oh, natürlich, dieser komische Vogel, der da draußen in der Burg wohnt!« hatte der Motelmanager eifrig erklärt, als Ben ihn fragte. »Gramma White oder so ähnlich. Sieht aus wie von König Artus. Liegt hinter den Weinbergen, ein Stück ab von der 522. Von der Straße aus kann man sie nicht mal sehen. Ist wie ein Gefängnis. Niemand darf in die Nähe kommen. Wie gesagt, ein Verrückter! Wer sonst würde in einer Burg wohnen wollen? Am, äh... am Ende der Welt?« Dann zeichnete er einen Lageplan für Ben.

Den Verrückten ausfindig zu machen, war eines gewesen; kurzfristig und zudem noch am Abend eine Unterredung mit ihm zu arrangieren, etwas ganz anderes. Ben hatte ihn angerufen. Er hatte mit einem Mann gesprochen, dessen einzige Aufgabe im Dienste von Ard Rhi offenbar darin bestand, Leute wie Ben daran zu hindern, seinen Boss zu stören. Ben hatte erklärt, er sei nur für diesen einen Abend in Seattle. Er hatte sogar behauptet, er sei es gewöhnt, seine Geschäfte abends abzuwickeln. Nichts half. Ben hatte mit Geld, unwiederbringlicher Gelegenheit, Ehrgeiz und allem was ihm in den Sinn kam, gelockt, um den Mann zu überreden. Der

Mann war wie aus Stein. Zweimal hatte er den Hörer hingelegt, vermutlich, um mit seinem Arbeitgeber zu verhandeln, aber jedesmal war er genauso unerweichlich zurückgekommen. Vielleicht morgen. Vielleicht ein andermal. Auf gar keinen Fall heute abend. Mr. Ard Rhi empfängt niemals am Abend.

Schließlich hatte Ben Abernathys Namen erwähnt und durchblicken lassen, was für enge Verbindungen er mit gewissen Regierungsstellen hätte. Wenn es ihm nicht gestattet sei, heute abend mit Mr. Ard Rhi persönlich zu sprechen, würde er sich gezwungen sehen, eine dieser Regierungsstellen mit der Angelegenheit zu beauftragen, und Mr. Ard Rhi würde es vermutlich nicht so leicht fallen, diese abzuweisen.

Das wirkte. Knurrend hatte der Sekretär ihm zugestanden, daß er seine Unterredung haben könne. Mußte es denn aber wirklich an diesem Abend sein? Unbedingt, hatte Ben erklärt. Dann war eine Pause entstanden, Diskussionen im Hintergrund, heftiger Wortwechsel. Also gut. Aber nur ein paar Minuten. Punkt neun Uhr in Graum Wythe. Dann wurde die Verbindung unterbrochen. Am Ende hatte die Stimme des Sekretärs wirklich ausgesprochen bedrohlich geklungen. Aber Ben machte sich nichts draus. Seine Begegnung mit Michel Ard Rhi mußte nachts stattfinden, oder der ganze Plan war für die Katz.

Miles bremste die Limousine plötzlich ab, riß Ben aus seinen Gedanken und bog zwischen zwei steinernen Säulen mit Kugellampen in einen schmalen, einspurigen Weg ein, der sich zwischen Bäumen verlor. Die wenigen Lichter von Scheinwerfern anderer Autos, von erleuchteten Fenstern vereinzelt stehender Häuser und dem Widerschein der Lampen der entfernten Stadt auf den tief hängenden Wolken verschwanden völlig. Die Scheinwerfer der Limousine waren ihre einzige Lichtquelle in der undurchdringlichen Finsternis.

Sie rollten lange Zeit einsam durch die Nacht. Der Wald wich Weinbergen mit endlosen Reihen kleiner, knorriger Rebstöcke. Minuten vergingen.

Ben dachte an Weide, die im Kofferraum der Limousine versteckt war, sorgfältig in Decken gewickelt. Er hätte gern nach ihr geschaut, um zu wissen, ob es ihr gut ging. Aber sie hatten sich geeinigt, kein unnötiges Risiko einzugehen. Sobald sie Bothell verlassen hatten, gab es kein Anhalten mehr, bis...

Ben kniff die Augen zusammen.

Lichter strahlten jenseits des waldigen Hügels auf, den sie gerade hinauffuhren – ausgelöst offenbar durch ihr Herannahen. Als sie die Höhe erreicht hatten, tauchten plötzlich die Türme von Graum Wythe vor ihnen auf. Obwohl sie noch ziemlich weit entfernt waren, konnten sie die Burg deutlich erkennen. Fahnen und Wimpel flatterten heftig im Nachtwind, aber ihre Insignien waren in der Dunkelheit nicht zu erkennen. Die Zugbrücke über einen Wassergraben wurde schon heruntergelassen, und Fallgitter bewegten sich in die Höhe. Brustwehre und Stacheldrahtzäune durchkreuzten das offene Gelände um die Burg herum wie schwärzliche Wunden im Weideland. Die Limousine rollte über die Zufahrt auf das schwere Eisentor zu, das in eine meilenweit in beiden Richtungen ununterbrochene Steinmauer eingelassen war.

Ben atmete tief. Wie grotesk diese Burg wirkte!

Das Eisentor schwang geräuschlos auf, und Miles steuerte die Limousine hindurch. Er hatte zu reden aufgehört und saß steif auf dem Fahrersitz. Ben konnte sich vorstellen, was für Gedanken ihm durch den Kopf gingen.

Die Zufahrt schlängelte sich auf die Burg zu, hell erleuchtet und beidseitig von einem tiefen Graben flankiert. Das verhindert vermutlich, daß man aus Versehen vom Weg abkommt, dachte Ben düster. Zum ersten Mal, seit er sich auf dieses Unternehmen eingelassen hatte, kamen ihm Zweifel. Graum Wythe kauerte vor ihm wie ein riesiges Untier, mutterseelenallein in dieser menschenleeren Umgebung, gespickt mit Türmen und Zinnen, Wächtern, Scheinwerfern und Stacheldraht. Es sah eher nach einem Gefängnis aus als nach einer Burg. Und er war wahrhaftig im Begriff, sich ohne jeden Schutz freiwillig in dieses Gefängnis zu begeben.

Die volle Erkenntnis darüber, wo er sich befand, brach plötzlich über ihn herein, eine entsetzliche, unverrückbare Tatsache, die ihn erschütterte. Was war er doch für ein Idiot! Er hatte sich in einer Welt aus Wolkenkratzern und Jetflugzeugen geglaubt, doch Graum Wythe gehörte nicht zu jener Welt. Es gehörte woanders hin. Es gehörte immer noch in die Welt, in die er sich eingekauft hatte, als er vor etwa zwei Jahren das Königtum erwarb. Das hier hatte nichts mit der modernen Zivilisation zu tun, aus der er selbst stammte. Er konnte sich Anzüge anziehen und Limousinen fahren und sich all der Städte und Autobahnen rundum bewußt sein, es tat absolut nichts zur Sache. Das hier war Landover! Aber der Paladin war nicht da, um ihn zu retten, Questor Thews war nicht da, um ihn zu beraten. Er verfügte über keinen Zauber, der ihm helfen konnte. Wenn irgend etwas schiefging, dann war das sein sicherer Tod.

Der Wagen erreichte das Ende der gewundenen Zufahrt und rollte über die heruntergelassene Zugbrücke. Sie überquerten den Wassergraben, fuhren unter den Fallgittern hindurch und gelangten in einen Hof mit einer kreisrunden Fahrspur, die zum Haupteingang führte. Kurzgeschorene Rasenflächen und Blumenbeete konnten allerdings die abweisenden Steinmauern und die vergitterten Fenster nicht wettmachen.

»Reizend«, flüsterte Miles.

Ben saß ganz still. Er war jetzt sehr ruhig und gefaßt. Es war wie in alten Zeiten, sagte er sich. Wie damals, als er noch Rechtsanwalt war. Er ging einfach wieder einmal vor Gericht.

Miles ließ die Limousine am Ende der Auffahrt halten, stieg aus und ging um den Wagen herum, um Ben die Wagentür zu öffnen. Ben stieg aus und sah sich um. Die Mauern und Türme von Graum Wythe überragten ihn von allen Seiten und warfen ihre Schatten gegen die Lichter, die das Gelände überfluteten. Zu viele Lampen, war Bens erster Eindruck. Wächter patrouillierten vor den Eingängen und der Mauer entlang, gesichtslose, schwarz uniformierte Gestalten in der Nacht. Auch von denen gab's zu viele.

Ein Portier kam durch die schwere, bronzebeschlagene Eichentür des Haupteingangs und wartete. Miles schloß die Wagentür und beugte sich näher.

»Hals und Beinbruch, Doc«, flüsterte er.

Ben nickte. Dann stieg er die Stufen hinauf.

Die Minuten verstrichen. Miles wartete ein Weilchen neben der Limousine, dann ging er wieder zurück zur Fahrertür, blieb stehen und schaute sich unauffällig um. Das Burgtor war wieder verschlossen, und der Portier war verschwunden. Der Hof war wie leergefegt – abgesehen natürlich von den Scheinwerfern, die alles taghell erleuchteten, und den Wächtern, die an den Mauern entlangpatrouillierten. Miles schüttelte den Kopf. Er langte in den Wagen unter das Armaturenbrett und zog an dem Hebel, der den Kofferraum aufspringen ließ, wobei er sich ganz fest darauf konzentrierte, an gar nichts zu denken und sorglos und gelangweilt zu wirken. Er ging zum Kofferraum, hob den Deckel und nahm einen Polierlappen heraus. Er widmete der unter den Decken verborgenen Gestalt kaum einen Blick. Dann ging er zur Motorhaube der Limousine, ließ den Kofferraum offenstehen, und fing an, die Windschutzscheibe zu putzen.

Zwei schwarz uniformierte Wächter traten aus dem Schatten der Gebäudeecke hervor und blieben stehen, um ihn zu beobachten. Er polierte weiter. Die Wächter hatten automatische Gewehre bei sich.

Weide wird es nie schaffen, dachte er niedergeschlagen.

Die Wächter schlenderten weiter. Miles schwitzte. Er öffnete die Motorhaube und schaute in den Motorraum, fummelte blindlings an gar nichts herum. Noch nie hatte er sich so verlassen und gleichzeitig so unter Beobachtung gefühlt. Er spürte von überall her Augen, die auf ihm ruhten. Wiederholt schaute er unter der Motorhaube heraus um sich. Wie viele von diesen Augenpaaren würden Weide wohl entdecken, wenn sie gleich versuchte, vorbeizuschleichen?

Er beendete seine gespielte Inspektion des Motors und ließ die Motorhaube wieder zuklappen. Er hatte nirgendwo ein Zeichen von Unruhe oder Bewegung gespürt. Worauf wartete er eigentlich? Sein Engelsgesicht verzerrte sich zu einer Grimasse. Es war doch nicht *er*, der wartete! *Sie* warteten auf einen Stromausfall!

Der verfluchte Ben mit seinen Hasenhirn-Strategien!

Er ging wieder um den Wagen herum zum Kofferraum, mehr oder weniger entschlossen, die ganze Sache noch irgendwie abzublasen, weil er inzwischen überzeugt war, daß der ganze Plan sowieso schon in die Hosen gegangen sei. Er war höchst verblüfft, als er in den Kofferraum schaute und Weide verschwunden war.

Im Eingang tastete der Türhüter Ben nach Waffen und wer weiß was sonst noch ab. Aber er konnte nichts finden. Keiner sprach ein Wort.

Als die Kontrolle abgeschlossen war, folgte Ben dem Portier einen langen, kellerartigen Gewölbegang entlang, vorbei an Rüstungen, Gobelins, Marmorstatuen und Ölgemälden in vergoldeten Rahmen, bis zu einer Tür aus dunkler Eiche, die in einen Arbeitsraum führte. Ein echter Arbeitsraum, dachte Ben – nicht ein kleines Zimmer mit ein paar Regalen und Bücherschränken und einem Arbeitsplatz, sondern ein ausgewachsener Arbeitsraum im englischen Stil mit Dutzenden von riesigen, gepolsterten Lesesesseln und großen Schreibtischen, wie man sie in alten Sherlock Holmes-Filmen in großen Landhäusern bewundern konnte, wohin die Akteure sich zurückzogen und Brandy tranken, Zigarren rauchten und über Mord redeten. Ein Feuer knisterte in einem Kamin, der vom Boden bis zur Decke reichte, und die Holzscheite glühten heißrot auf dem Eisenrost. Durch ein Paar bleigefaßter Glasfenster blickte man in beängstigend tief unten liegende Gärten mit streng gestutzten Hecken und schmiedeeisernen Bänken hinunter.

Der Türhüter trat beiseite, um Ben eintreten zu lassen, dann schloß er die Tür hinter ihm und war verschwunden.

Michel Ard Rhi war schon aufgestanden, hatte sich aus einem

der ledernen Polstersessel materialisiert, als habe er auf wundersame Weise aus dem Leder Gestalt angenommen. Er trug eine Art kohlrabenschwarzen Overall mit halbhohen Stiefeln und sah aus, als wolle er Hamlet verkörpern. Aber in der Art und Weise, wie er Ben musterte, war kein Fünkchen Humor. Er stand da, eine große, grobknochige Gestalt, deren Mähne schwarzen Haars sein Gesicht mit den schwarzen Augen überschattete. Seine Züge waren von unausgesprochener Mißbilligung verzerrt. Er kam nicht näher, um Ben zu begrüßen. Er lud ihn auch nicht ein, näher zu kommen. Er musterte ihn nur.

»Ich schätze es nicht, erpreßt zu werden, Mr. Squires«, sagte er leise. Squires war der Phantasiename, mit dem Ben sich am Telefon vorgestellt hatte. »Von niemandem, und am wenigsten von jemandem, der mit mir Geschäfte machen will.«

Ben bewahrte seine Haltung. »Es war unbedingt nötig, Sie zu sehen, Mr. Ard Rhi«, erwiderte er ruhig. »Noch heute abend. Es war offensichtlich, daß ich das nicht erreichen würde, falls ich nicht ein Mittel fände, Sie Ihre Meinung ändern zu lassen.«

Michel Ard Rhi musterte ihn, wobei er offenbar überlegte, ob er die Sache weiterverfolgen sollte. »Sie haben Ihre Unterredung. Was wollen Sie?«

Ben ging auf ihn zu, bis er nur noch knapp zwölf Schritte von ihm entfernt war. Ärger stand in den harten Augen, doch kein Zeichen von Wiedererkennen. »Ich will Abernathy«, sagte er.

Ard Rhi zuckte mit den Schultern. »Das haben Sie schon gesagt, aber ich weiß nicht, wovon Sie sprechen.«

»Lassen Sie uns beide kostbare Zeit sparen«, fuhr Ben aalglatt fort. »Ich bin über Abernathy informiert. Ich weiß, was er ist und was er kann. Ich kenne Davis Whitsell. Ich weiß vom *Hollywood Eye*. Ich weiß so ziemlich alles über diese Angelegenheit. Ich weiß nicht, worin Ihr Interesse an dieser Kreatur besteht, aber es spielt keine Rolle, solange es nicht in Konflikt mit meinen Interessen gerät. Mein Interesse ist vorrangig, Mr. Ard Rhi. Ich habe nicht die Zeit, mindere Sensationsspektakel und dergleichen abzuwarten.«

Der Mann musterte ihn. Ein Funken Cleverness verdrängte seine Verärgerung. »Und Ihr Interesse ist…?«

»Wissenschaftlich.« Ben lächelte verschwörerisch. »Ich leite ein spezialisiertes Unternehmen, Mr. Ard Rhi – eines, das die Funktionsweise von Lebensformen untersucht und Mittel erkundet, sie zu verbessern. Wir arbeiten in gewisser Weise geheim. Sie werden weder meinen Namen noch den meiner Firma kennen. Onkel Sam hilft bei der Finanzierung, und wir gehen einander hin und wieder zur Hand. Verstehen Sie?«

Ein Nicken. »Experimente?«

»Unter anderem.« Noch ein Lächeln. »Könnten wir uns jetzt setzen und wie Geschäftsleute miteinander reden?«

Michel Ard Rhi erwiderte das Lächeln nicht, doch er wies auf einen Stuhl und setzte sich Ben gegenüber. »Das ist alles recht interessant, Mr. Squires. Aber ich kann Ihnen nicht behilflich sein. Es gibt keinen Abernathy. Die ganze Geschichte ist eine Lüge.«

Ben zuckte mit den Schultern, als habe er nichts anderes erwartet. »Sagen Sie, was Sie wollen.« Er lehnte sich bequem zurück. »Aber wenn es keinen Abernathy gäbe, und er würde dann doch eines Tages auftauchen, dann wäre er ein außerordentlich wertvoller Artikel – für eine Reihe von Interessenten. Ich wäre bereit, ein ansehnliches Angebot für ihn zu machen.«

Der Ausdruck seines Gegenübers veränderte sich nicht. »Ach, ja.«

»Falls er unverletzt wäre.«

»Er existiert nicht.«

»Nehmen wir's mal an.«

»Annehmen macht es nicht wahr.«

»Er wäre fünfundzwanzig Millionen Dollar wert.«

Michel Ard Rhi riß die Augen auf. »Fünfundzwanzig Millionen Dollar?«

Ben nickte. Er konnte natürlich keine fünfundzwanzig Millionen Dollar für Abernathy ausgeben. Er besaß keine fünfundzwanzig Millionen Dollar, basta. Aber er glaubte auch nicht wirklich, daß er mit irgendeiner Geldsumme seinen Freund kaufen könnte. Nicht, bevor Michel Ard Rhi das Medaillon in Händen hätte.

Er tat nichts anderes, als Zeit zu gewinnen.

Und das hatte ihn bislang noch nicht viel gekostet.

Weide schlich geräuschlos durch die schwach beleuchteten Flure von Graum Wythe, kaum mehr als ein weiterer nächtlicher Schatten. Die Magie, die sie unsichtbar machte, zehrte an ihrer ohnehin geschwächten Kraft. Sie fühlte sich innerlich krank und fühlte eine Übelkeit aufsteigen, die sich nicht verdrängen ließ. Manchmal war ihr so schwindelig, daß sie stehenbleiben und sich in irgendeiner dunklen Ecke gegen eine Wand lehnen mußte, bis ihre Kräfte zurückkamen. Sie wußte, was mit ihr los war. Sie würde sterben. Jeden Tag ein bißchen, doch sie erkannte die Zeichen. Sie konnte außerhalb ihrer eigenen Welt nur für ganz kurze Zeit überleben, und schon gar nicht hier, wo der Boden und die Luft verpestet und verseucht waren.

Sie hatte es Ben nicht gesagt. Sie hatte auch nicht die Absicht, es überhaupt zu tun. Ben hatte auch so schon genug Sorgen, und er konnte ohnehin nichts für sie tun. Und außerdem war sie sich des Risikos bewußt gewesen, als sie beschloß, ihn zu begleiten. Es war ganz allein ihre eigene Schuld.

Sie atmete die Luft der verschlossenen Burg, deren Geschmack und Geruch ihr Übelkeit verursachten. Ihre Haut war fahl und naßgeschwitzt. Sie zwang sich, ihr Versteck zu verlassen, und eilte weiter. Sie war im zweiten Stock, nicht weit von dem Ort, wo sie hingehen mußte. Sie konnte es fühlen. Aber sie mußte sich beeilen. Ben konnte ihr nur ein paar Minuten Zeit verschaffen.

Sie gelangte an eine Tür an der Biegung des Flures und drückte ihr Ohr dagegen. Sie hörte Atemgeräusche.

Es war das kleine Mädchen. Elizabeth.

Sie legte ihre Hand auf die Klinke. Dies war der Grund, warum sie nachts nach Graum Wythe gekommen waren. Sie mußten sicher sein, daß das kleine Mädchen auch da war.

Sie drückte auf die Klinke. Sie gab nach, und die Tür öffnete sich. Weide schlüpfte hinein. Elizabeth lag in ihrem Nachthemd im Bett, auf einen Ellbogen gestützt, und las ein Buch. Sie schrak zusammen, als Weide hereinkam und riß die Augen weit auf.

»Wer bist du?« keuchte sie. »Oh, du bist ja ganz grün!«

Weide lächelte, schloß die Tür hinter sich und legte einen Finger an die Lippen. »Pschhht, Elizabeth. Keine Angst. Ich heiße Weide. Ich bin eine Freundin von Abernathy.«

Elizabeth saß bolzgerade in ihrem Bett. »Abernathy? Wirklich?« Sie schlug die Decken beiseite und krabbelte aus dem Bett. »Bist du eine Elfe? Oder eine Märchenprinzessin? Du siehst so aus. Du bist so wunderschön! Kannst du zaubern? Kannst du...?«

Weide legte dem kleinen Mädchen den Finger auf die Lippen. »Pschhht«, wiederholte sie leise. »Wir haben nicht viel Zeit.«

Elizabeth runzelte die Stirn. »Was ist los? Stimmt was nicht? Oh, ich wette, du weißt es nicht. Abernathy ist weg! Er ist nicht mehr hier! Michel hatte ihn in einen Käfig im Keller eingesperrt, aber ich habe ihn rausgeschmuggelt und...«

»Elizabeth«, unterbrach Weide sie liebevoll. Sie kniete sich neben das kleine Mädchen und nahm dessen Hand. »Ich muß dir was sagen. Ich fürchte, Abernathy ist am Ende doch nicht entkommen. Michel hat ihn gefunden und wieder hergebracht.«

»Oh, der arme Abernathy!« Elizabeth sah sie voller Angst an. »Michel wird ihm was antun. Ich weiß, daß er das tun wird! Er war am Verhungern, als ich ihm bei der Flucht geholfen habe! Und jetzt wird Michel ihm wirklich was antun. So ist er nämlich! Er wird ihm wirklich weh tun!«

Weide führte sie zum Bett und setzte sich neben sie auf die Bettkante. »Wir müssen ganz schnell einen neuen Weg finden, ihm zu helfen, von hier zu fliehen, Elizabeth«, sagte sie. »Hast du irgendeine Idee, wer uns dabei helfen könnte?«

Elizabeth dachte nach. »Mein Vater vielleicht. Aber der ist nicht da.«

»Wann kommt denn dein Vater wieder?«

»Nächste Woche. Mittwoch.« Elizabeth runzelte die Stirn. »Das ist zu spät, nicht wahr, Weide? Michel hat mich heute beim Abendessen so komisch angeschaut – als ob er etwas wüßte. Er hörte nicht auf, von Hunden zu reden, und dann grinste er immer. So ein bösartiges Grinsen. Ich wette, daß er längst weiß, daß ich Abernathy geholfen habe. Er will mich damit zwiebeln. Und er wird Abernathy weh tun, nicht wahr?«

Weide drückte ihr kleines Händchen. »Wir werden es nicht zulassen. Wir werden Abernathy hier herausholen.«

»Ja?« Elizabeth war ganz aufgeregt. »Vielleicht kann ich mithelfen!«

Weide schüttelte den Kopf mit Bestimmtheit. »Diesmal nicht!«

»Aber ich *will* helfen!« sagte Elizabeth entschlossen. »Michel weiß schon, daß ich ihm einmal geholfen habe, also kriege ich auch nicht mehr Schwierigkeiten als eh schon! Vielleicht könnt ihr mich auch mitnehmen. Ich will hier nicht mehr bleiben!«

Weide runzelte die Stirn ein bißchen. »Elizabeth, ich...«

»Michel hat gesagt, daß ich mein Zimmer nicht mehr verlassen darf! Ich muß die ganze Zeit hier oben bleiben, bis er mir's sagt. Er weiß es mit Sicherheit! Und morgen ist Halloween, und ich darf nicht mal mit zum Umzug! Ich mußte richtig betteln, damit ich überhaupt zu dem Schulfest gehen darf morgen abend. Und ich mußte sogar Nita Coles dazu bringen, daß sie ihre Eltern dazu brachte anzurufen, um mich im Auto mitnehmen zu dürfen. Wo mein Vater nicht da ist, wollte Michel mich nicht hingehen lassen. Aber ich habe ihm gesagt, daß sich alle wundern würden, wenn ich nicht zum Fest käme, weil die ganze Schule hinginge – und da hat er nachgegeben.« Sie fing an zu weinen. »Aber jetzt ist mir das Fest auch egal, wo Abernathy wieder eingesperrt ist. Und ich hatte gedacht, er sei in Sicherheit!«

Ganz unvermittelt hörte sie wieder auf zu weinen. Ihr Kopf schoß in die Höhe. »Weide, ich weiß, wie wir Abernathy hier rauskriegen! Wenn Michel ihn wieder in den Keller gesperrt hat, weiß ich, wie ich ihn rausholen kann!«

Weide strich ihr über das tränennasse Gesichtchen. »Wie denn, Elizabeth?«

»Genauso wie beim letzten Mal – durch den Geheimgang in der Mauer! Michel weiß davon noch nichts. Ich bin mir sicher, weil ich noch mal dort war, nachdem Abernathy geflohen war, und er war nicht verschlossen oder so was. Und den Schlüssel zu diesen Käfigen könnte ich auch noch mal besorgen, wenn's sein muß – ich weiß, daß das geht!«

Sie war jetzt ganz aufgeregt. Ihr Atem ging schnell, und sie hatte ganz rote Bäckchen. »Weide, wir könnten ihn gleich heute nacht noch rausholen!«

Einen Augenblick lang zog Weide die Idee in Betracht. Dann schüttelte sie den Kopf. »Nein, Elizabeth. Nicht heute abend. Aber ganz bald. Und vielleicht kannst du uns wirklich helfen. Du *hast* uns übrigens schon unheimlich viel geholfen. Du hast mir gesagt, wie ich zu Abernathy gelangen kann. Das war einer der Gründe, warum ich zu dir gekommen bin – um zu erfahren, ob es eine Möglichkeit gibt. Aber wir müssen ganz schrecklich vorsichtig sein, Elizabeth. Wir dürfen überhaupt keine Fehler machen. Verstehst du?«

Elizabeth war tief enttäuscht, aber sie brachte trotzdem ein unglückliches Kopfnicken zustande. Weide lächelte ein bißchen. Sie war schon weit über die verabredete Zeit hinaus geblieben, und die Anstrengung machte sie gefährlich schwach. »Du darfst niemandem etwas darüber sagen, daß du mich gesehen hast, Elizabeth. Du mußt so tun, als sei ich nie hier gewesen. Und du mußt so tun, als wüßtest du überhaupt nichts von Abernathy. Schaffst du das?«

Das kleine Mädchen nickte. »Ich kann das besser als irgendwer.«

»Gut.« Weide stand auf und wollte zur Tür gehen, doch Elizabeths Hand klammerte sich noch immer an ihr fest. Sie drehte sich um. »Hab Geduld, Elizabeth. Wir alle wollen, daß Abernathy wieder in Sicherheit ist. Vielleicht morgen...«

»Ich habe Abernathy lieb«, sagte Elizabeth plötzlich.

Weide schaute das kleine Mädchen an und schloß sie in die Arme. »Ich auch, Elizabeth.«

Sie hielten sich lange ganz fest umarmt.

»Fünfundzwanzig Millionen sind eine Menge Geld, Mr. Squires«, sagte Michel Ard Rhi.

Ben lächelte. »Wir versuchen, unserer Forschung keine finanziell bedingten Grenzen zu setzen, Mr. Ard Rhi.«

Sie saßen noch immer in den Polstersesseln und musterten einander in der düsteren Stille des Arbeitszimmers. Kein Geräusch drang von draußen herein.

»Der Gegenstand unserer Diskussion müßte natürlich in bester Verfassung sein«, wiederholte Ben. »Ein beschädigtes Exemplar wäre unbrauchbar.«

Der andere sagte nichts.

»Ich würde ihn untersuchen müssen.«

Noch immer keine Reaktion.

»Ich müßte die Gewißheit haben, daß Abernathy...«

»Es gibt keinen Abernathy, Mr. Squires – erinnern Sie sich?« erklärte Michel Ard Rhi schroff. Ben wartete. »Und selbst wenn es ihn gäbe... müßte ich über Ihr Angebot erst nachdenken.«

Ben nickte. Das hatte er erwartet. Es wäre wahrhaftig übertriebene Hoffnung gewesen, wenn er Abernathy jetzt sofort hätte sehen wollen. »Eventuell könnte ich es einrichten, etwas länger zu bleiben als geplant, Mr. Ard Rhi. Vielleicht könnten wir die Diskussion morgen forsetzen?«

Der Mann zuckte mit den Schultern, tastete unter dem Tisch nach etwas und stand auf. »Ich bestimme den Zeitpunkt und den Ort eines neuen Treffens, Mr. Squires. Ist das klar?«

Ben lächelte verbindlich. »Solange es in Kürze stattfindet, bin ich einverstanden, Mr. Ard Rhi.«

Überraschenderweise erwiderte Michel Ard Rhi das Lächeln. »Lassen Sie mich Ihnen einen Rat geben, Mr. Squires«, sagte er und kam ein paar Schritte näher. »Sie sollten mit Ihren Forderungen etwas vorsichtiger sein. Dieser Ort hier birgt gewisse Gefahren in sich. Das ist seine Geschichte. Menschen sind hinter seinen Mauern verschwunden und wurden nie mehr gesehen. Es gibt Magie hier – und zum Teil ist sie sehr übel.«

Ben wurde es plötzlich kalt. Er weiß alles, dachte er voller Entsetzen.

»Das eine oder andere Leben ausgelöscht – was bedeutet das schon? Selbst bedeutende Leben – wie das Ihre – können vertilgt und ausgelöscht werden und verschwinden. Das erledigt die Magie, Mr. Squires. Sie verschlingt Sie einfach.«

Ben hörte, wie sich hinter ihm die Tür öffnete.

»Nehmen Sie sich in acht«, warnte ihn der Mann, und in seinen Augen stand das Versprechen, daß er es ernst meinte. »Ich mag Sie nicht.«

Der Türhüter erschien, und Michel Ard Rhi wandte sich abrupt ab. Ben verließ eilig das Arbeitszimmer und wagte erst draußen wieder zu atmen. Auch die eisige Kälte in seinem Rücken wich langsam wieder. Er ging hinter dem Türhüter her wieder den leeren Flur entlang zum Haupteingang und nach draußen. Als er in die Nacht hinaustrat, hatte er das Gefühl, etwas streiche an ihm vorbei. Er schaute sich um, aber es war nichts zu sehen.

Die Tür schloß sich hinter ihm. Miles stand neben der Limousine und hielt ihm die Tür auf. Ben stieg ein und ließ sich schweigend auf den Sitz fallen. Er beobachtete, wie Miles hinter dem Wagen herum zur Fahrertür ging. Der Kofferraumdeckel war schon zugeklappt. Kein Zeichen von Weide.

»Weide?« flüsterte er ängstlich.

»Ich bin hier«, antwortete sie aus dem Schatten vor seinen Füßen, eine körperlose Stimme, so nah, daß er zusammenschreckte.

Miles stieg ein und ließ den Motor an. Innerhalb weniger Minuten hatten sie Fallgitter, Zugbrücke, die gewundene Zufahrt und die eisernen Tore hinter sich gelassen. Weide tauchte herauf, setzte sich neben ihn und berichtete alles, was sie von Elizabeth erfahren hatte. Nachdem sie geendet hatte, sagte keiner ein Wort. Der Motor summte, und sie gelangten wieder auf die 522 und rollten in Richtung Woodinville.

Als Miles die Heizung einschaltete, hatte niemand etwas dagegen einzuwenden.

Geschnappt

Der 31. Oktober war ein grauer, wolkenverhangener, nieseliger Tag mit scharfen Windböen, die den Regen peitschten und mit eisiger Luft einherkamen. Der ganze westliche Teil des Staates Washington erlebte die Vorboten des herannahenden Winters. Es war ein düsterer Tag, voller Schatten und seltsamer Geräusche, ein Tag, an dem man sich am liebsten vor ein gemütliches Feuer hockt, mit einem Glas mit irgendeinem Getränk und einem guten Buch. Es war ein Tag, an dem man sich dabei ertappt, auf die Geräusche von Wind und Wetter und von Dingen zu lauschen, die es nicht einmal gab. Kurzum, es war genau die richtige Stimmung für Halloween.

Elizabeth saß in der Schulkantine beim Essen, als man sie rief, weil im Büro für sie ein Anruf von zu Hause warte. Sie rannte hin, nachdem sie Nita Coles gebeten hatte, solange auf ihren Schokoladenpudding aufzupassen. Als sie zurückkam, war sie so aufgeregt, daß sie ihn nicht einmal mehr essen mochte. Später in der Pause erklärte sie Nita, daß sie heute abend zum Halloween-Schulfest doch nicht abgeholt zu werden brauchte. Nita sagte okay und fügte nur noch hinzu, daß sie Elizabeths Benehmen merkwürdig fände.

Ben Holiday verbrachte einen großen Teil dieses lärmigen Tages in Seattle, der nächstgrößeren Stadt, südlich von Woodinville und Bothell, und besuchte Kostümgeschäfte. Er brauchte einige Zeit, bis er das Kostüm fand, das er sich vorgestellt hatte. Und selbst dann verbrachte er noch mehrere Stunden in dem Motelzimmer damit, es so zu verändern, daß es seinen Vorstellungen entsprach.

Weide verbrachte den Tag im Bett und ruhte sich aus. Sie wurde zunehmend schwächer und hatte jetzt auch Atembeschwerden. Sie versuchte es vor Ben zu verbergen, doch das war kaum möglich. Er quälte sie jedoch nicht noch zusätzlich und machte keine Bemerkungen darüber, sondern zwang sich, sich auf die Vorbereitungen für die Nacht zu konzentrieren. Sie sah es und liebte ihn dafür um so mehr.

Miles besuchte mehrere Privatflugplätze, bis er ein geeignetes Flugzeug mitsamt Piloten fand, das er für einen Flug noch in dieser Nacht mietete. Er erklärte dem Piloten, daß sie zu viert seien und nach Virginia geflogen werden müßten.

Sie kümmerten sich alle um ihre Angelegenheiten wie jedermann, aber ihnen kam es vor, als nehme dieser Freitag kein Ende...

Bei einbrechender Abenddämmerung fuhren Ben, Miles und Weide wieder über die 522 Richtung Norden nach Graum Wythe. Diesmal hatten sie einen Leihwagen. Die Limousine mit dem Fahrer hatten sie längst wieder nach Seattle zurückgeschickt. Ben saß diesmal am Steuer, Weide neben ihm auf dem Beifahrersitz, und Miles saß hinten. Der Wind pfiff, und verwobene Schatten von Baumästen spielten über die dunkle Oberfläche des Autos wie Teufelskrallen. Der Himmel war bleigrau und verdüsterte sich mit dem Verschwinden des letzten Tageslichts zusehends.

»Ben, das wird nicht klappen«, sagte Miles plötzlich und brach damit das endlos scheinende Schweigen.

Es war wie eine Wiederholung des Vortages. Ben grinste, ohne daß Miles es sah. »Warum nicht, Miles?«

»Weil zu viele Dinge schieflaufen können, darum. Ich weiß, ich habe gestern das gleiche gesagt, und du bist damit durchgekommen, aber das war was anderes. Heute ist das alles höllisch viel gefährlicher! Dir ist doch klar, daß wir nicht einmal genau wissen, ob Abernathy wirklich da unten in diesen Verliesen oder Kellern oder was immer sitzt! Und wenn er nicht dort ist? Und wenn er dort ist und du nicht zu ihm kannst? Oder wenn sie die Schlösser ausgetauscht oder die Schlüssel versteckt oder weiß der Himmel was gemacht haben? Was dann?«

»Kommen wir morgen wieder und versuchen es noch mal.«

»Ja, natürlich! Dann ist Halloween vorbei! Was sollen wir dann tun? Aufs Erntedankfest warten und uns als Truthähne verkleiden? Oder bis Weihnachen warten und als Weihnachtsmänner im Kamin runtersteigen?«

Ben schaute sich um. Miles sah reichlich komisch aus in seiner Gorillaverkleidung. Auch er selbst wirkte reichlich albern in seinem zottigen Hundekostüm, das ihn ein bißchen wie Abernathy aussehen ließ. »Entspann dich ein bißchen, Miles«, sagte Ben.

»Entspannen?« Ben konnte förmlich sehen, wie der Freund in seinem dicken Kostüm rot anlief. »Und wenn sie uns abzählen, Ben? Wenn sie zählen, dann sind wir geliefert!«

»Ich hab dir doch gesagt, wie wir das deichseln werden. Es wird ganz genauso laufen, wie wir uns das wünschen. Und bis sie gemerkt haben, was passiert ist, sind wir längst über alle Berge.«

Schweigend fuhren sie weiter, bis sie die Steinsäulen mit den Kugellampen erreichten und Ben den Wagen auf die kurvige Privatstraße lenkte. Da sagte Weide: »Ich wünschte, wir müßten Elizabeth nicht mitnehmen.«

Ben nickte. »Ich weiß. Aber wir können sie nicht zurücklassen – nicht nach dieser Geschichte. Michel Ard Rhi wird wissen, daß sie darin verwickelt ist. Sie ist besser dran, wenn sie da raus kommt. Ihr Vater wird das verstehen, wenn Miles mit ihm gesprochen hat. Für die beiden wird gut gesorgt werden.«

»Puuuh!« schnaubte Miles. »Ben, du bist verrückt, weißt du das? Kein Wunder, daß es dir gefällt, in einem Märchenland zu leben!«

Weide sank tiefer in ihren Sitz und schloß die Augen. Ihr Atem ging schwer. »Bist du sicher, daß du das schaffen kannst?« fragte Ben leise. Die Sylphe nickte wortlos.

Sie fuhren durch die Weinberge und an der Lichtschranke vorbei, die die Flutlichter einschaltete. Als sie die Mauer erreichten, stand das eiserne Tor bereits offen und auch die Zugbrücke und die Fallgitter bewegten sich schon. Die Burg wirkte abweisend und mächtig vor dem Hintergrund tiefhängender Wolken und ferner

Gebirge, die Umrisse ihrer Türme und Zinnen verhangen von Regen und Nebelschwaden. Die Scheibenwischer schwappten hin und her, und die Landschaft wurde mal verschwommen und dann wieder klar. Ben steuerte den Leihwagen den gewundenen Fahrweg entlang und konnte sich des Gefühls nicht erwehren, daß er irgendwas vergessen hätte.

Die Reifen rumpelten über die Bohlen der Zugbrücke, sie rollten durch die gähnenden Mäuler der Burgtore und rollten auf die kreisförmige Zufahrt. Scheinwerfer strahlten durch den Dunst, doch die Wächter des Vorabends waren nicht zu sehen. Das bedeutet aber nicht, daß sie nicht irgendwo lauern, dachte Ben und stoppte den Wagen vor dem Haupteingang.

Sie stiegen schnell aus und eilten in den Schutz des Vordachs. Ben hielt Weide fest an sich gedrückt, damit sie nicht ausrutschte. Sie klopften an und warteten. Die Tür öffnete sich fast augenblicklich, und der Türhüter setzte zu einem Gruß an. Er blinzelte überrascht.

Vor ihm standen ein Gorilla, ein zottiger Hund und eine junge Frau, die von Kopf bis Fuß grün eingefärbt war.

»'n Abend«, grüßte Ben aus seinem Hundekostüm. »Wir wollen Elizabeth zum Schulfest abholen. Ich bin Mr. Barker, das hier ist meine Frau Helen, und dies ist Mr. Campbell.« Er machte die Vorstellung so schnell, daß die Namen nicht registriert werden konnten, was dann auch nicht geschah.

»Oh.« Der Türhüter war nicht von der redseligen Art. Er bat sie jedoch herein, und sie nahmen dankend an. Sie blieben im Eingang stehen, klopften sich Regentropfen von den Kostümen und schauten sich wachsam um. Der Türhüter musterte sie einen Augenblick, dann ging er zum Telefon und rief jemanden an. Ben hielt den Atem an. Der Türhüter legte den Hörer auf und kam zurück.

»Miss Elizabeth fragt, ob ihr jemand bei ihrem Kostüm helfen könnte«, sagte er.

»Ja, das mache ich gern«, sagte Weide. »Ich kenne den Weg, danke.«

Sie verschwand die Treppe hinauf.

Ben und Miles setzten sich auf eine Bank im Eingang, deren Lehnen aussahen wie überdimensionierte Buchstützen. Der Türhüter musterte sie noch einmal. Wahrscheinlich versuchte er sich vorzustellen, wie sich ein einigermaßen vernünftiger Erwachsener dazu überreden lassen konnte, sich so auszustaffieren. Schließlich wandte er sich ab und verschwand.

Ben fühlte, wie die Hitze unter den zwei Kostümen, die er trug, seinen Rücken und seine Achselhöhlen feucht werden ließ.

So weit, so gut, dachte er.

Weide klopfte leise an Elizabeths Tür und wartete. Die Tür wurde sofort aufgerissen, und vor ihr stand ein kleiner Clown mit orangefarbenem Kraushaar und einer riesigen roten Nase in dem kleinen, weißgeschminkten Kindergesicht. »Ach, Weide!« flüsterte Elizabeth, nahm ihre Hand und zog sie schnell ins Zimmer. »Es geht alles schief!«

Weide faßte sie freundlich bei den Schultern. »Was geht schief, Elizabeth?«

»Abernathy! Er ist ganz… ganz komisch! Ich bin heute nach der Schule in den Keller gegangen, weil ich wissen wollte, ob er noch da ist. Ich weiß, ich hätte nicht gehen sollen, aber ich hatte Angst, Weide!« Die Worte überstürzten sich. »Ich bin aus meinem Zimmer geschlichen. Ich habe aufgepaßt, daß niemand mich gesehen hat, und dann bin ich durch den Geheimgang in der Mauer in den Keller gegangen. Abernathy war in einen dieser Käfige eingesperrt, ganz in Ketten! Ach, Weide, er sah so elend aus! Ganz zerlumpt und verdreckt! Ich habe ihm zugeflüstert, hab' ihn gerufen, aber er schien nicht mehr zu wissen, wer ich war. Er… er konnte nicht einmal mehr richtig reden! Er sagte lauter sinnlose Sachen und konnte sich nicht bewegen und nicht mal aufrichten!«

In ihren blauen Augen glänzten Tränen. »Weide, er ist ganz krank! Ich weiß nicht, ob er überhaupt laufen kann!«

Weide fühlte, wie eine Welle aus Angst und Ungewißheit über

ihr zusammenzustürzen drohte, doch sie unterdrückte das Gefühl mit aller Gewalt. »Hab keine Angst, Elizabeth«, sagte sie fest. »Zeig mir, wo er ist. Es wird alles gut werden.«

Der kleine Clown und die smaragdgrüne Sylphe schlichen den leeren Flur entlang. Eine Uhr tickte an einem Ende, und aus der Ferne hörte man Stimmen. Elizabeth führte Weide in eine unordentliche Besenkammer. Nachdem sie die Tür hinter sich zugemacht hatten, holte sie eine Taschenlampe hervor und drückte ein paar Sekunden lang gegen eine Rückwand, bis ein Teil davon plötzlich nachgab und aufklappte. Leise stiegen sie die Treppe hinunter, die sich vor ihnen geöffnet hatte, gingen um ein paar Ecken herum, schlichen durch einen kurzen Tunnel und erreichten schließlich eine andere Mauer mit einer eisernen Klinke.

»Er ist hier gleich dahinter!« flüsterte Elizabeth.

Sie packte die Klinke und zog daran. Die Wand wich zur Seite, und eine Wolke von abgestandener, fauliger Luft brachte Weide zum Keuchen. Übelkeit packte sie, aber sie schluckte dagegen an, bis es vorüberging.

»Weide, hast du was?« fragte Elizabeth ängstlich und reckte ihr kleines Clownsgesicht zu ihr hinauf.

»Schon gut, Elizabeth«, flüsterte Weide. Sie konnte jetzt nicht aufgeben. Nur noch ein kleines bißchen, versprach sie sich selbst. Nur ganz kurz.

Sie schaute durch die Wandöffnung. Käfige standen zu beiden Seiten, düstere Zellen aus Stein und Eisenstäben. In einem bewegte sich etwas. Etwas lag darin und zuckte.

»Das ist Abernathy«, bestätigte Elizabeth mit dünnem, ängstlichem Stimmchen.

Weide nahm sich die Zeit, die Umgebung auf andere Zeichen von Bewegung hin zu prüfen. Es gab keine. »Sind hier Wächter?« fragte sie.

»Da hinter der Tür. Meistens nur einer.«

Weide tastete sich durch die Passage und spürte, wie Schwäche und Übelkeit sie wieder zu übermannen drohten. Sie erreichte den

Käfig mit Abernathy und schaute hinein. Der Hund lag auf einem Haufen Stroh, sein Fell stumpf und verdreckt, seine Kleider zerfetzt. Er hatte sich übergeben müssen und war ganz verklebt davon. Er stank grauenhaft. Eine Kette war an seinem Hals befestigt.

Das Medaillon ebenfalls.

Abernathy stammelte unzusammenhängendes Zeug, sagte alles und nichts gleichzeitig, und seine Worte kamen schleppend und ohne Sinn. Man hat ihn unter Drogen gesetzt, dachte Weide.

Elizabeth drückte ihr etwas in die Hand. »Das ist der Schlüssel zur Käfigtür«, flüsterte sie. Sie war völlig verängstigt. »Ich weiß aber nicht, ob er auch für die Kette am Halsband paßt.«

Ihre Clownsnase fiel ab, und sie hob sie hastig auf und setzte sie wieder an ihren Platz. Weide nahm den Schlüssel und wollte ihn schnell in das Käfigschloß stecken.

In diesem Augenblick hörten sie, wie sich in dem Schloß am anderen Ende des Kellerraumes ein Schlüssel drehte.

Michel Ard Rhi kam durch die Eingangshalle und blieb kurz stehen, als er den Gorilla und den zotteligen Hund dort auf der Bank sitzen sah. Er schaute sie an, und sie schauten zurück. Niemand sagte etwas.

Ben hielt den Atem an. Er spürte, wie Miles neben ihm ebenfalls erstarrte. Plötzlich schien Michel zu begreifen, was sie da machten. »Ach ja«, sagte er. »Diese Halloweenparty in der Schule. Sie warten sicher auf Elizabeth.«

Irgendwo klingelte ein Telefon.

Michel zögerte, als wolle er noch etwas sagen, doch dann wandte er sich schnell um und verschwand, um den Anruf entgegenzunehmen. Der zottelige Hund und der Gorilla atmeten erleichtert auf.

Der Wächter schlurfte verdrossen durch die Kellertür. Auf dem steinernen Boden dröhnten seine Schritte laut und hallten, als er zwischen den Käfigen entlangstampfte. Er trug eine schwarze

Uniform, hatte ein Maschinengewehr bei sich und ein Schlüsselbund an seinem Gürtel. Elizabeth duckte sich noch tiefer in eine dunkle Nische in der Wand und lugte durch einen Spalt heraus.

Weide war noch immer da draußen im Flur. Aber wo? Warum konnte sie sie nicht sehen?

Elizabeth beobachtete, wie der Wächter vor Abernathys Käfig stehenblieb, lustlos prüfte, ob er auch fest verschlossen war, und dann wieder dorthin zurückging, woher er gekommen war. Als er an ihrem Versteck vorbeikam, löste sich plötzlich das Schlüsselbund von seinem Gürtel. Elizabeth kniff die Augen zusammen. Der Wächter erreichte die Tür, ging hinaus und warf sie hinter sich ins Schloß.

Elizabeth kam eilig aus ihrem Versteck. »Weide!« flüsterte sie.

Die Sylphe tauchte direkt neben ihr aus dem Nichts wieder auf, und hielt das Schlüsselbund in der Hand. »Schnell jetzt«, drängte sie. »Wir haben nicht viel Zeit.«

Sie schlichen wieder zu Abernathys Käfig, und Weide öffnete ihn mit dem Schlüssel, den Elizabeth ihr zuvor gegeben hatte. Sie huschten eilig zu dem verstörten Hund und knieten sich neben ihn. Weide beugte sich über ihn. Die Pupillen des Hofschreibers waren stark erweitert, und sein Atem ging schnell. Als sie versuchte, ihn aufzurichten, sackte er hilflos zusammen und fiel gegen sie.

Sie drohte in Panik zu geraten. Er war bei weitem zu schwer, als daß sie ihn hätte tragen können – selbst wenn Elizabeth ihr half. Sie mußte ein Mittel finden, ihn aus dieser Lethargie zu reißen.

»Probier aus, welcher paßt«, wies sie Elizabeth an und reichte ihr das Schlüsselbund.

Elizabeth machte sich an die Arbeit und probierte einen Schlüssel nach dem anderen an dem Schloß an Abernathys Halsband. Weide rieb seine Pfoten und massierte ihm den Schädel. Nichts schien zu wirken. Ihre Panik wuchs. Sie mußte Ben herholen. Aber sie wußte schon im selben Augenblick, in dem ihr die Idee gekommen war, daß das unmöglich wäre. Der Plan konnte nicht funktionieren, wenn Ben hier herunterkommen müßte. Und außerdem blieb gar nicht genug Zeit.

Schließlich tat sie das einzige, was ihr einfiel, um dem Hund zu helfen. Sie benutzte ihre Elfenmagie. Sie war zwar so schwach, daß ihr nur wenig zur Verfügung stand, aber sie rief ab, was sie hatte. Sie legte ihre Hände auf Abernathys Kopf, schloß konzentriert die Augen und saugte das Gift aus seinem Organismus in ihren eigenen. Es schoß in sie hinein, eine eklige Flüssigkeit, und sie kämpfte verzweifelt gegen die schädliche Wirkung auf ihren eigenen Organismus an. Es war mehr, als sie verkraften konnte. Ein Teil davon durchbrach ihre Abwehrkräfte und machte ihr ohnehin stark geschwächtes System noch schwächer. Übelkeit paarte sich mit Schmerzen. Es schüttelte sie, und sie mußte sich abwenden und sich ins Stroh übergeben.

»Weide, Weide!« hörte sie Elizabeth angstvoll ausrufen. »Werd nicht krank, bitte!«

Das kleine Clownsgesicht drückte sich an ihres und flüsterte tränenüberströmt auf sie ein. Weide blinzelte. Die rote Nase ist wieder runtergefallen, dachte sie. Sie schien ihre Gedanken nicht mehr ordnen zu können. Alles verschwamm ihr vor den Augen.

Und dann, wie durch ein Wunder, hörte sie Abernathy sagen: »Weide, was tut Ihr denn hier?« Da wußte sie, daß alles gut ausgehen würde.

Erst als sie den Geheimgang wieder erreicht hatten, weit genug weg von den Käfigen, rieb Elizabeth sich das Gesicht, wo die Clownsnase hätte sein müssen, und stellte fest, daß sie sie verloren hatte. Panik erfaßte sie. Sie mußte sie verloren haben, als sie Abernathy aus dem Käfig befreit hatten. Man würde sie mit Sicherheit finden. Sie dachte daran umzukehren, doch dann ließ sie es bleiben. Es war sowieso längst zu spät. Weide würde Elizabeth nicht allein zurücklaufen lassen und war selbst zu schwach, um mitzugehen. Sie biß sich auf die Lippen und konzentrierte sich auf die Aufgabe, die jetzt am wichtigsten war, und die darin bestand, den dünnen Strahl der Taschenlampe auf die Treppe zu richten, während sie in die Besenkammer hinaufstiegen. Weide und Abernathy folgten ihr auf den Fersen und klammerten sich haltsuchend aneinander. Beide sahen aus, als würden sie jeden Augenblick zusammenbrechen.

»Nur noch ein kleines Stückchen«, flüsterte Weide, um sie zu ermutigen. Keiner antwortete.

Sie erreichten die Besenkammer, schoben die Geheimtür auf und schlüpften hinein. Auf Weides fahlem Gesicht standen Schweißperlen, und sie schien Mühe zu haben, klar zu sehen. »Alles in Ordnung, Elizabeth«, tröstete sie das kleine Mädchen, als sie deren besorgte Blicke sah, aber Elizabeth war nicht dumm, und sie sah ganz deutlich, daß es ganz und gar nicht in Ordnung war.

Als sie endlich Elizabeths Zimmer erreicht hatten, beeilten sich Weide und Elizabeth, Abernathy herzurichten. Sie bürsteten sein zerzaustes Fell und säuberten ihn, so gut es ging. Sie wollten ihm seine zerfetzten Kleider ausziehen, aber er protestierte so vehement gegen die Idee, nackt herumzulaufen, daß sie schließlich nachgaben und ihn seine Kniehosen und Schuhe anbehalten ließen. Das war nicht das, was Ben vorgesehen hatte, aber Weide war zu schwach, um darüber noch zu diskutieren. Sie fühlte, wie sie mit jeder Sekunde schwächer wurde.

Aber sie war über sich selbst überrascht. Sie hatte längst nicht so viel Angst vor dem Sterben, wie sie erwartet hatte.

Miles und Ben hatten den Eindruck, das Telefon klingele eine Ewigkeit, bis der Türhüter schließlich herbeikam und es beantwortete. Er führte ein kurzes Gespräch, dann hängte er auf und sagte: »Miss Elizabeth läßt Ihnen sagen, daß sie gleich kommt.«

»Na endlich!« stieß Miles erleichtert aus.

Der Türhüter lungerte noch einen Moment herum, dann verschwand er wieder.

»Ich gehe jetzt hinaus«, flüsterte Ben. »Vergiß nicht, was du zu tun hast.«

Er stand auf und verschwand leise durch die Eingangstür, ging die Stufen hinunter und stieg ins Auto. Dort zog er sich das Hundekostüm aus, glättete das Kostüm, das er darunter trug, und setzte die neue Maske auf. Dann ging er wieder in die Burg zurück.

Der Türhüter kam gerade zurück. Er runzelte die Stirn, als er den Gorilla plötzlich in Gesellschaft eines Skeletts sah. »Das ist Mr. Andrews«, erklärte Miles schnell. »Er hat im Auto gewartet und wurde langsam ungeduldig. Mr. Barker ist nach oben gegangen, um seiner Frau und Elizabeth zu helfen.«

Der Türhüter nickte geistesabwesend und starrte Ben an. Er sah aus, als wolle er gerade etwas sagen, als Elizabeth, die grüne Dame und der zottelige Hund die Treppe herunterkamen. Die grüne Dame sah gar nicht gesund aus.

»Alles in Ordnung, John«, sagte Elizabeth strahlend zu dem Türhüter. Sie trug eine kleine Reisetasche bei sich. »Wir müssen uns beeilen. Ach, das hab' ich vergessen, ich werde heute bei Nita Coles übernachten. Sagst du Michel bitte Bescheid? Tschüß!«

Der Türhüter lächelte ein kleines bißchen und sagte: »Auf Wiedersehen«. Der ganze Haufen, der Gorilla, das Skelett, die grüne Dame, der zottelige Hund und Elizabeth gingen schnell hinaus und waren verschwunden.

Der Türhüter starrte ihnen nachdenklich nach. Hatte der zottelige Hund schon Hosen angehabt, als er hereingekommen war?

Als Ben Holiday das Mietauto auf den Parkplatz der Franklin-Elementarschule steuerte, wimmelte es dort von Hexen, Werwölfen, Gespenstern, Teufeln, Punks, Rockern und allen möglichen anderen Horrorgestalten in Miniaturausgabe, die von allen Seiten herbeiströmten oder aus den Autos sprangen und in den Schutz der erleuchteten Schule flüchteten, als wären sie tatsächlich besessen. Es regnete noch immer heftig, und der traditionelle Umzug der kleinen Halloween-Gespenster fiel buchstäblich ins Wasser.

Ben fuhr den Wagen um die nächste Ecke und hielt an. Er schaute Elizabeth an. »Es ist Zeit zu gehen, Kleine.«

Elizabeth nickte. Sie schaute traurig drein, trotz des aufgeschminkten Lachens. »Ich würde so gern mit euch mitkommen.«

»Diesmal nicht, mein Kleines.« Ben lächelte aufmunternd. »Du weißt, was du jetzt tun mußt, nicht wahr? Nach dem Fest?«

»Klar. Ich gehe mit zu Nita und ihren Eltern und bleibe dort, bis mein Vater mich holen kommt.« Sie klang wirklich traurig.

»Genau. Und Mr. Bennett wird dafür sorgen, daß dein Vater erfährt, was passiert ist. Aber, was immer geschieht, geh auf gar keinen Fall in die Burg zurück! Okay?«

»Okay. Auf Wiedersehen, Ben. Auf Wiedersehen, Weide.« Sie drehte sich zu Weide um, die neben ihr saß, umarmte die Sylphe innig und gab ihr einen Kuß auf die Wange. Weide gab ihr auch einen Kuß und lächelte, ohne etwas zu sagen. Sie war so krank, daß ihr selbst das Sprechen schwerfiel. »Wirst du wieder gesund werden, Weide?« wollte Elizabeth wissen.

»Ja, Elizabeth.« Sie gab ihr noch einen Kuß und machte die Tür auf. Ben hatte sie noch nie so elend gesehen, nicht einmal damals, als sie zum ersten Mal daran gehindert wurde, die Transformation zu machen, als sie damals nach Abbaddon gebracht worden war. Seine Ungeduld wuchs.

»Tschüß, Abernathy«, sagte Elizabeth zu dem Hund, der mit Miles auf dem Rücksitz saß. Sie wollte etwas sagen, dann besann sie sich und meinte nur: »Du wirst mir fehlen.«

Abernathy nickte. »Ich werde dich auch vermissen, Elizabeth.«

Dann sprang sie aus dem Wagen und rannte auf das Schulgebäude zu. Ben wartete, bis sie darin verschwunden war, dann steuerte er den Wagen aus dem Parkplatz und fuhr schnell durch Woodinville zurück auf die 522, wo er nach Westen abbog.

»Hoheit, ich kann Euch nicht genug danken, daß Ihr hergekommen seid, um mich zu retten«, sagte Abernathy. »Ich hatte mich schon als verloren aufgegeben.«

Ben dachte an Weide und gab sich Mühe, die Geschwindigkeitsbeschränkung einzuhalten. »Es tut mir leid, daß das geschehen ist, Abernathy. Questor tut es auch leid. Wirklich.«

»Es fällt mir schwer, das zu glauben«, verkündete der Hund und klang wieder ganz wie er selbst. Die Wirkung der Droge war weitgehend vorüber, und der Hofschreiber war eigentlich nur noch müde. Es war Weide, die schwer litt.

Ben beschleunigte den Mietwagen ein kleines bißchen.

»Er wollte Euch helfen, vergeßt das nicht«, sagte er.

»Die Bedeutung dieses Wortes ist ihm nur bedingt vertraut«, knurrte Abernathy. Er schwieg einen Moment. »Ach, übrigens – hier.«

Er nahm das Kettchen mit dem Medaillon von seinem Hals und legte es Ben sorgfältig um. »Ich fühle mich bedeutend wohler in dem Bewußtsein, daß Ihr es heil zurückhabt.«

Ben sprach es nicht aus, aber auch er fühlte sich bedeutend wohler.

Zwanzig Minuten später erreichten sie die Fernstraße 5 und fuhren in südlicher Richtung. Der Regen ließ etwas nach, und es sah aus, als würde es sich ganz aufklären. Der Flugplatz war nur noch eine halbe Fahrstunde entfernt.

Weides Hand tastete herüber und fand seine. Er drückte sie zärtlich und versuchte intensiv, ein bißchen von seiner Kraft in sie hineinzusenden.

Ein Wagen überholte sie, und eine Frau starrte vom Beifahrersitz herüber. Was sie sah, war ein Skelett am Steuer, das einen Gorilla, einen zotteligen Hund und eine grüngefärbte Dame durch die Gegend kutschierte. Die Frau machte eine Bemerkung zu dem Fahrer, und der Wagen fuhr vorbei.

Ben hatte ihre Kostümierungen völlig vergessen. Er dachte einen Augenblick daran, sie auszuziehen, aber dann entschied er sich dagegen. Sie hatten keine Zeit dafür. Und außerdem war Halloween. In dieser Nacht waren bestimmt viele Leute in Kostümen unterwegs, auf dem Weg zu Parties, von einem Fest zum anderen, um sich zu amüsieren. Das war üblich in Seattle, wie er der Morgenzeitung entnommen hatte. Halloween war eine wichtige Angelegenheit.

Ihm wurde langsam wohler in seiner Haut, als die Lichter der Stadt in Sicht kamen. Der Regen hatte praktisch aufgehört, und sie waren nur noch wenige Minuten von ihrem Ziel entfernt. Sie näherten sich schnell den steil emporragenden Wolkenkratzern, die den Nachthimmel aufhellten. Er holte tief Luft und erlaubte sich den Luxus, zu denken, daß sie nun schon beinahe wieder zu Hause und in Sicherheit wären.

In diesem Augenblick sah er im Rückspiegel die Lichter des Polizeiwagens näherkommen. »Ach herrje!« murmelte er.

Der Polizeiwagen kam schnell näher, und Ben lenkte den Mietwagen auf die Ausweichspur vor einer Brücke und bremste ab. Die Polizei hielt hinter ihm.

»Ben, weswegen halten sie dich an?« fragte Miles. »Bist du zu schnell gefahren?«

Ben hatte ein ekliges Gefühl in der Magengegend. »Ich glaube nicht«, sagte er ruhig.

Er schaute in den Rückspiegel. Der Polizist sprach offenbar in die Funksprechanlage, und ein weiterer Polizeiwagen hielt hinter dem ersten. Der Polizist aus dem ersten Wagen stieg aus, kam an Bens Seitenfenster und schaute herein. Sein Gesichtsausdruck war undurchschaubar. »Ihre Papiere bitte, Sir.«

Ben langte in seine Brusttasche, und dann erst fiel ihm ein, daß er gar keine Papiere hatte. Miles hatte den Wagen auf seinen Namen gemietet. »Oh, Herr Inspektor, ich habe sie nicht dabei, aber ich kann Ihnen die Nummer geben. Ich habe einen gültigen Ausweis. Der Wagen hier ist unter Mr. Bennett registriert.«

Er zeigte auf den Gorilla. Miles versuchte, sich den Gorillakopf abzunehmen, aber er blieb stecken. Der Polizist nickte. »Haben Sie irgendeinen Nachweis Ihrer Identität?« fragte er.

»Ähm, Mr. Bennett hat welche«, erklärte Ben.

»Hab' ich, Inspektor«, bestätigte Miles hastig. »Hier in diesem verdammten Kostüm, wenn ich nur ...« Er verstummte und versuchte verzweifelt, sich den Gorillaschädel vom Kopf zu zerren.

Der Polizist warf einen Blick auf Weide und Abernathy. Dann

sah er Ben wieder an. »Bedaure, Sir, aber ich muß Sie bitten, mitzukommen«, sagte er. »Bitte folgen Sie meinem Wagen. Der andere Streifenwagen bleibt hinter Ihnen.«

Ben lief es heiß und kalt über den Rücken. Irgend etwas war fürchterlich schiefgegangen. »Ich bin Rechtsanwalt«, entgegnete er impulsiv. »Haben Sie uns irgend etwas vorzuwerfen?«

Der Polizist schüttelte den Kopf. »Nicht ich. Es sei denn, daß ich Ihnen eine Verwarnung erteilen muß für das Lenken eines Fahrzeugs, ohne Ihre Papiere bei sich zu haben – falls Sie überhaupt, wie Sie behaupten, im Besitz gültiger Papiere sind. Aber ich muß auch prüfen, ob der Wagen rechtsgültig angemeldet ist.«

»Aber...«

»Offenbar gibt es schließlich noch eine andere Angelegenheit, die geklärt werden muß. Ich muß Sie bitten, mir jetzt zu folgen, Sir.« Er wandte sich ab und stieg ohne weitere Erklärungen in seinen Wagen.

Ben ließ sich in den Sitz zurücksinken und hörte Miles leise in sein Ohr flüstern: »Wir sitzen in der Patsche, Ben. Was machen wir nun?«

Ben schüttelte verdrossen den Kopf. Er hatte nicht die geringste Ahnung.

Jucken

Questor Thews brauchte fast drei Tage, um zu Pferde von Silber Sterling zum Rand der östlichen Ödzone zu gelangen. Er war allein vor Morgengrauen aus der Burg geschlichen, als diese lästigen G'heim Gnome und alle diese unangenehm aufdringlichen Botschafter, Kuriere und Bittsteller verschiedenster Herkunft noch schliefen. Staatsangelegenheiten mußten einfach warten, hatte er beschlossen, ob es schicklich war oder nicht. Bunion und Parsnip waren da, um ihn zu verabschieden, und beide drängten, ihn begleiten zu dürfen. Sie waren unglücklich, daß er darauf bestand, allein zu bleiben. Questor ließ sich auch von ihrem zahnbewehrten Grinsen und den verstohlenen Blicken, die sie sich zuwarfen, nicht umstimmen. Das hier war etwas, das er ganz allein erledigen mußte. Keiner der beiden konnte ihm dabei helfen. Es war besser, wenn sie in der Burg blieben und während seiner Abwesenheit nach dem Rechten sahen. Er bestieg seinen alten Grauschimmel und ritt davon, ein Don Quichotte ohne seinen Sancho Pansa, eine Vogelscheuche auf der Suche nach etwas, das es zu beschützen galt. Er ritt zunächst durch das bewaldete Hügelland von Silber Sterling nordwärts, durchquerte dann die Felder und Weiden des Grünlandes in nordöstlicher Richtung und wandte sich schließlich nach Osten in Richtung auf die Ödzone.

Die Sonne näherte sich schon dem Horizont, als er am dritten Tag schließlich die Feuerquellen in der Ferne schimmern sah.

»Nun komm schon«, drängte er seinen alten Grauschimmel, der witterte, was vor ihnen lag, und zu bocken begann.

Questor Thews trug die Last einer großen Schuld auf seinen Schultern. Er wußte, daß im Königreich Landover alles erst wieder in Ordnung käme, wenn Seine Hoheit wieder zurück war. Nachtschatten würde ihre zerstörerische Zersetzungskampagne weitertreiben, bis jemand ein Mittel fände, diese Flasche mit ihrem Dämon unschädlich zu machen. Unglücklicherweise war Questor nicht derjenige, der sich dazu in der Lage fühlte. Das konnte nur Seine Hoheit. Doch Seine Hoheit saß in seiner alten Welt fest und würde nicht zurückkommen können, bis er nicht sein verlorenes Medaillon wiederbekommen hätte – und selbst dann würde er nicht so ohne weiteres zurückkommen, wenn er nicht Weide und den vermißten Abernathy mitbringen konnte. Und all das war natürlich die Schuld eines gewissen Questor Thews, und der Zauberer konnte nicht länger mitansehen, wie die Dinge ihren Lauf nahmen, da der Lauf offensichtlich in die falsche Richtung steuerte.

Also hatte er einen Plan ausgeheckt, um die Dinge wieder zurechtzurücken. Es war ein anständiger, wenn auch nur minimal ausgearbeiteter Plan – aber immerhin ein Plan. Er würde den Drachen Strabo bitten, Holiday und die anderen wieder herzuholen.

Es war wirklich ganz einfach, und er war überrascht, daß er nicht eher daran gedacht hatte. Niemand konnte von und nach Landover gelangen, ohne die Nebel der Elfenreiche zu durchqueren, und niemand konnte ohne das vermißte Medaillon Seiner königlichen Hoheit von und nach Landover durch die Nebel der Elfenreiche reisen – niemand, mit Ausnahme von Strabo. Drachen konnten noch immer ziemlich überall hingelangen. Sie konnten natürlich nicht sehr tief in die Nebel der Elfenreiche eindringen, denn Drachen waren vor langer Zeit schon daraus verbannt worden. Aber sonst konnten sie fast überall hingehen. Die Magie, die ihnen das Durchqueren der Nebel gestattete, war ihre eigene. Das war der Grund, warum Drachen so gut wie überall auftauchen konnten. Strabo bildete keine Ausnahme. Er hatte Ben Holiday schon in die Unterwelt von Abbaddon gebracht, um Questor, Weide und die Kobolde vor den Dämonen zu retten. Er konnte jetzt gewiß eine zweite Reise machen, um Holiday zu retten.

Questors Gesicht verzerrte sich zu einem sorgenvollen Knoten. Strabo *könnte*, darüber bestand nicht der geringste Zweifel – aber ob er auch *wollte*, das war eine ganz andere Frage. Jener Ausflug nach Abbaddon war unter extremem Druck durchgesetzt worden, und der Drache hatte seither mehrfach ganz deutlich klargestellt, daß er lieber an seinem eigenen Rauch ersticken, als auch nur eine Kralle rühren wolle, um Ben Holiday zu helfen.

Während die erste Konzeption von Questors Plan wirklich recht einfach war, so würde seine Verwirklichung vermutlich alles andere als einfach werden.

»Na ja«, seufzte er. »*Irgend etwas* muß unternommen werden!«

Er lenkte den Grauschimmel auf die Hügelkette, die die Feuerquellen umgab, stieg ab, nahm dem alten Pferd Sattel und Zaumzeug ab und schickte es nach Hause. Es hatte keinen Sinn, es hierbehalten zu wollen, dachte er. Wenn er Strabo nicht dazu überreden konnte zu helfen, würde er kein Pferd mehr brauchen.

Er zupfte an seinem langen Ohrläppchen. Wie aber, mit welchen Argumenten, sollte er Strabo bloß überreden?

Er dachte ein Weilchen darüber nach, dann zuckte er mit den Schultern, verdrängte seine Besorgnis und begann, sich den Weg durch das dichte Gestrüpp den Hügel hinauf zu bahnen. Zwielicht legte sich mit blaugrauen Schatten langsam über das Tal, und die Sonne wurde zu einem schmalen Silberstreifen über den Baumwipfeln am westlichen Horizont, bis sie ganz verschwand. Questor schaute nach oben. An der Unterseite einer tiefhängenden Wolkenbank, direkt über seinem Kopf, schimmerte der blutrote Widerschein der Quellen. Dem Zauberer stiegen Rauch und Asche in die Nase, und er mußte niesen. Niesen! dachte er gereizt. Damit hatte die ganze Misere ja angefangen! Er stapfte entschlossen voran, ohne auf die Äste und Dornen zu achten, die sich in seinen Gewändern verfingen und an Stoff und Haut rissen. Man konnte jetzt die Explosionen hören, kurze, dröhnende Rülpser, die durch die Nacht klangen wie ein gewaltiger Schluckauf, um dann in ein grollendes Gurgeln überzugehen. Die Hitze nahm zu, und Questor begann heftig zu schwitzen.

Schließlich erreichte er die Anhöhe, blieb stehen und stemmte die Hände in die Hüften. Vor ihm breiteten sich die Feuerquellen aus, eine Gruppe ausgezackter Krater, in denen eine bläulichgelbe Flüssigkeit brodelte und blubberte. In unregelmäßigen Abständen spie mal hier, mal da ein Krater einen Flammengeysir in die Luft und verstummte grollend wieder. Die Luft war stickig und roch nach erhitztem Schwefel und einem Gemisch aus brennender Flüssigkeit und verkohlten Knochen von Tieren, die der Drache vertilgt hatte.

Strabo fraß gerade. Er lag um einen der kleineren Krater am Nordrand der Feuerquellen geringelt und kaute an etwas, das Questor als die Überreste einer unglücklichen Kuh identifizieren konnte. Knochen knirschten und krachten geräuschvoll zwischen den gewaltigen Kiefern und wurden von schwärzlichen Zähnen zermalmt. Questor krauste angewidert die Nase. Strabos Essensgewohnheiten hatten ihn schon immer abgestoßen.

»Drache, Drache«, murmelte er leise vor sich hin.

Strabo spie Feuer auf die Flanke der Kuh und riß dann einen großen Fetzen Fleisch von dem Gerippe.

Questor Thews ging bis an den äußersten Rand der Klippe, so daß er voll sichtbar war. »Alter Drache!« rief er laut. »Ich muß mit Euch reden!«

Strabo hielt im Kauen inne und blickte auf. »Wer da?« schnaubte er ärgerlich und kniff die Augen zusammen. »Questor Thews, seid Ihr das?«

»Ja, ich bin's.«

»Dachte ich mir's doch. Wie langweilig!« Der Drache ließ seine Zähne nachdrücklich ins Leere beißen. »Und wen nennt Ihr ›alt‹? Ihr seid selbst ein halbes Fossil!«

»Ich muß mit Euch reden.«

»Das habt Ihr schon gesagt. Ich habe Euch recht deutlich gehört. Und eine Überraschung ist das auch nicht, Questor Thews. Ihr kommt immer und wollt mit einem reden. Es scheint Euch besondere Lust zu bereiten, zu reden. Ich sage mir manchmal, daß Ihr ein ausgezeichneter Zauberer wäret, wenn es Euch gelänge, Euer endloses Geschwätz in Magie zu verwandeln.«

Questor runzelte die Stirn. »Es ist einigermaßen wichtig!«

»Mir nicht. Ich muß mein Abendessen zu Ende essen.«

Der Drache arbeitete wieder an der Kuh und biß ein weiteres Stück Fleisch ab, das er mit zufriedenem Schmatzen verschlang. Er schien dabei alles andere zu vergessen.

»Wieder aufs Stehlen von Kühen zurückgesunken, was?« fragte Questor und kam ein paar Schritte näher. »Tss, Tss. Wie traurig. Ihr seid schon fast zum Sozialfall geworden, nicht wahr?«

Strabo hörte auf zu kauen und schwenkte seinen verkrusteten Schuppenschädel langsam herum, um den Zauberer zu mustern. »Diese Kuh hat sich hierher verirrt und ist zum Abendessen geblieben«, sagte er grinsend. »So wie Ihr.«

»Ich würde ein kärgliches Mahl für Euch abgeben.«

»Aber vielleicht einen angemessenen Nachtisch!« Der Drache schien über die Möglichkeit nachzudenken. »Nein, vielleicht doch nicht. Ihr seid selbst dafür eine zu kleine Portion.«

»Bei Eurer Magengröße!«

»Andererseits würde es Euch wenigstens zum Schweigen bringen, wenn ich Euch auffräße.«

Questor schüttelte den Kopf. »Warum hört Ihr Euch nicht einfach an, was ich Euch zu sagen habe?«

»Ich habe Euch doch schon gesagt, Zauberer, ich bin jetzt beim Essen!«

Questor hockte sich auf seine Fersen und glättete seine flickenbesetzten Kleider. »Nun, gut. Dann warte ich eben, bis Ihr fertig seid.«

»Tut was Ihr wollt, solange Ihr nur den Mund haltet!«

Strabo wandte sich wieder seinem Mahl zu, versengte das Fleisch mit kurzen Feuerstößen, riß es in Fetzen von den Knochen und kaute schmatzend. Sein langer Schwanz peitschte und schlängelte sich dabei, als sei er der ungeduldige Behälter für das Futter, das zu lange brauchte, um bis zu ihm zu gelangen. Questor schaute zu. Aus dem Augenwinkel beobachtete Strabo ihn.

Schließlich entledigte Strabo sich der Überreste der Kuh, indem er sie in den Krater spie, um den er geringelt lag, und wandte sich vehement wieder dem Zauberer zu. »Das langt, Questor Thews! Ich kann nicht in Ruhe essen, wenn Ihr dasitzt und mich anstarrt, als wäret Ihr ein Überbringer schlechter Nachrichten! Ihr verderbt mir völlig den Appetit! Was wollt Ihr also?«

Questor kam eilig auf die Füße und rieb sich seine eingeschlafenen Waden. »Ich brauche Eure Hilfe.«

Der Drache schlängelte sich zwischen den Kratern hindurch. Sein schwerfälliger Leib war unempfindlich gegen Asche und Feuer, und er schüttelte Tropfen der flüssigen Flammen von seinen Flügeln und vom Schwanz. Als er am Rand der Feuerquellen angekommen war, wo Questor sich befand, richtete er sich auf die Hinterbeine und leckte sich mit seiner gespaltenen Zunge hungrig die Lefzen.

»Questor Thews, es ist mir unmöglich, auch nur einen Grund zu finden, warum ich Euch helfen sollte! Und, bitte, bring mir jetzt nicht diese abgetakelte, alte Leier von den engen Banden, die Drachen und Zauberer miteinander verbinden, von der langen, gemeinsam erlebten Geschichte und daß wir in Notzeiten einander beistehen müßten. Das habt Ihr beim letzten Mal schon probiert, wenn Ihr Euch bitte erinnern mögt. Es war damals Blödsinn, und heute ist es der gleiche Blödsinn. Euch in irgendeiner Weise zu helfen, ist mir absolut zuwider!«

»Eure Hilfe ist nicht für mich gedacht«, konnte Questor endlich dazwischenwerfen. »Eure Hilfe gilt Seiner Hoheit.«

Der Drache starrte ihn an, als sei er wahnsinnig. »Holiday? Ihr wollt, daß ich Holiday helfe? Warum in aller Welt, sollte ich *das* denn tun wollen?«

»Weil er Euer König ist so gut wie meiner«, erwiderte Questor. »Es ist an der Zeit, diese Tatsache anzuerkennen, Strabo. Ob es Euch paßt oder nicht, Ben Holiday ist König von Landover, und solange Ihr hier im Tal wohnt, untersteht Ihr seinem Gesetz. Und das heißt, daß Ihr gehalten seid, ihm zu helfen, wenn er Hilfe braucht!«

Strabo brach in dröhnendes Gelächter aus. Er lachte so heftig, daß er sich nicht mehr aufrecht halten konnte; er plumste in einen der Krater, so daß Flammen nach allen Seiten aufspritzten. Questor wich einem Spritzer aus und streckte sich. »Da gibt's überhaupt nichts zu lachen!«

»Und wie!« johlte der Drache. Er keuchte und schnappte nach Luft und rülpste Rauch und Feuer. »Questor Thews, Ihr seid wahrhaft bemerkenswert. Ich habe den Eindruck, daß Ihr es fertigbringt, Euch selbst manchmal zu glauben. Wie urkomisch!«

»Werdet Ihr helfen oder nicht?« fragte Questor indigniert.

»Ich würde sagen nein!« Der Drache erhob sich wieder. »Ich bin kein Untertan dieses Landes noch seines Königs! Ich lebe, wo es mir gefällt, und ich gehorche meinen eigenen Gesetzen! Und die sehen gewiß nicht vor, irgendwem zu Hilfe zu kommen – und schon gar nicht Holiday! Was für ein ungeheurer Blödsinn!«

Questor war keineswegs überrascht, Strabo so reden zu hören. Er wußte nur zu gut, daß der Drache in seinem ganzen Leben niemals freiwillig irgend etwas getan hatte, um jemandem zu helfen. Aber er hatte es wenigstens versuchen wollen.

»Und wie steht's mit der hübschen Sylphe Weide?« fragte er. »Sie braucht ebenfalls Hilfe. Ihr habt ihr schon mal das Leben gerettet, erinnert Ihr Euch? Und sie hat Euch etwas vorgesungen und Euch träumen gemacht. Gewiß würdet Ihr Holiday helfen, wenn ihr damit auch geholfen würde.«

»Kommt nicht in Frage«, schnaubte der Drache.

Questor dachte nach. »Nun gut«, sagte er. »Dann müßt Ihr Holiday in Eurem eigenen Interesse helfen.«

»In meinem eigenen Interesse?« Strabo leckte sich die Lefzen. »Was für ein cleveres Argument wollt Ihr mir jetzt auftischen, Zauberer?«

»Ein Argument, daß sogar ein Drache begreifen kann«, gab Questor Thews zurück. »Nachtschatten hat sich die Kontrolle über eine Magie beschafft, die jedermann im Tal bedroht. Sie hat bereits begonnen, sich ihrer zu bedienen, bringt Menschen und Elfenwesen gegeneinander auf und nutzt die Gelegenheit, überall die Ordnung ins Wanken zu bringen. Wenn man sie weitermachen läßt, wird sie alles vernichten.«

Der Drache grinste verächtlich. »Was geht mich das an?«

Questor zuckte mit den Schultern. »Früher oder später wird sie Euch aufs Korn nehmen, Strabo. Neben Holiday seid Ihr ihr ärgster Feind. Was meint Ihr, wird dann mit Euch geschehen?«

»Pah! Ich bin jeglicher Magie gewachsen, die die Hexe zur Verfügung hat!«

Questor rieb sich nachdenklich das Kinn. »Ich wünschte, ich könnte das bestätigen. Aber die Magie, um die es hier geht, ist eine andere Magie, Strabo – eine Magie, so alt wie die Eure. Sie stammt von einem Dämon, der in einer Flasche lebt. Der Dämon bezieht seine Kraft von dem Besitzer der Flasche und kann diese Kraft einsetzen, wie immer ihm beliebt. Ihr würdet mir doch zustimmen, daß Nachtschattens Stärke gewaltig ist, nicht wahr?«

»Ich stimme nie zu!« Der Drache war ärgerlich. »Verschwindet, Questor Thews! Ich bin Eurer müde!«

»Wie sehr Ihr Holiday auch hassen mögt, er verfügt über die einzige Magie, die dem Dämon gewachsen ist. Landovers König befehligt den Paladin, und allein der Paladin kann es mit allen aufnehmen.«

»Verschwindet, Zauberer!«

»Wenn Ihr Euch nicht bereitfindet, Holiday zu helfen, Strabo, dann wird es keinen Paladin geben, um etwas gegen die Hexe und den Dämon zu unternehmen. Wenn Ihr nicht bereit seid zu helfen, dann sind wir alle dem Untergang geweiht.«

»Verschwindet!«

Der Drache stieß einen großen Feuerstrahl aus, der den ganzen Abhang zu Questors Füßen versengte, und Rauch und Asche wirbelten umher. Questor hustete und schnappte nach Luft und wich vor der Hitze zurück. Als sich der Rauch verzogen und die Asche gelegt hatte, sah er, wie der Drache sich schmollend abwandte. »Nachtschatten kümmert mich nicht, ihr Dämon nicht, Holiday nicht und Ihr auch nicht. Niemand im Tal kümmert mich!« murmelte er vor sich hin. »Nicht mal ich selbst. Geht jetzt!«

Questor Thews setzte seine allerfinsterste Miene auf. Nun, er hatte es versucht. Niemand konnte behaupten, er habe sich nicht Mühe gegeben. Er hatte sein Bestes getan, den Drachen mit Vernunft zu überzeugen, und es war nicht geglückt. Der Drache war einfach störrisch und uneinsichtig. Wenn er jetzt versuchen würde, die Angelegenheit durchzusetzen, dann bedeutete das Kampf.

Er seufzte verdrossen. So war das nun mal zwischen Drachen und Zauberern. So war es immer gewesen.

Er ging wieder bis an den Rand des Abhangs und blieb stehen. »Strabo!« Der verkrustete Schädel des Drachen drehte sich herum. »Alter Drache, es sieht so aus, als müßten wir die Sache auf die harte Tour regeln. Ich hatte gehofft, daß vielleicht einmal Vernunft über angeborene Verstocktheit siegen würde, aber das ist offenbar nicht drin. Es ist von absoluter Notwendigkeit, daß Ihr Euch bereiterklärt, Seiner Hoheit zu helfen, und wenn Ihr es nicht freiwillig tut, so werdet Ihr es dennoch tun müssen!«

Strabo starrte Questor mit unverstellter Belustigung an. »Du lieber Himmel, Questor Thews, wollt Ihr mir etwa drohen?«

Questor richtete sich zu seiner vollen Größe auf. »Wenn es nötig ist, Euch zu drohen, damit Ihr kooperiert, dann werde ich Euch drohen – und Schlimmeres!«

»Ach, wirklich?« Der Drache musterte den Zauberer eine ganze Weile. Dann peitschte er mit dem Schwanz in einen der Krater, und die brennende Flüssigkeit spritzte in alle Richtungen. »Geht wieder nach Hause, törichter, alter Zauberer!« schnaubte er und wollte sich wieder abwenden.

Questor schwang seine Arme in die Höhe, und Feuer sammelte sich an seinen Fingerspitzen. Mit einem heftigen Schwall schleuderte er das Feuer auf den Drachen. Es traf Strabo über die ganze Länge seines gewaltigen Leibes, hob ihn vom Boden und warf ihn über mehrere der blubbernden Krater hinweg, wo er strampelnd liegenblieb. Felsbrocken und Flammen spritzten nach allen Seiten, und der Drache gab ein laut vernehmliches Grunzen von sich.

»Du meine Güte!« flüsterte Questor voller Verblüffung, daß er solche Magie zustande gebracht hatte.

Strabo rappelte sich schwerfällig auf die Füße, schüttelte sich von Kopf bis zur Schwanzspitze, hustete, spuckte und wandte sich langsam zu dem Zauberer um. »Wo habt Ihr *das* denn gelernt?« fragte er mit einem Funken Bewunderung in der Stimme.

»Ich habe vieles gelernt, von dem Ihr noch nichts ahnt«, bluffte Questor. »Am besten willigt Ihr gleich ein, zu tun, was ich Euch gesagt habe.«

Strabo antwortete mit einer Flamme, die Questor kopfüber in ein Gestrüpp schleuderte. Ein zweiter Flammenschwall folgte, doch Questor kullerte schon den Abhang hinunter und war außer Sicht, so daß das Feuer nur die Landschaft versengte, bis sie rundherum schwarz war.

»Pah, kommt zurück, Questor Thews!« rief der Drache von der anderen Seite des Hügels hinter ihm her. »Wir haben noch gar nicht angefangen zu kämpfen, und Ihr wollt schon nach Hause rennen!«

Questor raffte sich mühsam auf und stieg wieder den Abhang hinauf. Es würde einiger Anstrengung von seiner Seite bedürfen, dachte er verbissen.

Während der folgenden zwanzig Minuten griffen Drache und Zauberer sich gegenseitig mit beängstigender Wildheit an. Sie wirbelten und sprangen herum, wichen einander aus und duckten sich, wühlten Krater auf, die Rauch und Dampf und Flammen spien, und verwandelten die Hügel um die Feuerquellen in ein schwarzverkohltes Schlachtfeld. Hieb um Hieb tauschten sie, und Questor setzte jeden nur erdenklichen Zauber gegen den Drachen ein, stieß Beschwörungsformeln aus, von denen er nicht einmal wußte, daß er sie kannte, und Strabo erwiderte sie, indem er Flammen spie. Hin und her wogte der Kampf, sie drängten und attakkierten einander wie Kämpfer im Ring, und als die zwanzig Minuten sich ihrem Ende näherten, waren sie beide außer Atem, und schnauften und taumelten wie Betrunkene.

»Zauberer... Ihr erstaunt mich immer wieder!« keuchte Strabo und rollte sich im Zentrum der Feuerquellen zu einer Kugel zusammen.

»Habt Ihr... meine Bitte... noch mal überdacht?« stieß Questor hervor.

»Aber... gewiß doch!« gab Strabo zurück und begleitete seine Worte mit einem neuen Flammenstoß.

Wortlos nahmen sie ihren Kampf wieder auf, und nur noch ihr Grunzen und Stöhnen und das gelegentliche, dröhnende Husten der Krater unterbrach die abendliche Stille. Die Wolken lösten sich auf, und ein paar Sterne und einige von Landovers Monden brachen durch die Wolkendecke. Der Wind legte sich, und es wurde wärmer. Die Dämmerung war der Nacht gewichen.

Questor schickte dem Drachen einen Schwarm Mücken, die ihm in die Nüstern, die Augen und ins Maul flogen. Strabo schnaubte und keuchte und spie Feuer aus allen Löchern und schlug um sich, als liege er in Ketten. Er begann zu fluchen und stieß Schimpfwörter aus, die Questor noch nie gehört hatte. Dann erhob er sich in die Luft und warf sich auf den Zauberer in der Absicht, ihn plattzudrücken. Questor zauberte ein Loch in den Boden und ließ sich im letzten Moment hineinfallen, ehe der Drache krachend an der Stelle landete, an der der Zauberer eben noch gestanden hatte. Strabo saß da und schaute verdattert um sich, weil er ihn nicht entdecken konnte, und war offenbar so verärgert über seinen Fehlschlag, daß er überhaupt nicht mehr verstand, was vorging. Dann stach ihn ein zwei Meter langer Bienenstachel von unten her und ließ ihn aufheulend wieder in die Luft gehen. Questor kam aus dem Loch und bewarf ihn mit Feuer; der Drache schleuderte Feuer zurück. Dann rückten sie wieder voneinander ab, beide angesengt und qualmend.

»Zauberer, wir... wir sind zu alt für solche Spielchen!« keuchte Strabo. »Gebt auf!«

»Ich gebe auf, wenn Ihr zustimmt... eher nicht!« gab Questor ebenso keuchend zurück.

Strabo schüttelte seinen angesengten Kopf. »Was immer Ihr... Ihr von mir wollt, es kann das hier einfach nicht wert sein!«

Questor war von Kopf bis Fuß angesengt und schwarz von Asche, seine Gewänder unreparierbar zerfetzt und verkohlt. Sein Haar stand ihm wirr vom Kopf, und seine Knochen und Glieder fühlten sich an, als würden sie nie wieder normal werden. Er hatte alle Magie aufgewandt, die er kannte, und noch ein bißchen mehr, und nichts hatte den Drachen in die Knie gezwungen. Daß er überhaupt noch am Leben war, verdankte er einer Reihe von glücklichen Umständen, die in der Geschichte der Zauberei nicht ihresgleichen hatten. So jedenfalls kam es ihm vor. Viele der Zauber, die er eingesetzt hatte, waren danebengegangen – wie üblich –, und vieles von dem, was er gern ausprobiert hätte, überstieg seine Kapazitäten. Das einzige, was ihn noch auf den Beinen hielt, war das Wissen, daß er, wenn er jetzt versagte, keine Gelegenheit mehr haben würde, sich überhaupt als Zauberer zu bezeichnen. Das hier war seine letzte Chance, die letzte Gelegenheit, wenigstens sich selbst – wenn auch niemand anderem – zu beweisen, daß er wirklich der Zauberer war, der zu sein er immer behauptet hatte.

Er holte tief Luft. »Seid Ihr bereit... mich anzuhören?« fragte er.

Strabo riß sein Maul so weit auf, wie er konnte, und ließ Questor seine beachtlichen Zähne sehen. »Tretet ein... Questor Thews... so daß Ihr meine Antwort besser hören könnt!«

Questor sandte einen Hagel von Zahnfleischpusteln in das Drachenmaul, doch die Haut war so zäh, daß sie keine Zeit hatten, sich niederzulassen bevor sie wieder ausgespuckt wurden. Strabo antwortete mit einem Feuerstoß, der den Zauberer hinüber schleuderte und seine Stiefelsohlen wegbrannte. Eine Zeitlang tauschten sie Feuerkugeln aus, bis Questor so mit seinen Armen wedelte, daß man den Eindruck bekam, sie würden sich jeden Moment losreißen und davonfliegen, und dann schickte er einen heftigen Eissturm über den Drachen. Hagel und frostiger Wind peitschten auf Strabo ein, bis er Zuflucht in dem Feuer eines der größeren Krater suchte. Doch der Sturm wütete so gewaltig, daß er die Flammen erstickte und die Flüssigkeit in dem Krater zu Eis verwandelte. Strabo saß in dem Eisklumpen gefangen, der Hagel trommelte auf seinen Schädel, und er heulte laut auf vor unermeßlicher Wut.

Schließlich ließ der Zauber nach, und der Sturm flaute ab. Eine dicke Schickt Schnee bedeckte den Drachen, doch er hatte schon in der Hitze der anderen Krater zu schmelzen begonnen. Strabo streckte seinen Kopf aus dem Versteck und schüttelte gereizt die letzten Schneeflocken ab. Dann schoß er mit heftigem Gebrüll empor, und das Eis zerbarst. Der Drache war wieder frei. Dampf trat ihm aus den Nüstern, als er sich erneut Questor Thews zuwandte.

Questor erstarrte. Was mußte er denn noch tun, um dem Viech beizukommen, überlegte er frustriert. Was mußte er tun?

Er wich einem weiteren Feuerstoß aus und noch einem; dann schleuderte er einen magischen Schild gegen einen dritten. Strabo war einfach zu stark. Eine reine Kraftprobe gegen den Drachen konnte er niemals gewinnen. Er mußte einen anderen Weg finden.

Er wartete, bis Strabo eine Pause machte, um Luft zu holen, dann schickte er ihm einen Juckreiz.

Das Jucken begann an der Innenseite seines linken Hinterfußes, doch als er den Fuß hob, um sich zu kratzen, wanderte das Jucken bis zum Schenkel hinauf, dann über den Rücken, den Nacken, das Ohr, die Nase und wieder hinunter bis zum rechten Hinterfuß. Strabo drehte und wandt sich grunzend und schlug wie besessen um sich, während das Jucken sich – unfaßbar wie ein Stück Seife unter Wasser – auf der einen Seite hinauf und auf der anderen wieder hinunterbewegte und sich ihm entzog, wann immer er versuchte, sich zu kratzen. Er brüllte und jaulte, er wandt sich und warf sich herum, doch nichts half. Er vergaß Questor Thews, rieb seinen Schlangenleib an scharfkantigen Kraterrändern, tauchte in das flüssige Feuer und versuchte verzweifelt, den Juckreiz loszuwerden.

Als Questor Thews endlich mit einer schnellen Handbewegung das Jucken aufhören ließ, war Strabo schlaff wie eine Nudel. Er lag keuchend inmitten der Feuerquellen, seine Kraft war erst einmal verbraucht, und die Zunge hing ihm bis auf den Boden. Er rollte unkontrolliert mit den Augen, bis sie sich schließlich auf den Zauberer richteten.

»Also gut, also gut«, hechelte er wie ein greiser Hund. »Mir reicht's! Was wollt Ihr, Questor Thews? Sagt's schnell und laßt es uns hinter uns bringen!«

Questor Thews schnaubte ein bißchen und genehmigte sich ein befriedigtes Grinsen.

»Nun, alter Drache, das ist wirklich ganz einfach«, begann er.

Halloween – Narretei

Pick Wilson, Chefinspektor des Sheriffsbüros von King County, lehnte sich vorsichtig über seinen aktenbeladenen Schreibtisch und fragte Ben Holiday: »Also, Sie und Ihre Freunde waren gerade unterwegs zu einer Halloween-Party im... welches Hotel sagten Sie noch?«

Ben schaute nachdenklich drein. »Ich glaube, es war im Sheraton. Ich bin nicht ganz sicher. Die Einladung muß irgendwo im Auto liegen.«

»Hm-m-m. Sie waren also in einem Leihwagen unterwegs zu dieser Party, mit Ihren fertig gepackten Koffern im Kofferraum...«

»Gleich anschließend wollten wir zum Flughafen«, unterbrach Ben. Das Büro roch nach frischer Farbe und Desinfektionsmitteln und war unerträglich überheizt.

»Und Sie haben keinerlei Papiere bei sich? Nicht einmal Ihren Führerschein?« Wilson schwieg ein paar Sekunden mit vorwurfsvoller Verwunderung.

»Das habe ich doch schon alles erklärt, Inspektor.« Ben hatte Mühe, seinen Ärger zu verbergen. »Mr. Bennett hat seine Papiere bei sich. Meine sind aus Versehen irgendwo liegengeblieben.«

»Zusammen mit denen von Mr. Abernathy und der jungen Dame«, fuhr Wilson fort. »Das haben Sie jedenfalls behauptet.«

Er lehnte sich wieder in seinen Schreibtischsessel zurück und ließ seinen Blick von dem Skelett über den Gorilla zu der grünen Dame und zurück wandern. Keiner hatte bisher sein Kostüm abgelegt, auch wenn Ben seine Totenmaske längst vom Gesicht genommen hatte und es Miles endlich gelungen war, sich diesen lästigen Gorillaschädel vom Kopf zu zerren. Da saßen sie nun in diesem sterilen, kahlen Büro irgendwo in den Eingeweiden des Polizeigebäudes von King County, wo die Staatspolizei von Washington sie vor fast einer Stunde abgeliefert hatte. Wilson hörte nicht auf, sie zu mustern, und Ben wußte ganz genau, was ihm durch den Kopf ging.

Der Inspektor räusperte sich und schielte auf einen Bericht, der vor ihm auf dem Schreibtisch lag. »Und das Hundekostüm, das wir auf dem Rücksitz gefunden haben...?«

»Das war überflüssig. Es paßte nicht.« Ben beugte sich vor. »Wir sind das doch alles schon einmal durchgegangen. Wenn Sie uns etwas vorzuwerfen haben, dann, bitte, tun Sie das! Sie haben unsere Karte gesehen. Mr. Bennett und ich sind beide Rechtsanwälte, und wir sind bereit, uns und unsere Freunde zu verteidigen, falls dies notwendig würde. Aber wir sind es leid, hier herumzusitzen. Haben Sie noch irgendwelche Fragen an uns?«

Ein Anflug von Lächeln huschte über Wilsons Gesicht. »Nur ein paar. Ähm, wäre es nicht bequemer für Mr. Abernathy, wenn er seine Maske abnähme?«

»Ganz und gar nicht!« schnaubte Ben gereizt. Er warf einen Seitenblick auf Abernathy. »Es war schwierig genug, sie ihm aufzusetzen, glauben Sie mir. Und wir haben die Hoffnung noch nicht aufgegeben, rechtzeitig zu unserer Party zu kommen, Inspektor. Noch fünf Minuten, mehr nicht. Sie *müssen* uns sagen, was Sie uns vorwerfen!«

Er bluffte, aber er mußte irgend etwas tun, um die Dinge voranzutreiben. Er wußte noch immer nicht genau, was Wilson noch in der Hinterhand hatte und welcher Art die Schwierigkeiten tatsächlich waren, in die sie geraten waren. Irgendeine Verwechslung vermutlich, hatte der Inspektor ihn beruhigt. Doch wenn es darum ging, irgend etwas aufzuklären, dann drehten sie sich nur im Kreis.

Weide saß neben ihm in einem Zustand, der wie eine Trance wirkte. Sie hatte die Augen halb geschlossen, und ihr Atem ging flach und schnell. Wilson hatte sie mit wachsendem Mißtrauen beobachtet. Ben hatte dem Inspektor erklärt, sie litte nur ein bißchen unter dem Wetterumschwung, doch ihm war klar, daß Wilson ihm das nicht abnahm. Er war überzeugt, sie stände unter irgendwelchen Drogen.

»Ihrer Freundin scheint es nicht besonders gutzugehen, Mr. Holiday«, sagte der Inspektor, als habe er Bens Gedanken gelesen. »Vielleicht würde sie sich gern irgendwo hinlegen?«

»Ich will bei dir bleiben, Ben«, sagte Weide leise. Ihre Augen blinzelten ein bißchen, dann schlossen sie sich wieder.

Wilson zögerte, dann zuckte er mit den Schultern. Ben schob seinen Stuhl näher neben Weide und legte seinen Arm um ihre Schultern. Er bemühte sich, es so aussehen zu lassen, als tröste er sie nur, um zu verbergen, daß er sie stützen mußte. Sie sank schwach gegen seine Seite.

»Ich möchte die örtliche Anwaltskammer anrufen, Inspektor Wilson«, erklärte Miles plötzlich und stand auf. »Gibt es hier irgendwo ein Telefon, das ich benutzen kann?«

Wilson nickte. »In dem Büro nebenan. Wählen Sie die 9, dann kriegen Sie die Leitung für Außenanrufe.«

Miles warf Ben einen bedeutungsvollen Blick zu und ging hinaus. Als er durch die Tür ging, steckte eine der Sekretärinnen, die im Empfangsbüro arbeiteten, ihren Kopf herein und meldete Wilson, daß er am Telefon verlangt würde. Ben konnte hören, wie draußen ein paar Beamte darüber redeten, daß die Stadt jedes Jahr zu Halloween in Chaos geriete. Hexen, Trolle, Gespenster und der-Himmel-weiß-was-sonst-noch, sagte der eine. Und alles voll von Viechern aus dem Zoo, bestätigte der andere. Es war schon schwierig genug, in normalen Nächten die Ruhe zu wahren, sagte der erste. Unmöglich am Halloweentag, ergänzte der andere. Die sind alle bescheuert, sagte der eine. Völlig übergeschnappt, bestätigte der andere.

Wilson beendete sein Gespräch mit der Sekretärin. »Entschuldigen Sie mich einen Moment, Mr. Holiday«, sagte er und ging hinaus. Die Tür schloß sich hinter ihm.

Abernathy schaute besorgt herüber. »Was werden sie mit uns machen, Hoheit?« flüsterte er. Er hatte kein Wort von sich gegeben, seit sie dorthin gelangt waren, weil Ben ihm gesagt hatte, er solle den Mund halten. Es war schon schwierig genug, diesen Zirkus mit der Halloweenparty aufrechtzuerhalten, auch ohne erklären zu müssen, wieso das Maul der Hundemaske sich so realistisch bewegen konnte.

Ben versuchte ein beruhigendes Lächeln. »Gar nichts. Wir sind hier bald wieder draußen.«

»Ich verstehe nicht, warum sie dauernd fragen, ob ich nicht meine Maske absetzen möchte, Hoheit. Warum soll ich ihnen nicht einfach die Wahrheit sagen?«

»Nein, Abernathy, weil sie die Wahrheit nicht verkraften können, deshalb!« Ben seufzte, ärgerlich über sich selbst. Es gab keinen Grund, seinen treuen Schreiber anzuschnauzen. »Entschuldigt, Abernathy. Ich wünschte, wir könnten ihnen die Wahrheit sagen. Ich wünschte, die Dinge wären wirklich so simpel!«

Abernathy nickte unsicher, warf einen Blick auf Weide, beugte sich vor und flüsterte: »Ich weiß, daß Ihr meinetwegen hierher zurückgekommen seid, und ich bin Euch zutiefst dankbar. Aber ich finde, daß Ihr mich außer acht lassen müßt, wenn wir hier nicht bald rauskommen. Ihr müßt so schnell wie möglich nach Landover zurück und jenen helfen, deren Bedürfnisse dringender sind.« Seine Augen blinzelten kurz zu Weide hinüber. Sie schien eingeschlafen zu sein.

Ben schüttelte traurig den Kopf. »Dafür ist es zu spät, Abernathy. Ich bin hier ebenso gefangen wie Ihr. Wir werden alle zusammen zurückkehren. Alle zusammen.«

Abernathy heftete seinen Blick auf Ben. »Ich bin nicht sicher, daß das möglich sein wird, Hoheit«, flüsterte er.

Ben antwortete nicht. Er wußte nichts zu sagen. Er sah, wie Miles wieder in der Tür erschien und sie hinter sich schloß.

»Hilfe ist unterwegs«, verkündete er. »Ich habe Winston Sack, von Sack, Saul und McQuinn erreicht. Wir haben vor ein paar Jahren mal mit ihnen zu tun gehabt, in jenem ersten Seafirstfall. Er versprach, sofort jemanden rüberzuschicken.«

Ben nickte. »Wer immer das sein mag, ich hoffe er beeilt sich.«

Wilson kam eifrig zurück. »Mr. Holiday, kennen Sie einen Mann namens Michel Ard Rhi?«

Ben war von Anfang an auf die Frage gefaßt gewesen. Es war einfach kein anderer Grund dafür denkbar, daß man sie auf diese Weise festhielt. Er tat so, als müsse er nachdenken, dann schüttelte er den Kopf. »Ich glaube nicht.«

»Also, es sieht so aus, als ob dieser Mr. Ard Rhi Sie und Ihre Freunde beschuldigt, ihm etwas gestohlen zu haben. Irgend so ein Medaillon.«

Es war totenstill im Raum. »Das ist lächerlich!« sagte Ben.

»Mr. Ard Rhi hat uns eine Beschreibung des Medaillons gegeben. Die Beschreibung ist recht genau. Das Medaillon ist aus Silber, und darauf sind ein Ritter und eine Burg abgebildet.« Er wartete. »Besitzen Sie so ein Medaillon?«

Ben fühlte, wie sich ein Kloß in seinem Hals festsetzte. »Wir sollten warten, bis der Anwalt, den Mr. Bennett angerufen hat, hier ist, ehe wir irgendwelche weiteren Fragen beantworten, okay?«

Wilson zuckte mit den Schultern. »Das müssen Sie selber wissen. Mr. Ard Rhi hat jemanden bei der Staatsanwaltschaft benachrichtigt. Deswegen sind Sie hier. Mr. Ard Rhi kommt runter, ich glaube aus der Gegend von Woodinville. Er müßte jeden Moment hier sein. Der Staatsanwalt hat schon jemanden hergeschickt.« Er stand auf. »Wenn alle da sind, können wir vielleicht Licht in die Sache bringen.«

Er ging wieder hinaus und schloß leise die Tür hinter sich. Bis er fort war, herrschte eine Weile Schweigen, dann fluchte Miles: »Verdammt, Ben, er muß dich nur durchsuchen, dann findet er das...«

»Miles!« unterbrach Ben ihn mit einem scharfen Zischen. »Was soll ich denn sonst tun? Wenn er herausfindet, daß ich es habe, werden wir mit Sicherheit verklagt, und das Medaillon wird konfisziert! Ich kann das nicht zulassen!«

»Na, ich weiß nicht, wie du das verhindern willst! Sie werden es ohnehin finden, wenn sie dich durchsuchen!«

»Hör mir bitte zu, ja? Er wird mich nicht durchsuchen! Das darf er gar nicht, wenn kein dringender Verdacht vorliegt, und der liegt nicht vor! Außerdem wird es gar nicht bis dahin kommen!«

Miles' rundes Gesicht verhärtete sich. »Mit allem nötigen Respekt, Ben, du bist kein Strafanwalt! Du bist ein verdammt gerissener Verteidiger, aber dein Spezialgebiet sind Zivilprozesse! Woher willst du wissen, ob ein dringender Verdacht gegen dich vorliegt oder nicht? Ard Rhi wird behaupten, du hättest es ihm gestohlen, und das reicht meines Erachtens als dringendes Verdachtsmoment!«

Ben hatte das Gefühl, in der Falle zu sitzen. Er wußte, daß Miles recht hatte. Aber wenn er zugab, daß er das Medaillon hatte, würden sie den Rest ihres Lebens – oder wenigstens lange genug, damit es ihnen vorkam, als sei es ein ganzes Leben – in diesem Polizeigebäude verbringen. Er schaute von Miles über Abernathy zu Weide. Miles war außer sich vor Sorgen, Abernathy war kurz davor, etwas zu tun, das ihn verraten könnte, und Weide war so krank, daß sie nicht einmal mehr ohne Hilfe gerade sitzen konnte. Landover schien mit jedem Atemzug immer weiter in die Ferne zu rücken. Sein Fluchtplan schien in sich zusammenzufallen. Er konnte keine weiteren Komplikationen in Kauf nehmen. Er mußte ein Mittel finden, sie sofort hier herauszuholen.

Er stand auf, ging zur Tür und öffnete sie. »Wilson«, rief er, und der Inspektor ließ liegen, was er gerade tat, und kam herbei. »Ich habe mir das überlegt«, erklärte Ben. »Warum verschieben wir die Angelegenheit nicht auf morgen oder sogar auf nächste Woche? Die Sache läuft doch nicht weg. Miss Weide scheint es immer schlechter zu gehen. Ich möchte, daß sie sich ein wenig ausruht oder sogar einen Arzt aufsucht. Wenn das geschehen ist, werde ich mit Freuden alle Ihre Fragen beantworten. Was halten Sie davon?«

Er meinte es ehrlich. Er würde zurückkommen, auch von Landover, wenn nötig, und die Dinge ein für allemal in Ordnung bringen. Er hatte längst entschieden, daß ihm der Gedanke, daß Michel Ard Rhi in seiner alten Welt frei herumlaufen und Unheil anrichten konnte, nicht gefiel.

Doch Wilson schüttelte schon den Kopf. »Tut mir leid, Mr. Holiday, aber das geht leider nicht. Wenn ich allein zu entscheiden hätte, würde ich es vielleicht in Betracht ziehen. Aber die Anordnung, Sie hier festzuhalten, kam direkt vom Staatsanwalt. Ich kann Sie nicht freilassen, ohne von dort dazu die Genehmigung zu erhalten. Sie sind Anwalt, Sie müssen das verstehen.«

Ben nickte wortlos. Er verstand das durchaus. Michel Ard Rhi war es gelungen, irgendwo im politischen Räderwerk ein paar Zahnräder zu schmieren. Damit hätte er rechnen müssen. Er dankte Wilson trotz allem und schloß die Tür zum Büro wieder hinter sich. Dann setzte er sich neben Weide und nahm sie in die Arme.

»Jedenfalls hast du es probiert«, versuchte Miles ihn zu trösten.

Weide hob für einen Moment den Kopf von seiner Schulter. »Es wird alles gut ausgehen, Ben«, flüsterte sie. »Mach dir keine Sorgen.«

Aber er machte sich trotzdem Sorgen. Er machte sich vor allem Sorgen, daß die Zeit davoneilte. Er machte sich auch Sorgen, daß sich eine Tür nach der andern schloß, ohne daß er etwas dagegen unternehmen konnte.

Er sorgte sich zwanzig Minuten später noch immer, als es kurz klopfte, die Tür sich öffnete und ein junger Mann in einem ordentlich gebügelten Anzug mit einer Aktentasche in der Hand in der Öffnung erschien, kurz über die Schulter hinweg mit Wilson redete und dann hereinkam. Hoffentlich ist das die Rettung, dachte Ben. Der junge Mann blieb stehen. Er war auf das, was er da sah, nicht vorbereitet.

»Mr. Bennett?« fragte er und schaute unsicher von dem Skelett zu dem Gorilla, dem zotteligen Hund und der blaßgrünen Dame, die vor ihm saßen. Miles streckte ihm die Hand entgegen, und der junge Mann schüttelte sie. »Lloyd Willoughby, Mr. Bennett, von

Sack, Saul und McQuinn. Mr. Sack rief mich an und bat mich, herzukommen.«

»Wir sind Ihnen sehr dankbar, Mr. Willoughby«, sagte Miles und stellte ihm die anderen vor. Ben gab ihm die Hand, Abernathy und Weide schauten ihn nur an, und er schaute zurück. Ben dachte, daß er schrecklich jung aussähe – das hieß, schrecklich unerfahren. Und aus der Art wie er sie anschaute, konnte er ablesen, daß er so ziemlich das gleiche über sie dachte wie Chefinspektor Wilson zuvor.

Willoughby legte seine Aktentasche auf Wilsons Schreibtisch und rieb sich nervös die Hände. »Nun, also, worin besteht denn nun das Problem?«

»Die Sache ist ganz einfach«, übernahm Ben das Wort. »Wir werden hier aufgrund einer falschen Anklage wegen Diebstahls festgehalten – einer Anklage durch einen Mr. Ard Rhi. Dieser Mann hat offenbar bei der Staatsanwaltschaft einen Stein im Brett, denn die Anordnung, uns hier festzuhalten, kam von dort. Was wir wollen – und zwar sofort –, ist, nach Hause gehen zu dürfen und uns ein anderes Mal um diese Angelegenheit zu kümmern. Weide ist ziemlich krank und muß ins Bett.«

»Also, wie ich erfahren habe, liegt eine Anklage wegen Diebstahls vor«, sagte Willoughby und wurde immer nervöser. »Irgendeine Art Medaillon? Können Sie mir etwas darüber sagen?«

»Ich kann Ihnen sagen, daß ich es habe und daß es mir gehört«, erwiderte Ben, weil er keinen Sinn darin sah, etwas anderes zu behaupten. »Mr. Ard Rhi hat keine Grundlage für seine Behauptung, daß ich es ihm gestohlen hätte.«

»Haben Sie das dem Chefinspektor gesagt?«

»Nein, Mr. Willoughby, denn wenn ich das täte, würde er das Medaillon nehmen wollen, und ich habe nicht die Absicht, es aus der Hand zu geben.«

Willoughby sah jetzt aus, als stünde er bis zur Taille in einem Alligatorentümpel. Er kriegte jedoch ein kleines Lächeln zustande. »Gewiß, Mr. Holiday, das kann ich verstehen. Aber haben

Sie das Medaillon bei sich? Denn wie ich die Sache sehe, werden sie Sie vielleicht durchsuchen, das Medaillon finden und Ihnen dann doch abnehmen.«

Ben kochte. »Und wie steht es mit den Verdachtsmomenten? Steht nicht Ard Rhis Wort gegen unseres? Das reicht nicht als Verdacht, oder?«

Willoughby schaute ihn perplex an. »Um ehrlich zu sein, Mr. Holiday, ich bin nicht sicher. Strafsachen sind nur ein kleiner Nebenzweig in der Praxis unserer Firma. Ich kümmere mich manchmal um solche Angelegenheiten, wenn einer unserer Klienten wünscht, von uns vertreten zu werden, aber sonst eigentlich nie.« Er lächelte schwach. »Mr. Sack schickt mich immer zu solchen nächtlichen Angelegenheiten.«

»Wollen Sie damit sagen, daß Sie nicht einmal ein Strafanwalt sind?« fragte Miles und kam auf die Füße, als sei er wirklich der Gorilla, als der er verkleidet war. Willoughby trat eilig einen Schritt zurück, und Ben legte Miles eine Hand auf die Schulter und drückte ihn – mit einem schnellen, warnenden Blick in Richtung auf die Tür, die sie von Wilson trennte – auf seinen Sitz zurück.

Dann wandte er sich wieder zu Willoughby. »Ich will nicht durchsucht werden, Mr. Willoughby. So einfach ist das. Können Sie das verhindern?« Willoughby schaute zweifelnd drein. »Dann werde ich Ihnen was vorschlagen«, fuhr Ben schnell fort. »Sie sind der ortsansässige Rechtsberater, aber ich übernehme die Verhandlung. Sie ziehen einfach mit, okay?«

Willoughby sah aus, als müsse er überdenken, ob man nicht etwas Unanständiges von ihm verlangte. Er runzelte die Stirn und sein glattes, junges Gesicht war in konzentrierte Furchen geknotet. Ben wußte, daß er völlig nutzlos wäre, wenn es hart auf hart käme. Aber es blieb keine Zeit, jemand anderen zu holen.

Die Tür ging wieder auf, und Wilson erschien. »Mr. Martin von der Staatsanwaltschaft hat mich gebeten, Sie für eine kurze Besprechung in Gerichtssaal drei zu bringen, Mr. Holiday. Sie alle, bitte. Vielleicht können Sie dann nach Hause gehen.«

...und die Kühe das Fliegen lehren, dachte Ben verdrossen.

Sie fuhren im Fahrstuhl mehrere Stockwerke aufwärts und gelangten in einen mit Teppichboden ausgelegten Wartesaal. Der Chefinspektor führte sie einen Flur entlang in einen leeren Gerichtssaal. Sie standen am oberen Ende einer Treppe, die zwischen einem Dutzend Reihen von Zuschauerbänken zu einem Gatter führte, hinter dem der eigentliche Gerichtssaal mit dem Richtertisch lag. Die Tribüne der Geschworenen und der Zeugenstand lagen zur Linken, die Journalistenbänke zur Rechten, und die Wand dahinter war von einer Reihe von Fenstern durchbrochen, durch die die Lichter der Stadt zu sehen waren. Der Raum lag im Dämmerlicht. Nur zwei Strahler beleuchteten die Anwaltstische direkt hinter dem Gatter.

Ein Mann mit Brille und grauem Haar erhob sich von einem der Tische. »Inspektor«, sagte er, »würden Sie bitte Mr. Holiday und seine Freunde herunterbringen?«

Unten angekommen, streckte Willoughby ihm seine Hand entgegen und sagte: »Lloyd Willoughby, von Sack, Saul und McQuinn. Mr. Martin, ich bin beauftragt worden, Mr. Holiday zu vertreten.«

Martin schüttelte ihm beiläufig die Hand und vergaß ihn auf der Stelle. »Es ist schon spät, Mr. Holiday, und ich bin müde. Ich weiß, wer Sie sind. Ich habe sogar ein oder zwei der Fälle verfolgt, die Sie vertreten haben. Wir sind beide alte Hasen, also lassen Sie uns gleich zur Sache kommen. Der Kläger, Mr. Ard Rhi, erklärt, daß Sie ihm ein Medaillon entwendet haben. Er möchte es zurückhaben. Ich weiß nicht, um was es sonst geht, aber ich habe Mr. Ard Rhis Wort, daß die Angelegenheit vergessen wird, wenn er sein Medaillon zurückbekommt. Die Klage wird fallengelassen. Was haben Sie dazu zu sagen?«

Ben zuckte mit den Schultern. »Ich sage dazu nur, daß Mr. Ard Rhi spinnt. Werden wir deswegen festgehalten? Weil jemand behauptet, wir hätten ihm ein Medaillon gestohlen? Was ist denn das für ein Blödsinn?«

Martin schüttelte den Kopf. »Ehrlich gesagt, ich weiß es nicht. Viele Verfahren übersteigen längst mein Verständnisvermögen. Aber wie auch immer, Sie sollten es sich lieber noch mal überlegen, denn wenn das Medaillon nicht wieder auftaucht und Mr. Ard Rhi dagegen doch – er dürfte übrigens schon unterwegs sein –, werden Sie mit großer Wahrscheinlichkeit angeklagt werden, Mr. Holiday.«

»Aufgrund der Behauptung eines einzelnen?«

»Ich fürchte ja.«

Ben ging direkt auf ihn los. »Wie Sie sehr richtig gesagt haben, Mr. Martin, ich bin ein alter Hase. Und Mr. Bennett ebenfalls. Unser Wort dürfte einiges wiegen. Wieso glauben Sie *ihm?* Was anderes haben Sie doch nicht, oder?«

Martin war unbeeindruckt und blieb fest. »Das einzige Wort, daß für mich zählt, stammt von meinem Vorgesetzten, der mir Arbeit gibt, und der sagt, ich müsse Sie anklagen, wenn Mr. Ard Rhi – wer immer das ist und was immer der tut – eine Klage unterschreibt. Ich nehme an, daß er, wenn er das Medaillon nicht zurückbekommt, unterschreiben wird. Wie denken Sie jetzt darüber?«

Ben konnte nicht offen sagen, was er darüber dachte, ohne seine Lage noch zu verschlimmern. »Also gut, nehmen Sie mich fest. Aber wie wäre es, wenn Sie die anderen gehen ließen, Mr. Martin? Offenbar gilt die Anklage nur mir.«

Martin schüttelte den Kopf. »Leider nicht. Ihre Freunde sind der Komplizenschaft beschuldigt. Hören Sie, ich habe gerade einen langen, harten Tag bei Gericht hinter mir. Ich habe den Fall verloren, den ich zu vertreten hatte, ich habe die Halloweenparty meiner Kinder verpaßt, und nun sitze ich hier mit Ihrem Verein fest. Mir gefällt das kein bißchen besser als Ihnen, aber so ist das Leben nun mal. Also setzen Sie sich jetzt hier irgendwo hin, während ich meinen Papierkrieg zu Ende bringe. Ich bin verdammt viel zu müde, um in mein Büro zurückzugehen, während wir auf Mr. Ard Rhi warten.« Er zeigte auf die Sitzreihen. »Verschonen

Sie mich, ja? Reden Sie noch mal drüber. Ich will mit dieser Geschichte nichts zu tun haben.«

Er schlurfte müde zu seinem Tisch zurück, ließ sich in den Stuhl fallen und beugte sich über seine Akten. Willoughby machte ihnen voller Eifer Zeichen, sich auf die Bänke zu setzen, und sie setzten sich alle in eine Reihe.

Martin blickte noch mal auf. »Inspektor? Sind Ihre Leute informiert, daß sie Mr. Ard Rhi heraufbringen, wenn er ankommt?« Martin wartete das zustimmende Kopfnicken ab und widmete sich dann wieder seinen Notizen. Wilson zog sich über die Treppe zur Tür zurück und blieb dort stehen.

Willoughby drängte sich durch die Bankreihen bis zu Ben und beugte sich zu ihm hinunter. »Vielleicht sollten Sie wirklich Ihre Entscheidung, das Medaillon nicht herzugeben, noch mal überdenken, Mr. Holiday«, flüsterte er, und es klang, als ob Ben begreifen müßte, daß es das Beste für alle Beteiligten wäre.

Ben warf ihm einen Blick zu, der ihn dazu brachte, sich schleunigst wieder zu entfernen. Weides Stimme drang wie ein Hauch in sein Ohr. »Gib ihnen das Medaillon nicht, Ben.« Sie klang so schwach, daß es ihm den Hals zuschnürte. »Wenn... wenn es sein muß, dann laß mich hier. Versprich mir das.«

»Mich auch, Hoheit«, fügte Abernathy hinzu, der sich herübergebeugt hatte. »Was immer mit uns passiert, Ihr müßt unter allen Umständen nach Landover zurück!«

Ben schloß die Augen. Es gab diese Möglichkeit. Er hatte das Medaillon wieder. Allein würde er zweifellos eine Gelegenheit finden, sich davonzuschleichen. Aber das würde bedeuten, daß er seine Freunde im Stich ließe, und dazu war er nicht bereit, komme, was da wolle. Miles würde wahrscheinlich zurechtkommen, aber Weide würde die Nacht nicht überleben. Und was sollte aus Abernathy werden? Es mußte noch einen anderen Weg geben.

Miles lehnte sich herüber. »Vielleicht solltest du das Medaillon irgendwo verstecken, Ben. Nur für heute. Du kannst es morgen wieder holen kommen. Aber sie dürfen es nicht bei dir finden!«

Ben gab keine Antwort. Er hatte keine Antwort. He, Möglichkeit Nummer zwei, wo steckst du? Er wußte, daß Miles recht hatte. Aber er wußte auch, daß er sich unter gar keinen Umständen wieder von dem Medaillon trennen wollte. Er hatte es jetzt schon zweimal verloren. Das erste Mal, als Meeks ihn glauben gemacht hatte, er hätte es ihm bereits im Traum gegeben, obwohl das gar nicht der Fall gewesen war, und diesmal, als er es Abernathy gegeben hatte, weil Questor diesen erneuten Versuch machen wollte, ihn in einen Menschen zurückzuverwandeln. Beide Male hatte er die Möglichkeit gehabt, es wiederzubekommen, aber nur unter erheblichen Schwierigkeiten. Er hatte keine Lust, ein drittes Mißgeschick zu riskieren. Das Medaillon war ein wesentlicher Teil seiner selbst geworden, seit er nach Landover hinübergewechselt war, und obwohl er noch immer nicht ganz verstand, wie das zu erklären war, wußte er, daß er ohne es seinen Aufgaben nicht gewachsen sein würde. Es gab ihm die magischen Kräfte, die ihn zum König machten. Es gab ihm die Macht über den Paladin. Und außerdem gab es ihm – wenn er das auch nur widerstrebend zugeben mochte – seine Identität.

Er saß in dem finsteren Gerichtssaal und dachte an das Medaillon und daran, was aus ihm geworden war, seit er es bekommen hatte. Er betrachtete die Ausstattung des Gerichtssaales, Symbole seines alten Lebens als Rechtsanwalt, Scherben der Person, die er einmal war, und ihm wurde bewußt, wie weit er sich von alledem entfernt hatte. Demokratie gegen Monarchie. Gerechtigkeit nach der *regula falsi* gegen Gerechtigkeit, die erkämpft werden mußte. Eine Jury von Kollegen gegen eine Jury aus seiner Person. Kein anderes Gesetz als das seine. Das alles war durch den Erwerb des Medaillons möglich geworden. Seine Hand tastete über seine Hemdbrust. Ein ironisches Lächeln huschte über sein Gesicht. Die Versatzstücke seines alten Lebens mochte er abgeschüttelt haben, aber hatte er sie vielleicht nicht einfach gegen neue eingetauscht?

Die Tür ging auf, und ein neuer Beamter erschien. Er wechselte ein paar Worte mit Wilson, und Wilson ging hinunter zu Martin. Sie sprachen kurz miteinander, dann stand Martin auf und ging mit dem Inspektor die Treppe hinauf. Die drei Männer verschwanden durch die Tür.

Ben lief ein Schauder über den Rücken. Irgend etwas lag in der Luft.

Wenige Augenblicke später kamen sie zurück. Martin kam die Treppe herunter und stellte sich vor Ben. »Mr. Ard Rhi ist da, Mr. Holiday. Er sagt, Sie seien gestern bei ihm gewesen, hätten sich als Mr. Squires ausgegeben und versucht, ihm das Medaillon abzukaufen. Da er sich geweigert hätte, seien sie heute nacht zusammen mit Ihren Freunden zurückgekommen und hätten es gestohlen. Offenbar half Ihnen die Tochter seines Hauswarts. Er sagt, sie habe ihren Anteil an der Sache zugegeben.« Er schaute zur Tür. »Inspektor?«

Wilson und der andere Beamte öffneten die Tür und sagten etwas zu jemandem, der draußen stand. Michel Ard Rhi erschien. Seine dunklen Augen funkelten böse. Ihm folgten zwei Mitglieder der Wachtruppe von Graum Wythe.

Elizabeth stand hilflos zwischen den beiden. Sie hatte die Augen niedergeschlagen, und Tränen rannen über ihr sommersprossiges Gesicht.

Ben wurde übel. Sie hatten Elizabeth erwischt. Nicht auszudenken, womit sie ihr gedroht hatten, um sie zu zwingen, den Diebstahl des Medaillons zuzugeben. Und nicht auszudenken, was sie mit ihr anstellen würden, wenn Ard Rhi es jetzt nicht bekäme.

»Kennt irgendwer von Ihnen das kleine Mädchen?« fragte Martin leise.

Niemand sagte etwas. Keiner brauchte etwas zu sagen.

»Wie steht's, Mr. Holiday?« drängte Martin. »Wenn Sie das Medaillon zurückgeben, kann die ganze Sache jetzt sofort fallengelassen werden. Im anderen Falle muß ich Sie verhaften.«

Ben gab keine Antwort. Er konnte nichts antworten. Es schien keinen Ausweg zu geben.

Martin seufzte. »Mr. Holiday?«

Ben rutschte auf der unbequemen Bank vor, während er nach einer Antwort suchte, doch Abernathy dachte, er habe sich entschlossen, das Medaillon aufzugeben, und hob eine Hand, um ihn daran zu hindern.

»Nein, Hoheit, nicht!« rief er aus.

Martin starrte den Hund an. Ben konnte an den Augen des Mannes sehen, was ihn beschäftigte. Er dachte: Wie kann das Maul eines Hundekostüms sich so bewegen? Wie kommt es, daß es Zähne und eine Zunge hat? Wieso sieht das so echt aus?

Da explodierte ein leuchtend roter Feuerball vor den Fenstern des Saals, ein riesiges Loch öffnete sich in der Wand und herein flogen Strabo, der Drache, und Questor Thews.

Drache vor Gericht

Es war einer jener seltenen Augenblicke im Leben, wo alles stillzustehen scheint, alle Bewegung erstarrt und alles in einer Art dreidimensionalem Stilleben verharrt. Es war einer dieser Momente, die sich in die Erinnerung einprägen, so daß jeder der Beteiligten sich noch nach Jahren ganz genau erinnert, wie es war – welche Gefühle, Gerüche, Empfindungen, Farben und Formen alles rundum hatte, und vor allem, wie alles, was kurz vorher und kurz danach geschah, auf diesen einen Augenblick bezogen schien wie Sonnenstrahlen, die sich auf einer stillen Wasseroberfläche spiegeln.

So erging es Ben Holiday. In diesem einen Augenblick sah er alles wie auf einem Foto. Er saß halb seitwärts geneigt in der ersten Bankreihe im Gerichtssaal, Weide auf der einen Seite gegen seine Schulter gelehnt, Abernathy mit leuchtenden Augen zu seiner Linken, Miles in seinem Gorillakostüm neben ihm, eine Mischung aus Verzweiflung und Verblüffung in seinem Engelsgesicht. Martin und Willoughby standen direkt vor ihnen, gleich hinter dem Gatter, zwei Generationen von Anzugträgern, die ihr ganzes Leben dem Glauben an Vernunft und gesunden Menschenverstand geweiht hatten. Der ältere schaute drein, als sei er gerade Zeuge von Harmageddon geworden, der jüngere, als habe er es verursacht. Dahinter am Bildrand, von Bens Sitz gerade noch sichtbar, standen Chefinspektor Wilson und seine Kollegen, Verteidiger des Rechts, halb vornübergebeugt wie Katzen, die gleich in verschiedene Richtungen davonspringen wollen. Michel Ard Rhi stand blanker Haß im Gesicht, und seine beiden Männer waren bleich vor Angst. Nur Elizabeth strahlte in echtem Staunen, was Ben nebenbei erfreut registrierte.

Und draußen vor den Lichtern der Stadt Seattle war Strabo. Seine riesige Gestalt schien mit ausgebreiteten Flügeln wie ein monströser Gleitschirm in der Luft zu hängen, sein schwarzer, verkrusteter Schlangenleib wurde von den Gerichtssaalfenstern eingerahmt, als würde er auf eine Leinwand projiziert. Er blinzelte mit seinen gelben Leuchtaugen, und Rauch puffte aus seinen Nüstern. Questor Thews ritt auf seinem Rücken. Seine geflickten, grauen Gewänder waren völlig zerfetzt, sein weißes Haupt- und Barthaar war mit Asche verkleistert und flatterte im Wind. Auch im Gesicht des Zauberers spiegelte sich allergrößtes Staunen.

Ben hätte im Überschwang seiner Gefühle aufheulen mögen.

Da flüsterte Martin mit der Stimme eines kleinen Kindes: »Herr im Himmel!« Und der Augenblick war vorüber.

Alle fingen gleichzeitig an zu schreien und herumzurennen. Wilson und sein Kollege kamen gebückt die Treppe heruntergerannt, zogen ihre Pistolen und brüllten, sie sollten alle in Deckung gehen. Ben brüllte zurück, sie sollten nicht schießen, warf einen Blick über seine Schulter auf Questor Thews, der gerade eine schnelle, kreisende Handbewegung machte, schaute dann wieder zu den verblüfften Beamten, die plötzlich lauter Gänseblümchen statt ihrer Pistolen in den Händen hielten. Der Flur vor der Tür hatte sich vom Boden bis zur Decke in einen undurchdringlichen Dschungel verwandelt wie im tiefsten Zentralafrika, und Michel Ard Rhi und seine Wachmänner fanden den Ausgang blockiert, als sie verzweifelt zu fliehen versuchten. Elizabeth hatte sich losgerissen, rannte die Treppe herunter und fiel Abernathy um den Hals, wobei sie schluchzend etwas von einer Clownsnase und Michel stammelte und beteuerte, wie leid es ihr täte. Willoughby zupfte und zerrte an Miles, als ob Miles ihn irgendwie aus diesem Alptraum retten könne, und Miles bemühte sich vergeblich, den Mann wegzustoßen.

Da veränderte Strabo draußen plötzlich seine Position, und sein gewaltiger Schwanz schlug mit solcher Vehemenz gegen die Fensterfront, daß Glas, Fensterrahmen und die halbe Wand explosionsartig zerschmettert wurden. Kalter Wind, Motorengeräusche der Autos auf der Straße und der Schiffe im Dock und die Lichter der benachbarten Wolkenkratzer drangen schlagartig und scheinbar ins Mehrfache gesteigert herein.

Ben ging zu Boden, Miles wurde hinter die Sitzbänke geschleudert, und Elizabeth und Abernathy fielen sich in die Arme.

»Strabo!« schrie Michel Ard Rhi.

Strabo kam durch die Öffnung geflogen und ließ sich auf dem Saalboden nieder, wobei er Bänke, Tische, die Journalistentribüne und einen Teil des Gatters plattdrückte.

»Holiday!« zischte er und leckte sich über die spitzen, schwärzlichen Zähne. »Aus was für einer widerlichen Welt kommt Ihr bloß!«

Martin, Willoughby, Wilson, der zweite Beamte, Michel Ard Rhi und seine Leute krabbelten alle übereinander, um dem Drachen auszuweichen, doch sie konnten den Blätterwald, der die Gerichtssaaltüren versperrte, nicht durchbrechen. Strabo musterte sie. Er öffnete sein Maul und spie eine Dampfwolke auf die sieben Männer, die vor Entsetzen aufschrien und hinter den Sitzbänken Deckung suchten. Der Drache lachte und schnappte mit seinen spitzen Zähnen nach ihnen.

»Genug des Unfugs!« schimpfte Questor Thews. Der Zauberer schickte sich an, vom Rücken des Drachen zu steigen.

»Erst bringt Ihr mich gegen meinen Willen hierher, zwingt mich, einem Mann zu Hilfe zu kommen, den ich nicht ausstehen kann und der genau das ist, was er verdient, nämlich Opfer seiner eigenen Dummheit – und jetzt wollt Ihr mir auch noch das kleine bißchen Vergnügen verweigern, das diese sinnlose Unternehmung mir noch geben könnte!« Strabo schnaubte und schlug mit dem Schwanz, wobei eine weitere Reihe von Sitzbänken dran glauben mußte. »Ihr ermüdet mich, Questor Thews!«

Questor achtete nicht auf ihn. »Hoheit!« Der Zauberer eilte herbei und umarmte Ben herzlich. »Seid Ihr wohlauf?«

»Questor! Es ist mir nie besser gegangen!« rief Ben und schlug dem Mann so heftig auf die Schulter, daß er ihn fast umgeworfen hätte. »Und ich war noch nie in meinem Leben so glücklich, jemanden zu sehen! Noch nie!«

»Ich konnte den bloßen Gedanken, daß Ihr einen einzigen Augenblick länger hier wäret, nicht mehr ertragen, Hoheit«, erklärte Questor feierlich. Er richtete sich zu seiner ganzen Größe auf. »Laßt mich hier und jetzt ein Geständnis machen. Dieses ganze Mißgeschick ist meine Schuld. Ich bin derjenige, der alles in Unordnung gebracht hat, somit bin auch ich es, der alles wieder in Ordnung bringen muß.«

Er wandte sich um und sah Abernathy direkt an. »Alter Freund!« rief er. »Ich habe Euch einen schlimmen Bärendienst erwiesen. Es tut mir furchtbar leid. Ich bitte Euch, mir vergeben zu wollen.«

Abernathy kräuselte angewidert die Nase. »Unfug, Questor Thews! Wir haben keine Zeit für solches Gewäsch!« Questor war tief getroffen. »Oh, wegen... Natürlich! Ich vergebe Euch! Das wißt Ihr doch! Aber jetzt schafft uns von hier weg, Teufel noch mal!«

Aber Questor hatte schon Michel Ard Rhi entdeckt. »Ah, hallo, Michel!« rief er die Treppe hinauf, wo der andere hinter einer der Bänke kauerte. Er lächelte strahlend und flüsterte Ben aus dem Mundwinkel zu: »Was geht hier eigentlich vor?«

Hastig berichtete Ben, was Michel mit Abernathy gemacht hatte und was er mit ihnen vorhatte.

Questor war verständlicherweise entsetzt. »Michel hat sich kein bißchen geändert, wie mir scheint. Er ist nach wie vor der gleiche Widerling, der er schon immer war. Gut, daß Landover ihn los ist.« Er zuckte mit den Schultern. »Nun, das ist alles recht amüsant, aber ich glaube, wir sollten uns besser auf den Weg machen, Hoheit. Ich fürchte, der Zauber, mit dem ich diesen Saal hier abgeriegelt habe, wird nicht allzulange halten. Magie hat in dieser Welt nie große Triumphe gefeiert.« Er betrachtete sein Werk vor den Gerichtssaaltüren und seufzte. »Dieser Urwald, den ich da hingezaubert habe, ist weit besser als üblich, meint Ihr nicht auch? Ich bin recht stolz darauf. Ihr wißt, daß ich ganz gut bin, wenn es darum geht, Sachen wachsen zu lassen.«

»Ein wahrhaft grünes Händchen«, bestätigte Ben. Er hielt seinen Blick auf Michel Ard Rhi gerichtet. »Hört zu, Questor, was mich angeht, so meine ich auch, je schneller Ihr uns hier wegschafft, desto besser. Aber wir müssen Michel mitnehmen. Ich weiß«, fügte er hastig hinzu, als er das Entsetzen in Questors Gesicht sah. »Ihr haltet mich für verrückt. Aber was soll aus Elizabeth werden, wenn wir ihn hierlassen? Was wird er mit ihr anstellen?«

Questor runzelte die Stirn. Offensichtlich hatte er daran noch nicht gedacht. »Ach herrje«, sagte er.

Elizabeth, die auf halber Treppe stand, dachte offenbar das gleiche. »Abernathy!« bettelte sie und zerrte ihn am Ärmel. Sie schaute ihn mit weit aufgerissenen Augen an. »Bitte laßt mich nicht hier allein! Ich will nicht mehr hierbleiben. Ich will mit euch gehen!«

Abernathy schüttelte den Kopf. »Nein, Elizabeth...«

»Doch, Abernathy! Bitte! Ich will mitkommen! Ich will zaubern lernen und Drachen reiten und mit dir und Weide spielen und die Burg sehen, wo...«

»Elizabeth...«

»...wo Ben König ist, und die Elfenreiche und all die seltsamen Geschöpfe, alles, und ich will nicht hierbleiben, nicht bei Michel, auch wenn mein Vater meint, es würde alles gut werden, weil das nicht stimmt, niemals...«

»Aber ich kann dich nicht mitnehmen!«

Sie starrten einander verzweifelt an. Dann beugte Abernathy sich zu ihr und nahm das kleine Mädchen ganz fest in seine Arme. Sie klammerte sich an ihn. »O Elizabeth!« flüsterte er.

Draußen hörte man Sirenengeheul näherkommen. Miles packte Ben am Arm. »Ihr müßt sofort von hier verschwinden, Ben – oder ihr kommt hier nie mehr raus.« Er schüttelte den Kopf. »Ich glaube noch immer, das Ganze ist ein verrückter Traum. Grüne Elfen und sprechende Hunde und jetzt auch noch Drachen! Ich glaube, ich werde morgen aufwachen und mich fragen, was ich denn heute abend alles getrunken habe!« Dann grinste er. »Aber das spielt keine Rolle.« Er schaute den Drachen an, der an einem Ende des Richterpultes kaute. »Ich hätte keine Minute davon missen mögen!«

Ben lächelte. »Danke Miles. Danke, daß du zu mir gehalten hast! Ich weiß, daß das nicht leicht war – mit all diesen merkwürdigen Sachen. Aber eines Tages wirst du es verstehen. Eines Tages komme ich wieder und erzähle dir alles.«

Miles legte seine große Pranke auf Bens Schulter. »Darauf bestehe ich, Ben. Aber jetzt seht zu, daß ihr hier wegkommt. Mach dir keine Sorgen über das, was hier geschieht. Ich werde für die Kleine alles tun, was in meiner Macht steht. Und ich werde alles irgendwie wieder in Ordnung bringen. Das verspreche ich dir!«

Questor hatte währenddessen Abernathy und Elizabeth zugeschaut, doch jetzt fuhr er plötzlich auf. »Die Dinge in Ordnung bringen!« rief er aus. »Da kommt mir eine Idee!« Er wirbelte herum und rannte die Treppe hinauf, wo Michel Ard Rhi und die anderen noch immer hinter den Bänken kauerten. »Mal sehen«, murmelte der Zauberer zu sich selbst. »Ich glaube, ich erinnere mich noch, wie das geht. Ach ja!«

Er murmelte ein paar schnelle kurze Worte, fügte ein paar knappe Gesten hinzu und zeigte auf einen nach dem anderen, auf Inspektor Wilson, den anderen Beamten, Michels zwei Bewacher, auf Martin und schließlich auf Lloyd Willoughby von Sack, Saul und McQuinn. Alle hatten auf der Stelle einen ausgesprochen friedlichen Gesichtsausdruck und fielen in tiefen Schlaf.

»Das wär's!« Questor rieb sich zufrieden die Hände. »Wenn Sie wieder aufwachen, werden sie wundervoll geschlafen haben und die ganze Angelegenheit wird ihnen nur noch als ein vager Traum in Erinnerung bleiben!« Er strahlte Miles an. »Das dürfte Ihre Aufgabe wesentlich erleichtern!«

Ben schaute Miles an, der den leeren Ausdruck in Willoughbys Gesicht einigermaßen mißtrauisch betrachtete. Die Sirenen waren inzwischen vor dem Gerichtsgebäude angekommen, und ein Scheinwerferstrahl strich über die aufgerissene Wand.

»Questor, wir müssen von hier verschwinden!« rief Ben. Er nahm Weide auf den Arm. »Bringt Michel her und laßt uns aufbrechen!«

»O nein, Hoheit!« Questor schüttelte mit dem Kopf. »Wir können nicht zulassen, daß Michel wieder in Landover rumläuft! Er hat das letzte Mal schon genug Unheil gestiftet. Ich finde, er ist in dieser Welt besser aufgehoben.«

Ben wollte widersprechen, doch Questor ging schon auf Michel zu, der aufgesprungen war und sich gegen die Saalwand drückte. »Bleibt mir vom Leib, Questor Thews«, quäkte er. »Ich habe keine Angst vor Euch!«

»Michel, Michel, Michel!« seufzte Questor verdrießlich. »Ihr wart immer so eine lächerliche Karikatur von einem Prinzen, und Ihr habt Euch offenbar überhaupt nicht verändert. Ihr seid offensichtlich immer noch entschlossen, Unannehmlichkeiten in das Leben all jener zu bringen, die in Eurer Umgebung leben. Ich kann das gar nicht begreifen. Wie auch immer, Ihr müßt Euch ändern – selbst wenn ich ein bißchen nachhelfen muß.«

Michel duckte sich. »Kommt mir nicht zu nahe, alter Trottel. Eure Zaubertricks mögen andere täuschen, mich nicht! Ihr seid immer nur ein Scharlatan gewesen, ein Angeber, der sich als Zauberer bezeichnet und nicht einmal die ersten Anfänge von wahrer Magie beherrscht, eine komische Figur, die jeder...«

Questor machte eine kurze, schneidende Bewegung, und der Wortschwall aus Michels Mund verstummte, obwohl er immer noch versuchte, weiterzusprechen. Als er erkannte, was mit ihm geschehen war, wich er entsetzt zurück.

»Wir können uns alle im Laufe unseres Lebens weiterentwickeln, Michel«, flüsterte Questor. »Nur du hast das nie begriffen.«

Er machte eine Reihe komplizierter Gesten und murmelte einige leise Worte. Eine Spur von Goldstaub stob von seinen Fingerspitzen und legte sich auf Michel Ard Rhi. Der ehemalige Prinz von Landover schrak zurück, dann erstarrte er, und sein Blick schien auf irgend etwas in weiter Ferne zu fallen, das kein anderer sehen konnte. Er entspannte sich wieder, und sein Gesicht spiegelte eine Mischung aus Entsetzen und Verstehen wider.

Questor kam jetzt die Treppe herunter. »Hätte ich schon längst tun sollen!« murmelte er. »Ganz einfache Magie, die beste, die es gibt. Und außerdem stark genug, um von Dauer zu sein, selbst in dieser Welt der Ungläubigen.«

Als er bei Elizabeth und Abernathy ankam, blieb er kurz stehen und legte dem kleinen Mädchen seine knochigen Hände auf die Schulter. »Es tut mir leid, Elizabeth, aber Abernathy hat recht. Du kannst nicht mitkommen. Du gehörst hierher, wo dein Vater und deine Freunde sind. Du bist hier zu Hause, nicht in Landover. Und das hat auch seinen Sinn. Wie fast alles, was im Leben geschieht, einen Sinn hat. Ich will nicht behaupten, daß ich immer weiß, worin der Sinn liegt, aber ein bißchen verstehe ich schon. Du glaubst an die Magie, nicht wahr? Nun, das ist sicher einer der Gründe, warum du hier bist. Jede Welt braucht jemanden, der an die Magie glaubt – um dafür zu sorgen, daß sie von jenen, die nicht daran glauben, nicht ganz und gar vergessen wird.«

Er beugte sich hinunter und küßte ihre Stirn. »Schau mal, was du ausrichten kannst, ja?«

Er ging weiter und kam an Ben vorbei. »Keine Sorge, Hoheit. Sie wird keine weiteren Probleme mehr mit Michel Ard Rhi haben, das verspreche ich Euch.«

»Woher wollt Ihr das wissen?« fragte Ben. »Was habt Ihr mit ihm gemacht?«

Doch der Zauberer war schon dabei, auf den Drachen zu klettern. »Das erkläre ich Euch später, Hoheit. Wir müssen jetzt wirklich aufbrechen. Unverzüglich, würde ich sagen.«

Er zeigte auf die Rückwand des Gerichtssaales, und Ben konnte sehen, daß die Blätterwand zu schwinden begann. In wenigen Augenblicken würde der Eingang wieder frei sein.

»Macht, daß ihr wegkommt, Ben!« flüsterte Miles mit rauher Stimme. »Viel Glück!«

Ben drückte den Arm seines Freundes kräftig, dann trug er

Weide durch die Trümmer des Gerichtssaales zu Strabo, der sich schon umgedreht hatte und vor dem Loch in der Mauer stand. Der Drache warf Ben einen giftigen Blick zu, fauchte und zeigte alle seine Zähne. »Reite auf mir, Holiday«, lud er ihn drohend ein. »Dies ist deine letzte Chance, es zu versuchen.«

»Strabo! Ich hätte das niemals für möglich gehalten!«

»Mir ist wurscht, was du glaubst«, schnaubte der Drache. »Verplempere nicht meine kostbare Zeit!«

Ben drückte Weide fest an sich und fing an, auf den Drachenrücken zu klettern. »Es muß Questor ein kleines Wunder gekostet haben, dich…« Er hielt inne, als er plötzlich das Geräusch schnell herannahender Hubschrauber hörte.

Strabo stülpte die Lippen zurück. »Was ist das, was ich da höre?« fauchte er.

»Ärger«, gab Ben zurück und schwang sich schnell hinter Questor hinauf. Weide öffnete kurz die Augen und schloß sie wieder. Ben drückte sie fest an sich. »Beeilt Euch, Abernathy!«

Elizabeth umarmte den Hund wieder. »Ich will noch immer mit euch mitgehen!« flüsterte sie. »Wirklich!«

»Ich weiß«, flüsterte er zurück, dann riß er sich ein wenig grob aus ihrer Umarmung los. »Es tut mir leid, Elizabeth. Auf Wiedersehen.«

Die anderen riefen ihn. Er war schon auf halbem Wege durch das zerschmetterte Gatter, als Elizabeth fragte: »Kommst du wieder? Bitte! Irgendwann?«

Er blieb stehen und nickte. »Das verspreche ich dir, Elizabeth.«

»Vergiß mich nicht!«

»Nein, ich vergesse dich nicht. Niemals!«

»Ich hab' dich lieb, Abernathy.«

Er lächelte, versuchte zu antworten und leckte sich dann nur die Schnauze und eilte davon. Er weinte, als er sich hinter Ben niederließ. »Entschuldigt bitte, Hoheit«, sagte er leise.

»Heimwärts, Strabo!« rief Questor.

Der Drache fauchte und erhob sich aus dem zertrümmerten Gerichtssaal. Sein kräftiger Flügelschlag ließ große Staubwolken aufwirbeln; die letzten Lichter flackerten und erloschen, und der Drache schien die ganze Nacht zu füllen. Ein Wesen aus Märchen und Gutenachtgeschichten, doch für den Mann und das Kind, die ihn dort sahen, war er für einen kleinen Augenblick noch Wirklichkeit.

Dann flog er durch die Maueröffnung und war fort. Miles ging hinüber zu Elizabeth, die dastand und in die Nacht hinausstarrte. Er stand schweigend neben ihr und lächelte, als ihre kleine Hand die seine fand.

Strabo schoß durch die Öffnung in der Wand der fünften Etage des Gerichtsgebäudes und stieß beinahe mit einem Hubschrauber zusammen. Maschine und Monster stoben voneinander weg und jagten durch die eisige Nachtluft zwischen den scharfen Strahlen von mehreren Scheinwerfern hindurch, die von der Straße heraufleuchteten. Keiner der beiden wußte wirklich, was ihm da begegnet war. Beide waren nur als dunkle Schemen vor dem Nachthimmel über der Stadt zu erkennen, und die Verblüffung war beiderseits offensichtlich.

Der Hubschrauber verschwand mit aufheulendem Motor himmelwärts, Strabo verlor an Höhe und sauste zwischen Hochhäusern hindurch.

Man hörte Menschen auf den Straßen aufschreien.

»Höher, Drache!« brüllte Questor verzweifelt.

Strabo schwenkte wieder aufwärts, und beschrieb eine scharfe Kurve zwischen zwei großen Gebäuden hindurch. Seine Schuppenhaut dampfte. Ben und seine Gefährten klammerten sich verzweifelt an ihm fest, obwohl Questors Magie sie mit Gurten gesichert hatte. Der Hubschrauber kam dröhnend um eine Gebäudeecke und suchte die Umgebung mit Scheinwerfern ab. Ein zweiter folgte ihm. Strabo schrie auf.

»Sagt ihm, er soll kein Feuer auf sie speien!« brüllte Ben warnend Questor zu, als er sich vorstellte, wie Hubschrauber und

Häuser in Flammen aufgehen und daß Miles und Elizabeth im Gefängnis landen würden.

»Kann er nicht!« brüllte Questor zu ihm nach hinten zurück. »Seine Magie ist in dieser Welt so begrenzt wie meine! Er hat nur ein bißchen Feuer, und das muß er aufbewahren, um den Durchbruch zu schaffen!«

Das hatte Ben ganz vergessen. Strabo brauchte sein Feuer, um einen Durchgang nach Landover zurück zu öffnen. So hatte er sie damals aus Abbaddon herausgebracht, als die Dämonen sie dort gefangengehalten hatten.

Sie schlugen Haken und wichen aus, doch die Hubschrauber folgten ihnen.

Strabo bog um die Ecke eines Gebäudes und schoß hinaus in Richtung auf die Bucht. Sie überflogen Kais, Piere, Molen, Anlegestellen mit Docks, riesigen Containern und gewaltigen Kränen, die aussahen wie gänsehälsige Saurier, und eine unendliche Vielfalt von Schiffen und Kähnen aller Größen und Formen. Weit in der Ferne erhob sich ein gewaltiges Gebirgsmassiv, und unter ihnen blinkten und flackerten die Lichter der Stadt.

Eine Schiffssirene schrillte durch die Nacht und jagte allen einen Schrecken ein, weil sie so nah klang. Strabo erbebte, wendete nach links und stieg wieder höher. Ben kniff die Augen zusammen. Etwas Riesiges drohte von hinten, kam unglaublich schnell näher, bestückt mit kleinen roten und grünen Warnlämpchen.

»Ein Jet!« schrie er warnend. »Paßt auf, Questor!«

Questor brüllte Strabo etwas zu, und der Drache schwenkte genau in dem Augenblick zur Seite, als das gewaltige Flugzeug auf seinem Landeanflug an ihnen vorbeiraste. Die Motoren dröhnten und verdrängten sämtliche anderen Geräusche.

Strabo wendete und steuerte mit gefletschten Zähnen wieder auf die Stadt zu.

»Nein!« kreischte Questor. »Steig, Drache, steig höher! Bring uns nach Hause!«

Aber Strabo kochte vor Wut. Er wollte irgend etwas oder irgend jemanden zum Kämpfen. Dampf stob in Schwaden aus seinen Nüstern, und merkwürdige, beängstigende Laute drangen aus seiner Kehle.

Er überflog den Hafen und entdeckte die Hubschrauber. Er brüllte herausfordernd, und jetzt schossen glutrote Flammen zwischen seinen Lefzen hervor.

Ben war außer sich. »Laßt ihn umkehren, Questor! Wenn er sein ganzes Feuer verbraucht, sitzen wir hier fest!«

Questor rief dem Drachen eine Warnung zu, doch Strabo achtete nicht auf ihn. Er steuerte geradewegs auf die Hubschrauber los, schoß zwischen sie, so daß sie gezwungen waren, wild abzudrehen, um eine Kollision zu vermeiden, und jagte dann wieder mitten zwischen die Hochhäuser der Stadt. Ben war sicher, daß er Menschen schreien hörte. Er war sicher, daß er Schüsse hörte. Und Strabo – der Himmel stehe ihnen bei – jagte im Blindflug dahin.

Und dann, als es so aussah, als sei alles völlig außer Kontrolle geraten, schien der Drache sich zu besinnen. Mit einem Schrei, der die Nacht erstarren ließ, schoß Strabo plötzlich himmelwärts. Ben, Questor, Abernathy und Weide wurden heftig nach hinten geworfen. Wind peitschte sie und drohte sie fortzublasen. Er ließ sie kalt werden bis auf die Knochen. Geräusche und Bilder schwanden in einem Strudel von Bewegung. Ben hielt den Atem an und wartete darauf, daß sie alle auseinanderbersten würden. Dann würde diese Jagd ihr einzig mögliches Ende finden, dachte er. Sie würden einfach auseinanderbersten. Es gab keine andere Möglichkeit.

Er irrte sich. Strabo kreischte ein zweites Mal und spie plötzlich einen gewaltigen Feuerstoß aus. Die Luft schien zu schmelzen, und die Himmel öffneten sich. Ein ausgefranstes Loch entstand, schwarz und leer, und sie flogen hinein.

Die Schwärze verschlang sie. Ein Licht schimmerte auf, und es wurde heiß. Ben schloß die Augen und öffnete sie erst später ganz langsam wieder.

Eine Ansammlung bunter, festlicher Monde hing am Himmel,

Sterne funkelten und erleuchteten die Nacht wie in einem Kinderbuch. Rundum erhoben sich Gebirgsmassen, und Nebelschwaden spielten Verstecken hinter karstigen Wipfeln und ehrwürdigen, alten Baumriesen.

Ben Holiday stieß einen langgezogenen Seufzer der Erleichterung aus.

Sie waren wieder zu Hause.

Stöpsel

Die kleine Gruppe verbrachte den Rest der Nacht am Westhang des Tales gleich nördlich des Herzens. Sie ließen sich in einem Hain mit Obstbäumen und karminrotem Ahorn nieder, wo der Duft von Beeren und frischen Äpfeln sich mit dem der saftdurchfluteten Borke in der kühlen Nachtluft verband. Zikaden und Heimchen zirpten, Nachtvögel riefen von fern und nah, und das ganze Tal wisperte in zartester Kadenz, daß alles gut sei. Schlaf war ein willkommener, alter Freund in einer solchen Nacht. Und er kam zu allen erschöpften, abgekämpften Mitgliedern der kleinen Gruppe – mit einer Ausnahme.

Sogar Strabo war eingeschlafen und hatte sich in gewisser Entfernung im Schutze einer kleinen Felswand zusammengeringelt, doch Ben blieb wach. Er konnte nicht einschlafen. Er lehnte sich an Weide und wartete auf den Morgen, sorgenvoll und ungeduldig. Weide war jetzt Baum. Sie hatte sich wenige Augenblicke, nachdem sie sie fast bewußtlos vom Rücken des Drachens gehoben und auf den Boden gebracht hatten, transformiert. Sie hatte ihn mit einem kleinen Druck ihrer Hand und einem winzigen Lächeln zu beruhigen versucht, und dann hatte sie sich umgewandelt. Ben aber war noch nicht vollständig überzeugt. Er blieb wach und ganz nah bei ihr und hoffte, daß er sich nicht nur einbildete, daß ihr Atem stetig kräftiger, regelmäßiger und tiefer klang. Er wußte, daß sie fest daran geglaubt hatte, daß die Transformation notwendig war und daß, welche Krankheit auch immer sie in seiner alten Welt heimgesucht, welche Gifte auch immer ihr zugesetzt hatten, der Boden ihrer eigenen Welt sie wieder gesund machen würde. Mag sein, mag auch nicht sein, dachte Ben. Er hatte früher schon gesehen, daß es wirkte, aber das waren andere Umstände gewesen. Er konnte nicht anders, voller Sorgen hielt er Wache.

Und trotzdem hatte er mehrfach versucht, auch ein wenig Schlaf zu bekommen, hatte versucht, die Augen zuzumachen und sich hineinfallen zu lassen, doch seine Gedanken waren düster und voll der Androhung erschreckender Träume. Er konnte die Erinnerung nicht so schnell abschütteln, daß sie um Haaresbreite nicht zurückgekommen wären. Er konnte das Gefühl von Hilflosigkeit nicht vergessen, das ihn dort in dem leeren Gerichtssaal gepackt hatte, als ihm, dem ehemaligen Anwalt, jegliche Bewegungsfreiheit genommen war, als alle seine Argumente erschöpft und für nichtig erklärt waren. Er konnte sich nicht verzeihen, daß ihm alle Kontrolle so vollständig abhanden gekommen war.

Wie weit hatte er sich von sich selbst entfernt, als er seine alte Welt gegen diese neue eingetauscht hatte? Was hatte er geopfert, um das Gefühl wieder zu beleben, sein Leben habe einen Sinn? Zu viel vielleicht – soviel jedenfalls, daß er Gefahr lief, nicht mehr zu wissen, wer er wirklich war.

Er schwebte in seltsamem Halbschlaf zwischen Selbstvorwürfen und Vermutungen, geplagt von Dämonen seiner eigenen Gedankenwelt. Hilflos begegnete er ihnen, jede Begegnung verursachte neue Qualen und neue Zweifel. Er war zu verwundbar, und er konnte sich offenbar nicht einmal selber beschützen. Er ließ sich einfach treiben.

Als endlich das Morgengrauen in die finsteren Winkel seines Bewußtseins drang, am östlichen Horizont der Himmel sich lichtete und die Nacht nach Westen wich, hatte er schließlich ein wenig Schlaf gefunden, wenn auch nur für kurze Zeit. Er schreckte bald wieder auf, und seine Augen suchten Weide, die friedlich schlafend neben ihm lag, wieder mit kräftiger Farbe und wie durch ein Wunder zum Leben erweckt. Tränen traten ihm in die Augen, und lächelnd wischte er sie fort. Nun endlich fingen die Dämonen an, sich zu verziehen, und er konnte wieder ein kleines Maß Hoffnung entwickeln, daß es ihm gelingen könnte, einen Sinn darin zu finden, was und wer er war, und die Zügel dessen, was seinem Leben Maß und Ordnung gab, wieder selbst in die Hand zu nehmen.

Und jetzt konnte er sich zum ersten Mal auch einem Problem stellen, das er die ganze Nacht sorgfältig umgangen hatte – der Notwendigkeit, sich mit Nachtschatten und dem Darkling auseinanderzusetzen. Das Gespenst dieser Aufgabe hatte am Rande seines Unterbewußtseins gelauert, seit Questor ihm gleich nach der Landung berichtet hatte, was aus der Flasche geworden war. Über all die Stunden hatte er sich gehütet, jene Schranke zu überqueren, wo er gezwungen gewesen wäre, darüber nachzudenken. Aber jetzt mußte er sich Gedanken darüber machen, das war ihm völlig klar. Er konnte es nicht länger verschieben. Alles, was er auf der Suche nach Abernathy und dem Medaillon durchgestanden hatte, wäre für die Katz, wenn es ihm jetzt nicht gelänge, diese verdammte Flasche wieder in die Finger zu kriegen. Das bedeutete, daß er sich Nachtschatten stellen mußte. Und das konnte ihn leicht das Leben kosten.

Er saß auf der Lichtung und sah, wie diese langsam heller wurde, spürte, wie der morgendliche Puls sich beschleunigte und die schläfrige Schlaffheit der Nacht zu weichen begann. Er ließ seine Hand hinuntergleiten, und seine Finger strichen zart über Weides Gesicht. Sie bewegte sich leicht, doch sie wachte nicht auf. Wie sollte er schaffen, was er zu tun hatte? überlegte er. Wie konnte er die Flasche von der Hexe zurückbekommen und dann den Dämon wieder hineinstecken? Zweifel und Ängste mit ihren schmerzenden Spitzen hatten ihn jetzt verlassen. Er konnte wieder klar und realistisch denken. Ihm wurde klar, daß er wieder zum Paladin werden mußte, diesem wandernden Ritter, dem *Alter ego* der Könige von Landover und furchteinflößenden Götzen, der jedesmal ein bißchen mehr von seiner Seele zu fordern schien, wenn er seine Dienste anrief. Er schauderte unwillkürlich unter den zwiespältigen Gefühlen, die sich in ihm rührten. Er würde die Stärke des Paladin brauchen, um Nachtschattens Magie – und der des Dämonen – gewachsen zu sein. Questor Thews würde natürlich mithelfen. Questor würde alle seine Magie für die Sache zur Verfügung stellen. Die eigentliche Frage war jedoch: Würden sie beide stark genug sein? Und selbst wenn man Nachtschatten zunächst außer Betracht ließ, wie sollten sie den Darkling überwältigen? Wie konnte überhaupt *irgendwer* den Darkling überwältigen, dessen Kräfte offenbar unbegrenzt waren?

Ben Holiday saß einsam in der Morgendämmerung und versuchte, dieses Puzzle zu lösen. Er war noch immer damit beschäftigt, als die anderen erwachten, und er hatte nach wie vor keine Lösung gefunden, denn die Antwort, die er suchte, war so unfaßbar wie ein Frost im Sommer.

Er war erst einmal angenehm überrascht, als während des Frühstücks, während dem er vor allem damit beschäftigt war, sich zu vergewissern, daß Weide wieder gesund war, die Antwort sich ganz von allein einstellte.

Und er war ebenfalls ausgesprochen überrascht, als Strabo im Anschluß an das Frühstück anbot, sie alle nach Norden zum Tiefen Schlund zu bringen. Doch das hätte ihn nicht überraschen müssen, denn der Drache machte das Angebot weder, weil er sich irgendwie verpflichtet fühlte, ihnen weiterhin zu helfen, noch weil Questor eventuell eine gewisse Macht über ihn gehabt hätte. Er hatte weder Verantwortungsgefühl noch Anteilnahme an ihrem Geschick. Er bot sich einfach aus Neugierde an, weil er die Show nicht verpassen wollte, wenn Nachtschatten und Holiday aufeinander losgingen. Er brauchte irgendein Blutvergießen, um seinen Zorn darüber abzureagieren, daß er überhaupt in diesen Konflikt verwickelt worden war, und er konnte nur hoffen, daß sowohl die Hexe als auch der König in dem Kampf, der nun bevorstand, kräftig bluten würden.

»Du bist mir einiges schuldig, Holiday!« verkündete der Drache mit einem giftigen Fauchen, als er Ben anbot, ihn zu seinem eigenen Untergang zu tragen. »Das ist jetzt schon das zweite Mal, daß ich deine wertlose Haut gerettet habe, ohne daß du mir etwas dafür gegeben hast. Wenn Nachtschatten dich erledigt, betrachte ich deine Schuld als abgegolten – aber wenn nicht! Denk, was ich deinetwegen durchgemacht habe! Ich bin angegriffen worden, Holiday – gejagt und verfolgt von metallenen, fliegenden Dingern; von Lichtern gehetzt und von deinesgleichen angebrüllt und bedroht worden; mein Organismus wurde mit Giften verpestet, über die ich nur Vermutungen anstellen kann, und mein seelisches Gleichgewicht gedankenlos gestört!« Er holte tief Luft. »Anders ausgedrückt, ich betrachte dich als das lästigste, störendste Geschöpf, das kennenzulernen ich je das Pech hatte, und ich *sehne* mich nach dem Tag, wo es dich endlich nicht mehr geben wird!«

Nachdem er das gesagt hatte, kniete er sich hin, so daß der Gegenstand seines Ärgers aufsteigen konnte. Ben warf einen Seitenblick auf Questor, der nur mit den Schultern zuckte und meinte: »Was kann man von einem Drachen schon anderes erwarten?«

Abernathy und Weide machten ihm ebenfalls die Hölle heiß, weil sie darauf bestanden, ihn zu begleiten. Als er mit Entschiedenheit erklärte, daß er das in Anbetracht der Gefahren durch die Hexe und den Flaschendämon, denen Questor und er sich vermutlich aussetzen würden, nicht für eine gute Idee hielt, bestanden beide darauf, er solle sich seinen Entschluß lieber noch mal überlegen.

»Ich habe diese akuten Unannehmlichkeiten von Graum Wythes Verlies und die Unberechenbarkeiten von Michel Ard Rhis Persönlichkeit nicht überlebt, um jetzt einfach hier zurückgelassen zu werden!« erklärte der Hofschreiber ziemlich gereizt. »Ich beabsichtige, diese Angelegenheit bis zum Ende durchzustehen! Und außerdem«, schnaubte er, »braucht Ihr jemanden, der ein Auge auf den Zauberer hält!«

»Und ich habe auch nicht die Absicht, mich hier absetzen zu lassen«, ergänzte Weide hastig. »Ich bin wieder gesund, und du könntest mich brauchen. Ich habe es dir schon oft gesagt, Ben Holiday – was dir widerfährt, widerfährt auch mir.«

Ben war durch ihre Argumente nicht wirklich überzeugt. Keiner schien sich von den Strapazen der letzten Abenteuer so richtig erholt zu haben, und keiner von beiden konnte ihm helfen, wenn es um Nachtschatten und den Darkling ging. Aber er wußte auch, daß ihm nichts weiter einfallen würde, die beiden umzustimmen, also sagte er sich, es sei einfacher, sie mitzunehmen, als sie zum Fernbleiben zwingen zu wollen. Er schüttelte den Kopf. Nichts schien je so laufen zu wollen, wie er sich das vorstellte.

So hoben sie sich wenig später auf dem Rücken des Drachen wieder in die Lüfte, ließen den Obstgarten mit den Apfel- und Ahornbäumen, in dem sie ihr Nachtlager aufgeschlagen hatten, das Herz mit seinen Fahnenmasten, flatternden Wimpeln und polierten Eichenholzbänken und in der Ferne die kleine Insel mit Silber Sterling hinter sich, verließen schließlich das südlich gelegene Hügelland und gelangten in die Ebenen und Weidegebiete im Norden. Sie flogen, bis das Grünland hinter ihnen lag und die Wand des Melchor sich vor ihnen erhob. Da steuerte Strabo wieder bodenwärts, segelte behäbig über die düstere, dunstige Senke des Tiefen Schlundes mit den Hintergedanken, daß ihre Anwesenheit Nachtschatten auf keinen Fall entgehen sollte, und landete schließlich auf einem kleinen Wiesenstück nicht weit vom Rand des Abgrundes.

Ben und seine Gefährten ließen sich vom Rücken des Drachen zu Boden gleiten und warfen verstohlene Blicke auf den Klippenrand, in dessen Tiefe die Hexe zu Hause war. Nebel waberte zäh in der windlosen Mittagsluft, als werde er von unsichtbarer Hand aufgewühlt, und dumpfe Stille lag über allem, was in den Tiefen möglicherweise am Leben war. Es war schwül und drückend, plumpe Wolken schwammen träge über den Bergen dahin. Im Osten strahlte die Sonne, doch hier war alles von einem dicken, grauen Schleier verhüllt.

Spuren des Welkens, die das Land schon einmal gezeichnet hatten, als Ben in Landover angekommen war, waren jetzt wieder zu erkennen. Blätter waren verschrumpelt und sahen krank aus, ganze Baumgruppen und Gestrüppfelder waren schwarz. Der Schaden erstreckte sich vom Tiefen Schlund aus, so weit das Auge reichte – fast als sei eine Krankheit aus dem Abgrund gekrochen und habe in immer weiteren Kreisen verzehrt, was sie finden konnte.

»Ein passender Hintergrund für dein Ableben, Holiday!« spottete der Drache, der sich heruntergebeugt hatte. »Warum fängst du nicht endlich an?«

Er breitete die Flügel aus und schwang sich in die Berge hinauf, wo er es sich auf einem vorstehenden Felsen bequem machte, von dem aus er den Schlund bestens überblicken konnte.

»Ich finde ihn dieser Tage ziemlich unerträglich«, murmelte Questor Thews.

»Und ich kann kaum glauben, daß er jemals anders gewesen sein soll«, erwiderte Ben.

Er brachte Weide und Abernathy zu einem etwas abseits gelegenen Blaubonniehain und flehte sie an, sich nicht zu zeigen, bis nicht die Angelegenheit mit der Hexe und dem Dämon geregelt wäre. Er erwartete nicht im Ernst, daß sie sich an seine Vorschriften halten würden, aber er mußte es wenigstens versuchen.

Dann ging er langsam zu Questor hinüber und erläuterte ihm zum ersten Mal seinen Plan mit dem Darkling. Questor war zunächst nachdenklich, dann erklärte er: »Hoheit, ich glaube, Ihr habt die Lösung gefunden.«

Ben lächelte dünn. »Die Lösung finden ist eines, sie anwenden ist etwas ganz anderes; Ihr wißt, was ich meine, nicht wahr? Eine heikle Angelegenheit, Questor. Und es muß so genau gemacht werden! Dabei hängt einiges von Euch ab.«

Questors Eulengesicht war feierlich. »Ich weiß, Hoheit. Ich werde Euch nicht im Stich lassen.«

Ben nickte. »Laßt Euch selbst nicht im Stich. Seid Ihr bereit?«

»Ja, Hoheit.«

Ben wandte sich zum Tiefen Schlund und rief laut: »Nachtschatten!« Der Ruf hallte mehrfach wieder und verstummte. Ben wartete und rief erneut. »Nachtschatten!« Wieder mehrere Echos und dann Stille. Nachtschatten war nicht zu sehen. Questor trat unbehaglich von einem Fuß auf den anderen.

Der Darkling dagegen, so hofften sie jedenfalls, war ein für allemal fort.

Und so war Ben nun, nachdem die dräuende Gefahr zunächst einmal gebannt war, endlich in der Lage – unterbrochen hin und wieder von Questors Ergänzungen –, Weide und Abernathy zu erzählen, wie das Problem mit dem Darkling gelöst worden war.

»Das Geheimnis lag in der Flasche«, erzählte Ben. »Der Darkling lebte in der Flasche und verließ sie nie für lange Zeit, selbst wenn man ihn daraus befreite, so daß irgendein geheimnisvolles Band ihn mit ihr verbinden mußte. Denn sonst hätte der Dämon, der immer so erpicht darauf war, herausgelassen zu werden, sein Gefängnis ja einfach verlassen und abhauen können. Ich habe mir überlegt, was es bedeuten könnte, daß er die Flasche nicht ganz aufgeben wollte. Würde die Magie aus der Flasche stammen und nicht vom Dämon selbst, wäre der Dämon gezwungen, in der Nähe der Flasche zu bleiben, wenn er weiterhin die Magie zur Verfügung haben will. Und je länger ich darüber nachdachte, um so klarer wurde mir die Angelegenheit.«

»Und so schlug Seine Hoheit mir vor«, unterbrach Questor ihn eifrig, »daß man dem Darkling, wenn seine Magie wirklich aus der Flasche stammen sollte, den Zugang zu seiner Macht versperren könnte, wenn man die Flasche verschließen würde.«

»Die besondere Schwierigkeit an diesem Trick war, daß es geschehen mußte, bevor Nachtschatten erkennen konnte, was da gespielt wurde – und die Flasche zurückzubekommen, ehe sie irgend etwas unternehmen könnte.« Jetzt übernahm Ben wieder das Wort: »Während also der Paladin in den Kampf mit Nachtschatten und dem Darkling verwickelt war, zauberte Questor sich so klein, daß er sich im Flaschenhals verstecken konnte. Er machte sich zum Flaschenstöpsel, aber er hinterließ ein Abbild seiner selbst, so daß Nachtschatten nicht auffallen konnte, was er im Schilde führte. Was Nachtschatten vernichtete, als sie schließlich erkannte, daß Questor vermutlich hinter dem Magieverlust ihres Monsters steckte, war nichts als sein Abbild.«

»Ihr hättet uns wenigstens ein bißchen davon wissen lassen können!« unterbrach ihn Abernathy hitzig. »Ihr habt uns zu Tode erschreckt mit diesem Trick! Wir dachten, dieser alte... na ja, wir dachten, er sei gebraten worden!«

»Questor verstopfte die Flasche«, fuhr Ben fort, ohne auf den Einwurf des Hofschreibers einzugehen. »Und damit wurde die Quelle für die Kraft des Darklings abgeschaltet, und Nachtschattens Kraft, die sich ebenfalls auf die Flasche verließ, wurde somit wirkungslos. Das alles funktionierte genauso, wie wir geplant hatten. Und als Nachtschatten schließlich begriff, was wirklich geschehen war, war es längst zu spät. Die Kreatur war erledigt, der Dämon war zu sehr geschwächt, um noch irgend etwas ausrichten zu können, und der Paladin gewann die Oberhand. Als Questor Nachtschatten in seiner wahren Größe unvermutet entgegensprang, verblüffte er sie derart, daß er ihr die Flasche entreißen konnte. Sie konnte nichts dagegen tun.«

»Was wir allerdings nicht vorhergesehen hatten«, unterbrach Questor wieder, »war, wie entscheidend das Verschließen der Flasche den Darkling in Schwierigkeiten bringen würde. Der Dämon entnahm der Flasche nicht nur seine Zauberkraft, sondern auch sein Leben. Als er ausgesperrt wurde, bedeutete das sein Ende.«

Die vier schauten hinüber auf ein Häufchen Asche ein paar Schritte entfernt. Ein sanfter Wind war aufgekommen. Die Überreste flatterten schon in Flocken davon.

Heimkehr

In Seattle war Montagmorgen, fast schon Mittag. Miles Bennett saß in einem der Wartebereiche des United Airlines Annex vom Sea-Tac-Flughafen und wartete auf die Ankunft von Flug 159 von Chicago O'Hare. Elizabeths Vater sollte damit ankommen. Miles hatte fast das ganze Wochenende damit zugebracht, ihn ausfindig zu machen und zu organisieren, daß er zurückkam. Sobald er gelandet wäre, würden sie nach Graum Wythe hinausfahren und die nötigen Schritte unternehmen, um Michel Ard Rhis Besitz aufzulösen.

Miles schaute durch die großen Fenster des Flughafengebäudes in den bedeckten, grauen Tag. Merkwürdig, wie die Dinge sich manchmal entwickelten.

Elizabeth saß neben ihm und las irgendwas, das »Rabble Starkey« hieß. Sie trug einen schwarzgelben Strickrock mit einer Bluse, ihre Jeansjacke hing über einer Stuhllehne. Sie war so in ihr Buch vertieft, daß sie nicht merkte, wie er sie anschaute. Er lächelte.

Er hatte die *Seattle Times* und den *Post Intelligencer* auf dem Schoß und blätterte beiläufig darin herum. Die Titelgeschichte und die verschiedenen Artikel hatte er inzwischen schon ein Dutzend Mal gelesen, doch jedesmal schien er noch etwas Neues zu entdecken. Die Ereignisse der Halloween-Nacht lagen schon so weit zurück, daß es ihm kaum mehr glaublich erschien, daß er Teil davon gewesen war. Es war fast, als lese er etwas, das ein anderer erlebt hatte; so wie jene Auslandsberichte, bei denen er immer das Gefühl hatte, sie hätten nichts mit ihm selbst zu tun.

Aber das stimmte natürlich nicht – nicht im Fall der Auslandsereignisse und schon gar nicht bei dieser Story.

Die Schlagzeilen ähnelten sich sehr. »Invasion von Halloween-

Trollen in Seattle«, »Seattles Gespenster besetzen Rathaus«, »Geisterkrieg über der Elliott Bay…«

Die Untertitel berichteten von dem mysteriösen Einsturz einer Wand des Gerichtsgebäudes, von den Augenzeugenberichten von Polizisten, Feuerwehrmännern, verschiedenen städtischen Beamten und dem unvermeidlichen Mann auf der Straße über irgendein unerklärliches Phänomen, und von dem merkwürdigen Zustand, in dem zwei Rechtsanwälte sowie Angehörige des Gerichts und des Sheriffsbüros in dem Gerichtssaal aufgefunden worden waren, der aussah, als habe darin ein hitziger Kampf stattgefunden.

Die Artikel lieferten Einzelheiten, jedenfalls in dem Maße, in dem bei den wenigen bekannten Tatsachen Einzelheiten berichtet werden konnten. Die städtische Polizei und die Feuerwehr waren Freitagabend, Halloween, ins Gerichtsgebäude im Stadtzentrum von Seattle gerufen worden, nachdem von dort eine Explosion gemeldet worden war. Bei ihrer Ankunft fanden sie ein Loch in der Wand des fünften Stockwerks. Versuche, von innen in jenes Stockwerk zu gelangen, blieben erfolglos. Die Angaben über die Gründe waren widersprüchlich. Mehrere Artikel sprachen ziemlich ironisch von einem dichten Dschungel, der dann anschließend spurlos verschwunden sei. Hubschrauber wurden eingesetzt. Feuerwehrleuten gelang es irgendwann, in den Gerichtssaal einzudringen, der weitgehend zerstört war, die Außenwand völlig niedergerissen. Mehrere Angestellte, die in dem Gebäude noch gearbeitet hatten, wurden in »leicht betäubtem Zustand« unverletzt aufgefunden.

Weiter unten oder auf der zweiten oder dritten Seite standen Geschichten über das, was Augenzeugen zu sehen geglaubt hatten. Einen Drachen, behaupteten einige recht überzeugt. Eine fliegende Untertasse, sagten andere. Satans Horden, wollten manche beschwören. Ja, da war irgendwas, bestätigten die Hubschrauberpiloten, die es verfolgt hatten und von ihm verfolgt worden waren, was immer es gewesen sein mochte. Sie konnten keine klareren Angaben machen. Vielleicht irgendein ausgetüfteltes Fluggerät, das Spielchen mit ihnen spielte, vermutete ein Stadtverordneter. Natürlich, und vermutlich eine von jenen Begegnungen der dritten Art, die Freitag in nächtlichen Spelunken stattfinden, mokierte sich ein anderer. Und Weihnachten kommt der Weihnachtsmann.

Ho, ho, ho, dachte Miles.

Und dann gab es die unvermeidlichen Interviews mit Wissenschaftlern, Theologen, Priestern, Regierungssprechern und dem einen oder anderen Journalisten, die allesamt nur zu gern ihre Meinung dazu kundtaten.

Und keiner kam der Wahrheit auch nur annähernd auf die Spur! Natürlich nicht.

Miles kannte diese Berichte nun schon und blätterte zurück zu dem einspaltigen Bericht auf der Titelseite der Nordwestausgabe der *Times* vom Sonntag: Eine Abbildung von Graum Wythe mit dem Titel: »Millionär schenkt seine Burg dem Staat.«

Der dazugehörige Artikel begann folgendermaßen:

Der Millionär Michel Ard Rhi gab heute auf einer Pressekonferenz seine Absicht bekannt, seine Burg und die dazugehörigen Ländereien dem Staat Washington als Freizeitpark und Erholungszentrum zu schenken. Ein Budget soll bereitgestellt werden, um die Anlage auszubauen und zu unterhalten. Der Gesamtbesitz von Ard Rhi, der sich vorsichtigen Schätzungen zufolge auf dreihundert Millionen Dollar beläuft, wird verschiedenen Organisationen in der ganzen Welt für humanitäre Zwecke zur Verfügung gestellt. Ard Rhi gab bekannt, daß die Burg Graum Wythe als Museum für seine über Jahre angelegte Sammlung dienen und dem Publikum zugänglich gemacht werden wird. Die Vorbereitung und Überwachung der Arbeiten soll von seinem Verwalter vorgenommen werden, dessen Name allerdings nicht bekanntgegeben wurde.

Ard Rhi, ein zurückgezogen lebender Geschäftsmann, von dem gesagt wird, daß er den größten Teil seines Vermögens mit Immobilienspekulationen und Außenhandel verdient hat, informierte die Journalisten, daß er plane, sich an die Küste von Oregon zurückzuziehen, um zu schreiben und an anderen Projekten zu arbeiten. Nur ein kleiner Teil seines Vermögens wird für seinen Unterhalt zurückbehalten.

Der Artikel ging noch über mehrere Absätze und brachte Michel Ard Rhis Lebensgeschichte sowie die Reaktionen verschiedener lokaler und nationaler Honoratioren. Miles las die Geschichte zweimal und schüttelte verblüfft den Kopf. Was hatte Questor Thews bloß mit dem Mann gemacht?

Er legte die Zeitungen beiseite und seufzte. Schade, daß Ben nicht hier war. Es gab einfach zu viele unbeantwortete Fragen.

Neben ihm schaute Elizabeth plötzlich auf und sah ihn mit ihren leuchtend blauen Augen an, als hätte sie in seinen Gedanken gelesen. »Glaubst du, es geht ihnen gut?« fragte sie.

Er schaute zu ihr hinunter und nickte. »Das glaube ich, Elizabeth«, sagte er. »Nein, ich bin sogar fest davon überzeugt!«

Sie lächelte. »Ich glaube, ich bin das jetzt auch.«

»Das heißt aber nicht, daß wir uns nicht um sie sorgen dürften.«

»Und auch nicht, daß wir sie nicht vermissen dürfen. Ich vermisse sie nämlich schrecklich.«

Miles schaute wieder aus dem Fenster über die breiten Zufahrten und Taxispuren in den grauen Himmel über den Bergen in der Ferne. »Na, sie werden wiederkommen«, sagte er schließlich. »Eines Tages werden sie wiederkommen.«

Elizabeth nickte, aber sie sagte nichts.

Kurz darauf wurde die Landung von Flug 159 angekündigt. Miles und Elizabeth standen auf und gingen ans Fenster, um es ankommen zu sehen.

Mehrere Wochen später heirateten Ben Holiday und Weide. Sie hätten es gern eher getan, aber es gab ein Protokoll, das bei einer Heirat wie der ihren zu befolgen war, und es dauerte geraume Zeit, erst einmal herauszufinden, worin denn dieses Protokoll eigentlich bestand, ganz zu schweigen von den Schwierigkeiten, es in Anwendung zu bringen. Schließlich konnte sich kaum einer der Lebenden an die Eheschließung eines Königs von Landover erinnern. Abernathy grub also in seinen historischen Archiven, und Questor Thews befragte ein paar der ältesten Bewohner des Tales, und aus alledem beschlossen sie schließlich gemeinsam, was zu tun sei.

Ben war offengestanden völlig desinteressiert an den Formalitäten. Alles, was ihn beschäftigte, war seine Erkenntnis, daß er viel zu lange gebraucht hatte, um endlich zu begreifen, was Weide von der ersten Begegnung an schon gewußt hatte – daß sie zusammensein sollten, weil sie zusammengehörten, Mann und Frau, König und Königin; und alles, was immer getan werden mußte, damit das nun endlich besiegelt würde, das sollte getan werden. Vor gar nicht allzulanger Zeit hätte er sich nicht erlaubt, sich seine Gefühle einzugestehen; er hätte es als Verrat an seiner Liebe zu Annie betrachtet. Aber Annie war jetzt schon fast fünf Jahre tot, und es war ihm endlich gelungen, ihr Gespenst zur Ruhe zu schicken. Weide war jetzt sein Leben. Er liebte Weide, er hatte fast vom ersten Moment an gewußt, daß er sie liebte, hatte sie unzählige Male davon sprechen hören, welches Schicksal ihr im Augenblick ihrer Zeugung vorbestimmt worden war, und hatte aus der Vorhersage der Erdmutter erfahren, daß sie ihm eines Tages Kinder gebären würde.

Und trotzdem hatte er gezaudert, das alles zu glauben und sich festzulegen. Er hatte vor allem Angst gehabt. Er hatte vor vielem Angst gehabt – daß er nicht dazugehörte, daß er irgendwie untauglich sein könnte als König von Landover und daß er eines Tages einfach wieder fortgehen müßte, zurück in jene Welt, der er so schrecklich gern entkommen wollte. Die Wirklichkeit seines Traumes war soviel größer als alle seine Erwartungen, und er hatte gefürchtet, daß er nicht genug geben könnte.

Die Ängste waren noch immer da. Befürchtungen wie diese lauern ganz tief im Unterbewußtsein und lassen sich nicht vollständig verbannen.

Doch es war eine ganz andere Angst, die ihm bei seiner Entscheidung half. Er hatte Angst, er könnte Weide verlieren.

Zweimal hatte er sie beinahe verloren. Das erste Mal, als er sie beinahe verloren hatte, half ihm noch nicht bei der Entscheidung. Damals war alles noch zu neu, und er hatte Annies Tod noch nicht verwunden.

Erst als er sie jetzt zum zweiten Mal beinahe verloren hätte, wurde ihm vieles klar: Sie war mit ihm in seine alte Welt gekommen, und er wurde gezwungen, der Tatsache ins Auge zu sehen, daß sie nicht mitgekommen war, weil sie das mußte, sondern weil sie ihn genügend liebte, um für ihn zu sterben. Sie wußte, daß eine solche Reise sie dieser Gefahr aussetzen würde, und sie hatte das Risiko außer acht gelassen, weil sie wußte, daß sie ihm vielleicht helfen könnte.

Das war es, das ihm zu seiner Entscheidung verhalf. So sehr liebte sie ihn. Liebte er sie nicht ebenso? Würde er es riskieren, sie zu verlieren, noch ehe er überhaupt versucht hätte, herauszufinden, wie ein Leben als Mann und Frau mit ihr zusammen wäre? Mit Annie hatte er es jedenfalls probiert. Sollte er es mit Weide nicht auch probieren?

Jeder Trottel hätte die Antworten auf diese Fragen zu geben gewußt, und Ben Holiday war kein Trottel.

Es gab also nichts weiter zu sagen und nichts weiter zu entscheiden. Die Hochzeit fand im Herzen statt. Alle kamen sie: Der Flußherr, unbehaglich wie immer in Gegenwart seiner Tochter, durch sie noch immer zu sehr an ihre Mutter erinnert und noch immer auf der Suche nach einer Versöhnung der Gefühle, die sie in ihm auslöste; die Elfenvölker des Seenlandes, manche fast menschlich, manche eher flüchtige Schatten, die zwischen den Bäumen hindurchhuschten; die Herren des Grünlandes, Kallendbor, Strehan und die anderen, mit ihrem Gefolge und ihren Anhängern, eine unstete Gruppe, in der keiner einem anderen traute, sie sich untereinander am wenigsten, die aber zusammen ankamen und ihr Lager gemeinsam aufschlugen, um den Schein zu wahren; die Trolle und Kobolde aus den Bergen hoch im Norden und tief im Süden; die G'heim Gnome Fillip und Sot voran, stolz auf ihre Rolle – auch wenn die Meinungen über ihre Rolle in der Vorgeschichte dieser Heirat sehr unterschiedlich waren; das gemeine Volk aus den Hütten und von den Höfen, aus den Läden und Dörfern – Bauern, Händler, Jäger, Fallensteller, Geschäftsleute, Makler, Handwerker und Arbeiter aller Art.

Sogar Strabo ließ sich blicken. Er flog während der Festlichkeiten im Anschluß an die offizielle Zeremonie über die Menge, spie Feuer und Flammen über den Himmel und fand offenbar darin eine gewisse Genugtuung, daß Frauen und Kinder bei seinem Anblick kreischend davonrannten.

Die Heirat selbst war einfach und ohne Umschweife. Ben und Weide standen im Zentrum des Herzens auf der Estrade der Könige von Landover und gaben einander und jenen, die sich versammelt hatten, kund, daß sie einander liebten, daß sie lieb und gut zueinander und jederzeit füreinander da sein würden. Questor Thews rezitierte ein paar archaische Versprechungen, die vielleicht einst von Königen und Königinnen vor Jahrzehnten ausgetauscht worden sein mochten, und damit war die Zeremonie beendet.

Die Gäste feierten, speisten und tranken den ganzen Tag und die folgende Nacht und auch noch in den nächsten Tag hinein, und alle benahmen sich einigermaßen anständig. Streitereien waren selten und wurden schnellstens beigelegt. Jene aus dem Grünland und jene aus dem Seenland saßen nebeneinander und sprachen von neuen Bemühungen und gemeinsamen Anstrengungen. Die scheuen Trolle tauschten Geschenke mit den Kobolden. Und sogar die G'heim Gnome ließen nur ganz wenige Hunde mitgehen, als sie aufbrachen.

Ben und Weise waren der Meinung, es sei eigentlich alles recht gut verlaufen.

Erst mehrere Tage später, als alles wieder einigermaßen normal geworden war, fiel es Ben wieder ein, daß er Questor fragen wollte, was er denn nun eigentlich mit Michel Ard Rhi angestellt hatte. Sie saßen in einem Raum auf Silber Sterling, in dem die Geschichte von Landover aufbewahrt wurde, einem höhlenartigen Arbeitszimmer, das immer leicht muffig und ungelüftet roch, und versuchten, ein paar uralte Vorschriften über die Regelung von Landbesitz zu interpretieren. Nur sie beide waren dort, es war schon spät am Abend, und die Pflichten des Tages waren erledigt. Ben nippte an einem Glas Wein und dachte über all das nach, was in den letzten Tagen geschehen war; dabei wanderten seine Gedanken zu Michel, und da fiel ihm plötzlich ein, daß Questor mit seiner Erklärung nie zu Ende gekommen war.

»Was *habt* Ihr denn nun wirklich mit ihm angestellt, Questor?« drängte er, nachdem er die Frage schon einmal gestellt hatte und nur ein Achselzucken zur Antwort erhalten hatte. »Na los, raus damit. Was habt Ihr gemacht? Ich meine, woher wußtet Ihr überhaupt, welche Art Magie Ihr verwenden mußtet? Ich meine mich zu erinnern, daß Ihr mir erklärt hattet, daß der Einsatz von Magie dort drüben reichlich unsicher sei.«

»Na ja… die meisten Arten von Magie«, gab Questor zu.

»Aber nicht die Art, die Ihr auf Michel angewandt habt?«

»Tja, nun, also, die Magie war vor allem für den Effekt. Es brauchte kaum echte Magie.«

Ben war verblüfft. »Wie könnt Ihr so was sagen? Er war… er war…«

»Vor allem fehlgeleitet, wenn Ihr Euch der Geschichte erinnert«, beendete Questor seinen Satz. »Überlegt doch mal. Es war in erster Linie mein Halbbruder, der ihn zu dem unerfreulichen Zeitgenossen gemacht hat, der er war.«

Ben runzelte die Stirn. »Was habt Ihr also gemacht?«

Questor zuckte schon wieder mit den Achseln. »Man mußte ihm nur seine Wertvorstellungen zurechtrücken, Hoheit.«

»Questor!«

»Also gut«, seufzte der Zauberer. »Ich habe ihm sein Gewissen zurückgegeben.«

»Ihr habt ihm *was* zurückgegeben?«

»Ich habe das arme Ding dort, wo Michel es eingesperrt hatte, rausgelassen. Ich habe Magie nur eingesetzt, um es zu vergrößern und ihm eine Vorrangstellung in Michels Denken zu geben.« Questor lächelte. »Die Schuldgefühle, die ihn daraufhin gepackt haben, müssen unerträglich gewesen sein!« Er lächelte noch mehr. »Oh. Und dann tat ich noch eine Kleinigkeit. Ich pflanzte eine kleine Idee in sein Unterbewußtsein.«

Er zog die Augenbrauen hoch und schaute drein wie die Katze, die gerade den Kanarienvogel verspeist hat.

»Ich soufflierte ihm die Idee, daß er, um seine Schuld wiedergutzumachen, all seinen Besitz sofort weggeben solle. Und wenn die Magie irgendwie nachlassen sollte, bevor sein Gewissen die Gelegenheit gehabt hat, sich dauerhaft zu etablieren, so ist es zu spät, wenn er alles wieder rückgängig machen will.«

Ben grinste übers ganze Gesicht. »Questor Thews. Manchmal überrascht Ihr mich wirklich.«

Das Eulengesicht des Zauberers legte sich in tausend kleine Lachfältchen. Sie grinsten einander an wie Komplizen.

Dann sprang Questor plötzlich auf. »Du meine Güte! Ich hätte es beinahe vergessen! Ich habe eine Neuigkeit, die Euch mit Sicherheit überraschen wird, Hoheit!« Er setzte sich wieder hin und zwang sich offensichtlich, seine Erregung zu meistern. »Was würdet Ihr dazu sagen, wenn ich ein Mittel gefunden hätte, Abernathy zurückzuverwandeln? Ich meine, *wirklich* zurückzuverwandeln!«

Er schaute Ben voller Eifer an und wartete. »Meint Ihr das im Ernst?« fragte Ben schließlich.

»Gewiß doch, Hoheit.«

»Ihn zurückverwandeln? In einen Mann?«

»Ja, Hoheit.«

»Wie zuvor?«

»Oh, nein, nicht wie zuvor.«

»Aber mit Magie?«

»Natürlich mit Magie!«

»Habt Ihr sie ausprobiert? Die Magie, meine ich.«

»Ähm...«

»An irgend etwas?«

»Ähm...«

»Es ist also nur eine Theorie?«

»Eine wohlbegründete Theorie, Hoheit. Es müßte klappen.«

Ben lehnte sich vor, bis sich ihre Köpfe fast berührten. »Es müßte, nicht wahr? Habt Ihr Abernathy schon davon erzählt?«

Der Zauberer schüttelte den Kopf. »Nein, Hoheit, ...ich dachte... ähm... ich dachte, Ihr könntet es ihm vielleicht sagen.«

Dann schwiegen beide eine lange Weile. Bis Ben flüsterte: »Ich meine, keiner von uns sollte es ihm jetzt sofort sagen. Meint Ihr nicht auch? Nicht, bevor Ihr nicht ein bißchen mehr Zeit darauf verwendet habt.«

Questor runzelte nachdenklich die Stirn, dann hob er sein Eulengesicht wieder. »Nun... tja... vielleicht habt Ihr recht, Hoheit.«

Ben stand auf und legte ihm eine Hand auf die Schulter. »Gute Nacht, Questor«, sagte er und ging hinaus.